hu du
虎犊

温燕霞／著

漓江出版社
接力出版社 Publishing House
全国优秀出版社 SPLENDID PUBLISHING HOUSE IN CHINA

图书在版编目（CIP）数据

虎犊 / 温燕霞著 . -- 桂林：漓江出版社，2021.5
ISBN 978-7-5407-9089-9

Ⅰ . ①虎… Ⅱ . ①温… Ⅲ . ①长篇小说－中国－当代
Ⅳ . ① I247.5

中国版本图书馆 CIP 数据核字（2021）第 074998 号

HUDU
虎犊
温燕霞 / 著

出版人： 刘迪才 / 黄俭
策划编辑： 刘迪才 / 黄俭 / 张谦 / 胡庆嘉
审读： 魏志明 / 伍燕芳
责任编辑： 辛丽芳 / 许芳 / 刘红果
责任校对： 徐明 / 陈朝辉
书籍设计： 石绍康
责任监印： 张璐

出版发行： 漓江出版社有限公司　接力出版社有限公司
社址： 广西桂林市南环路 22 号（541002）
广西南宁市园湖南路 9 号（530022）
发行电话： 010-65699511　0773-2583322
传真： 010-85891290　0773-2582200
邮购热线： 0773-2582200
电子信箱： ljcbs@163.com
微信公众号： lijiangpress
印制： 北京中科印刷有限公司
[北京市通州区宋庄工业区 1 号楼 101 号　邮编：101118]
开本： 880mm × 1230mm　1/32
印张： 15.25　字数：314 千字　插页：60
版次： 2021 年 5 月第 1 版
印次： 2021 年 5 月第 1 次印刷
印数： 1 ~ 30000 册
书号： ISBN 978-7-5407-9089-9
定价： 58.00 元

目录

上篇 热血

下篇　追寻

上篇

热血

第一章　无名高地的血战

天暗沉，云紫赤，暮色像尸衣，又像烧红的铁环，紧紧地箍住了湘江边上这座无名孤山。孤山上，那面少共国际师的军旗被炸得稀烂，但旗杆依然屹立，仿佛战士们挺直的脊梁。

昨天下午，作为后卫的少共国际师奉红一军团之命，在湘江东岸灌阳文市和全州两河之西北监视全州南进之敌，以确保红军右翼的安全。杜鸿运所在的少共国际师 N 团一营二连火速赶往湘江边上的这座无名高地。

二连是 N 团的尖刀连，绝大部分战士都已年满十八岁，这在少共国际师中较为罕见。也正因如此，当其他连队的小战士站岗、放哨、传令、运东西时，他们则承担着艰巨而危险的战斗任务。

同志们，根据掌握的情报，附近只有两个连的桂系民团和少量混编在民团连队中的正规军，他们的主要任务是袭扰西进的红军。我们的任务是监视并牵制他们。说白了，他们不打红军，我们不打他们；他们要是敢打中央纵队，我们就让他们有来无回！大家有没有信心？连长赖慕敏大声问道。

有！

尽管红军主力部队自 1934 年 10 月从江西赣南北上后一路转

战，难得有时间休整，战士们的回答却充满了豪气与力量！其中杜鸿运的声音最为响亮。赖慕敏轻轻地在他肩上擂了一拳，脸上绽出灿烂的笑容。

好，我最喜欢大家这股干劲！

十九岁的赖慕敏是弋阳人，原名赖鹏。他十四岁参加革命，对方志敏崇拜得五体投地，到信江军事政治学校学习时，把名字改为“慕敏”，后来成为红十军的一名战士。

1933 年 1 月，红十军改为红十一军。2 月，根据中央军委的命令，红十一军调往中央苏区，编入红一方面军。赖慕敏随部队到了中央苏区。组建少共国际师时，年轻有为、英勇善战的他调任 N 团一营二连当副连长。赖慕敏为人豪爽，革命信仰坚定，军事素质过硬。一个多月前朱九龙连长、王建指导员相继牺牲，上级命令他担任连长兼指导员、杜鸿运为副连长兼一排排长。赖慕敏现在是政军一肩挑，他忙而不乱、指挥有方，显示出过硬的政治和军事素质。

杜鸿运很喜欢赖慕敏，赖慕敏也倚重杜鸿运。由于一路征战，二连减员严重，幸亏沿途补充了新兵，这些新兵交由杜鸿运牵头训练。每次开战前，赖慕敏都让杜鸿运等老兵给战士们讲战术和战斗心得。

当他的目光落在杜鸿运身上时，杜鸿运下意识地出列。他的动作和赖慕敏的声音同步：

下面请杜鸿运副连长给大家说说挖战壕的要点。

杜鸿运向他行了个军礼，转身看着眼前这些衣衫褴褛，面有

孤山上，那面少共国际师的军旗被炸得稀烂，但旗杆依然屹立，仿佛战士们挺直的脊梁。

饥色，但目光明亮、充满激情的脸庞，声音洪亮地说：

同志们，战壕千万不能挖成直线，不然炮弹的弹片和冲击波就会横扫整条战壕。我们得把战壕挖成“之”字形。战壕底部还得再挖一条沟，万一敌人的手榴弹扔进了战壕，我们就把手榴弹踢进沟里，这样可以减少牺牲……

挖战壕是杜鸿运的强项。去年9月3日国际青年节这天，少共国际师在博生县举行出征誓师大会。之后陈光师长和冯文彬政治委员为了提高部队的军事素质，举行了一个月的大练兵。当时赖慕敏是军事教员，杜鸿运是学员。杜鸿运在射击、刺杀、穿越障碍等军事科目上初期表现较差，拖累了班级的整体成绩，为此受了不少委屈和批评。后来他奋起直追，但仍表现平平，直到教员讲挖战壕等土工作业时，他才终于脱颖而出。作为班里唯一的高小毕业生，他在土工作业上显示出得天独厚的优势和天赋。大练兵结束时，师部举行了大比武，杜鸿运在土工作业项目比赛中一举夺魁。

在之后的战斗中，杜鸿运土工作业方面的才能得到充分展现，部队因此减少了伤亡，战友开玩笑地喊他“壕把头”。

然而，面对这次驻守的无名高地，杜鸿运却一筹莫展了。

无名高地和广西大部分的山一样，属典型的喀斯特地貌，一座山即是一块完整的巨石。历经亿万年的风吹雨打，如今石头上覆盖了一层浅浅的红土，贫瘠得只长茅草、灌木和瘦削的松树，挖战壕所需的“土质松软、水位线低、不要太多岩石”三个条件有两样不符合。加上连月征战，工具极为匮乏，战士们补给休整不足，体力衰减得厉害。面对坚硬的岩石，百般计谋和雄心壮志都化作了束手无策。

连长，我们炸山，用碎石垒战壕。

还没等赖连长发话，杜鸿运就否决了黄门框的建议：你这是要告诉敌人，我们在这里埋伏吗？

欧阳灿弹了弹黄门框的脑袋，黄门框伸伸舌头。赖慕敏放眼四望，指着无名高地南面下方的斜坡说：

杜鸿运，你领一排在那里设置鹿寨，形成第一道防线。

五小时后，战斗打响。那排借助山势构建的鹿寨发挥了极大的防御作用，使杜鸿运率领的一排在第一道防线上阻止了敌军的三轮进攻。挨夜边，敌人用掷弹筒狂轰滥炸，第一道防线失守。杜鸿运、黄门框和欧阳灿趁着弥漫的硝烟和浓重的夜色，在战友的帮助下爬上了孤山。孤山峰顶中间略呈凹陷，战士们只能以稍稍突起的崖边为屏障。这层屏障在纷飞的子弹中，只能是一种精神安慰。

由于任务来得紧急，加上缺乏补给，炊事班只备了一天的口粮，饮用水则由炊事班肩挑手提从河边取来，再由崖顶的战士拉上山顶，储在峰顶中间的小凹洞里。为保干净，上面盖了一层树枝。每人两百发子弹，另配三十颗手榴弹，这是他们上周的战利品，也是二连所有的战备物资。

昨天下午的三轮战斗后，第一道防线失守，一排只剩下杜鸿运等三人。他们上山后，发现山顶的情况不容乐观：尽管炊事班对口粮和水进行了严格的控制，但经过昨天一天和今天早上的消耗，粮米和水已所剩无几。

这时，通信员坨坨带回了营部掌握的新情况和给二连下达的新命令：

……赖连长，营长要求我们二连必须坚守到明天夜晚，为渡江部队争取更多的时间。

十五岁的通信员坨坨是二连最小的战士，虽然参加红军的时间不长，但经过战火的洗礼，他身上已有了跟年龄不相称的机智和沉稳。

明白，坚决完成任务！

赖慕敏向满身硝烟的坨坨行了个标准的军礼，转身召开班排长会议。

同志们，根据营部了解的情况，聚集在山下的除了桂系的民团，还有何键的湘军。有道是黔军滇军两只羊，湘军就是一头狼，广西猴子是桂军，猛如老虎恶如狼。广西的民团虽然不如桂军，但他们的凶狠不容小觑，现在又加上了湘军这头狼。我们的任务很艰巨，但只要我们多坚守一分钟，就会有更多的战友渡过湘江！

这次赖连长没问战士们有没有信心，而是掏出个小本子和一根木炭条做成的土笔，让众人写下姓名和留言。杜鸿运在纸笺上写下了这么两行字：半夏吾妻，大战在即，无暇他顾，汝只需记得，吾等愿为苏维埃流尽最后一滴血！众人纷纷在这句话下方签名，杜鸿运忙把“吾妻”二字画掉。

战斗的间隙是如此短暂而宝贵，杜鸿运刚把便笺本和两封前些时日写好的信件塞进坨坨绑在腰间的那个布包，敌人就向无名高地发起了进攻。所幸高地占了“高”的好处，敌人的子弹飞不上来，掷弹筒和手榴弹常常打到崖壁上，二连人员伤亡不大，只是石灰岩比较脆弱，每炸一次，崖壁就塌下一块。

杜鸿运担心多炸几次，山会坍塌。边上的赖慕敏看穿了他的想法，说，你放心，这山塌不了！只要大家信心不垮，我们就一定能坚守到最后！

众人跟着他一起举起了右拳，脸上透出撼山易撼决心难的坚毅。

为了节省弹药，赖慕敏传令必须等敌人走到山脚下才能开火。经过昨天的几轮进攻，南面缓坡已炸平，草枯树焦，没有任何屏障。山上的红军战士视野好，居高临下近距离瞄准敌人，战士们个个成了神枪手。从早上打到下午，敌人除了在崖下留下一片死尸，没有任何进展。

黄昏时，敌人后撤了，天地间突然安静下来，只有刚刚插上的那面军旗在猎猎作响。

赖慕敏让各排抓紧时间清点人数和弹药。听着战士们的报数声，想到那些牺牲了的战友，杜鸿运麻木的心苏醒过来，倏忽袭来的剧痛刺激了他的泪腺，军旗模糊成天空的一块胭红，战友们的脸在眼前交替出现。敌人一上午的进攻导致我方四名战士受了轻伤、一名受了重伤，虽无人牺牲，但弹药已罄，全连唯杜鸿运手中还有枚手榴弹。

同志们，敌人现在摸不透我们的底，只要我们坚守住阵地，就能牵制敌人。万一敌人上来了……

赖慕敏话没说完，杜鸿运举起了手榴弹：把他们炸上天！

我抱着敌人跳崖，绝不当俘虏！

欧阳灿和黄门框异口同声地说。这时，赖慕敏弯腰对坨坨说：坨坨，天一黑你就摸下山去。

坨坨抱住杜鸿运：我不走，我要跟你们在一起！

杜鸿运耐心地劝他：坨坨，你是我们的通信员，等吃完饭，你就离开这里，将这里的情况和这些信件交给营长。

坨坨看看大家凝重的脸色，挺起穿着便装的小身板，向赖慕敏和杜鸿运敬了个礼：保证完成任务。

记着，下山后要是别人问你话，你就装哑巴。

欧阳灿这一叮嘱，战士们开始七嘴八舌地给坨坨支招，教他如何应对敌人、如何生存。坨坨那双黑黝黝的大眼睛好像两口井，把大家的话都装了进去。

天下起了小雨，北风劲吹，破衣烂衫的战士们在冰冷潮湿的岩石上趴了一整天，此时已快冻成冰棍。粮食已经吃完，炊事班的大胖用他从林子里捡的蘑菇和从石壁上刮下来的地皮菜做了锅热汤。战士们喜出望外，杜鸿运见蘑菇汤透着奇怪的奶白色，俯身嗅了嗅，拦住了大家：这菌菇味道不对。倒掉！

喂喂，不能倒！这是我昨天好不容易捡到的草菇和地皮菜，好吃得寻尾巴！

大胖拉住了杜鸿运，那张饿得瘦长的脸跟大胖的外号八竿子打不着。坨坨苍白的脸从两个战士中间冒出来，瘦弱的手紧攥着搪瓷缸，可怜巴巴地望着杜鸿运。

杜鸿运皱起了眉头，说，这个地方的蘑菇你不清楚，有的看上去长得像老家那些能吃的蘑菇，讲不定就有毒。

饥肠辘辘的战士们听了这话，停下了动作，坨坨失望地站到了边上。众人的目光聚集在赖慕敏脸上，形成一片蝶翅般的阴影。

大敌当前，我们不能因为蘑菇坏了事。倒掉吧！

赖慕敏此言一出，大胖气得瞪了杜鸿运一眼，伸手舀了半缸蘑菇汤，不顾杜鸿运、欧阳灿的劝阻，嘶哈着吞下了肚。

我先尝尝有没有毒，没有毒你们再吃！

大胖拍着肚子说。有几个按捺不住馋虫的战士拿出搪瓷缸去锅中舀汤。杜鸿运生怕蘑菇汤坏事，想端走铁锅，谁知不小心却将锅打翻在地。

杜鸿运，你还我汤！

大胖扑向杜鸿运，他这一用劲，搅动了胃里的蘑菇汤汁，肚子成了灶膛，呼呼地往外冒火，气管成了烟囱，火顺着呼吸从鼻孔里蹿出来，接着口中喷出股鲜血，咕咚一声栽倒在地。

杜鸿运迅速从背后搂住大胖，绕到大胖胃前的双手握成拳头，使劲往他胃部顶去。顶了两下，大胖吐出了几口蘑菇汤。欧阳灿端来半茶缸水，正要喂大胖，耳边呼啸而来炮弹撕裂空气的巨响。

回阵地！

在赖慕敏的喊声中，众人跑回崖边。杜鸿运和欧阳灿架着大胖蜷缩在山顶南边。这时，两枚炮弹爆炸了，掀起的碎石在空中砌出一堵形状奇异的墙。

杜鸿运知道，这是二十式82毫米迫击炮发射的榴弹炮，这一路上，白军常拿这种炮弹来祸害红军。去年大练兵上军事课时，从兵工厂请来的师傅给大家带来了一枚缴获的二十式82毫米迫击炮炮弹，说这种迫击炮其实是法国布朗德1930年式81毫米迫击炮的炮口放大版，民国二十年测试后效果良好，委托南京的金陵兵工厂生产。因其民国二十年定型，故被称为二十式82毫米迫击炮，最大射程2850米，全炮重69公斤，可拆成三部分，最重的部分30公斤，三个普通士兵即可扛一门迫击炮，灵活方便，是国民党军目前最好的步兵曲射火力。

杜鸿运心念电转间，榴弹爆炸掀起的大小石块雨点般落下。呛人的硝烟中，杜鸿运的双目被糊住，他喊着赖连长、欧阳灿、黄门框、大胖等人的名字，无人应答。他伸手在地上摸索着，终于摸到了昏迷的坨坨。杜鸿运扒开他身上的泥土，又拍了他几下，他这才哼出声来。杜鸿运浑身火辣辣地疼，但不知道伤口在哪儿。他咬牙把坨坨拖到崖背的凹槽里，这时他听到了某种猎猎声。他清理干净眼部的泥土，费了好大力气才睁开眼睛。只见绑军旗的那棵松树树冠已被炸弹削掉，炸得稀烂的军旗仍顽强地从歪斜的旗杆上飘出几片红絮，犹如怒放的红梅。

杜鸿运爬过滚烫的石堆，固定住旗杆，一遍一遍地呼喊着战友的名字。可回答他的只有乌鸦的哀鸣。这时一阵风刮来，吹散了硝烟，送来了敌人的吆喝声。一天粒米未进，腹中空空，痉挛的肠胃发出阵阵鸣声，杜鸿运克制住眩晕，疯子般在焦土中翻找着，希望能找到幸存的战友。

他最先找到的是赖连长。赖连长身体前倾，下半身埋在碎石里，下巴抵在崖边上，右手举着没有子弹的驳壳枪，后脑插了块弹片，眉心也中了弹，弹孔的血痕凝固成一枚紫黑色的铁钉，在夕阳下闪着黯淡的寒芒，他圆睁的双目依旧怒视着前方。

赖连长身后是弹着点炸出的大坑。大坑旁的树枝上挂着只千层底布鞋，鞋尖上绣着个“灿”字。那是欧阳灿的鞋。杜鸿运将鞋放进大坑，接着去挖赖连长的下半身——他搬开碎石才发现，赖连长的下半身消失了，伤口处糊满了泥土，炙热的石头烘干了泥土，使躺在坑里的赖连长看上去像座未完成的雕像。

大坑的右侧连着个小弹坑，坑边被炸得发烫的岩石烘烤着洒在上面的鲜血，散发出令人窒息的气味。一截胳膊顽强地从石缝里伸出，变色的手掌张开着，仿佛随时准备袭击敌人的铁爪。杜鸿运将这只分辨不出主人的胳膊摆在赖连长右边，一边喃喃自语：欧阳灿，你和战友好好地陪着赖连长啊！

他猫腰来到崖边原先安置伤员的茅草丛，喊了两声，坨坨满身泥土地从侧边的石堆里爬出来：门框哥哥受伤了，我在给他喂水。

杜鸿运连滚带爬地跑了过去。只见满身鲜血的黄门框躺在地上，只余几丝微弱的鼻息。杜鸿运摇晃着黄门框：门框，你醒醒！你快醒醒！

黄门框张嘴猛喘了几下，喉咙里传出嘶哑、断续的哼哼声。

杜鸿运弯腰听了好一阵，才知他在唱《少共国际师出征歌》：

……

最后的一滴血，为着新中国。

黄门框挣扎着吐出最后一个字，跟着喘了几口气，眼中的神采便如同受惊的小鸟，扑棱着翅膀飞走了！

杜鸿运替他合上了双眼，又扯下几把茅草盖住他的脸。夕阳像是不忍看山顶惨烈的景象，颤了几颤，像颗烧红的铁球似的沉没在山巅背后，暮色随之而至。北坡上敌人的火把越来越亮，湖南话清晰可闻。

杜鸿运牵着坨坨走到西边的临崖处，那儿有三块叠在一起的石头，中间有道隙缝，杜鸿运让坨坨侧身躺下。

不，我要跟你在一起。

坨坨猜到了他的想法，紧紧抱住他不放。坨坨，你还有重要的任务要完成！躺好，不管听见什么声音都不能出来！还有，我会把门框大哥放在这儿给你守门。

坨坨没吭声，瘦弱的身体颤抖着。杜鸿运捏了捏他的肩膀。

你不要怕，他平常最疼你了。记住，等敌人全走了，你再出来！你下了山就往北跑。你知道怎么找北的，哥哥以前教过你。

微弱的光线中，捂着腰间信件的坨坨躺在了石缝中。杜鸿运将黄门框的遗体摆在了石堆旁，又用几块碎石挡住缝隙，这样既能阻隔敌人的视线，又确保坨坨能顺利出来。然后，他转身来到了旗杆下方。风在吹，只剩几块布条的红旗仍在飘动，发出啪啪的声音。杜鸿运紧贴旗杆站着，双目直视前方。北坡越来越亮，不久，这亮光便被攒动的人头惊扰得摇曳不定，无名高地的山顶上怪影幢幢。

弟兄们，抓住一个活的赤匪，赏五块大洋！

一道嘶哑的喊声引来了匪兵们的阵阵吆喝，当火光将那群匪兵的黑影投到杜鸿运脚下时，杜鸿运奋力将手榴弹扔进了敌群。随着轰的一声巨响，残肢断臂、泥土石块在那团骤然亮起的烈焰中射向天空，又如礼花的灰烬，呈抛物状撒下。

孤山山顶的夜空绚烂得恐怖。受伤的杜鸿运拼尽全力，爬向湘江北岸的方向，向前伸去的手仿佛在指路。越来越轻盈的身体羽毛般飞入广袤的空中，周围云雾缭绕，可转瞬间云朵化为了白雾，他赤足朝雾中的河滩走去。河水仿佛被鹅卵石硌疼了，不断调皮地腾挪起身体，在碧绿的砂姜和红蓼丛中翻滚出白白的小肚皮。当它再跃起身子时，就变成了形态各异的浪花。浪花唱着歌，在阳光下犹如千万片闪亮的银鳞，晃得杜鸿运眯起了眼睛。他看见了河边青纱帐般的芦苇和茂密的奶汁树。芦苇支起了一柄柄柔曼而优美的小伞，那是它朴素的花朵。可只要风再大一些，这些花朵就会在摇曳中变成无数支待发的箭镞，闪烁出淡黄色的微芒。

是金箔般的阳光淹没了这种微芒吗？否则那片河滩为什么在他凝眸的刹那变得那般纯净、明澈？

突然，一个少女缓缓地从那片纯白中浮现、站立，接着一个又一个年轻战士从地上站起……他们的躯体越来越高大，直到在虚空中形成一片壮观的红色岩雕，牢牢地撑住了乌云滚滚、正向大地坍塌下来的天空。

杜鸿运在人群中看见了年少的自己。他是那样弱小和无助，在宽阔灰暗的围屋中嘶喊着，奋力扑向窗外那片春光，前伸的胳膊像疯长的枝蔓，又像蓦然劈来的葛绳，正拼命追赶着远处那片光明。

这时，微风送来了“打倒土豪，打倒土豪，分田地，分田地……”的熟悉歌声，一群披着朝霞的红军战士乘着歌声的翅膀出现在他面前。他张开双臂飞奔过去，兴奋的喊声响彻云霄：

我可找到你们了！

第二章　杜家围里的阴暗

七月酷暑，尽管房门洞开，窗户上的木挡板也被撑起，穿堂风吹得蚊帐拂动不止，正在午睡的杜鸿运还是满头大汗地热醒了。围外的柳树、樟树，围内的桂花树、芭蕉树、映山红、黄栀子热得发蔫，蝉声如雨却浇不透暑热，蝉儿“吃屁呀，吃屁呀”的声音吵得人心烦。杜鸿运听见父亲杜家才在院子里大骂：

曹远志，你食屎大的？赶蝉都不会！还有，你昨天下午死哪去了？

接着是竹鞭抽打人体的嗖嗖声、母亲的求饶声和父亲的喝声：谢四妹，你敢替曹远志讲话？滚一边去！

刚才还在赖床的杜鸿运最恨父亲对母亲的轻视和欺负，他跳下床，赤脚冲到院坪上，扬手从父亲手中夺过竹鞭，对满脸内疚的母亲谢四妹说：妈，你去睡觉。

谢四妹退了两步，拿眼睛示意杜鸿运不要跟父亲争。

杜家才上不怕天，下不怕地，唯一能收他的就是这个独苗儿子杜鸿运。被抢了鞭子的他虽然不快，可看见儿子不耐烦的样子，他满脸堆着笑说：鸿运，外头蚊子多，你回屋里歇去。刚摘了西瓜。半夏，快端瓜来！

杜家才身体肥胖，脖子上那一嘟噜一嘟噜的肉将他的声音挤得尖细刺耳。杜鸿运假装没听见父亲的话，伸手去扶跪在地上，脸上手上尽是鞭痕的曹远志。谁知曹远志却不领他的情，甩开他的手，脸扭到一边，健壮的胸膛起伏着。

杜家才一看火了：呵，曹远志，我家鸿运心疼你，让你起来，你这么不给脸，我看你是欠打！

爹，这是我和他的事，你不用管。杜鸿运知道曹远志嫌自己黏着他的妹妹曹半夏，可讨厌归讨厌，也用不着这时候置气，硬挺着挨打呀。杜鸿运有时还真搞不懂曹远志的拧。

你个死杀才！

杜家才开始用脚踢曹远志。杜鸿运正要拦父亲，瞅见曹半夏端着西瓜从甬道里走出，忙迎上前去：半夏，天热，你别忙了，去歇着吧。

曹半夏对他这种热情颇觉尴尬，垂头不睬他。曹远志瞪着妹妹呸了口痰，曹半夏放下西瓜后立刻扭身从杜鸿运身边走开。杜家才从屋檐下拿出一根禾杠，举着追打曹远志。杜鸿运拉住父亲的手，不让他打。谢四妹也赶忙挡在了曹远志跟前，口中道：远志，你快去园里浇菜。

曹远志倒是很听谢四妹的话，他狠狠地瞪了眼杜家才和杜鸿运，又朝妹妹做了一个禁止的动作，铁青着脸去了后院。杜鸿运正想上前跟曹半夏说话，穿着紫红旗袍、烫着老鸦窝发型的六姨太风摆杨柳地小跑过来，娇嗲的喊声里汪着惊喜：

家才，快到大厅去！牛师长带着女儿来啦！

哎哟喂，贵客临门了！我这是哪辈子修来的福气呀！鸿运，你换身衣服，赶快去厅堂！

杜家才言罢拍拍双手，满脸堆笑地朝厅堂跑去，临了还不忘凶谢四妹一句：四妹子，你还杵在这里当菩萨呀！

谢四妹拿起瓜盘，塞到杜鸿运手中：鸿运，你到后院的亭子那儿吃瓜去！我和半夏给你放好了躺椅，还吊了蚊帐挡蚊子。

谢四妹看儿子的眼神充满溺爱。杜鸿运心中热乎乎的。他见母亲拉着半夏要去厅堂，伸手拦住了她俩：

妈，前面有五姨太、六姨太张罗，你和半夏跟我吃瓜去。

那五姨太、六姨太就会吃！我们要不过去，到时你爸又该发火了。

谢四妹说罢拉着曹半夏匆匆走了。看着母亲瘦弱的身影，杜鸿运对这个家充满了厌恶。

杜鸿运祖上做药材、烟叶生意，富甲一方。清朝乾隆年间，杜家花巨资建成了 199 间半的杜家围屋，杜氏跃升为县里首屈一指的望族，且兴旺了近两百年，到杜家才这一辈时，杜家除了经营祖上的买卖，还和教会的牧师合伙做起了钨砂生意，财富大增。

让杜家才恼火的是，他这一房财旺人不旺，为了添丁进口，也为了满足他的好色之欲，杜家才除了谢四妹这个结发妻子，还讨了几房姨太太。其中二房早亡；三房得了恶疾被休；四房疯了，被杜家才送进了尼姑庵；五房、六房倒是活得好好的，她俩原是采茶戏班的名角，还是表姐妹，可两人到杜家后却争风吃醋、钩心斗角，闹得家里乌烟瘴气、鸡犬不宁。

前年杜家才从县教会学校讨了个只比杜鸿运大三岁的女学生当七姨太。五房、六房立即结成同盟，携手对付少不更事的七姨太，斗得七姨太三天两头哭鼻子，杜鸿运对被父亲拿来顶债的七姨太有些同情。

去年夏至，杜家才举办五十岁寿宴。五姨太、六姨太领人把七姨太和来看她的“表哥”堵在围屋后头的偏房里。原来那“表哥”是七姨太暗许终身的相好，借寿诞之日来相会，不承想被早就注意他俩的五姨太和六姨太当场拿获。

杜家才暴跳如雷，喝令家丁把七姨太和她的相好装进猪笼里，按族规沉进了碧玉潭。热闹的生日寿宴以惊悚的悲剧收场。如此一来，杜家才的姨太太就只余五房和六房了。

谢四妹虽然是正房，又生了个宝贝儿子，但“母以子贵”这句话在她身上并不灵验。她是家里的老妈子，每天被杜家才和两个姨太太支使得团团转。儿子在家，杜家才还会给她点面子，儿子不在，杜家才动辄呵斥她。

杜鸿运人在县城读书，心却时常挂在母亲身上。母亲的逆来顺受针似的刺得他心血直流。

我的娘唉，你怎么这样不争气！

杜鸿运哀其不幸，怒其不争，为此他恨上了父亲。恨他眼瞎心盲，只因母亲年老色衰，便弃她于地，百般践踏；恨他色心不死，为老不尊，据说前不久还想下赣州寻觅新欢。最让杜鸿运难以忍受的是，父亲居然对曹半夏图谋不轨，幸亏母亲发现得及时，父亲才没有得手。杜鸿运暑假回家后，母亲让曹半夏专门照顾杜鸿运，杜家才为此越发讨厌母亲。

杜鸿运喜欢曹半夏，同时对她和曹远志心怀歉疚。听母亲讲，曹氏兄妹的父亲原来在县里开药材行兼坐堂诊病，人称曹大夫。曹大夫的妻子徐氏生得美，杜家才惦记上了她，为此贿赂了保警队的吴队长，以通匪之名抓走了曹大夫。徐氏平日大门不出，二门不迈，一下没了丈夫，相当于天塌地陷。慌张之中，她经人介绍，拎着几包人参、鹿茸等细货去保警队向吴队长求助。谁知那吴队长也是个色中饿鬼，见徐氏弱柳扶风、眉清目秀，竟伺机凌辱了她。内向、刚烈的徐氏在回家的途中投河自尽。此后杜家才与吴队长合谋，以查获匪产之名将曹氏药材行贱卖给了杜家才。杜家才顺带把曹家的一双儿女，十三岁的曹远志和十一岁的曹半夏变成了家中的长工。

吴队长跟你爸分赃不均，两人在家喝了酒互相撬屁眼对骂，我这才晓得他做了这等伤天害理的事。

自从母亲去年告诉杜鸿运这件事后，他每次见到曹氏兄妹，负疚感就如一座大山，压得他喘不过气来。曹远志兄妹在杜家待了四年多，也陆续听到了一些有关杜家和曹家恩怨的说法，此后怒火便如春天的野草，在曹远志心中快速蔓生。他看杜家才和杜鸿运的眼光，总是闪着铁钉才有的寒芒。曹半夏不像曹远志，在杜家只跟谢四妹亲，她以女子的直觉，洞察了杜鸿运对自己和哥哥的关心和善意。她把杜鸿运当成了朋友，兄妹俩常为此争吵。

鸿运，鸿运，你快来呀！

信奉女要俏、一身孝的五姨太一袭白衣地从甬道里走出，对他招着手，仿佛月夜的游魂。杜鸿运皱起眉头，心中实在厌烦。牛师长上次带着女儿牛晶晶到杜家围打秋风，顺带和父亲谈钨砂合作的生意，那天杜鸿运正好在家，杜家才让杜鸿运过去作陪。

牛师长是广东人，却长着副北方人的高大身架，五官原本还算端正，只可惜脑满肠肥、一脸横肉，看上去像个蛮横的屠夫。他女儿牛晶晶在教会学校读书，比杜鸿运大两岁，长得像个小号的牛师长。

表情凶狠的牛师长见到杜鸿运后笑出了菩萨的慈眉善目，连声说好人才啊好人才，接着一个劲地夸杜鸿运仪表堂堂、博学多才，听得杜鸿运浑身起鸡皮疙瘩，借故闹肚子提早走了。今天牛师长来到杜家，杜鸿运预感到跟自己有关。

果不其然，他刚进客厅，牛师长高大虚胖的身子就从狭窄的太师椅上挣扎出来，肉山似的移到他跟前，蒲扇大的巴掌握住杜鸿运的手使劲摇晃着：

你是杜家好儿郎啊！来，坐晶晶边上！

牛晶晶今天穿了件浅色洋装，头上扎着粉色绸结，双颊的白粉厚得往下掉，嘴涂得红红的，看上去有些怪异。

杜鸿运站着没动。杜家才走过来，强行将他按坐在牛晶晶身边。牛晶晶今天起码喷了半瓶花露水，浓烈的香味熏得杜鸿运的肠胃翻江倒海，涌动的胃液成了大闹天宫的孙悟空，差点把他的肚皮捅穿。

鸿运，我爸说让我嫁给你。我跟你讲，我身上老长痱子，到时你要天天给我抠痒痒！

杜鸿运目瞪口呆地看着牛晶晶，见她牙齿上沾着口红，脸白得像吊死鬼，不由得气急败坏地对杜家才吼道：爹，我还小，你就是给我找个七仙女，我也不娶！

又惊又怕的杜家才伸手要打杜鸿运，牛师长制止了他：

铁公鸡，我家晶晶腹有诗书、长相旺夫，如果不是你多次上门提亲，我哪舍得把她许给你儿子？

是，是！多谢牛师长对犬子的厚爱。

你以往都夸鸿运懂事，怎么我今天看他有些呆头呆脑？

连杜鸿运都听出了牛师长口吻中的不满，杜家才岂有不懂之理？他忙点头哈腰地向牛师长道歉，继而又哄牛晶晶，一边用手帕擦汗，谄媚的笑容仿佛皮屑，沾在手帕、衣服、声音上。

爸，什么时候吃饭呀？我都饿死了！

牛晶晶说着掏出面小镜子照着。杜鸿运怀疑那小镜子的面积只够照她那张大嘴。

快了快了，马上就吃饭。

杜家才说这话时佝偻着腰，看上去比往常矮了一截，那份从里到外的卑怯使杜鸿运羞愧。

爸，我想吃桂花米糕。

牛晶晶的话在牛师长这儿就是圣旨，他立即横眼看着杜家才。杜家才忙从口袋里掏出枚银元塞进杜鸿运手中：

崽啊，快去桂花嫂家买两盒桂花米糕，晶晶喜欢吃。多的钱你留下买书。

杜鸿运忽然觉得眼前这个汉子很陌生，只见他肥壮的脸颊像抹了朱砂的猪皮，高高的鹰钩鼻上冒着汗珠，浅蓝马褂的前襟被汗水浸成了深蓝色，浑身散发出汗水和泔水的馊味。

杜鸿运知道父亲素来小气，哪怕用的是不花钱的河水，但因为烧水要用柴火——其实方圆几十里的山场都是杜家的，即使烧两百年的洗澡水也用不完山上的柴，但杜家才还是不舍得烧热水洗澡。有两次谢四妹的洗澡水烧热了些，还惹来杜家才的一顿骂，杜家才由此得了“铁公鸡”的外号。

这外号让杜鸿运无地自容，父亲却无所谓。刚才牛师长当面喊他“铁公鸡”，父亲居然毫不害臊地答应了，脸上还笑眯眯的，好像有人在挠他的胳肢窝。更让杜鸿运恶心的是，父亲见了当官的骨头就发酥，一副奴颜媚骨的丑陋嘴脸。他憎恨自己有这样一个父亲。

鸿运，你是让猪油蒙住了耳朵，还是让树叶遮住了眼睛？爹讲话你听不见，爹给你钱还看不见？

杜鸿运头上挨了父亲一巴掌，轻轻的，像是娘用鸡毛掸子给神龛上的佛像掸尘。杜鸿运忽地生出几丝内疚，晓得父亲还是很宝贝自己的，自己却觉得他恶心，这是否有些不孝？杜鸿运接过那枚被父亲攥得发热、满是汗水和泔水味的银元，内心五味杂陈。

身为方圆几十里最有名的大财主杜家才的独生子，他吃得好穿得好，却唯独见不到现洋，因为父亲实在是太爱太爱钱了。父亲经常会把银元当席子铺在床上，然后躺在上面睡觉，第二天起来神清气爽，说那些银元会给他挠痒痒。银元堆得越多他越开心，用钱就像割他的肉，家里的用度卡得很紧。为此五姨太、六姨太经常和父亲吵架，可父亲照样克扣她们的日用钱，骂她们没卵用，连石头都没生出一块。

为了奖励谢四妹生了个儿子，杜家才每月给她的用度要比五房、六房多两块光洋。为这事，他每次见到谢四妹就骂她只会用不会挣，气得谢四妹泪水涟涟。杜家才讨厌她哭，有一次生气地用烟斗敲谢四妹的头，在她额上留下个铜钱大小的疤。夜晚谢四妹暗中垂泪，杜鸿运搂着娘说：娘，娘，等我长大了，我挣一座金山给你花。

好崽，你晓得疼娘了。谢四妹搂着他破涕为笑。

那年杜鸿运八岁。

从那以后，杜鸿运看不上父亲。不过他聪明，晓得父亲在家主宰一切，所以很少在父亲面前流露自己的真情实感。只要和父亲在一起，他便沉默寡言，显得生分。随着年龄渐长，他跟父亲的隔膜越深。尽管如此，杜家才对这个宝贝儿子还是很上心。

最近两年邻县闹红，杜家才出钱组织了保乡团，让佃户、同宗当乡丁。杜鸿运这次暑假回来，他让杜鸿运参加了保乡团的集训。给团丁们训话时，杜家才说“赤匪”共产共妻，红军杀人放火，无恶不作，要大家练好枪法，百步穿杨，绝不能让自己的家乡像瑞金、兴国那样成为匪区，听得杜鸿运直皱眉头。

去年，杜鸿运喜欢的语文教员谢先生因通匪之名被捕。此前他托杜鸿运保管了两本书，一本是《共产党宣言》，一本是英国人拉斯基写的《共产主义论》。这两本书杜鸿运全看完了，但说老实话，他看不太明白。但《共产党宣言》中有一句话他不但理解了，而且深有体会："共产主义并不剥夺任何人占有社会产品的权力，它只剥夺利用这种占有去奴役他人劳动的权力。"他觉得父亲奴役曹远志、曹半夏的权力应该被剥夺。仅凭这一点，共产党和红军在他心目中就变得亲近起来。

去买桂花糕时，杜鸿运的思绪飘到了他房间的阁楼上。阁楼上的油纸包里，藏着谢先生托他保管的《共产党宣言》和《共产主义论》。

谢先生后来被当局当成"赤匪"枪毙了，头颅用木笼子装着，挂在县城南门口示众了半年。每次从南门口走过，杜鸿运都会在心里默默地告诉谢先生，说那两本书换了新封皮，安然地躺在油纸包里，就像两个在襁褓中熟睡的婴儿。

想到父亲成立保乡团是为了对付红军，他忽然对谢先生为之献身的共产党和红军充满了想象和好奇，同时越发觉得家中的氛围腐朽压抑、牛师长丑恶狠毒。杜鸿运实在不想见牛师长和牛晶晶，但又怕自己的拒绝会给父母带来灾祸，他磨磨蹭蹭地买了两包桂花米糕，在街上转了好几圈才回到家中。牛晶晶嫌桂花糕冷了，要他重新买，杜鸿运不肯，牛晶晶脱下只鞋子朝他扔去，破口骂道：杜鸿运，你敢不听我的话，我打爆你的头。

鞋子擦着杜鸿运的鼻尖飞过，他怒目而视。牛晶晶拍着椅子说：你再瞪，我挖了你的眼睛！

杜鸿运气得发抖，父亲死命按着不让他动弹。牛师长呵呵一笑，对杜家才说，晶晶什么都好，就是脾气大一点。不过鸿运是男人，男人宰相肚里能撑船，就得哄着女孩子。

杜家才连连点头称是，旁边的五姨太和六姨太见杜鸿运遭此折磨，幸灾乐祸地捂着嘴巴直笑。和曹半夏一起来送菜的谢四妹早就在外间候着，知道儿子受了委屈，她悄没声地走进来，捡起那只鞋子想给牛晶晶送过去，谁知牛晶晶却拉下脸骂道：

哎哎，你个老虔婆献什么殷勤？这鞋得我鸿运哥哥捡，他还得帮我穿呢！

杜鸿运捏紧拳头，正想跳过去揍牛晶晶，谢四妹紧紧抱住了他，口中哀求道：崽呀，晶晶是贵客，你得有礼数！听娘的话，快去！

我不去！

杜鸿运扭身要走。牛晶晶忽然从腰里掏出把驳壳枪指着杜鸿运：你哪条腿先迈，我打哪条腿！

屋里的杜家人全被牛晶晶吓住。牛师长见惯不怪地哼了两声：杜鸿运，伺候未婚妻不算丢脸。

对，鸿运，我们是男人，得让着女人。

杜家才吓得声音发颤。杜鸿运看着牛晶晶那双冷漠贼亮的眼睛，又看看黑洞洞的枪口，觉得她有些像疯子。他一边告诫自己不要跟疯子较劲，一边咬着嘴唇，捡起鞋子，好不容易才把那只尖头高跟鞋套在她肉粽般的脚上。

嗯，我看鸿运是个可造之才。牛师长扬手打了个响指，两个马弁抬进只木箱。掀开箱盖后，里头满满的枪弹让杜家才双目发亮。牛师长摸着肚子说：

牛晶晶忽然从腰里掏出把驳壳枪指着杜鸿运：你哪条腿先迈，我打哪条腿！

铁公鸡，这是你保乡团要的一百支枪，一千发子弹。

杜鸿运惊得舌头卡在了牙缝里，而牛师长接下来的话则让他的两排牙齿不由自主地咬紧：明天上午十一点举行结婚仪式，中午吃结婚酒。铁公鸡，这下你可得多拔几把毛出来！

这话就像巨大的响雷，炸得杜鸿运头晕眼花，好一阵他才大声地嚷起来：

牛师长，我又懒又馋，我脾气不好，我照顾不了牛小姐！

牛师长走到他跟前，从腰间抽出手枪顶着他的额头：我说你行你就行！

牛晶晶颤抖着浑身的肥肉，走到杜鸿运身边，用手中的驳壳枪戳了戳他的额头：杜鸿运，你是个机灵人，你不会，我教你。

杜鸿运伸手要抢牛晶晶的枪，杜家才和谢四妹同时扑过去，紧紧扳住杜鸿运的胳膊，两人异口同声地说：听牛师长的，明天就办结婚酒！

为了确保婚礼顺利进行，牛师长以保护新郎的名义，将杜鸿运锁进了他的房间。

杜家围与其他的围屋不同，是一座围中围。外面的圆围建于清朝乾隆年间，一共 199 间半房子，杜氏六房聚族而居。两百来年后，杜家的家族发展壮大了，一房至五房先前就比六房穷，可越穷越生，越生越穷，到民国初年，杜家围里的穷人占了大多数，只有建围屋的六房继续旺财，当着阔佬。杜家才的公爹不乐意再跟那些穷宗亲住在一起，便花钱买下了围屋中间那块巨大的坪院，建起了一座三横两纵、雕梁画栋的五凤楼，外面又用围墙圈住，形成了围中围。

杜鸿运的房间在中院横排最中间，四边是房子和围墙，是院子里最安全的地方。这些年不是闹红就是匪祸，杜家才必须确保自家独生子的安全。在这方面他要以杨屎肚的惨痛教训为戒。

上年春，住在围屋外头的外来户、榨油坊老板杨屎肚的崽杨秋生被土匪绑走，赎金开价两千大洋。等杨屎肚东挪西借凑足赎金赎回杨秋生时，杨秋生已气息奄奄，到家只活了三天。人去财空的杨屎肚想不开，一把火烧了自己的家，他和老婆也葬身火海。

这件事吓坏了杜家才，后来只要一想起杨家的惨事，他就腿肚子打战。为了保平安，本来不信神道的他愣是请五花山的道士到家做了三天三夜的法事。

这几年，邻县相继成了红区，尽管杜家围还没有被“赤匪”攻陷，但杜家才怕得要死，从前年起就陆续把金银细软转移到县城。县城的保警队有一百多支枪，那些枪让他安心。他在县城有两家药店、一间南杂店、一家布店、一家饭馆和两栋房子，算得上家大业大。他和五姨太、六姨太常住县城，杜家围则丢给谢四妹管。可最近形势变了，红军不但在中央苏区内拔“白点”，还经常攻打周边的白区，已经有好几座原本属于国统区的城镇落入了红军手中。他觉得县城不如杜家围安全，又把金银细软搬回了杜家围，并开始筹备自己的保乡团。为了给保乡团购买枪支，他找到了有生意合作的牛师长。没想到牛师长很爽快，立刻答应卖给他一百支枪，一千发子弹，代价是一船钨砂。那船钨砂可不止这个价，这让杜家才肉疼不已。更出乎杜家才意料的是，牛师长居然要跟他攀亲！杜家才兴奋莫名，觉得这桩生意划算。自己要是成了牛师长的亲家，那不是得了个金钟罩吗？虽然他对新娘的容貌、脾气极不满意，也晓得儿子杜鸿运不乐意娶牛晶晶，可这些根本不在他的考虑之列，他要的是背靠大树好乘凉，所以满口答应。

这天黄昏突然下了场雷暴雨，天气凉爽了些许。杜家才陪着牛师长一行胡吃海喝了一顿，被牛师长的马弁灌得醉醺醺的，等安排好牛师长他们在主院住下后，杜家才来到偏院见两个姨太太。

呱呱的蛙声中，两个被赶到偏院的姨太太向他抱怨，说天底下哪有这样的父亲，嫁女儿不用提亲、不用聘礼，主动送女儿到男方家中不说，还勒令明天成亲？看来牛师长攀这门亲不是为了杜鸿运，而是看中了你杜家的财产！

杜家才想起自己和吴队长联手占了曹大夫的药店，“手中有枪是阎王”的牛师长要是想霸占杜家的财产，那真是易如反掌。想到这里，杜家才连打几个寒噤。可事已至此，他又能怎么样？悔婚只会让自己和杜家的死期来得更快，现在最要紧的是确保明天能够成婚！

想到杜鸿运被关时的绝望和愤怒，杜家才有些担心。不顾两个姨太太的劝阻，起身拎着火吊又检查了遍门锁。见儿子被关得妥妥的，这才回屋睡觉。

第三章　在家里当了俘虏

夜深了，雨后的空气中漾着树木的清香和泥土的味道。白天聒噪的蝉儿变成了哑巴，青蛙反倒此起彼伏地敲响了蛙鼓。杜鸿运房里的油灯被他来回走动的气流扇得忽闪不定，投在地上和墙上的身影像极了蠕动的怪物。内心无比苦楚的他站在窗前，望着黑沉沉的夜空思谋着该如何脱身，可思来想去仍一筹莫展。

破门而出？不可能！围中围的两道门都包了铁皮，如果没有钥匙，那就只能用斧头敲掉门锁或用炸药爆破。穿窗而出？除非他变成蝴蝶或者影子，否则很难穿过这外窄内宽的石头窗户。他也尝试过拍门向母亲和曹半夏求救，谁知开门进来的却是牛师长那名荷枪实弹的马弁。

马弁嫌他吵了自己的好梦，抡起枪托在他肩膀上敲了两下，敲得他左手软绵绵地抬不起来。眼下他唯一能做的，就是静下心来看书。马弁走后，他想到阁楼上取下《共产党宣言》和《共产主义论》来看。这时他才发现，原先放在门角的楼梯被人拿走了。想到即将来临的恐怖婚礼，满心绝望的他在床上辗转了大半夜才昏沉睡去。

砰，砰！

不知过了多久，他被一阵响声惊醒，凑到窗边往外望去，只见东方天际露出抹柔和的鱼肚白，但大地还被黎明前最深沉的黑暗所笼罩。坪上火把熊熊，那群穿着破旧军装的丘八的领章、帽徽是红的。他正疑惑这些兵的军服为什么跟牛师长他们的军服不一样，下头有人大声喊起话来：

乡亲们，我们红军是穷苦人的军队。我们闹革命的目的，就是让大家有饭吃、有衣穿、有屋住、有书读……现在，让我们团结起来，打倒土豪劣绅杜家才，分田分地分山林，翻身当家做主人！

杜鸿运看见一个高瘦的青年军人在振臂高呼，那些簇拥在边上的杜家佃户和穷宗亲先是稀稀落落地跟着喊，等喊到分田分地时，他们的手臂越举越高，声音越来越响，杜鸿运这才反应过来：这是父亲一直防备的红军啊！

虽然杜鸿运此前曾无数次设想过自己和红军遭遇的场景，却怎么也没想到自己有朝一日会被红军堵在自家屋子里。此时此刻，那些对红军的朦胧好感化为了恐惧。他想拉开门冲出去，可门锁着，再说院子里全是兵，他能逃哪儿去，只有缩回身，困兽似的打着转。这时，一阵杂沓的脚步声由远而近，接着传来了曹远志的喊声：

红军长官，杜家的少爷在屋里呢！

杜鸿运情急生智，刺溜一下钻进了满是灰尘的床底，吓得两只老鼠从他脚上跑过，一只蟑螂飞快地爬上了他的手背，蠕动的足须令他恶心，可他不敢动弹。与此同时，门砰地打开了，摇曳的火把光中，他看见三双沾满烂泥的草鞋朝床边走来。

曹大哥，屋子里空空的，哪有你说的杜少爷呀？一个稚嫩的声音说。

白菜梗，昨天晚上我亲眼看见杜鸿运被关进这屋子，他肯定还在这儿。

曹远志的话音里透出兴奋。杜鸿运想起杜家和曹家的恩怨，曹远志那双钉子般的眼仁倏地浮在面前，吓得他浑身筛糠。没想到他旁边放着几把干稻草，他一哆嗦，干稻草也跟着哆嗦，发出唰啦唰啦的响声。耳尖的曹远志咦了声：白菜梗，床下有人！

接着，探下张稚气的脸来，是个十四五岁的半大孩子。他乌溜溜的大眼睛瞪着杜鸿运，说话时露出两颗可爱的小虎牙：喂，老财崽子，你快滚出来！

就这样，杜家围的少爷杜鸿运在自己家里当了红军的俘虏。

第四章　我是一张肉票吗

杜鸿运龟缩在墙角，绝望地看着天边那片不断变换形状——有时像狗、有时像鸡、有时像花的云彩，根本不理睬旁边问话的朱九龙。

喂，我问你，你是不是杜老财的亲生儿子？

朱九龙是那天在杜家院子里喊话的青年军人，长得高高瘦瘦、长手长脚，靠在墙上像根竹竿。他年纪不大，才十九岁，脾气挺古怪，谁也不爱搭理，但他是货真价实的连长，在士兵中很有威望，他瞪下眼睛，原本正在吵架的战士马上立正稍息，不敢再喘粗气。

被红军俘虏的第二十天，杜鸿运已经从抓他的小红军白菜梗那儿晓得了朱九龙的故事。

朱九龙是个苦大仇深的长工，十五岁时，他烧掉了害死他母亲和妹妹的老财的房子，参加了红军。他很会打仗，也很会打土豪。他连里的伙食比别的连队要好些，只是每次有好吃的他都先让给士兵吃，说自己胃不好，消化不了。可他吃起红薯、毛芋来，胃口比谁都大。所以当连里的其他士兵像吸饱养分的谷粒逐渐变得饱满时，他却清瘦依旧。有谋善战的朱九龙打了不少胜仗，参军四年就当上了连长。不过，他不喜欢别人喊他连长，嫌生分，他喜欢战士们喊他九龙哥。

九龙哥，这小子的脑盖是粪坑里的石头——又臭又硬。你来收拾他！

穿着原来那身旧衣服、头戴红军帽的曹远志参加红军后，原先有些干皱的脸现在舒展成水发后的木耳，汪着滋润的光。他早就看不惯死硬的杜鸿运，此刻瞪着眼珠盯着他。杜鸿运恨曹远志出卖了自己，也恶狠狠地回瞪着他。

曹远志是红军小战士白菜梗堂哥的表嫂的亲戚，朱九龙利用他俩这种八竿子打不着的亲戚关系，多次让白菜梗扮成讨饭佬到杜家围找曹远志摸情况。红军攻打杜家围那天，曹远志从里面打开了杜家围的围门，成了红军攻下杜家围的关键内应，并因此成为刚参军就立了三等功的战士。曹远志受表彰那天，杜鸿运极为愤怒。他觉得自己往日白白同情了曹氏兄妹，以前对曹远志的那些歉疚顿时化为烟云，眼下他最恨的人不是朱九龙，而是曹远志。这个令人不齿的内奸！

等我爹把我赎回去，我一定要杀掉曹远志这个死内奸和贼朱九龙！

杜鸿运在心中无数次这样暗骂。在梦里，他磨好了两把锋利无比的大砍刀，一把砍朱九龙，一把砍曹远志。至于白菜梗，看在他对自己不错的分上，就不杀他了，狠揍一顿即可！

可惜，杜鸿运只能想想，原因是红军贴出了告示，言明只要杜家才出三百块大洋就能领独生儿子回家，可告示贴出去了二十多天，杜家才始终没有动静，气得白菜梗老问杜鸿运是不是杜家才的亲儿子。

我不是他亲生，你是他亲生的呀？怒火中烧的杜鸿运一时忘了自己是俘虏，冲着白菜梗吼了起来。

哎，我为你好，你反倒骂我了？

白菜梗恼火了。杜鸿运心火无处发，猛地踢向脚边的石头，疼得脚指头一颤。

我没骂你，我是说我爹要是在，哪怕倾家荡产，他也会来领我！现在这么久没动静，只怕他被你们红军打死了。

虽然杜鸿运不喜欢父亲，但他相信自己在父亲心中的地位无人能够替代。

白菜梗抽出嘴里的草茎，扑哧一笑：你的老财爹没死，红军攻打杜家围时，他和那个牛师长一伙跑得比兔子还快，我们打起飞脚都撵不上。

旁边的曹远志幸灾乐祸地说：杜鸿运，你爹就是个抱着元宝跳井，要钱不要命的主，别指望他来救你了。

杜鸿运不相信。他爹要是在，房子着火了可以不救，但这个宝贝儿子是一定要救的。他跑去问朱九龙，自家爹爹到底有没有死，他娘谢四妹和曹半夏在哪儿。朱九龙说红军袭击杜家围时，牛师长、杜家才等人在保乡团和护卫队的掩护下撤回了县城。至于撤回县城的人中有没有谢四妹和曹半夏，他也不晓得。

那天没死人，除了你，杜家围其余的人全跑了，肯定有人走漏了风声。

朱九龙虽然身经百战，可到底才十九岁，有时不经意会流露出心里话。

想到娘和曹半夏安然无恙，杜鸿运的心稍微放落了些，脑筋也开始跟着活泛，听了朱九龙这话，他来了个实话实说：

曹远志跟我娘亲得很，讲不定他把你们要来的消息告诉了我娘。

朱九龙愣了愣，杜鸿运晓得他听进了自己的话。果不其然，吃过晚饭后，朱九龙把曹远志叫到大樟树底下谈话。他们俩都没想到，此刻杜鸿运正蹲在离他俩不远的茅坑里拉屎。

朱九龙的问话简单明了：我们去杜家围的事，你告诉了哪个？

曹远志生气地嚷嚷道：我恨不得扒了杜家人的皮，我要是多嘴，那就是自己找死！再说就算我不怕死，我还怕我妹死呢！

朱九龙仔细一咂摸，觉得他这话也有道理。曹远志鬼精，把杜家围的人逃跑成功的原因归结于牛师长安排的明哨暗岗：村口的大树上和围屋的夹墙那儿都有护卫队的暗岗，围屋门口有明哨。你们这么多人来，狗都吓得汪汪叫，他们还会不晓得？

朱九龙没说话，曹远志急了：朱连长，我要有半句谎话，天打五雷劈！

朱九龙说我信你，不用发毒誓。

杜鸿运蹲在茅坑里，蚊子叮得他满屁股全是包，可朱九龙和曹远志还没走的意思，他只好继续当蚊子的活靶子。

这时，连指导员于老头走了过来。于老头不老，也是十九岁，但因体格魁梧，又长了一脸络腮胡，看上去像个大伯，大家私下里喊他“于老头”。

于老头问明了事情的原委后，严肃地对曹远志说：这件事你要写份书面的材料，一定要把来龙去脉讲清楚。

于老头，你不相信我？曹远志生性耿直，情急之下直呼他的绰号。于老头也不生气，他用一种跟他的形象不太吻合的斯文口气说：小曹，你不要这样想。组织上很信赖你，正因如此，你才更要说个明白，君子坦荡荡嘛。

他顿了顿，接着又说：你看你帮我们打开了杜家围的门，组织上给你记了功。

没想到曹远志听了这话，竟呜呜地哭起来，一边哭一边说：你们晓得我立了功，为什么还不收我当红军？

朱九龙说你现在已经是红军战士了。曹远志不相信，说你们都有军服、军帽、红领章，还有枪，我只有一顶帽子，我算哪门子的红军？

于老头咳嗽了两声，说你在思想上、行动上都是红军，有没有军服不重要。

朱九龙接口说：远志，因为敌人的“围剿”，根据地物资的困难你是晓得的，连里没军服的战士不止你呢。

曹远志抹着眼泪骂道：蒋介石这个狗贼真坏，他搞的这几次“围剿”害得根据地没盐、没米、没药，现在连布也没得了。我这个红军穿身吊儿郎当的衣服，没有点滴威风，想到就生气。以后见了蒋狗贼，我要拔光他身上的毛，让他变成秃子！

他这一说，朱九龙和于老头都笑了。他们仨又聊了一会儿，这才满意地离开。

杜鸿运双腿酸麻地从茅坑里出来，屁股上、手上、脚上被蚊子咬了几十个包，身上的臭味十几米外也能熏翻人。奇怪的是，白菜梗并不嫌他身上臭，反而跟他更加亲近了。

这天吃了晚饭后，白菜梗奉朱九龙之命，陪俘虏杜鸿运到村里的小河边走走，说关久了怕他变成软脚鸡。连队驻扎的村庄依山傍水、风景优美，十几户人家散落在小河两边，低矮的泥房在茂密的树林中若隐若现，河沿上的凤尾竹团团簇簇，像朵朵绿色的云。一群鸭子在清澈的河水里戏耍，时而嘎嘎叫着，时而埋下脖子吃水里的鱼虾和小虫。白菜梗和杜鸿运坐在绒毯般的草地上，两人先发了会儿呆，接着杜鸿运扯下片叶子，躺在草地上吹起了忧伤的叶哨。吱吱呀呀的哨音和着浪花跳跃的节奏，让杜鸿运心生悲伤，眼中渐渐蓄满了泪水。白菜梗摘了两捧红色的野浆果，洗干净后递给杜鸿运，正好看见他在擦眼泪，便朝四周望了望，小声说：

杜鸿运，本来于老头想放了你的，可九龙哥听说你是杜老财的独子，非要把你留下。那张让你家出钱赎人的告示是九龙哥写的，于老头为这事跟九龙哥吵架，说九龙哥这是土匪作风。

杜鸿运明白，于老头是指朱九龙用他换赎金的做法像土匪。

你猜九龙哥怎么讲？九龙哥说杜家的钱是老百姓的血汗钱，我们只不过是换种方式要回来。再说三百大洋能买很多药品和粮食。于老头还是不高兴，让朱连长保证以后不能再有土匪作风。

那朱连长同意了吗？

相较长相粗野、性格文绉绉的于老头，杜鸿运更喜欢竹筒倒豆子——笔立直的朱九龙。

九龙哥顶了于老头，说你讲话斯文，那你到县城去找杜家才讲理，让他把不义之财乖乖送给红军，你看他肯不肯。几句话堵了于老头的嘴。

十五岁的白菜梗已经当了两年兵，他个子瘦小，军上衣和裤腿裁掉了一截，苍白的脸上有双圆溜溜黑漆漆的眼睛，看上去像蚊帐戏里的木头公仔。

对他的话杜鸿运将信将疑：这些你都是听谁说的？

我亲耳听见的，他们讲话时我就在墙根下。

白菜梗为了证实自己的话真实可信，不小心暴露了他喜欢听墙根的爱好。见杜鸿运笑了，他忙解释说他不仅是通信员，还是连长的警卫员。

我们九龙哥可好了，我得守着他，不能让坏蛋害他。

白菜梗是个孤儿，自小跟着奶奶长大，前年奶奶死了，他去讨饭，被老财放出的恶狗咬伤。饥寒伤病交加的他倒在路边奄奄一息，是率领部队路过的朱九龙救了他，还让红军医生治好了他的病。伤好后，他死缠烂打地要当红军，朱九龙留他当了通信员。

白菜梗很爱讲话，但连里的战士都比他大，谁听他瞎叨叨？白菜梗有话没地方讲，有时便对着石头、树木、鸡鸭、狗牛讲，战友们讥讽他是话痨。打下杜家围后，曹远志成了红军战士，他比白菜梗大两岁，两人又有亲戚关系，白菜梗便经常缠着他说话。曹远志嫌他啰嗦，不爱搭理他。曹远志的偶像是朱九龙连长，整天屁颠屁颠地跟着朱九龙。白菜梗没奈何，只好跟俘虏杜鸿运讲话。没想到杜鸿运比曹远志温和有趣多了，白菜梗说什么他都能耐心听讲。白菜梗的自尊心得到了前所未有的满足，一开始对杜鸿运还很严厉，时间稍长，竟把他当成了朋友，经常关照他，气得曹远志向朱九龙打小报告，说白菜梗同情地主老财的儿子，哪知朱九龙并没有因此批评白菜梗，反倒教育了曹远志一番：远志，我晓得你和杜家有仇，不过你这仇得向他爹报，不能找杜鸿运算账。

朱九龙那天说话时杜鸿运正好在旁边，他觉得朱九龙是向着自己的。有那么一瞬，他心软了，觉得自己不该再恨朱九龙，但这想法就像皂角液吹出的泡泡，一缕风就吹没了。他继续恨着朱九龙，恨朱九龙把自己当成了肉票，更恨自己成了肉票后父亲对自己的不闻不问、不管不顾。他把自己对父亲的不满全算到了朱九龙头上——如果不是当了朱九龙的肉票，他还一直以为父亲是疼爱自己的呢！眼下大家都说父亲认钱不认亲儿子，他成了父亲随手扔掉的破抹布和杜家人的弃子，也成了大家眼中的可怜虫。

你猜那个该死的杜老财看见告示后怎样讲？他说他还有两个老婆，还能再生儿子，生儿子比挣钱容易，这儿子就送给红军了！

前天中午，跟着战友到县城打探情况的白菜梗回来后气呼呼地说。众人觉得这样的爹举世罕见，顿时同情起杜鸿运来。当时大家正蹲在墙根下吃午饭，杜鸿运原先穿的那件衣服洗了，朱九龙给了他一件自己的破军装，虽然没有帽子、领章和皮带、绑腿，可因为他身量高、长得端正，看上去颇有英武之气。杜鸿运听白菜梗这样说父亲，气不打一处来。他把碗一摔，朝白菜梗扑过去：你骗人！我爹他是找不着我！他找到了，就是三千大洋他也会赎我回去的！

他把白菜梗推倒在地。白菜梗对他摔碗一事极为恼火，他揪住杜鸿运，指着地上的饭菜说：你个地主老财的坏崽，为了这些米，我们牺牲了好几个战士呢！

对，摁他吃掉！曹远志说着跑上前，双手摁着杜鸿运的头，让他吃地上的饭菜。杜鸿运犟着不肯吃，战士们开始起哄，曹远志觉得自己这时不打杜鸿运会丢面子，便揍了他几拳。有两个痛恨地主老财的红军战士也跟着打了杜鸿运。

你们不是红军，你们是土匪！杜鸿运一边回击，一边高声大喊。他的喊声引来了朱九龙。朱九龙身上带着某种气息，他不用说话，那些围攻杜鸿运的战士就主动拉起了他。

朱九龙冷冷地说道：你们要是吃饱了，就给我到坪上练刺杀去！

说着他递给杜鸿运一满碗香喷喷的白米饭和几片红嘟嘟的腊肉：吃吧，吃完了我带你去找你爹。

杜鸿运瞪他一眼，接过碗，赌气吃完了。那个饱嗝还没打出来，朱九龙便让他换回自己的衣服。

去哪儿？杜鸿运听牛师长说红军经常活埋地主老财和白军士兵，吓得脸色发白，连连退了几步。

朱九龙看着他：找你爹爹换钱啊！

朱九龙说到做到，不久便组织了一支小分队，要带着杜鸿运去属于白区的县城取杜家才的钱。于老头从旁边冒出来，脸上的络腮胡子奓成了一面旗：不行！你们这样做是违反纪律的，再说县城里驻兵多、防卫严，你们不能这样白白去送死！

于老头，你管政治思想，我管军事行动，我现在就告诉你，我非去不可！

朱九龙说着，让行动小组的战士们换上便服，其中两人扮成樵夫，三人扮成菜农，两人挑着粪桶。他和杜鸿运、曹远志、白菜梗扮成赶集者，夹着杜鸿运朝县城走去。于老头气坏了，快步追上来阻止。朱九龙喊了声快跑，大家跟着他往前飞奔。于老头的腿前两个月受了伤，伤口虽然痊愈了，但落地还疼，跑不快，不多久就被他们甩在后面。

朱九龙领着小分队抄小路往县城赶去。当他们途经一片竹林时，杜鸿运趁朱九龙和曹远志说话的当口，嗖地窜上了山坡，可还没来得及喘口气，便被神出鬼没的朱九龙擒住：嘿，小子，你跑得还挺快的。怎么，不想去见你爹了？

杜鸿运啐了他一口，朱九龙也不恼，嘿嘿笑着：你脾气还挺硬的！

曹远志在旁边大骂：杜鸿运，你爹没屁眼，只进不出！等下你就晓得他是要钱还是要你！

杜鸿运捡起小石头朝他扔去：小人！

曹远志边闪避边举起木棍：你再扔，再扔我揍你！

杜鸿运听白菜梗这样说父亲，气不打一处来。他把碗一摔，朝白菜梗扑过去。

你敢！朱九龙凶了他一句，曹远志挠挠头，不服气地往前走去。

杜鸿运，你不了解你爹。曹远志没骂错他。杜鸿运见朱九龙这样说自己父亲，懒得理他，默默地跟在了曹远志身后。夏天的山林浓绿得近乎墨色，不时有几丛野花从茂密的枝叶间扑出，像绚烂的火苗在幽暗的林中招摇。蝉儿不停歇地嘶鸣着，那些跟着丝线下降的绿色野天蚕神兵般在树枝间晃荡，空气中弥漫着花香和落叶腐烂时特有的酸甜味。这样的山林和气氛适合掏心窝子，朱九龙开始讲他小时候的事，说他四岁没娘，想破了脑袋也记不起亲娘的样子。他说话时声音硬朗，眼神却软而湿润，杜鸿运倏地想起了自己的母亲，心中着急，不由得加快了步伐。朱九龙像是猜到了他的想法，说曹远志跟我讲了，你母亲为人厚道，很关照他兄妹俩和杜家围的下人，是个好心人。

朱九龙这几句话像把锐利的凿子，凿开了杜鸿运紧闭的心扉，他也开始讲自己的童年故事。两人越说越近，等走到县城门口时，已经有些像朋友了。煞风景的是，曹远志突然贴上前，用匕首抵住了杜鸿运的腰眼：你要是敢喊，我这刀可不认人！

杜鸿运放眼一看，前后左右都是朱九龙的人，加上抵在腰间的匕首，他还是决定好汉不吃眼前亏。在朱九龙严厉眼神的示意下，他和曹远志并排往前走去。这时，有个挑粪的队员故意倾倒了粪桶，大粪洒在城门岗哨的脚上，气得岗哨又打又骂。人群乌泱泱地往前拥，城门口大乱。曹远志拽着杜鸿运快步混入城内。

杜鸿运猛地甩开曹远志，打算撒丫子跑路，没想到刚抬腿就被朱九龙和曹远志同时摁住。那一瞬他想大喊、想逃脱，可这念头刚浮上脑海，朱九龙、曹远志就拽着他闪进了旁边的一条小巷。拎着提篮的白菜梗和一个挑着柴火的战士在那儿接应。朱九龙弯腰看着杜鸿运：你喊也没用。那些哨兵还没打死我们，你就先死了。

气歪了鼻子的曹远志拿起木棍狠狠地敲了两下杜鸿运：你这个狗东西，想死还是想活？

见朱九龙没有制止他，曹远志又打了杜鸿运两下。朱九龙严厉的目光既像火炬又似刀锋，在那股无形的压力下，杜鸿运终于轻轻地吐出了两个字：想活。

想活你就乖乖听话，不然我可对你不客气。一直善待他的白菜梗气愤地说，杜鸿运有些羞愧地低下了头。

杜家药材行位于县城主干道的十字路口边上。今天逢圩，街上人头攒动。药材行门口熙熙攘攘。朱九龙早就探好了路，且做好了分工，曹远志负责药店门口的外围，白菜梗和另一个队员分守大门两侧，另一组守在大街对过。朱九龙挽着杜鸿运走进药店时，店内只有杜家才和管家在算账。杜鸿运平日挺看不上父亲，此刻却觉得他是一位力拔山兮的大力士，能救自己于倒悬。刚踏进店门，他就不顾一切地大喊：爹，爹，快——

“救我”两字还没出口，杜鸿运腰间就被硬邦邦的枪口顶住。杜家才兴奋地朝他扑过来，颤声喊着：鸿运，鸿运，你总算回来了！

对，送他来换你的三百大洋。朱九龙说着撩起搭在胳膊上的衣襟，露出里面的驳壳枪。杜家才立时僵在原地，好一阵才抹着鼻子说：你们就是打死我，我也没有三……三百块现大洋。

杜鸿运没想到爹会这样说，气得跺脚：爹，你快拿钱出来呀！

杜家才抹起了眼泪：鸿运，我真的没有钱。

朱九龙讥讽道：杜老财，你有两间药店、一间南杂店、一家布店、一家餐馆和几百亩山林、上百亩良田，你还跟姓牛的合伙做钨砂生意。别说三百块，就是三千大洋你也能拿出来。一句话，我就问你这儿子还要不要了？

红军爷爷，我围里的家产都被你们打光了，县城的财产给姓牛的弄走了。

你别把我们跟姓牛的搅在一起。我们是把你的浮财分给穷人，那姓牛的跟你是黑吃黑！朱九龙倒是从容，这种时候还要辩个明白。

红军爷爷，我是真的没钱了。求你放了我儿子吧。

杜鸿运觉得爹在演戏，气急败坏地大喊：你胡说！

我没胡说。那牛师长说你通匪，把你娘和半夏关到城西的尼姑庵去了。他说得用你换你娘。

杜鸿运看着一把鼻涕一把眼泪的父亲，搞不清楚他说的究竟是真话还是假话。

这时，杜家才猛地跪到地上，朝朱九龙磕起头来：长官，求你把鸿运还给我吧。

管家见状想趁机溜走，朱九龙用枪口指住了他。管家跪下身子，捣蒜般磕着头：红军老爷，我家老爷说的是实话，家里的钱都给姓牛的刮走了。

杜鸿运问管家：我娘和半夏真的关在尼姑庵？

管家抬头望着他，满脸惶恐：这些天是我给她们送的饭。

杜鸿运听到这儿，转身对朱九龙说：九龙哥，你送我去尼姑庵，我要换我娘和半夏出来。

门口放哨的曹远志发现街道那端有异常，忙吹口哨示警。朱九龙拽着杜鸿运撒腿出了药材行，和曹远志一起往旁边的小巷跑去。身后传来管家的喊声：抓红军啊，抓红军啊！外边突然传来了枪声，街上的人群尖叫着四散躲避。在枪声和喧嚣声中，趔趔趄趄跑着的杜鸿运听见父亲的声音追上来：

姓牛的，你别伤了我儿子呀……姓牛的，我弄你祖宗！

这时，外围的掩护小组已按计划成功地挑起了牛师长的护卫队和县警卫队之间的斗争。他们隔街射击，彼此都以为对方是红军。子弹打掉了半箩筐，才明白是大水冲了龙王庙——自家人在打自家人。等他们回头再去追击时，朱九龙一行已经穿门越窗来到了河边。这是片长满茅草的荒滩，鹅卵石在阳光下反着微光，茅草抽出的白芒花随风摇摆。朱九龙领着大家穿过芦苇丛，上了接应的船只，四支桨同时划动，小船飞快地驶向对岸。

杜鸿运，根据我们掌握的情况，姓牛的还给你家留了一间药店和一间南杂店，三百块大洋你爹肯定出得起，他为什么不出呢？

晚上，朱九龙坐在杜鸿运床前，残忍地问道。

杜鸿运这时已经哭得眼如烂桃，嗓子嘶哑。想到娘和半夏，想到自己的被弃，他怒从心头起，抄起早就放在枕边的石头朝朱九龙头上砸去。朱九龙躲避不及，额角被砸破。他伸手抹干净伤口上的血，平静地望着杜鸿运：你脾气不小呀。

听到动静的曹远志从外面冲进来，手中那把亮闪闪的梭镖直指杜鸿运：杜鸿运，你再动一下，我就扎死你！

算了，他亲娘被关，爹又不要他，他心里有气！朱九龙劝道。

他心里有气，我还有火呢！我妹就是被他那个该死的老财爹送进尼姑庵的。我妹要是有个三长两短，这辈子我饶不了他！曹远志说着红了眼睛，朱九龙生怕他会伤害杜鸿运，忙让白菜梗拉走了他，这边又亲自给杜鸿运打来洗脸洗脚水，拿来两个煮鸡蛋给他补身子：鸿运，不管多伤心，东西还是要吃的。人是铁饭是钢，不吃会垮掉。

杜鸿运不理他。这时于老头也过来劝杜鸿运。劝了几句，见杜鸿运没反应，以为他睡着了，于是开始批评朱九龙，说他这次带队贸然前往白区县城取赎金，赎金没拿到，还导致两名战士受了轻伤，违反了纪律，造成了不良影响，要他从中吸取教训。

朱九龙连连告饶：好了，于老头，这话你已经讲了十遍了，怎么像个碎嘴婆子似的叨个不停。

忠言逆耳，良药苦口，我不说你不长记性。于老头永远都不急不躁。朱九龙奈何他不得，只得说记住了。于老头却嫌这回答太轻飘，要他当着全连同志的面就此事做检讨。朱九龙说我不会推卸责任，要检讨，我向上级检讨。

朱九龙爱面子，他不想当着战士们的面检讨，于老头却坚持要他当众认错。两人各不相让，你一言我一语地抬上了杠。杜鸿运躺在床上，觉得于老头这样逼朱九龙有些过分，他想帮朱九龙辩解，又怕自己的话会成为于老头批评朱九龙的把柄，只好用两根食指堵住耳朵，望着墙角上那只正在吐丝织网的蜘蛛发愣。

第五章 为救人冒死逃跑

第二天，杜鸿运发起了高烧。朱九龙让人上红军医院开了药，亲自熬好喂给他喝。几碗药汁下肚，出了两身大汗，杜鸿运神志清醒了些，但仍没退烧。连队正好在休整，朱九龙衣不解带地照顾了杜鸿运两天，他的体温才恢复正常。于老头看不惯朱九龙这种做法，找朱九龙谈话，说有些战士不喜欢朱九龙这样偏心老财的后代，要他注意自己的阶级立场。

娘个头！哪个在老子身后拉屎放屁！有本事当面鼓对面锣地来对质！老子怎么同情老财的崽了？杜鸿运肯定不是老财的亲崽，要不他的老财爹会不要他？再说现在“扩红”难，要找一个像他这么高、这么壮的战士更难。你们没长眼睛吗？

连队吃午饭时，朱九龙拍着板凳大骂，战士们默默地吃饭，谁也不敢吭声。于老头晓得朱九龙对自己不满，但他什么话也没说，大约也觉得朱九龙说得有理吧。

也就是从那一刻起，杜鸿运突然发现自己不但不恨朱九龙，还有些亲他了。对于父亲抛弃自己的现实，他痛苦过后也只有委屈地接受。

这天晚上没有月亮，暗蓝色的天空上是密集繁茂的星星。星星们眨巴着眼睛，好像荷叶上滚来滚去的露珠。青蛙们打着鼓，虫子们热闹地应和着，发出粗细长短不等的唧唧声、啾啾声，风拂动树梢的哗啦声很响，将远处传来的狗吠捂得微弱，山村的夜晚因此显出几分喧嚣。杜鸿运和白菜梗挤在一张床上睡觉，因没有蚊帐，成团的蚊子在头顶和身边盘旋，仿佛随时准备降落的飞机。渐渐地，蚊子的嗡嗡声从夜晚所有的声响中锥子般钻出来，刺得趴在杜鸿运眼皮上做窝的瞌睡虫飞了个精光。

细心的白菜梗晓得杜鸿运招蚊子，起床在破瓦片里燃着了自己搓制的艾绒条。艾绒条发出浓郁、辛辣的气味，熏得蚊子忙不迭地飞走了。杜鸿运闻着艾绒的香气，想起母亲、曹半夏用艾叶做的清明果子绵糯清甜，吃后令人唇齿留香。清明果子变成了苍耳子，将他的思绪牢牢地粘在她俩身上。尽管他恨曹远志，却无法抑制对曹半夏的担忧、记挂，辗转反侧间，脑子里突然冒出个念头。这念头在吓他一跳的同时又让他兴奋，不由得暗暗攥紧了拳头。

这天一早，连队外出执行任务。杜鸿运的身体尚未复原，加上他的俘虏身份，朱九龙、于老头将他留在了连队的驻地。

部队刚出发，他就潜入了炊事班班长住的房间，找到了那颗藏在班长枕头下的手榴弹。这是炊事班班长唯一的武器，他特别宝贝，往日总是拴在腰间。因这几日老是下雨，他怕手榴弹受潮便偷偷藏在枕头下，正好被杜鸿运看见。当时杜鸿运就下决心要把这颗手榴弹弄到手。今天一早炊事班班长带人去村里买米，已调入炊事班的曹远志和白菜梗成了留守战士，不但要忙着挑水、洗菜、劈柴，还要看管杜鸿运这个俘虏。两人嘟囔着骂朱九龙不识货，把他们两个这么厉害的高手放在了炊事班。见杜鸿运坐在树下发呆，曹远志喝令他去河边挑水。正愁找不到借口出去的杜鸿运抑制住心中的狂喜，挑着水桶往河边走去。走到曹远志和白菜梗看不见的拐角处，他扔下水桶，像头花豹似的扎进了茂密的林中，边跑边庆幸前两天他跟着炊事班的战士到林中捡柴火时，悄悄向砍柴的老乡打听清楚了从驻地前往县城的路线，没想到居然真的派上了用场！

他从林子里取出这两天偷偷藏在那里的番薯干，将手榴弹拴在早就系在腰间的麻绳上，撒腿往河边跑去。

喂，杜鸿运，你往哪儿跑？杜鸿运刚跑到河边，曹远志便一边喊一边追了过来。杜鸿运拼命跑着，风从耳边呼啸而过，放大了曹远志追来的脚步声，啪啪啪地拍打着耳朵，让他惊慌恐惧。为了躲避可能从后面飞来的子弹，杜鸿运跑出了标准的“之”字形。杜鸿运，你要害死我呀！没想到白菜梗也追来了，他的喊声里带着哭腔。杜鸿运开始还纳闷他们为什么不射击自己，这时才想起整个炊事班只给班长配了一颗手榴弹，现在还被他偷走了。想到憨厚的炊事班班长要因此挨朱九龙和于老头的批，他有些内疚。可再内疚他也是要跑的。他逃跑并不意味着他不喜欢红军，他只是想用这颗手榴弹尽快救出母亲和曹半夏。手榴弹很重，随着步伐拍打着身体。开始他还能感觉到被拍打部位的疼痛，后来就麻木了，腿和大脑也跟着麻木。他机械地跑着，一直跑到胸膛着火、呼吸急促，这才扶着一棵树拼命地喘息。

这时，从后面传来了迟滞的脚步声，那是曹远志和白菜梗在向他逼近。他想跑，但实在抬不起腿，挪不开步。他慢慢转过身，背靠着树干，看见曹远志和白菜梗互相搀扶着朝他走来。

你这个……坏蛋，想逃回……你杜家围去，做梦，呜呜。白菜梗边骂边哭，可还没哭两声，他就倒地不起，曹远志也跟着摔了下去。杜鸿运看着他们，目光中有几丝不忍。

白菜梗，你怎么啦？曹远志挣扎着爬起来，摸了摸白菜梗的鼻子，突然惊慌地大叫：杜鸿运，白菜梗不行了，你快来救人啊。

杜鸿运怕他诈自己，往他俩那儿走了两步，又站住不动了。

白菜梗那么好，他要是死了，就是被你害死的！曹远志这话勾起了杜鸿运的内疚。他小跑着过去，看见白菜梗脸色惨白，情况似乎有些不妙。他蹲下身正要掐白菜梗的人中，不料曹远志猛地跳起，将他扑倒在地。

好你个杜鸿运，这回总算抓住你了！曹远志一只膝盖顶住他的双腿，两手摁住他的双手，白菜梗也呻吟着坐了起来，皱眉说：曹远志，你摁紧些，我去砍些毛藤，等下把他捆起来。

白菜梗说话的样子根本不像马上要死的人，杜鸿运恨自己心软，中了他俩的圈套。他猛地抽出右手，抚着腰间咬牙道：曹远志，白菜梗，你们要不放开我，我就拉手榴弹，大家一起上天。

曹远志嗤笑道：你怎么不说你有飞机大炮呢？杜鸿运说骗你是王八蛋！说着掀起衣服，露出了腰间的手榴弹。曹远志伸手就要抢，杜鸿运说你再抢就爆炸了！

曹远志本能地跳起身踢了他两脚：把你炸上天最好！

白菜梗喝住了他：曹远志，你退后退后。

曹远志瞪着他：你个胆小鬼。

白菜梗鼻子都气歪了：我为你好，你还骂我？真是狗咬吕洞宾，不识好人心。

杜鸿运慢慢爬起来，脸上露出几丝不屑：你们狗咬狗，一嘴毛！

曹远志冲到他跟前，挥着双手说：炸死你，炸死你。

炸死了我，谁去救你妹？杜鸿运瞪着他。

曹远志愣住了：你不是回杜家围？

你猪啊，我妈和你妹都在尼姑庵，我是去尼姑庵救她们！

曹远志打量了他几眼，突然从腰间抽出把匕首：我也想去救她们。

不行，你们两个都给我回去！

白菜梗从地上摸起根树枝指着他俩。杜鸿运笑了起来：白菜梗，你就是用枪指着我，我也不会回去的。

曹远志爬到树上张望了一阵，说我们已经离开连部很远了，再走一会儿就到县城了。

白菜梗撇了撇嘴，说你们俩早就合谋要害我吧？

曹远志一听，委屈得哇哇直喊：白菜梗，我要是存心害你，天打五雷轰！

杜鸿运有心挤对曹远志，说你早就跟我讲好了要去救人的，怎么现在不敢承认了？

曹远志气得拾起块石子朝杜鸿运扔去，杜鸿运没闪避，石子正中他的鼻梁，痛得他捂着脸蹲下了身。

哎哟，救人就救人，你们俩别吵了！

白菜梗刚说完这句话，人就软软地晕倒在地。

白菜梗，我又没打你，你装什么装呀，快起来。

曹远志以为他在开玩笑，轻轻地踢着他的脚尖。杜鸿运托起白菜梗的上半身，狠命地掐他的人中，又让曹远志搓他的手心，两人折腾了好一阵，白菜梗才悠悠醒转，有气无力地说：我这两天拉肚子，拉得人没劲。

曹远志说你这人真不顶用！白菜梗翻了他两眼：就你顶用，开始跟我来追俘虏，追着追着，自己跟着俘虏跑了。

我要是红军的俘虏，那你们现在就是我的俘虏！

杜鸿运晃了晃手中的手榴弹，曹远志伸出手说：我们先和解，救回人再看谁是谁的俘虏。

好啊，怕的是孬种！

杜鸿运说着，从口袋里取出他带来的番薯干，曹远志和白菜梗边骂他小偷边大口吃着，三人的关系和缓了一些，开始商议救人的计划。事到如今，白菜梗知道自己拗不过他俩，只得听从杜鸿运的指挥。杜鸿运对白菜梗心怀歉疚，忙宽慰他：

白菜梗，你没看住我，还跟我们俩跑了，到时见到连长，你就说是我胁迫你的，他就不治你的罪了。

白菜梗咬着番薯干白他一眼：晓得你跑了我没办法向连长交差，那你为什么还要害我？枉费我平时诚心待你，真是只白眼狼！

曹远志纠正他：白菜梗，杜鸿运不只是白眼狼，他还恩将仇报。

杜鸿运坦率地点了点头：对，这事我做得不地道，对不住你白菜梗，可我也是为了救人。

白菜梗瘪着嘴巴要哭，杜鸿运抓住白菜梗的手讨好地揉着：

白菜梗，你想过没有，我们可以把坏事变好事的。

你不是孙悟空，哪来的七十二变？曹远志从鼻子里哼了哼。

白菜梗倒是相信他，立刻爬起来：你怎么把坏事变好事？

杜鸿运开始给他揉背：你想过没有，要是我们真的从牛坏蛋手中救出了我娘和半夏，这功劳只能算到你头上。

白菜梗想想好像是这么回事，脸上露出了开心的笑容。

杜鸿运趁热打铁：连长一高兴，兴许就提你当班长了。

白菜梗叹了口气：我做了错事，我不想他提我当班长。

曹远志抱着双臂在边上，扫向杜鸿运的目光满是不屑。要不是为了救妹妹，他定要当面戳穿杜鸿运的谎言：什么叫坏事变好事？就算他们救出了人，白菜梗也要挨批评，甚至受处分。但看在妹妹的分上，他便由着杜鸿运去哄白菜梗。只是没想到白菜梗那么好骗，听了杜鸿运这番话后居然眨巴着眼睛连称有理。

杜鸿运马上拉着白菜梗站起来，朝曹远志使了个眼色，说我们得在天黑之前赶到尼姑庵。

曹远志看了看天边那轮在夕阳里白成银盘的淡月，有些担心：都说月黑风高杀人夜，今晚月光这么好，但愿我们不会被发现。

试试吧，不试怎么知道呢？杜鸿运说这话时心里充满了豪气。以前都是娘保护他，现在他要开始保护娘了！

第六章　我炸飞了牛师长

这晚的月亮好得出奇，像个又圆又大的水晶盘，亮晃晃地挂在天上。也许是起雾的缘故，月辉下的景物有些朦胧，反倒遂了杜鸿运的心愿。他和曹远志、白菜梗蹲在尼姑庵边上的灌木丛里已经候了多时，那个岗哨还木头般杵在门口。他们只好又走远了上百米，一边吃着刚从沙地里扒来的红薯，一边小声聊天。

白菜梗边吃边嘀咕：你们幸亏是在这里扒红薯，要是在连队上，那可是要被关禁闭的。

曹远志停住了咀嚼：这话怎么讲？

杜鸿运抢过话头说：

我听于老头讲过，红军战士有好多纪律，不能吃老百姓的东西，不能用老百姓的针线，夜晚睡了老百姓的门板要上回去，还要把稻草收拾好。战士们只要进了老百姓的家门，就要帮老百姓挑水扫地，劈柴喂牛，总之不能闲着。

曹远志打断杜鸿运的话：我又没问你，你叨咕什么？哎，白菜梗，那我问你，既然当红军这么苦，那大家为什么还争着去当兵？

白菜梗激动地抬起头：红军帮穷人打地主老财，是我们自己的队伍。于老头和九龙哥说了，革命胜利后，我们就是这个世界的主人，要什么有什么！

曹远志皱起眉头：这话不对，红军有这么多纪律，革命胜利了也不可能要什么有什么。

白菜梗着急地比画着：我这是打比方。我跟你们讲啊，现在根据地的穷人分了田分了房，有饭吃有衣穿，原来的光棍汉都讨了老婆，女子也能当家做主，这还不是要什么有什么呀？

曹远志有些遗憾地说：我这二十多天待在连里天天围着锅台转，早晓得根据地的百姓翻身当了主人。我早该去开开眼界，眼见为实嘛，看了我就信你的话。

白菜梗不高兴地说你是杜家的长工，是真正的无产阶级，你怎么还怀疑红军？

曹远志说我相信红军，只是不晓得穷人翻身做主以后是怎么个样子。

杜鸿运眼见他俩又要抬杠，忙说：讲给你们听，你们可能不相信，我的思想比你们俩都革命！

曹远志和白菜梗异口同声地说见过不要脸的，没见过像你这么不要脸的。

杜鸿运自豪地说：我家的阁楼上有一本《共产党宣言》，还有一本英国人拉斯基写的《共产主义论》。我看过这两本书，你们看过吗？

白菜梗摇摇头，一脸崇拜地望着他：我的天哪，那两本书好厉害的，听说是马……马大师写的。

曹远志在他头上拍了一掌：胡说，哪来的马大师？

是真的，写书的人叫……叫……对了，叫马克思，是个外国人。听讲他的书写得好深奥，朱连长都看不懂。白菜梗挠着头皮说。杜鸿运补充道：那个写《共产党宣言》的马克思是德国人。

杜鸿运抬出的两本外国书一下就镇住了曹远志和白菜梗。曹远志愣了会儿神，接着从鼻子里哼了两声：鬼信你的话，说不定你是胡诌的！

白菜梗咽下了口中的番薯渣，舔着嘴唇说：杜鸿运，下回你带着书去问于老头，他以前在北京读过大学，天文地理全懂。你刚才讲的两本书他跟我们讲过，我跟听天书一样，等你弄懂了再讲给我听。

好！杜鸿运说罢，突然指着尼姑庵门口说：那个哨兵被人叫走了，我们快过去。

刚到尼姑庵时，他们三人分头侦察了地形，决定从尼姑庵左后侧那棵靠近围墙的树翻进庵内，可刚才那个哨兵站在大门口，他们没办法绕过去，这才蹲在对面的灌木丛里吃番薯、聊天。趁哨兵不在，三人快步跑到尼姑庵的左后侧，猿猴般攀上那棵大树，借着树枝顺利地翻进了尼姑庵内。三人蹲在墙根静静观察了一番，发现院内没有布哨，月光下的尼姑庵静悄悄的，仿佛一座千年古墓。曹远志撮嘴学起了鸟叫，唧唧啾啾的声音随风飘散在夜空。这是曹远志和曹半夏在杜家围的联络暗号。为了讨好曹半夏，杜鸿运还花钱向说书人学了口技。就在他走神的当口，从尼姑庵左方的暗角里传出了唧唧啾啾的鸟鸣。曹远志向他们做了个手势，三人蹑手蹑脚地到了暗角。

三人蹲在墙根静静观察了一番，发现院内没有布哨，月光下的尼姑庵静悄悄的，仿佛一座千年古墓。

为了确定曹半夏所在的房间，曹远志又学了两声鸟叫。曹半夏迅速回复后，杜鸿运上前摸索了一阵，发现门上了锁。曹远志和杜鸿运正发愁时，白菜梗从兜里掏出个有塞子的小葫芦，里边装着给朱九龙擦枪用的茶油。白菜梗将油倒入门闩的下端，接着无声地端开了半边门闩，曹半夏从狭窄的门缝里钻了出来。

哥！曹半夏抱着曹远志抽泣起来。杜鸿运小声说：半夏，我娘在哪儿？

曹半夏压抑着哭泣声：那天你们从药店走后，姓牛的过来说你被红军杀死了，问大娘要钱和地契。大娘说她不知道，姓牛的就拔了大娘的十个手指甲盖。大娘，她……

曹半夏又抽泣起来，杜鸿运的心掉进了腹腔，他抓住曹半夏的手摇晃着：我娘到底怎样了？

大娘她……前天……上吊了！

杜鸿运一屁股坐在地上，白菜梗和曹远志好不容易才把他拽起来。

我要炸死姓牛的乌龟王八蛋！杜鸿运话音刚落，门口传来了喧嚣声，接着射进一片闪闪烁烁的灯光。

曹半夏紧张得浑身发颤：糟糕，肯定是姓牛的来了！我们快走。

想到牛师长那张淫邪的脸，曹半夏连打几个寒噤。

真是天堂有路他不走，地狱无门他偏入。明年今日就是他的忌日！

杜鸿运呢喃着从腰间拿出手榴弹，让白菜梗和曹远志带着曹半夏先走。

不行，我们一块来的，得一块走！

没想到曹远志这么仗义，杜鸿运心中一阵感动。他推了曹远志一把：

你快把半夏带出去，不然我们就白来了！

对，远志，你在外面等我们。匕首给我。

曹远志递匕首给白菜梗时手有些抖：你们千万小心。

从尼姑庵的大门到关押曹半夏的地方还有段路，曹远志兄妹都翻出墙了，牛师长才在两个提着马灯的马弁陪同下摇摇摆摆地走过来。见他们只有三个人，杜鸿运内心一阵狂喜。只是他没用过手榴弹，扣环的手指一直在颤抖。他头一回用这玩意儿，怕万一失手，错失这千载难逢的机会不说，也许还会送掉自己和白菜梗的小命。他把手榴弹递给了白菜梗。白菜梗虽然没有真刀真枪地和敌人干过，可练过怎样扔手榴弹。他定定心神，估算了一下距离，一拉弦，扬手将手榴弹丢在了牛师长脚下。

他娘的，什么鬼……

骂声未毕，一声巨响，夜空被那团绚烂的橙黄色火焰照得通明。门口的护卫队慌作一团，黑暗中不知对方在哪里，只好放了阵乱枪。等杜鸿运、白菜梗在墙外与曹氏兄妹会合了，才从尼姑庵院里传来密集的枪声，仿佛几挂热烈的鞭炮在欢送他们。

第七章　你们可能是奸细

七月下旬的赣南，天气闷热，废弃不用的祠堂里，除成团打堆的蚊子，还有蜈蚣、壁虎出没，空气中飘浮着青苔和灰尘的难闻气息，待久了让人郁闷。杜鸿运、白菜梗、曹远志、曹半夏在博生县某山村的祠堂厢房里已被关了整整三天。他们为数量众多的蚊子、壁虎、蜈蚣而苦恼，也为自己未卜的命运而担忧。

这天傍晚，当他们看见赤卫队队员把关在隔壁的两个奸细拉出去枪毙后，恐惧与焦虑弥漫了整个房间，让他们再也无暇顾及那些小生灵。四人不断地唉声叹气，互相埋怨，其中最受折磨的是白菜梗，因为他无法回答杜鸿运和曹远志的质问：你是红军战士，怎么会不晓得部队去了哪里？

白菜梗很无助，他真不清楚朱九龙连长带队伍去了什么地方。尼姑庵脱险后，他们回到部队驻地，可那儿连个人影也没看见。面对空空如也的驻地，他委屈得流下了眼泪，感觉自己被队伍抛弃了。

他们肯定是去执行任务了。红军部队都这样神出鬼没。白菜梗只能这样回答。可这话说了等于没说，找不到部队，大家心里慌张。四人商量来商量去，最后还是杜鸿运拿的主意：这里是红白区交界处，经常有国军出没。没有红军的保护，我们可能会被他们抓壮丁。

大家紧张极了，全都眼巴巴地看着杜鸿运。杜鸿运说这地方我以前来过，往大桥右边走几十里是博生县，我们干脆到那儿投红军去。

不是投红军，是归队！白菜梗纠正他。

归队也好，投红军也好，反正我们得去博生县。

自从救出了曹半夏，曹远志对杜鸿运的态度有了微妙的变化。以前他处处和杜鸿运作对，现在却时不时地附和几声，有点示好的意味。不过这话刚出口，他就怀疑地看着杜鸿运：哎，你为什么想去投红军，不想回家找你爹吗？

杜鸿运眨了眨眼睛：你说对了，我爹爱银元不爱我。我不想见他。

这是杜鸿运的真心话，他现在恨上爹爹了，不仅恨爹爹不肯出钱救他，更恨的是爹爹没有从牛师长手中救出娘。假如杜家才敢跟牛师长对抗，杜鸿运相信娘不会落得这么悲惨的下场。再者，他炸了牛师长，如果回到国统区，很可能被抓了去砍头，还不如投红军保险。曹远志冰雪聪明，琢磨了片刻后便明白杜鸿运为何做如此选择。他有些同情杜鸿运，举双手赞成去博生县，但又忌讳他跟自己妹妹接触。路上只要杜鸿运一跟曹半夏说话或者走近些，曹远志就横眉竖目地瞪着他，或者把曹半夏拉开。

曹半夏很听哥哥的话，她尽量躲着杜鸿运，只和白菜梗讲话，给郁闷的白菜梗带去了几丝奇妙的感觉与快乐。他们翻山越岭，花大半天的时间躲过了三支白军的巡逻队，傍晚时分终于来到了博生县边缘的一座小山村，没想到刚进村就遭到了两个儿童团团员的盘问。因他们拿不出路条，儿童团团员把他们带到祠堂找村苏维埃政府主席。村苏维埃政府主席是位满脸皱纹的大伯，他分别询问了四人的情况后脸色大变，接着就把他们关进了厢房。

这两天分别有三伙人审问过他们，每次问的问题都差不多：什么姓名、年龄、籍贯、家庭情况，从哪里来到哪里去，互相之间是什么关系。问得非常仔细，而且有意把那些问题夹杂在看似无意的聊天中，被审问者的回答稍有出入，这个问题便会被作为重点再次提出。如果同一个问题两次询问得到的答案不同，重新审核时又会多出数个为什么，直到把人绕晕，而审问者便趁机找出破绽。

从村苏维埃干部对他们的严厉和警惕来看，像是把他们当成了奸细。如果他们所说的情况得不到核实，也会落得和隔壁那两个奸细一样的下场吗？厢房里滋生出浓浓的恐惧与绝望。大家长吁短叹，互相埋怨，只要见到村苏维埃干部，就又是解释又是申辩，个个恨不得剖出心给他们看。村苏维埃干部对他们还算客气，说我们不会冤枉好人，也不会放过坏蛋，等查清楚了，自然会放你们出去。

都怪你，好好的撒什么谎，你就说你是杜家才的儿子，他们还能杀了你啊。

第三轮审问过后，曹远志这样埋怨杜鸿运。杜鸿运也很后悔，后悔那个女干部问自己叫什么名字、哪里人时，他说自己是穷人家的孩子。他也有些怨白菜梗和曹远志软蛋，村苏维埃干部一问，就老实交代了他的身份。曹半夏虽然是个弱女子，肩膀倒比他俩硬，任村苏维埃干部怎么问她杜鸿运的情况，她都说不晓得。奇怪的是村苏维埃干部居然不怪她，这大约是美的力量吧。

博生县的保卫工作做得扎实。村苏维埃干部得知杜鸿运是大地主杜家才的儿子，且刚刚炸死了牛师长后，立即报告了有关部门。有关部门很重视，一一进行核实，等村苏维埃政府主席得到反馈时，已是杜鸿运他们被关押的第八天。

开门，我有话跟你们讲！我是地主老财杜家才的儿子，他们三个是穷苦人。你们要枪毙就枪毙我吧！

这天一早，失眠的杜鸿运担心曹半夏会受到牵连，嘭嘭嘭地拍起门来，口里连声高喊着，惊得檐下那窝燕子倾巢而出，在祠堂里飞来飞去，丢下满地细碎的啾啾声。

不多久，村苏维埃政府主席和一个矮壮后生打开了房门。两人笑容明灿，语声清亮：欢迎你们来到博生县！

他俩同时向白菜梗和曹远志伸出了手，接着又朝曹半夏拱手，以示男女有别。对旁边的杜鸿运却视而不见，那态度不只是冷淡，还有警觉和怀疑。杜鸿运心里很不是滋味。

吃完早饭，村苏维埃政府主席和矮壮后生把白菜梗、曹远志和曹半夏请进了村苏维埃办公室，杜鸿运走到门口时被后生拦住，让他在外面等着。白菜梗和曹远志异口同声地说他和我们是一伙的，你让他进来。后生不为所动。村苏维埃政府主席脸上的皱纹挤成了一堆：这件事我们几个先商量商量。

杜鸿运孤零零地站在天井边，看着柱子上那副“保民子而民欢乐，宁尔裔则尔炽昌”的对联发呆。过了刻把钟，白菜梗、曹远志摩拳擦掌地走出来，对杜鸿运说：我们就要参加少共国际师了！两人的兴奋之情溢于言表。曹半夏的情绪和他们正好相反。她撇着嘴，不服气地嘟囔道：这少共国际师凭什么不收女兵？

见杜鸿运一脸蒙圈，白菜梗忙把手中的传单递给他看。油印的传单字迹有些模糊，但仔细看还能看个明白。传单上的材料是这样介绍的：第四次反“围剿”后，中央苏区出现了“扩红”的热潮。1933 年 5 月中旬，红军总部在江西宜黄县西南驻地召开了全军青年工作会议。会后，红军总政治部根据总政委周恩来的建议，向少共中央局提出建立少共国际师。5 月 20 日，少共中央局正式做出《关于创立少共国际师的决定》，号召“须要更快的完成扩大一百万铁的红军的任务”，决定由江西征调四千人，福建征调两千人，闽赣省征调两千人，到 8 月 1 日为止，组建成少共国际师。中央苏区的青少年跃跃欲试，都希望加入少共国际师。

这时，从外面传来了少年们悠扬响亮的歌声：

为土地，为自由，
为苏维埃政权，
我们要坚决斗争！
我们团结一致，保卫苏区！
消灭国民党法西斯……

白菜梗、曹远志兴奋地往外跑去，杜鸿运和曹半夏一脸落寞地跟在后面。

你哥和白菜梗都能上队伍？杜鸿运郁闷地问道。曹半夏点点头：村苏维埃的唐主席让他们等一下就去县里的少年先锋队报到。

不是少共国际师吗，怎么成了少年先锋队？杜鸿运有些纳闷，曹半夏也弄不清楚。

是这样的，为了响应中央的号召，江西、福建各县的少年先锋队成连成营地参军。

那个陪着村苏维埃政府主席的后生，不知什么时候跟在了他们后面。他见杜鸿运和曹半夏还不明白，接着解释道：换句话说，你要是加入了我们县的少年先锋队，等少年先锋队全体加入少共国际师时，先锋队队员就成了少共国际师战士。听明白了吗？

杜鸿运和曹半夏这才恍然大悟。

我叫唐七姐。后生做完自我介绍，犹豫一下，向杜鸿运伸出了手。杜鸿运连忙握住他宽厚的手，有些感动地说：我是杜鸿运，她叫曹半夏。

唐七姐跟他年纪相仿，长了一张圆圆的脸，笑起来眉眼弯弯的，显得很喜庆。他是乡少年先锋队的队长，这段时间一直在为少共国际师的扩军而奔忙。今天能招到曹远志和白菜梗两名队员，他很开心。

唐七姐，我也想当少先队员。以前在杜家围不爱说话，总是怯生生的曹半夏，如今如同被甘泉滋润的蔫枝，焕发了神采，人也开朗了许多。她想跟哥哥一起参军。

这上前线的事，女人搞不定。唐七姐那颗圆脑袋摇得像货郎手中的拨浪鼓。

我听说部队里有女卫生兵的。我想去当医生。曹半夏用眼神向杜鸿运求援。在这件事上杜鸿运有心无力，实在帮不了曹半夏，只能耸耸肩，接着开始向唐七姐毛遂自荐，说他有文化，能为红军刻钢板印传单写标语；他读过《共产党宣言》和《共产主义论》，要是指导员没空，他能代指导员给大家讲课；虽然他出身地主老财家，可他恨死了国民党军阀，前些天炸死了国民党粤军的牛师长；最重要的一点，他想跟原来的家庭决裂，加入红军的队伍。

杜鸿运的自荐攻势猛烈，成效显著。当他们从祠堂厢房走到大门口，看见那队胸戴红花、唱着歌曲的少先队员昂首挺胸阔步走过时，唐七姐终于答应去跟上级汇报。

还有我，还有我！曹半夏急得抓住了唐七姐的手。她怕唐七姐为难，便连珠炮似的说：唐队长，古有花木兰替父从军，沙场杀敌，被皇帝追封为“孝烈将军”，还有那樊梨花和丈夫并肩沙场挥戈，平定西北边乱。这些都是女子，她们能做到的，我也能做到！再说了，现在红军队伍里有不少女兵呢。你看，那边就有一个！

曹半夏眼尖，看见路边的“扩红”宣传队全是女兵，立即拿来举例。唐七姐被他们的热情所感动，马上带着他们的期望，去找村、乡苏维埃政府主席汇报。

第八章　参加少共国际师

1933 年 9 月 3 日，博生县城的大街小巷两旁插着小红旗，树上拉着“庆祝第十九个国际青年节”“祝贺少共国际师出征誓师大会召开”的横幅，脸上洋溢着喜气的老百姓，拖儿带女地赶到大校场去看少共国际师的出征誓师大会。

宽阔的广场上，列队站着八九千名士兵，他们大的十八九岁，小的十四五岁，个子参差不齐，最矮的个子还没有枪高。身材高大、穿着军装的杜鸿运站在矮壮的唐七姐身边，显得英姿勃发。旁边的曹远志翻了杜鸿运两白眼，小声问白菜梗：连支枪都没有，我们这也算红军？

二度入伍的白菜梗回答问题时抬头挺胸，神态中有种老战士的自信：等跟白狗子打一仗，我们就有枪了！

曹远志点点头说那就好，然后他满脸神气地向杜鸿运夸耀：杜老财，8 月 5 日你还在被人审查，我们参加了在跑马场举行的少共国际师成立大会，那气派你这辈子是看不到喽！杜鸿运抹了把脸上的汗珠没有搭腔，心中既遗憾自己错过了 8 月 5 日少共国际师的成立大会，同时又庆幸自己最终还是加入了这支队伍。

那天大家穿着崭新的军装，好神气啊！杜鸿运，你晓得吧，那面军旗可是周恩来总政委亲自授给师长的。周总政委可帅了！

宽阔的广场上，列队站着八九千名士兵，他们大的十八九岁，小的十四五岁，个子参差不齐，最矮的个子还没有枪高。

白菜梗忍不住啧啧赞道。

他不只是红一方面军的总政委，还是中央革命军事委员会副主席呢。曹远志自豪地说道。杜鸿运知道周恩来是个很厉害的大官，但又觉得离自己很遥远，他关注的是更具体的问题：周副主席有赖慕敏帅吗？

杜鸿运在县城读书时看过不少电影，那些片子里的男明星貌比潘安、女明星花容月貌，在自认为见过大世面的杜鸿运的眼中，少共国际师中最帅的便是他们的副连长赖慕敏。

赖副连长怎么能跟周总政委比？再讲男的要是靠脸吃饭，那不是当了屎光乌蝇吗？以后少讲这些恶心话！唐七姐在杜鸿运背上拍了一掌，对他这种类比颇为不满。这时，几位首长走上了主席台，白菜梗突然激动地指着主席台上的人说，那边是我们的师长陈光，他旁边是师政委冯文彬。他们两个都好厉害。

曹远志满脸羡慕地踮脚张望着，见杜鸿运也望着台上，他故意歪过头挡住了杜鸿运。杜鸿运懒得理他，目光越过白菜梗的头顶，落在站在马克思、列宁巨幅画像下的那些领导人身上，觉得他们个个英姿勃发。杜鸿运心中顿时生出几丝感慨：我这是从红军的俘虏变成红军战士了？

嗒嘀嗒嘀嗒……

咚咚锵，咚咚锵……

一声清脆的号响，接着锣鼓喧天，唢呐齐鸣，中革军委、少共中央局、中共江西省委等领导开始检阅部队。少共国际师此时尚无番号，作为新组建的部队，被特准派出代表团同战功卓著的老大哥部队红一军团、红三军团、红五军团各部一起接受总部首长的检阅。朱总司令代表中革军委向红军高中级指战员颁发奖章。周恩来、朱德、彭德怀、贺龙、徐向前、董振堂等同志被授予一级红星奖章，另有八十多人获得了二级和三级奖章。

杜鸿运听着大会主持人念出那些如雷贯耳的名字，心中不由得豪情万丈。只是他激动的同时，又遗憾自己只能站在队列方阵里目送唐七姐、曹远志等受阅代表团战士走向台前，目光中不由得多了几丝羡慕。

检阅之后，大会宣读了中革军委发来的贺电，周恩来副主席代表红军总部向各战斗部队授予团队旗帜。随后，新任少共国际师政委冯文彬做了慷慨激昂的讲话。

杜鸿运等战士举起拳头，庄严地宣誓：我们是工农的儿子，今日在博生正式宣誓。我们都是青少年，高举着少共国际师的旗帜，整装待发要出征，粉碎敌人“围剿”莫延迟。我们要消灭帝国主义和国民党反动派，准备以最后一滴血，为着苏维埃奋斗到底！

宣誓完毕，阅兵总指挥陈奇涵授予少共国际师第十五师的番号，归红五军团建制，辖第四十三、四十四、四十五团，还给这三个团的团长授予了团旗。最令杜鸿运高兴的是，参加誓师的人都得了一枚“武装上前线”的五星银质奖章。

抚摸着亮闪闪的五星奖章，方才的誓言犹如战鼓，敲得杜鸿运心跳加速——此情此景并非梦境，自己是真的走上了革命道路。

此时，舞台两侧的锣鼓、唢呐与官兵们的掌声合奏出滚滚春雷，碾开了天上那层乌云，激起了阵阵旋风，吹得鲜艳的军旗在风中高高飘扬。三天后，在这面军旗的指引下，少共国际师的上万名官兵，在师长陈光、政委冯文彬的率领下，高唱着少共中央总队部副总队长兼总训练部部长张爱萍创作的《少共国际师出征歌》，开赴广昌前线进行军事政治训练。

我们就是少共国际师，九三日在江西誓师出征去。高举着少共国际的光辉旗帜，坚决的、勇敢的武装上前线。做一个英勇无敌红色战斗员，最后的一滴血，为着新中国……

上万人的歌声豪迈激越，杜鸿运走在队伍中，感觉自己的心被这战鼓般的旋律激荡，油然生出股神奇的力量，有些沉重的双腿顿时轻快起来。他唱着歌朝前方跑去，那是太阳升起的方向，金灿灿一片，蕴含着崭新的生机和无限的气象。

广昌位于江西抚河上游盱江河畔，是赣、闽、粤三省的交通要道和中央苏区的北大门。少共国际师到达广昌后在南部的头陂、新安一带进行军事政治训练。

哔哔哔……

天刚蒙蒙亮，响亮的竹哨声便似锐利的剪刀，剪断了战士们的睡意，迫使他们从香甜的梦乡中爬起。连日行军，把个杜鸿运累得快要瘫倒。加上以前在家睡惯了懒觉，享惯了福，所以尽管头天晚上入睡前他一再告诫自己听到哨声要立即起床，可临了却怎么也爬不起来。

你个懒虫，还不起床！

随着骂声和呼呼的鞭子声，杜鸿运屁股上掠过几阵剧痛。他条件反射地跳下床，还没明白怎么回事，手上又挨了两鞭。

红军……红军也打人？捧着红肿生疼的手，杜鸿运眼圈里转着眼泪，盯着连长张大嘴那颗剃得光光的头和下巴上茂盛的黑胡子，委屈而又气愤地质问道。

杜鸿运，我现在不是以连长的身份打你，我是以大哥的身份打你。别人都在外面操练，你还在这睡懒觉，还有脸问我？

见杜鸿运愣愣地站着，他又大喝一声：还不赶快穿上衣裤！

杜鸿运手忙脚乱地扒拉了半天也没找到自己的衣服和鞋子，只好抬头挺胸地说：报告连长，我的衣服鞋子不见了！

张大嘴朝四周张望了一阵，也不说话，拉着他就往操场走去。

连长，我只穿了短裤，你干什么啊？

张大嘴头也不回地说没关系，大家都是男人，谁没见过谁呀。

就这样，杜鸿运穿着短裤，赤着上身来到了操练场，引起了战士们的议论和阵阵嘲笑。

张大嘴把软绳鞭绕在左胳膊上，吹了三声竹哨：二连的战士都给我停下！

张连长，他这是怎么啦？指导员王建和副连长赖慕敏跑过来，异口同声地问道。旁边的三排排长唐七姐见杜鸿运这样子来出操，脸都吓白了。

张大嘴说连里出小偷了。王建连忙拉住他：大嘴，肯定是恶作剧，小偷这俩字可不敢乱说。

他能做小偷的事，我还不能说？我偏要说！你们给我听着，谁要是藏了杜鸿运的衣服，现在就出列认错。过了这个村你还捂着藏着，等我们找出来，那就按小偷论处！张大嘴声音里长了刀片，割得大家的耳朵嗞啦嗞啦地疼。

杜鸿运见曹远志脸上直冒虚汗，心知是他干的，又见张大嘴用如此手段逼迫，不由得有些暗喜：曹远志啊曹远志，你今天这招就叫被窝里喂虎——害人又害己！白菜梗也猜到了谁是元凶，捅了捅曹远志，让他赶快承认。这时王建指导员也发话了：张连长刚才强调了纪律，我在这里提个醒，大家初来乍到，难免生疏，你们再想想，是不是有谁拿错了？

战士们纷纷开始咬耳朵，说小话。白菜梗和唐七姐不约而同地看着曹远志。穿着短裤的杜鸿运虽然有些尴尬，但他相信此刻的曹远志比他更尴尬，除了尴尬也许还有紧张，不然曹远志的小腿为什么直哆嗦？

远志，你赶快出列，不然就被当成小偷了！白菜梗着急地劝道。曹远志扭头横了杜鸿运一眼，红头涨脑地往前走了两步：

报告连长，我昨天晚上起夜，不小心尿到了别人的衣服上。衣服放在外面的树丛里，我等下拿去洗。

鬼哟，你又没在床跟前拉尿，怎么会尿到别人的衣服上？

你那宝贝是歪的吧？

有两个战士讥讽道。杜鸿运连忙接口：曹远志的宝贝没问题，就是会赖尿！

战士们哄堂大笑，曹远志气得朝他扑过去，大喊着你个杜老财，你就是个奸细，你根本不配当红军！

尽管有唐七姐、白菜梗拉着，身体壮实的曹远志还是两拳打倒了杜鸿运。杜鸿运回过神来，用这两天学过的擒拿格斗术对付曹远志。曹远志没占到便宜，又使出新招对付杜鸿运，一来二去的，两人把打架变成了擒拿格斗示范。原本拿了软鞭想抽他俩的张大嘴顺便给了劝阻他的王建一个面子，将鞭子缠回腰间，捋着乌亮的胡子喊道：来招黑虎掏心！

张大嘴话音刚落，战士们就七嘴八舌地吆喝起来：打眼睛！揪耳朵！锁喉！挠他头发！

杜鸿运虽然个子高大，在学校的运动会上，跑步、跳高、跳远都曾得过名次，但论力气，却远不如天天劳作的曹远志。十多个回合的争斗，曹远志略占上风。杜鸿运也曾将曹远志压在身下，边上有人提醒他猛击曹远志的双目。考虑到眼部脆弱，万一不慎，会造成伤害，杜鸿运伸出双指转压曹远志的颈部。就在他犹豫的瞬间，曹远志一掌拍向杜鸿运的眼睛，接着翻坐在他身上，手肘死死地压住了他的喉咙。杜鸿运呼吸困难，迷糊间听见有人在喊：曹远志，快松手！然后，杜鸿运就什么也不知道了。

第九章 神奇的水蛭疗法

杜鸿运在医院醒来时，感觉自己此前做了个漫长的梦。梦里他在和人打架，可周围黑得伸手不见五指，他竟不知敌在何处。清晰的疼痛从眼部放射出来，抬手一摸，眼睛上裹着绷带，空气中有呛鼻的药味和石灰水的味道。

鸿运，你总算醒了！

这清脆又略含甜糯的声音是那样熟悉，一时却想不起是谁。杜鸿运正纳闷，那软软的声音再度响起：对不起，都怪我哥下手重。不过他也受到了处罚，给关了禁闭。

半夏，你不是在师部宣传队吗，怎么到了医院？杜鸿运伸手去扯脸上的绷带，想尽快见到曹半夏。

哎，你别动，小心眼睛！曹半夏摁住了杜鸿运的手，兴奋地说：

鸿运，首长说宣传队的人也要到医院学急救，万一卫生员不够，我们可以顶上去。我们都到这儿学习三天了。

杜鸿运转动了下眼珠，发现眼睛还是很疼，想到自己原本可以击打曹远志的双目，却不忍心下手，结果自己反倒中了招，心里有些乱：半夏，你哥把我当敌人打，万一我成了瞎子怎么办？

曹半夏欢快的语流像受到阻塞的溪水，倏地噎住了：对不起啊，我哥的脾气你晓得的，他就是觉得你不该当红军。

他不要我当红军，难道他想让我当白军吗？

这话可不敢乱讲！曹半夏着急地劝杜鸿运以后说话要注意阶级立场，转瞬又觉得自己这话讲得太硬，忙劝杜鸿运放宽心：医生说你等一下就可以拆绷带，不会有事的。

杜鸿运说我怎么感觉自己昏迷了好久。

曹半夏扑哧一笑：你不是昏迷，是贪睡，呼噜打得比猪还响！中午张连长、王指导员、赖副连长、唐排长来看你了。

杜鸿运急得一把扯下了眼睛上的纱布和药物：你也在？怎么不叫醒我？

曹半夏大呼冤枉：我捏你鼻子，抠你脚丫，你怎么也不肯醒，还拿枕头砸人。王指导员说别喊你了，让你睡个饱。你连午饭都没吃呢。

杜鸿运无比懊恼，想起张大嘴的鞭子，屁股和心一起隐隐作痛：我怎么那么贪睡！

你当少爷时睡惯了懒觉。曹半夏实话实说。

杜鸿运不爱听这话：我现在是红军战士，别提什么少爷的事儿。

你不想当少爷就得守纪律，红军战士哪有像你这样赖床的？这次你要不睡懒觉，你跟我哥也不会打架。曹半夏埋怨道。杜鸿运知道自己不该睡懒觉，也知道曹半夏前几句说得对，可最后一句他不爱听：远志拿了我衣服，让我穿短裤出操。就算不迟到，我也要和他打架！

曹半夏见话不投机，忙将脸凑到他跟前：你能看清我的脸吗？

杜鸿运端详了好一阵，指着她的脸颊说：呀，你这儿长了好几堆乌蝇屎。

啊，肯定是晒的！上周陈副院长带我们上山采药呢。战争年代，整个根据地找不到几面镜子，爱美的曹半夏一听脸上长了雀斑，忙用手指抠着。杜鸿运怕她抠破脸皮，只好说了实话：别抠了，脸上溜光得像剥了壳的鸡蛋。

你这人真讨嫌！曹半夏捶了他几下。

两人正讲着话，一个中年女医生走过来。看见杜鸿运扯掉了绷带，她有些生气地嚷道：你这个小战士，我们好不容易给你敷上去的药，怎么就拿掉了？半夏你也不管管！

杜鸿运起身向她敬礼：报告医生，不怪曹半夏，是我自己扯掉的。我的眼睛好了，我请求马上出院归队。

曹半夏跟着也向她行了个军礼：陈副院长，你批评得对，都怪我没管好。不过刚才他能看见我脸上的乌蝇屎了，眼睛应该没问题。

陈副院长打量了两眼曹半夏：那他眼睛绝对有毛病。杜鸿运，你的眼睛充血很严重，再观察一晚，明天上午出院。

哎呀，陈副院长，不用观察了，我眼睛好得很。你看你鼻尖左侧有个针尖大的黑痣，头顶有三根白发，院子里那棵枫杨树上有两个鸟巢，对面屋檐下有个燕子窝，坪上那只母鸡带了十二只小鸡。

为了证明自己拥有良好的视力，杜鸿运报出了一串观察所得的数据。陈副院长笑了：杜鸿运，看样子你的眼睛是真好了。不过有一点你没说对，那两个鸟窝边上还有个马蜂窝。医院刚搬来时马蜂窝还小，现在越变越大，马蜂越来越多，你能不能把它弄掉？

那群马蜂飞进飞出的，昨天还蜇伤了一名伙夫，她担心马蜂还会蜇人，想请杜鸿运出手清除隐患。

杜鸿运虽然是少爷，但平日喜欢野外活动，没少干下河摸鱼、上树掏鸟的活。听说要捅马蜂窝，他兴奋得双眼发亮，立即掰来树枝，用陈副院长拿来的布箍成个头套，戴在头上，扎紧袖口和裤管，拎着麻袋，走到了树下。其余人则按他的吩咐躲进屋内并关紧了门窗。

马蜂窝在的这棵枫杨树状若展翅的凤凰，在瓦蓝天空的映衬下，显得娇美多姿。曹半夏常看着树冠发呆，她不想这棵树因为马蜂窝而遭殃，跑过来请杜鸿运手下留情，别把树给烧秃了。杜鸿运将她劝进了屋，抬头看看吊在树枝上、海碗般大小的马蜂窝，又瞄了眼渐黑的天色，知道马蜂已归巢，忙点燃了扎在木棍前端的松脂。气温本来就高，松脂往外冒着油，烧得剌啦作响。当跃动的赤焰对准马蜂窝口时，杜鸿运仿佛听见了马蜂的哀鸣。

这种土名“九里头”的马蜂非常凶悍，一旦对人发起攻击，能一口气追九里，故名“九里头”。每年春夏季节，这十里八乡都有人死在马蜂嘴下。想到这些，杜鸿运拿火把的手稳住了，造型别致精美的马蜂巢在火光中慢慢变黑，空气中弥漫出松脂燃烧和烤蜂蛹的香味。当蜂巢上的火熄灭后，杜鸿运用柴刀砍下蜂巢，丢入了麻袋中，然后满脸是汗地溜下了树。

这时，陈副院长在给伤员做手术，杜鸿运找到忙着给伤员换药的曹半夏，说蜂巢我放在麻袋里，里面的蜂蛹能给伤员补身体。

好，多谢你，现在快给我帮个忙。

曹半夏正在处理伤员小腿上的伤口，伤口化脓了，紫红色的脓血中有白色的蛆在蠕动。杜鸿运还没来得及回答，曹半夏便捂着嘴跑到边上吐了个底朝天。杜鸿运用竹镊子小心地钳去白蛆，虽然他动作极轻，但伤员仍疼得浑身哆嗦。

杜鸿运见这伤员也就跟自己差不多年纪，不由得问道：你什么时候当的兵？

红军从井冈山到赣南那年我就参军了！伤员的答话让杜鸿运惊讶，接着伤员又大剌剌地说：

老子打了大大小小几十次仗，以前是打得赢就打，打不赢就跑，总归红军不吃亏。所以根据地越打越大，红军能以少胜多，老子也活下来了。可现在的仗越来越难打了。上头让我们以阵地对阵地，以堡垒对堡垒。我们能有几多碉堡、人马和粮草跟敌人拼？唉，这样打下去，总有一天会拼光我们的小老本。

汪小六，你莫在这里疯子唱堂会——胡腔乱调了。杜鸿运正听得起劲，旁边一个年长的伤员斥道。汪小六猛地一抽脚，杜鸿运的镊子捅进他的肉里，汪小六发出撕心裂肺的喊声：哇呀呀，疼啊！我说的是实话，我们连守在那个破碉堡里挨打，最后只剩下五个人。就这样还不许撤退，你说他们是不是疯了？

红军只有往前冲，没有往后退的。你要想撤退，就当白狗子去！年纪大的伤兵和汪小六吵起来。这时，曹半夏拎着桶热水，另一个宣传队的女兵林兰儿端着个放着锯子、剪刀、铁锤和凿子的木托盘，急急地走到汪小六跟前。跟在她俩身后的陈副院长满脸寒霜，声音冷得像冰条：

两条蛆就能把你吓吐，你要真上了战场，那是你救伤兵，还是伤兵来救你？真是比地主小姐还娇气！

杜鸿运一听，知道她这是在批评曹半夏。曹半夏伸伸舌头没敢吭声，陈副院长扭头跟杜鸿运说话时口气缓和了些：马蜂蛹已经拿到伙房去了，你倒是会照顾人。

说着她弯下腰，用大姐才有的口吻对汪小六道：小六，你这伤口溃烂坏死有扩大和蔓延的可能，为阻断感染上行，保住你的命，得马上截肢。

汪小六开始像是没听懂，翻了翻那双大眼睛，等他明白过来后，立刻从腰间拔出把亮晃晃的匕首，对准了自己的心窝：

关公可以刮骨疗毒，你们只要把我的烂肉挖掉，就不用截肢，你们要是给我截肢，我现在就死！

汪小六的强烈反应出乎所有人的意料。陈副院长还要再劝，汪小六呜呜地哭了起来：我还要重返战场的，我不能当拐子！

刚才还跟汪小六吵架的老兵帮腔说，现在医院缺医少药，截肢也可能会引起感染，还不如让小六扛一扛。

陈副院长仔细检查完他的伤口后，摇头说：小六的伤口已经严重感染了，长了不少蛆，必须彻底清除伤口里坏死、腐烂的组织，还要进行抗感染治疗才行。感染治不好，高烧就退不了。问题是现在哪有药呢?

天色暗下来了，一筹莫展的陈副院长那张脸也随之黯淡。有几个伤员在呻吟，屋内的气氛有些压抑。杜鸿运见曹半夏和林兰儿大眼瞪小眼地瞅着，看神情是害怕陈副院长会让她们清理伤口或帮忙截肢。哪知怕什么来什么，杜鸿运的念头刚转到这儿，陈副院长就让曹半夏清理伤口。

是！曹半夏的回答有气无力。这时两位大嫂在病房四角插上了松脂木火吊，屋子里的人和物体投下了光怪陆离的黑影。见曹半夏皱眉咬牙地清理伤口，林兰儿忙着给伤兵换药喂食，无人搭理自己，杜鸿运绕到伙房，向炊事班班长要菜刀削了几根竹签，又借了竹篓，举着松脂木火把，来到了医院后边的田塅。月亮虽然只有半轮，却又大又亮。月光下的田野静谧柔美，蛙声此起彼伏，虫鸣唧啾缠绵，杜鸿运用杂草包了两团粪放在水田里，然后用棍子击打水面。闪烁的火光下，受惊的小鱼、蚂蟥纷纷从禾蔸根部和水草中窜出，与此相反的是泥鳅和螺蛳，它们被响声吓得飞快地没入了泥里。杜鸿运今天的主要目标是泥鳅和黄鳝，见一条抓一条，等竹篓底被这些小东西盖住时，他拎起之前丢入田中的杂草包回到了医院。他把半竹篓泥鳅和黄鳝送到伙房，草包则带回了病房。曹半夏看了半天才发现那些在杂草上蠕动的东西不是迎风起舞的草茎而是蚂蟥，她惊得跳起脚来：

杜鸿运，你得空不帮着护理伤员，跑去抓这些吓死人的蚂蟥，当真是吃饱了撑的！

杜鸿运发现自从参加了红军，曹半夏对他说话的口吻不再像以前那般温柔，他心中略感悲哀，可再转念一想，自己当初是主人，曹半夏和曹远志是长工，长工跟东家说话的口气自然恭顺。现在大家都是红军战士，红军讲究官兵平等，曹氏兄妹对他的态度当然会跟以往不一样。对此他必须接受，而且要打心眼里认同。他谦和地点点头：我在县城念书时，我同学的爸爸是太和药店的老板。他们家会用水蛭治腐伤。

曹半夏愣怔了一会儿，红着眼圈道：你这么一讲我想起来了，我家以前的药店有水蛭粉卖，主要用于破血通经，治疗血瘀疾病。没想到还可以用活水蛭治病。

猛然想起家中惨痛的过往，曹半夏声音低沉。歉疚之情让杜鸿运沉默了好一阵才接口道：

对呀，活水蛭能治病的。半夏，汪小六的伤口你清理完了吗？

清理了，只是火把光不亮，又摇晃得厉害，怕伤了他，没怎么清干净。明天还要用刀刮掉底下那层烂肉。

杜鸿运从墙角取下支熊熊燃烧的松脂木火把塞到曹半夏手中，说他要把已经用清水洗干净的蚂蟥放进汪小六的伤口中。

那不行，万一蚂蟥钻进血管怎么办？曹半夏吓得直打战。

我同学的爸爸把蚂蟥放在病人的烂疮里，蚂蟥一吸血，那些烂肉后来就掉了。

真的吗？那我们也得先向陈副院长报告，她同意了才能做。

没想到曹半夏话音刚落，陈副院长就走了过来：半夏，你们要报告什么呢？

杜鸿运把那碗蠕动的蚂蟥拿给她看，又讲了自己同学的父亲用蚂蟥治病的往事。陈副院长伸手摸了摸汪小六滚烫的额头，说难为你想到了这一点，只是用蚂蟥治病有依据吗？

据曹半夏介绍，陈副院长参加红军前是南昌纱厂的职工，文化不高。她在红军医院原本负责外联、保卫、后勤等工作，可这几年战争不断，医生减员厉害，原先分管业务的副院长在给伤口化脓的伤员做手术时感染了细菌，不幸逝世。陈副院长鸭子逼上架，接手了这位副院长分管的业务。为了尽快顶上缺口，陈副院长参加了医院举办的业务培训班，从护士工作入手，经过两年的历练，已能娴熟地做手术了。这体现了她极高的悟性与极强的能力，但她毕竟是半路出家，文化水平又不高，对医理、药理还是不甚了解。

陈副院长，蚂蟥又叫水蛭，有破血逐瘀、通经消炎之效，不妨一试。陈副院长晓得曹半夏的祖上是开药店兼行医的，听她这样说，当即信了大半。

好，那小杜就试试看吧，再坏也坏不过现在。有了陈副院长的许可，杜鸿运一边回忆同学父亲的水蛭疗法的细节，一边往汪小六的伤口里放了四条灵活细瘦的蚂蟥。这些蚂蟥显然非常饿，它们迅速钻进腐肉，细瘦的身体慢慢地鼓胀起来。等每条蚂蟥都粗如中指时，杜鸿运便换了四条蚂蟥进去。

它们不是要吸走好多血？

陈副院长和曹半夏不约而同地问道。杜鸿运说自己同学的父亲就是这样治疗的，明天只要再放一次蚂蟥进去就可以了。

哎，你看，流了新鲜血出来，这些腐肉也跟着掉了！陈副院长看着伤口，忽然兴奋起来。

蚂蟥们刚才钻洞就像犁田，把这些烂肉都犁下来了。曹半夏也有了新发现。她抬眼看着汪小六：小六，你疼吗？

不疼。汪小六聚精会神地看着伤口里扭动的蚂蟥，脸上现出恍然大悟的神情：我奶奶讲蚂蟥的口水能麻醉人，所以在田里被蚂蟥咬了不疼。

蚂蟥粉能活血化瘀生肌，田里有很多蚂蟥，院长可以派人抓些来。抓蚂蟥的办法我会教给半夏。杜鸿运建议道。陈副院长的回答却出乎他的意料：杜鸿运，调到我们医院来吧！

曹半夏眼中立即伸出两把钩子，拽得杜鸿运差点就答应了陈副院长。可一想到即将到来的大比武，杜鸿运心中便生出“一雪前仇”的念头，他不由得并紧脚后跟，抬头挺胸地向陈副院长行了个军礼：报告陈副院长，我明天出院归队！

就在这时，担架队队员抬进来一个鲜血淋漓的伤员。杜鸿运只看了一眼，就翻着白眼倒地不起。

哎，这么机灵的人竟晕血。算了，明天让他出院吧！

迷迷糊糊中，杜鸿运觉得陈副院长这话像朵云，在天空中飘来荡去。他好像还听见了曹半夏的叹息和自己内心的私语：这下不用担心会被调入医院了！

杜鸿运一边回忆同学父亲的水蛭疗法的细节，一边往汪小六的伤口里放了四条灵活细瘦的蚂蟥。

第十章　大练兵和大比武

大练兵开始一周后，连长张大嘴突然宣布杜鸿运所在的三排为运输排，杜鸿运和刚从禁闭室出来的曹远志很沮丧，排里的其他战士练兵时也提不起劲。排长唐七姐吹了几声竹哨，示意大家稍息，皱眉批评道：同志们，我们二连三排战士的年龄偏小，不适合上战场，今后我们排的主要任务是搞运输。就算这样，大家也要好好练兵！

我的天哪，让我搬东西？早知这样，我还不如留在医院！

杜鸿运从小手不能提、肩不能挑，平日最怕劳动，唐七姐的话刚完，他就嚷嚷起来。有人对医院能留他表示羡慕，也有人觉得他害怕打仗，早就想好了退路，开始讥笑他：

杜鸿运，你是怕碰上你家的保乡团吧？

听讲那个牛师长的女儿还是你的未婚妻？她要是带兵来打我们，你敢不敢跟她拼？

战士们七嘴八舌地起着哄，根本不听唐七姐的劝阻。曹远志因为关禁闭一事，看杜鸿运越发不顺眼。他冷笑道：

软蛋赶快走！我们可是要去冲锋陷阵的！

说罢，他目光灼灼地看着唐七姐：唐排长，我们三排上周训练成绩全连第二，凭什么让我们去搞运输？

唐七姐咳了两声：你们前天刚刚听完王指导员讲的政治课，怎么就没觉悟了？王指导员讲了，我们红军是党指挥枪，我们的一切行动都要听党指挥。三排作为运输排，那是党的安排。我们不能讲价钱，只能服从命令。

战士们文化水平不高，听唐七姐这么一说，立即哑火。曹远志到底还读过两年书，又一直在杜家帮工，见的世面多，他反驳道：

王指导员还说了，我们当红军是要为穷人打天下求解放的。我们光搬运东西，哪能为穷人求解放？

对呀，现在敌人对我们进行第五次“围剿”，我们光抬东西就能把敌人抬走吗？

唐排长，前线人手很紧，我们坚决要求上前线！

我们不当运输排，我们要当战斗排，我们要当尖刀排！

战士们的喊声一浪高过一浪，唐七姐怎么劝说也无用。他正想去搬救兵，这天下午负责给他们上军事课的副连长赖慕敏走了过来，战士们拥上前，纷纷向他表达自己的想法。赖慕敏笑道：

同志们，连长和指导员考虑到三排的战士都还没满十八岁，就先把你们安排去搞运输。这可是个光荣的任务，因为你们要运送的是伤员、粮食、机密文件和武器弹药。这每一项任务，都极为重要。

战士们开始交头接耳，对运送武器弹药尤为感兴趣。杜鸿运举手要求发言：赖副连长，有句古话说近水楼台先得月，三排运送武器弹药，是不是就可以先拿到武器？

众人热烈地附议起来，赖慕敏没有正面回答，而是看了看唐七姐和战士们：到时就看你们的工作做得好不好了。

战士们从他的话中悟到了希望，心态平和下来。赖慕敏站在队列前，脸上的表情变得严肃起来：大家既然想当尖刀排战士，那就得有浑身的本领。大练兵是块磨刀石，你们得琢磨着怎样才能把自己变成亮闪闪的刀刃。

经过赖慕敏的解释，大家明白了，只要再过半年，排里的人大都满了十八岁，那时运输排将自动转换为战斗排。赖慕敏顺着这话题，又给大家讲了一遍参加红军的目的、革命的理想目标、军事知识和军事纪律。上次王建指导员讲政治理论课时杜鸿运在住院，没听上，这回补听了一课，感觉廓清了脑海中的不少迷雾，再投入军事训练时，浑身上下充满了干劲。

这次大练兵的军事训练主要有射击、投弹、刺杀等课目。遗憾的是战士们没有武器，练习射击只能举着棍子空对空瞄准，用长矛、木棍练习刺杀，甩石头当投弹，一切因陋就简，但态度极为认真。战士们每天披星戴月地练，个个累得汗流浃背，手上起了血泡，脸上晒脱了皮，脚板上的老茧能刮破石子。白白净净的杜鸿运变得皮糙肉厚、满脸黝黑，和他刚到部队时判若两人。

奇怪的是，尽管杜鸿运起早贪黑地练，既下苦功又用巧劲，但他的投弹和刺杀总是班上最后一名，气得新任命的班长曹远志找到唐七姐要求换人：

唐排长，杜鸿运是地主老财的崽，他哪会愿意当红军！他这是故意怠工拖后腿，麻烦你把他换到别的班去。

想到杜鸿运训练中糟糕的表现，曹远志气不打一处来。

他是全连文化最高的人，别的班想要要不到，你还想推他走。别傻了，总有一天你用得着他。

唐七姐这样开导曹远志。曹远志不甘心，又去找张大嘴和王建，要求他俩开除杜鸿运。理由是杜鸿运出身剥削家庭，不可能跟穷人一条心，更别指望他为穷人打天下。

张大嘴说那个牛师长死后，他的部下霸占了杜家的全部家产，还以通匪的罪名将杜家才关进了班房。杜鸿运的娘也被粤军害死了，他现在跟你我一样，都是苦大仇深的穷人。

王建做思想工作的路数和张大嘴不一样，他说就算杜鸿运出身老财之家，我们也不能因此就断定他不革命。在红军队伍中，有不少信仰坚定的革命者出身富有的工商业主、封建官僚家庭，比如农民运动大王彭湃，家中拥有乌鸦飞不过的田产，可供奴役的农民达五百多人，可彭湃却烧掉了属于他的那份田契，把土地分给了农民。在红军队伍中，有不少人都像彭湃这样，为着革命的信仰背叛了自己的阶级。这说明革命队伍是座大熔炉，能够把敌对阵营中的人冶炼成自己的人。这是民心所向，是万法归宗，也是革命得以成功的法宝之一。

曹远志听不进去，张大嘴将他拉到屋外，说王指导员这是在给你现身说法。

曹远志有些意外：王指导员不是穷人出身？

张大嘴点点头：王指导员家本来很有钱，他后来革了自己家庭的命，成了坚定的共产党员。你让杜鸿运多向王指导员学习，他要是能学到王指导员的一半，便是个坚定的革命者。

曹远志深感意外。张大嘴告诉他，王建的父亲是九江的一名富商，他自己在九江南伟烈大学读书时即投身学潮运动，后来在南昌从事党的地下工作，是个年轻的“老革命”。听了这番介绍，曹远志有些后悔，担心自己的话会让王建指导员不舒服。张大嘴哈哈一笑：你要是这样想，就是门缝里看人——瞧扁了王指导员！

曹远志的心刚放下，张大嘴一番话又让他的心揪成了团：好了，回去好好把你这个班带好。马上要大比武了，你这个班长要以身作则，帮助班里的所有战士在大比武中达标。

张连长，有些人天生就不行，有的不好好学，我怎么帮他们达标？比如杜鸿运，他射击、刺杀到现在都没过关，我帮不了他！说来说去，曹远志还是想甩掉杜鸿运这个包袱。

你和他组成互助小组，要确保他过关。他要达不了标，你就算考了第一，也要一同受罚！张大嘴这招让曹远志发急，连声质问凭什么呀。曹远志想不通，张大嘴还没来得及解释，赖慕敏突然跑过来说有急事要向他报告。曹远志立刻跑去找王建，开门见山地表示他不想当帮助杜鸿运的小组长。王建语重心长地说：

远志，我们红军部队是个整体，只有上下同心才能步调一致。你是一班之长，如果你因为个人恩怨与杜鸿运产生嫌隙，影响部队的团结，你是要负责任的。相信你一定能抛弃成见，破除心魔，带好队伍。

王建的话给了曹远志信心，也给了他压力。他明明心里恨着杜鸿运，却还要手把手教他，并带着他一同进步。可谁叫他是班长呢？该执行的命令还是得执行。当曹远志刚百般不情愿地表达出成立互助小组的意思时，杜鸿运立刻说你是大班长，要操心这么多人，我还是跟白菜梗搭档吧。

曹远志求之不得，但又怕王建知道后怪罪自己，便鼓动杜鸿运去向唐七姐报告。杜鸿运晓得他要推卸责任，偏不如他所愿，说要报告也是你去报告，你是班长，我听你的。曹远志气得没办法，只好跟唐七姐说杜鸿运不愿跟自己一个小组。

你差点把人家眼睛打瞎了，人家这是怕你背后再捅他刀子呀。唐七姐倒是憨实，心里怎么想嘴上就怎么说。曹远志自觉有些理亏。那次打斗，杜鸿运完全有机会先朝自己的双眼下手，可他没这么干，自己却毫不客气地打伤了他的眼睛，为此关禁闭不说，还有不少人骂他不厚道，妹妹曹半夏还特意赶过来指责他下手不知轻重。事情过后，曹远志也后悔自己当时的冲动，所以为唐七姐现在揭自己的伤疤不高兴。

我没有杜老财那么阴，我要是有他那么阴，那天我就不打他了。他倒是会装可怜。哪天打仗，我非盯紧他不可。曹远志辩解道。

唐七姐还想再跟他谈谈心，曹远志却没了心情，急匆匆赶回班里行使班长的权利，同意杜鸿运和白菜梗组成互助小组。反正这件事他已向唐七姐汇报过，就算王建怪罪下来，也有排长顶着，挨批评也比整天跟杜鸿运待在一起强。当然，面对白菜梗，他还得拿出班长的样子来，会后特意叮嘱道：白菜梗，你是年轻的老战士，相信在你的帮助下，杜鸿运一定能过关。

白菜梗撇撇嘴，说你别以为把我端上了桌，我就当自己是猪头肉。我告诉你，曹远志，我是你革命的领路人，你别在我面前摆架子！

作为二次入伍的“老”战士，白菜梗对上级没让自己当班长，而是让曹远志当班长大为恼火，为此还特意找张大嘴和王建理论过。

白菜梗，朱九龙连长那时让你守着营地，可你呢，被你看管的人带跑了！你说，哪个放心把战士交给你？

张大嘴张嘴就是捅死人的实话，丝毫没给白菜梗留面子。白菜梗也不是好剃的头，梗着脖子说：张连长，那次我们是去救人。我还带队主动伏击了牛师长，为民除了害，朱九龙连长应该给我记功！

张大嘴捋着黑胡子，乌溜溜的眼睛瞪着他：这话你敢再说一遍？

白菜梗到底还是老实，低头嘟囔了几句，承认自己当时是被杜鸿运用手榴弹“胁迫”走的。

哼，朱九龙还帮你打了埋伏，没跟我讲你那天看管不严，丢了手榴弹的事儿。

张连长，那手榴弹是我们刘班长的。是刘班长看管不严，跟我没关系。

白菜梗委屈地跟张大嘴吵了起来，张大嘴看不得他那熊样，又训了他几句，白菜梗想哭不敢哭。这时王建过来劝导了他一番，白菜梗才蔫头耷脑地认错，从此没再提当班长的事。如今见曹远志让他当杜鸿运的小组长，他不由得想起想当班长没当成的事，倍感委屈，便倔头倔脑地再次去找张大嘴。张大嘴不在，王建接待了他。当他得知白菜梗要求调回老部队时，不由得拍着白菜梗的脑袋哈哈一笑：你这细伢子满脑子麻麻格格，想法还挺多。

白菜梗满怀希望地看着王建：王指导员，你同意了？

小白呀，我跟你讲，朱九龙的连队现在是红一军团的尖刀连，正在前线执行重要任务。你这回归老部队的要求很难实现，就安心留在这儿吧。

那……那我以后还能不能当班长？白菜梗对此耿耿于怀。

只要你信仰坚定，奋勇杀敌，别说当班长，以后还能当排长、连长、营长、团长、师长呢！

真的？白菜梗喜出望外。

不过呢，一锹挖不出一口井，你得一步一个脚印走过来。眼下你最重要的任务就是当好小组长。

王建这几句话貌似稀松平常，却像一把扫帚，清除了堆积在白菜梗脑海中的灰尘。回到班上，他主动找到杜鸿运，要帮他过射击和刺杀的难关。杜鸿运端着那支练习用的假步枪，愁眉苦脸地说：没有真枪，没有子弹，你们凭什么判定我的射击不行？白菜梗被他问倒了，想了半天没想明白，忙跑去问曹远志。曹远志挠挠头说这是赖慕敏副连长讲的。白菜梗又跑去问赖慕敏副连长。赖慕敏没有立刻回答他的问题，而是先向白菜梗提问：你说说步枪射击有哪几种姿势。

卧式、立式、跪式。

枪要打准，最重要的前提是什么？

瞄准目标，击发迅速。

这些问题对于“老战士”白菜梗来讲，再简单不过。他抬头挺胸、自信满满地答道。

嗯，很好。那我再问你，要做到这几点的前提是什么？

白菜梗眨巴了几下眼睛，总算想起来了：据枪要稳。

杜鸿运据枪不稳，站立时胳膊摇来摇去，敌人在东边，他能把子弹打到西边去。

白菜梗恍然大悟：赖副连长，你就是这样判定他射击不合格的？

杜鸿运枪都端不稳，你还指望他能打准？

说着，赖慕敏带着白菜梗找到杜鸿运，让他练习举枪。杜鸿运很紧张，不但胳膊在摇，连身子也在晃。赖慕敏教了半天也没起作用，最后他只好找来根绳子，将一块碗大的石头吊在了杜鸿运的右手腕上。

稳住，等哪天你这石块上能放稳鸡蛋，功夫就算练成了。

赖慕敏的举动引来了战士们的围观，有人开始讥笑杜鸿运。赖慕敏板着脸说你们有嘴笑别人，没嘴笑自己，都去给我找绳子和石头，手腕上吊块石头再练据枪！

起始于三排的吊石头据枪训练法不久便在全连推广开了，训练时战士们纷纷往手腕上吊石头，在脚腕上绑沙袋，不到半炷香的工夫，就有人开始哎哟哎呀地叫唤，体力差、意志弱的，还会半途而废。在“坚忍”这点上，杜鸿运的表现令人刮目相看。每天他都是比别人先开练，最后一个收工。

这天也一样，杜鸿运早早地站在操场上，累得右手都快要脱臼了，可他依旧咬牙站在烈日下，口中念念有词：

据枪稳定是进行精确射击的基础。卧姿射击稳定之前，枪支随着呼吸在目标上下做垂直运动，在二至四次呼吸之后，枪支达到最佳稳定状态，停留约两三秒即完成击发。瞄准的要点是缺口与准星为平正关系，在缺口中看到准星，准星上沿与缺口上沿齐平后对准射击目标……

杜鸿运的右手此时已变得麻木，痛感逐渐消失。唐七姐见他右手手指变紫，忙伸手去取他腕下的石块，不料满脸是汗的杜鸿运却咬着嘴唇躲开了。旁边的白菜梗说：唐排长，赖副连长讲杜鸿运最大的毛病就是据枪不稳，你让他多练练呗。白菜梗想到自己小组长肩上的责任，自然站在了杜鸿运这一边。曹远志闻声走过来看了看，不屑道：就这块石头也能整出满头大汗？娇气。

原本手酸得抬不起来的杜鸿运听他这样一说，咬牙继续挺着。唐七姐一边啧啧说你的手指过不了血，再练下去手就要报废了，一边解开了他手腕上的石块。疼痛撬开了杜鸿运的泪腺，夺眶而出的眼泪和脸上的汗水混在一起，在杜鸿运黧黑的脸上犁出两道微白的亮光。接着他哼了哼，一头栽倒在地。

只怕是中暑了。白菜梗，去倒些茶水来。

唐七姐又是掐人中又是揉虎口的，杜鸿运依然没有醒。白菜梗急急地端来碗柿叶茶，曹远志抬起杜鸿运的头，配合唐七姐给

赖慕敏教了半天也没起作用，最后他只好找来根绳子，将一块碗大的石头吊在了杜鸿运的右手腕上。

他灌了半碗水进去，杜鸿运才悠悠醒转。

你这样也能把自己练晕，真是丢我们班的脸！曹远志气呼呼地说。杜鸿运气息微弱地向他道歉：对不住，是我拖了班上的后腿。

曹远志扭头瞪着他：总算说了句良心话！快讲，下一步你打算怎么办？

夏练三伏，冬练三九，迎头赶上！杜鸿运挣扎着站起身。

这可是你说的啊，你要说话不算数，罚你给全班人洗衣服！

曹远志说着从口袋里摸出一把老墙土给他：这是禁闭室的老墙土，你放嘴巴里嚼，有硝盐。我看你出汗太多，吃点墙土能补充盐分。

这是近两个月来曹远志对杜鸿运最友好的举动。杜鸿运撮起墙土放进嘴里含着，苦涩的土腥味险些让他吐了出来，但他强忍着咽进了肚。今后他要多用此类行动来跟自己过去的身份告别，就算不为革命理想，只为自家复仇，他也要苦练本领。

从此以后，杜鸿运像换了个人，出操训练再没迟到早退过。他不但认真听赖慕敏和其他教官讲课，下课后还反复揣摩要点，有时半夜独自跑到坪上练习刺杀，或者天不亮就坠着沙袋去爬山，平日里言语不多，却经常一个人神神道道地背口诀：

提枪、突刺，刺杀动作要快、准、狠，要像离弦之箭刺出，直逼敌方咽喉心脏，力求一招制敌。立姿投弹是战斗中常用的投弹方式，是投弹训练的基础动作和训练重点。投弹时，按照引弹、蹬地、送胯、转体、挥臂和扣腕的动作，协调一致猛力将弹投出。立姿投弹包括立姿徒手投弹、立姿持枪投弹……

杜鸿运背着背着，有时会旁若无人地大声诵读起来，听得其他战士翻白眼，白菜梗则心惊肉跳，私下里向曹远志抱怨杜鸿运走火入魔了，要求换组员，被曹远志狠狠地剋了一顿。白菜梗无奈，只好继续当陪练。曹远志见他这个小组长非但不能左右杜鸿运，反而跟着他的节奏跑，气得冲白菜梗大吼，说你这老资格的战士没得卵用，以前守不住俘虏，现在管不住个组员，白吃了这些年的饭！白菜梗没法子，只好去找唐七姐，要求他撤掉自己这个小组长。

吃得苦中苦，方为人上人。你被他这么一带，说不定你们俩在比武中就拿了第一。唐七姐这样鼓励他。

白菜梗摇着大脑袋说我是被他逼得没办法呀。我是组长，我的组员比我还积极，我只有跟着他一起积极。不过他再这样练下去，只怕还没比武我们俩就住进了医院。

唐七姐看着白菜梗伸手就能掐断的颈脖和白中带青的脸，知道他讲的是真话。为了保证杜鸿运和白菜梗有足够的体力参加师部的大比武，唐七姐找到杜鸿运语重心长地说：

鸿运啊，刻苦训练没错，但也要讲究方式方法。一句话，得留下几斤力气在比武时和人过招。

杜鸿运不听，唐七姐只好搬来赖慕敏，他知道杜鸿运信赖赖副连长。赖慕敏便找杜鸿运谈话，说射击、投弹、刺杀、爆破和土工作业这单兵五大技术，从目前的训练情况来看，你在射击、刺杀、投弹上占不了便宜。不过在接下来的爆破和土工作业中，你所学的知识将会发挥大作用，只要用心，你肯定能成为最好的学员。

赖慕敏这些话给了杜鸿运信心，但也只是信心而已。由于敌人的多次“围剿”，中央苏区物资极度匮乏。按理说爆破课的讲解得理论结合实际，但因缺乏教练用的枪弹，赖慕敏给大家上爆破课时只能对着手榴弹、地雷、土炸药包的样品和一枚炮弹壳讲解原理和注意事项。学员们听着不过瘾，很想实弹练习，可此时根据地的铜铁都给兵工厂拿去铸了子弹和手榴弹，供应前线尚且不够，哪有实弹给学员们训练。好在赖慕敏教学方法灵活，特意从兴国请来了官田兵工厂的工人讲解手榴弹、地雷、炸药包、子弹和炮弹的成分、生产流程以及注意事项。

充当临时教官的两名工人一个手指残缺，一个满脸伤痕，可见平日的工作有多危险。他俩有着丰富的生产经验，肚子里满是跟枪械、炸弹、炸药相关的惊险故事，介绍官田兵工厂时脸上洋溢着骄傲和自豪。讲解引人入胜，战士们听得津津有味，自然增强了印象和记忆。

为了丰富教学内容，赖慕敏还请来了工兵连的同志给大家授课，讲课前赖慕敏特意讲了红军“地雷王”王耀南的故事。王耀南出生于萍乡上栗一个鞭炮世家，从小就会制造黑火药和鞭炮烟花，十岁起跟着父亲、祖父在安源煤矿当爆破工。1922 年 4 月参加了中国共产党领导组织的第一个儿童团安源儿童团，9 月份参加了安源煤矿工人大罢工。1927 年 9 月 11 日，十六岁的王耀南同其他安源矿工一起参加毛泽东组织的秋收起义，担任中国工农革命军第一军第一师第二团爆破队副队长。三湾改编时，王耀南降为班长，但他毫不介意，跟随毛泽东上了井冈山，参加了黄洋界保卫战。1929 年 2 月，王耀南带领红军战士在会昌附近的湘水第一次成功架桥。1930 年 6 月，王耀南组建了红一军团工兵连。

同志们，我们要向王耀南同志学习，他是架桥高手，更是爆破的行家里手。少共国际师搞训练，我们给工兵连去了封信，希望他们派人来给大家讲解军事爆破作业，没想到还真得到了他们的支持。

工兵连派来的教官黄排长很年轻，但却是老工兵了。他左手被炸药炸掉了两个指头，脸上和胳膊上也有伤疤。他挑着一担硝土来到驻地，水都没喝一口，便请张连长派人在操场一角开了一大一小两口硝池。池壁先用块石垒砌，再用三合土涂抹。大滤池、小滤池之间由排水孔连接。大滤池底部铺上一层干稻草，然后分多次倒入硝土，每次倒入后把硝土压实，直至硝土距大滤池顶部约三十厘米时，再缓缓倒入清水。淋水五小时后，将大滤池内的渣土挖出，重新倒入小滤池并淋水。等小滤池内的硝水充分静置后，取上层清液倒入铁锅中烧开，加入棕榈树干灰兑成的碱水，大火煮半小时后滤去杂质，接着再加入碱水，大火煮半小时后充分冷却，表面那层冰状固体即为土硝。黄排长随身带了两只牛角，他把土硝装在牛角里塞紧，告诫大家一定要在干燥处存放，切勿靠近火源，近火容易爆炸，受潮则失效。

接下来黄排长该教黑火药的配方了。

杜鸿运脑袋里刚转过此念头，黄排长便将袋子里的硫黄粉和木炭粉倒出，和硝土一起，按比例配制成古老的黑火药。有了火药助威，他开始讲解如何在修建军事工程设施时进行爆破，在障碍物中怎样用爆破法开辟通路和用爆破法实施破坏。讲到关键处，黄排长点上一把黑火药，那响亮的爆炸声如同掌声，似在代学员们向黄排长表示感谢。杜鸿运在学校里学过化学，对黄排长所讲的爆破原理有所了解，掌握起来自然比别的学员要快，只听了一堂课他便按比例配置出了黑火药。当黄排长讲到土工作业时，杜鸿运的潜能得到了全面发挥。

同志们，枪炮无情，要在战场上最大限度地消灭敌人，除了英勇无畏的决心，还要学会保护自己。战壕是防御工事，是我们的掩体。挖战壕那可是门大学问，往小处说事关战术，往大处说，战壕挖得好坏，很可能影响一场战役的胜负。

听课的战士都没正儿八经打过仗，对挖战壕更是陌生。当黄排长拿着铁锹示范如何开挖战壕时，杜鸿运自告奋勇地当起了助手，还帮着讲解为什么单兵坑要挖在战壕内的反斜面，交通坑、阵地防御点、指挥部、卫生所、伤兵转移站、厕所该如何结构，把黄排长都给听愣了：不错，你懂得很多。上过红军学校吗？

没有，我以前在县城读书时爱看军事类的书籍。杜鸿运被黄排长夸得有些不好意思。

好，你有理论知识，我再教你一些实践经验，到时候你就可以当教员了。

工兵连任务繁重，算上来回两天的路途，总共只给了黄排长五天时间。黄排长满肚子的货，这点时间哪够讲。想到连里的任务，他巴不得有人替手，好让自己早日归队。于是他连夜给杜鸿运开小灶，把自己在爆破和土方工程方面的经验体会悉数告诉了杜鸿运。杜鸿运一点就灵，不但全部领会，还能提出自己的见解。黄排长连声夸他是天才，说回去会建议首长，想办法把杜鸿运挖到工兵连去。

好啊，我也想去工兵连。这里全是些细伢子，连支枪都没有，算哪门子的兵！

杜鸿运觉得工兵是技术兵种，在那儿自己能发挥更大的作用，便鼓动黄排长第二天跟张大嘴和王建说说他调动的事。黄排长真心欣赏杜鸿运，次日临走前真的向张大嘴和王指导员表达了这层意思，说完后他突然想到这不是他该考虑的问题，一再表示这只是他个人的想法，领导怎么想他还不知道，他只是觉得杜鸿运更适合工兵连而非少共国际师。

杜鸿运是我们二连文化水平最高的战士，以后我们打了胜仗，还等着他写布告呢！

张大嘴一口回绝。王指导员说我们能送杜鸿运到工兵连去学习吗？学了本领再让他回来当教员，这样就不用再麻烦你们了。

黄排长说他会将王指导员的意见转达给领导。话已至此，双方都明白，杜鸿运只能留在少共国际师了。

为了鼓舞士气，在师领导给全师排以上干部讲了政治课后，各连也掀起了讲政治课的热潮。二连的政治课自然是王建指导员讲。喝过洋墨水、饱读诗书的王指导员将三大纪律八项注意的来历和内容嵌在事例中，讲得通俗易懂，又用浅显的故事向战士们解释何为官兵一致、军民一致，令每个听讲的战士都懂得了红军的宗旨，知道他们肩上的枪为谁而扛，他们的仗为谁而打。最后王指导员的话题落在了军训上：同志们，你们一定要牢记，只有平时多流汗，战时才能少流血。我们练成了硬功夫，定能更快地消灭白狗子！

以前读书时，杜鸿运有做笔记的习惯，可到了中央苏区后，由于物资极为匮乏，根本找不到纸笔，杜鸿运便把自己的脑海变成了笔记本，把王指导员、张连长讲的政治知识、军事知识牢牢地刻在了脑海中。

时光飞逝，转眼到了大比武的时候。正如赖慕敏预言的那样，杜鸿运在射击、刺杀、投弹三个项目上的得分偏低，低到影响了班级的整体成绩，气得曹远志人前人后地骂他拖后腿。可在接下来的爆破和土工作业中，杜鸿运一口气拿了两个第一，为二连赢得了荣誉，也给三排和三班脸上贴了金，曹远志的猪肝脸这才恢复正常，但说起这两个奖，心里却依然不服：杜鸿运是地主老财的崽，比我们多喝了几年墨水。他要是跟我们一样，未必能拿下这两个奖。

这话传到了唐七姐耳中，唐七姐狠狠地批评了曹远志一顿：杜鸿运是你班里的战士，他为班里赢得了荣誉，你该表扬他才对。可你呢，人前人后说些酸不溜秋的话，也不怕掉了大牙！身为班长，你太小肚鸡肠了。

曹远志嫌唐七姐批评了自己，正巧连里这时在选拔尖刀排战士，他第一个跑去报名，想从三排调出去。主考的张大嘴、赖慕敏对他的军事素质挺满意，考完后两人在曹远志的名字下面各打了一个大大的钩。旁边一个小战士瞄见了，偷偷跑去告诉曹远志，乐得曹远志蹦起三尺高。杜鸿运也去报了名，可还没开考，就被张大嘴给劝住了：

小杜啊，尖刀排要和敌人打硬仗的，你先在三排三班安心干着，等练好了本领再来。

尖刀排也需要爆破和土工作业的能手啊。

有了那两个第一名撑腰，杜鸿运说话的口气硬了许多。

我们的尖刀排和敌人打的是短平快战斗，你的本领暂时还用不上。

张大嘴让杜鸿运安心在运输排干着，等长了本事再上尖刀排。

杜鸿运想上尖刀排被拒的事很快传到了班里，曹远志找到他，说你别以为自己拿了两个第一就能上尖刀排，你也不看看自己是不是尖刀。

杜鸿运懒得跟他计较，仰头望着天。此时太阳初升，东边天际金灿灿的，不久，这金中又渗出鲜艳的红来，那是朝霞送给大地的绚烂微笑。万物感受到这份热和光、善与美，兴奋得熠熠生辉。杜鸿运的心却莫名一紧，说远志，祝贺你有资格去尖刀排，但你也得赶紧告诉半夏，尖刀排执行的可都是危险任务。

言下之意，是要曹远志和曹半夏见个面，以防万一。曹远志这边刚骂完杜鸿运“狗嘴”，转身就向唐七姐告假，说他要去医院探望妹妹。唐七姐父母兄妹都死在白狗子的屠刀下，特别羡慕别人有亲人，而“妹妹”两字是他的死穴。听说曹远志要去看妹妹，他不由得想起了自己的妹妹，不但红着眼圈准了他的假，还塞给曹远志两颗熟鸡蛋，让他捎给曹半夏吃。曹远志刚走出房间，早就候在边上的杜鸿运迎上前来，递给他一把用炮弹壳做成的小匕首：麻烦你交给半夏，吊在腰上可以防身。

小匕首制作精巧，磨得锋利，看得出制作者用心甚巧。曹远志用手指摸了摸匕首的锋刃，抬眼看了看杜鸿运：你做的？

对，用磨刀石磨出来的。

这杀毛毛虫还差不多，能防个鬼身！曹远志嘴里这样说着，这边却收了匕首，拎着他用伙食尾子买的一包番薯糖，去十多里外的师部看妹妹曹半夏。

代我问她好！杜鸿运很想念曹半夏，但他实在没理由去师部，也不管曹远志愿意不愿意，连喊几嗓子。

杜老财，你敢想我妹妹？做梦去吧！曹远志回头瞪了杜鸿运一眼，嘴里哼哼骂着，心里却不得不承认，杜鸿运并不像他想的那般令人生厌。

第十一章　狠计克服晕血症

大比武后，二连接到的第一个任务，是去前线的卫生中转站搬运伤员。杜鸿运和白菜梗共抬一副担架。白菜梗个头矮，身板瘦弱，杜鸿运怕他累着，特意向房东老乡讨了破棉絮，给他缝制了两个垫肩。饶是如此，由于他和杜鸿运的身高相差悬殊，担架直往他肩上溜，唐七姐一看不是事儿，强制安排个头相仿的曹远志和杜鸿运一组，让刚刚从炊事班转过来的大胖和白菜梗搭对子。曹远志虎着脸不说话，两人默默地抬了好几里路，他才叹着气说：什么尖刀排，去了尖刀排还不是来抬担架？

杜鸿运提醒他说：执行战斗任务时你是尖刀排的战士，可平时你还是我们三排三班的班长呀。

我讨厌三班！我讨厌搬运东西！曹远志埋怨道。这时担架上的伤员开口了：小同志，我们伤员不是东西，伤好了我们还是战士。

曹远志有些不好意思。伤员继续开导他：小同志，你别小看运输班，运输班可是前线的生命线。没有运输班，前线的战士吃什么？拿什么打敌人？伤员谁来送？

这位屁股受伤的伤员是个四十多岁的老战士，他趴在担架上很烦闷，如今遇到个思想上有疙瘩的小同志，便担起了指导员的职责，絮絮叨叨地讲了大半路，直听得曹远志脑袋发晕、脸色发白，不由得连声告饶：这位大哥，你的教导我都记住了，以后我一定好好干运输。你歇歇吧，这路上可没开水给你喝！

伤员真的闭上了嘴，而且再也没有开口说话。抬担架前端的曹远志正暗自为这份难得的宁静叫好，抬担架后端的杜鸿运看见从担架上漏下的血滴，知道大事不好，连忙叫停了曹远志。两人将伤员翻过来，才发现子弹从伤员的屁股钻入，从腹部钻出，刚才还谆谆教导他们的伤员已经停止了呼吸。

大哥，大哥，你刚才的话我都记住了，你快醒来再跟我说话呀。曹远志搂着伤员失声痛哭，杜鸿运跪在担架前，泪水打湿了衣服前襟。

这时走在他们后面的大胖和白菜梗抬着担架趔趔趄趄地追了上来。他们担架上的伤员已然昏迷，两人见状停下脚步默哀了几秒，又抬着担架往前赶。杜鸿运和曹远志把伤员的尸体送到医院的停尸间后，默默地向这位老战士鞠了一躬。

刚才我应该多听他讲两句。曹远志揉着眼睛道。杜鸿运心里难受，喉头发紧，好不容易才压下那两串眼泪，吸着鼻子说：我们都要记住他的话，搞好运输班。

嗯。曹远志不敢再跟杜鸿运说话，怕他看见自己眼中的泪水，转身朝院坪上的唐排长走去。那里大胖正缠着唐七姐提要求：唐排长，白菜梗太瘦，没有几两力气，抬不起担架。你让连长安排白菜梗去炊事班吧，在炊事班还是能多喝几口汤的。

大胖拍着扁扁的肚子说。十七岁的大胖出生于厨师世家，父亲有一门好手艺，一直在老财家里做厨师，但他父亲爱赌，把老婆房子都抵给了赢家。大胖是他唯一的儿子，他看得宝贝，不舍得拿去抵债，可自己又养不活，再说他自己也不想活了，他跳河前，把大胖送到山上的庙里当和尚。山上的住持和大胖的父亲有交情，收下了大胖。可是大胖不守寺规，把看家护院的狗给杀来吃了，被庙里的师兄弟打出了山门。大胖流浪了好几个月，跟着坏人学会了撬门溜锁，就在他即将变成小偷的时候碰到了张大嘴的部队。那时张大嘴还在“扩红”，虽然大胖年纪不够，但身架壮实，炒得一手好菜，张大嘴便留他在厨房里帮厨。少共国际师成立时就把他带到了二连的炊事班，可大胖爱偷吃，为此还关过两次禁闭，但出来后又偷嘴。炊事班班长铁头没办法，找到连长和指导员诉苦，大胖就这样转到了三排三班。

大胖，你现在是红军战士，偷嘴可不是小事，到了三排，一定要改掉这个毛病。大胖临走前，铁头这样谆谆教导他。大胖还了他两颗白眼球，嘟着嘴说：到三排，我只能偷吃石头了！

他那副委屈气恼的表情，惹得铁头哈哈大笑，同时又有些得意，觉得自己把大胖调到三排是个绝招，肯定能戒掉他好吃的毛病。

没想到的是，大胖迅速地在三排三班找到了好吃鬼同盟——杜鸿运。他俩私下里用弹弓打下过两只野鸭，在山坡上用火烤熟，没油没盐地就吃进了肚。虽说味道不美，可到底是荤，解了他俩的馋。前两天大胖和杜鸿运在田里捉住了一只黑鸭子，大胖说那是野鸭，杜鸿运也没多想，两人在田里把鸭子烤来吃了。谁知鸭子还没吃完，就被一个拿着竹竿来找鸭子的老乡发现。老乡骂他们是小偷，鬼精的大胖打起飞脚逃回了驻地。杜鸿运老老实实地挨了老乡一顿骂，然后向老乡做检讨，又把身上仅有的两枚毫子给了老乡。老乡先前很生气，后来看他年龄这样小就出来当红军，为穷人打天下，怎么也不肯收那两枚毫子，还说他家还有两块腊肉，请杜鸿运上他家吃饭。杜鸿运谢过老乡，回到排里后，不顾大胖的反对，坚持向唐七姐做了检讨。唐七姐喜欢杜鸿运的诚实，又听说他赔了钱，严厉地批评了他和大胖一顿后，罚他们空闲时间打扫卫生，整理内务，没有将此事告知连长和指导员。

为了将功补过，大胖连夜带着杜鸿运去田里捡田螺、捉泥鳅，说是要用此举来改善排里的伙食。杜鸿运以前常跟家中的长工去田间抓泥鳅，本是个熟手，可那晚风大，松明子火光闪烁不定，视线不佳，他居然把一条黄头蛇当成黄鳝抓进了竹篓，结果右手食指被蛇咬了一口，吓得大胖抓住他的食指就往外吮毒。冷静下来的杜鸿运发现那是条无毒的黄头蛇，大胖听说后呸呸吐了几口唾沫，突然抱着杜鸿运哭了起来：鸿运大哥，我晓得那只鸭子是老乡养的，可我嘴馋，就骗你说是野鸭子。老乡来的时候我害怕，我心里不想走，腿却不听指挥，一溜烟就带着我跑了，害得你赔钱又挨批评，现在还被蛇咬，对不起，都是我不好。

大胖呜呜地哭着，直哭得杜鸿运心酸，搂着他安慰了好一阵，大胖的情绪才平复下来。从那以后，大胖就喜欢上了杜鸿运。这次他巴望着能跟杜鸿运共抬一副担架，可他个头低，被唐七姐调去和白菜梗搭档，他有些恼火，私下里嘟囔着说白菜梗那么瘦，到时伤员的重量都压他肩上了。杜鸿运便说服白菜梗分了只垫肩给大胖。这会儿大胖见四周无人，说田里真的有野鸭，哪天我们抓一只烤着吃。

算了，你肚饥的时候分不清家鸭和野鸭，还是别打歪主意。杜鸿运虽然自小养成了好吃的毛病，有时想吃肉想疯了，不过他还分得清主次对错，边咽口水边批评大胖。曹远志见他俩嘀嘀咕咕，连忙走过来，说你们又想捣什么鬼?

鸿运哥哥说要去追半夏姐姐，到时他喊你大哥。调皮的大胖早摸清了杜鸿运、曹远志、曹半夏的底细，嘻嘻笑道。白菜梗也来帮腔，曹远志骂他俩，他俩也不恼，只说班长，待会儿给我们分个瘦点的伤员。

没想到的是，他们刚走到伤员转运站，杜鸿运就被地上那些浑身血糊糊的伤员刺激得冒冷汗、翻白眼，接着摇晃了几下，突然晕倒在地。曹远志想起妹妹曾经说起杜鸿运上次在医院晕血一事，心想这次肯定又晕血了，不由得蹲下身子，揪住杜鸿运的耳朵边揉边骂：

你个兔崽子，别装死了，血有什么可怕的，你是想躺担架上，让伤员把你抬回去吗?

唐七姐好脾气，劝曹远志莫急，他自己到山涧里打了两竹筒冷水，将杜鸿运给浇醒了。谁知杜鸿运看到血淋淋的伤员又开始浑身冒冷汗，腿肚子筛糠打圈，根本迈不开脚。幸亏这时有个落单的支前队员顶了杜鸿运的缺，和曹远志搭档将伤员抬回了师部医院。当杜鸿运挑着支前队员的空箩筐赶回医院时，肩膀上红肿了一块，脚板酸胀得要命，肺部成了风箱，呼哧呼哧直喘气。他在医院门口坐了会儿，想到曹半夏已经不在医院学习，回了师部宣传队，便转身去看陈副院长，问她汪小六怎么样了。

多亏了你的水蛭疗法，汪小六的腿保住了，前两天他已经出院归队。水蛭疗法还帮了其他伤员呢。

杜鸿运听后大觉安慰，从医院到驻地的十多里路走得飞快，等回到驻地后才发觉双脚疼痛难忍，便拐着腿拎着木桶去伙房，想舀点热水泡脚。

伙房的竹棚建在营房后头，旁边有口大池塘。杜鸿运赶过去时，炊事班的战士正聚在池塘边上准备杀野猪。曹远志和大胖比他走得快，早就过来了。大胖想到有野猪肉吃，兴奋得东蹿西跳。曹远志以前在杜家围时常帮着伙夫杀猪，此刻他成了老大，指导铁头他们怎样捆绑持续尖叫的野猪。见到杜鸿运，他计上心来，走到杜鸿运身边，说等下有事找他，让他等会儿再走。

杜鸿运家中常年养着三十多头猪，他们家的猪不卖，只供自己吃，平均算下来，每月要杀两三头猪。那时曹远志就常给杀猪的长工打下手，杜鸿运怕血，从来不敢看杀猪。这次在伤员转运站晕血后，杜鸿运觉得这样下去不是个事儿，他明知曹远志想让自己看杀猪，开始有些畏惧，可转念一想，自己终究还是要过晕血这一关，便咬牙站在边上看他们杀猪。

……今天我们二连的战士有嘴钩，这野猪到池塘里喝水，被我们一脚踹进了水里，然后用担杆捞起来的。这家伙命大，没淹死，要不然我们也不用杀猪了。

面对着送上门的美味，炊事班班长铁头乐得脸上笑开了花。大胖说铁班长，你该等野猪淹死后再捞起来，省得动手杀它。

大胖，你真是懒脱了骨，这淹死的猪哪有活杀的猪好吃？铁头说着，和曹远志等人把野猪脸朝下地摁在临时搭起的木案上，接着将手中的长刀插进野猪身体，野猪凄厉的叫声戛然而止。刀抽出时，一股血流射进了木盆。杜鸿运的肠胃被血腥味熏得翻江倒海，他强忍着没吐。

预备——起！

战士们吆喝着把猪抬进了旁边那个腰子形大木盆中，接着几个战士往里倒了几桶开水。在蒸腾的热气中，曹远志和铁头身手熟练地刮着猪毛。大胖特意端着那盆猪血走到杜鸿运身边，嘴里嚷嚷道：鸿运，你看看，猪血跟人血差不多，过一会儿就凝成块了，没什么好怕的。

杜鸿运强迫自己凝视着那盆冒泡的猪血，眼前的景物摇摇晃晃，他赶忙扶住了身边的树。这时，铁头、曹远志已经将野猪吊在木杠上，铁头一刀划拉下去，猪的五脏六腑裸露在眼前。曹远志招手大喊杜鸿运：杜鸿运，你快过来看看这猪肚子里面长了什么。

杜鸿运恐惧地往后退，头开始发晕，曹远志的脸像倒映在水波中，变得有些虚幻。就在他即将倒下时，曹远志伸手将他的脑袋按进了野猪肚子里。杜鸿运的嘴唇、鼻子、眼睛陷在野猪温热的内脏中，浓烈的血腥味熏得他险些窒息。他拼命地推搡、挣

战士们吆喝着把猪抬进了旁边那个腰子形大木盆中……

扎，可身后那双手还在把他往里摁。迷糊中，他好像听见有人在喊“放手，他要憋死了”，接着，他用尽吃奶的力气，从血污中挣脱出来。眼前的世界一片赤红，口鼻中的腥臭越来越浓，他嗷地吐了出来，喷了曹远志一身。

哈，曹班长，你中彩了！战士们七嘴八舌地喊着，杜鸿运听见铁头喊人打水过来给他洗脸。

铁班长，不要打水给杜鸿运洗脸，让他带着猪血睡觉！他现在见血就晕，以后怎么上战场？

曹远志大声阻止。铁头说你刚才差点憋死了他。你要治他的晕血症，回你们三班去治，不要在我这儿胡闹！

杜鸿运想到自己刚才差点被憋死，便有些恨曹远志，可转念想到曹远志这是在帮自己治晕血症，又觉得这种做法可取。当大胖端来热水让他洗脸时，杜鸿运摇头拒绝了：我不洗，你再给我舀碗猪血来。

大胖不解地看着他：你想喝生猪血？那些猪血已经凝成了块，等下要做猪血汤吃的。

大胖，你别瞎扯，猪血还是血浆。来，杜鸿运，有种你就把头埋进猪血里。

曹远志今天是铁了心要治好杜鸿运的晕血症，他从灶房里端出那盆还在冒泡的猪血，逼视着杜鸿运。战士们围上前来看热闹。大胖跳到杜鸿运跟前，伸开双手护着他：曹班长，你不要这样欺负人家！

他是胆小鬼，敌人还没开枪，他就被血吓晕了，还打什么仗？我告诉你们，我今天不欺负他，那就等着敌人来欺负他！曹远志的话像铁磨，碾碎了杜鸿运的耳轮。脸上的猪血被风吹得干燥成皮，有几只苍蝇嗡嗡叫着落在了他的眼皮和鼻尖上。杜鸿运猛吸口长气，一头扎进猪血盆中。浓稠、腥臭的血浆淹没了他的眼睛、鼻子、嘴巴，世界变得幽暗血腥，肺部和气管像是有火在烧，突如其来的恐惧让他浑身战栗。他想抬起头来，心中却有个神秘的声音在说：喝下去，喝下去！

杜鸿运再也憋不住了，他张嘴大口地呼吸着，血浆涌进他的喉咙、鼻孔。杜鸿运的肺部憋得快要爆炸了，他猛地抬起头，拼命地喘息着。

我的天哪，他变成了一个血人！

这是谁在干傻事？什么，杜鸿运？可惜了一大盆猪血汤啊！

赖慕敏的声音穿过糊在耳朵上的血浆，变得遥远而微弱。杜鸿运一边咳嗽，一边抹干眼部的血迹。眼睛因为闭得太久，视线有些模糊，赖慕敏挺拔的身影看上去像一棵红色的树。

报告赖副连长，他们在帮我治晕血症。杜鸿运不知道自己现在有多狼狈，他敬礼的样子引得众人哈哈大笑。

这招对你有用吗？赖慕敏有些疑惑。

肯定有用！曹远志此话刚出，赖慕敏便目光灼灼地盯住了他：曹远志，这肯定是你的点子！

虽然相处时间不长，赖慕敏对战士们的了解却令人惊叹。

报告赖副连长，我只是端来了猪血，是杜鸿运自己一头扎进盆里的。这怨不得我。曹远志生怕赖慕敏要他赔那盆猪血，连忙撇清责任。赖慕敏笑了：看来杜鸿运是个傻子，你不推他，他还一头扎进了猪肚子里。

报告赖副连长，是我推他的。众目睽睽之下，曹远志不敢撒谎。

曹远志，作为班长，你想尽快治好杜鸿运的晕血症，心情我可以理解，但是你刚才的做法很危险，万一把他憋死了怎么办？赖慕敏有些同情杜鸿运了。

曹远志不敢搭话。这时杜鸿运已经洗干净了脸。虽说他心里气曹远志用这种损法对付自己，但他还是不想看到曹远志当众受批评，忙替他辩解：赖副连长，曹班长晓得轻重和下数的，再说我也不会那么傻，眼睁睁地让自己给闷死。

行，你不觉得危险就好，希望曹远志这招能斩断你的病根。赖慕敏拍了拍他汗湿的背。

杜鸿运看见曹远志朝自己递了个感激的眼风，便回了他一朵微笑。这时传来急促的集合哨声和张大嘴的喊声：有紧急任务，大家快集合啦！

几分钟后，全连战士站在营房门口的空地上听张大嘴布置任务：同志们，红三军团在福建打了一个大胜仗，缴获了敌人大量的辎重武器，我们师奉命搬运胜利物资。今天晚上大家不要再打草鞋了，早点睡觉，明天早上五点出发！

是！

稚气、响亮的声音直冲天空，荡开了遮在月亮上的那片乌云。

第十二章　运输途中遇险

唐排长，我们什么时候休息?

杜鸿运看着热辣辣的太阳和前面蜿蜒的队伍，早上吃的那碗南瓜稀饭变成汗珠，从毛孔里不断地沁出，双腿开始发软，他一边颤声问唐七姐，一边准备歇肩。身子骨虚弱又是平足底的白菜梗实在支撑不住，站在边上歇气，他也跟着帮腔，请求唐七姐发令休息。

唐七姐有些着急，说白菜梗、杜鸿运，还没走半里路，你俩又要歇肩，这样下去你们要掉队的。

唐七姐说着从杜鸿运的箩里拎了两捆布放到自己的担子上。他早先分了白菜梗挑的一半货物，担子堆得满满的。杜鸿运实在不忍心，可他真的有心无力。这时曹远志骂骂咧咧地从前头折回来，二话不说，从唐七姐担子里抢过那两捆布放回杜鸿运的担子上，挑起就往前走。

你个软蛋，挑这点东西都走不动，还好没让你挑武器，不然走到半中间，你把武器扔了怎么办？还有你，白菜梗，还说是老红军战士，怎么也像个纸片人，一点都不经折腾！

作为班长，曹远志在这次运输中表现不错。杜鸿运有生以来第一次挑这么重的担子，自然走不动。体弱的白菜梗也没力气，半里便要歇一肩，和杜鸿运落在了后面。曹远志每次总是要折回头接应他俩，影响了三班的行军速度，曹远志心里一急，嘴里就不干净了。

哪知他话音刚落，原本走在杜鸿运前头的大胖撂下担子，一屁股坐在地上直喘粗气：妈呀，曹班长，你让我挑盐，这盐沉死了！我肩膀上的骨头肯定断了。

大胖说着，伸手伸脚地躺在地上。曹远志踢了他两脚，大胖也不动。唐七姐忙上前拉起他，说你刚走得急，这样突然躺下会生病的。大胖这才勉强坐起。

杜鸿运啊，赶紧起来走吧。这附近一带有敌人的大刀会出没，你们得加快脚步，跟上队伍，小心被大刀会盯上！

这时，背着枪、骑着马的张大嘴从后面追上来，见白菜梗双唇发白、脸色发红，伸手摸了把他的额头，说他发烧了。随即将白菜梗拎到马背上，双臂环着白菜梗，策马往前方疾驰而去。接着，断后的武装班战士也跟了上来，急得曹远志大喊：哎呀，断后的武装班都追上我们了，大家努力呀。

张连长的催促、曹远志的喊声像两根鞭子，抽得杜鸿运跳了起来。所挑货物虽然少了很多，可肩膀已经红肿瘀血，扁担压在上面，疼痛钻心。脚板也磨出了泡，每走一步，刺痛都让他想流眼泪。他实在迈不开步，但一想到掉队可能带来的后果，便咬牙趺趺撞撞地往前走去，心里对坐在马上的白菜梗生出几分羡慕。大胖趔趔趄趄地跟在他身后，喘息着说：

这次红三军团太厉害了，缴了敌人那么多武器给养。油、盐、粮食、布匹、煤油，真是要什么有什么。可惜我们没汽车，要是能拿汽车运这些战利品，那就舒服啦！

大胖沉浸在汽车运输的想象中，脚下轻快起来。杜鸿运脚下踏着唐七姐手把手教他打的草鞋，粗粝的草皮磨破了他脚上的血泡，脚板渗出血来。钻心的疼痛使他肩膀软塌，担子重重地滑落在地，人像面团似的瘫软下去。他平生第一次觉得自己是如此无能和软弱，脑海中浮现出母亲满是慈爱的脸来，杜家围舒适的住房、丰饶的美食也从眼前一一闪现。他在想如果没有牛师长觊觎家中的财产，如果家中不曾遭遇变故，自己还会离开舒适的家，投身革命吗？那时读了老师留给他的《共产党宣言》和《共产主义论》，他对革命是有向往的。参加少共国际师后，经过这段时间的锤炼和洗礼，他已然明了红军战士的职责、使命和任务，但他从没想过革命的条件会如此艰苦，革命的过程会如此艰难，充满了血与火的考验。他现在有些怀疑自己能否坚持到底。在这种犹豫中，眼泪悄然淌下。

大胖没想到平日看上去很硬气的杜鸿运也会哭，忙安慰道：鸿运大哥，别哭了。实在不行，我陪你一起被收容。

大胖很羡慕被张连长拎到马上的白菜梗，心中恨自己身体太壮实，虽然这段时间又苦又累，却怎么也不生病，害得他没办法坐张连长的马。唉，要是我也生病就好了，那就可以骑马了！大胖既懊悔又羡慕，同时庆幸有杜鸿运做伴。

对行军的战士而言，被收容绝对是耻辱，但杜鸿运此刻根本顾不上。他躺在地上，像一具快要散架的木偶，做好了被收容队批评的准备。没想到的是负责断后、收容的一排排长看到他血淋淋的双脚后，立即把他的货物交给了身边的战士，那个胳膊受伤、发烧、坐在收容队的鸡公车上的战士主动下来，让杜鸿运坐着鸡公车来到了宿营地。杜鸿运下车时，看见推车的战士阿力双手尽是磨破的血口子，不由得眼眶发红：阿力，多谢你了。你的手疼不疼？

阿力上下打量了他两眼：说不疼是假的，但这疼我能扛过去。

因为不在一个排里，杜鸿运平日跟阿力只是点头之交，见他跟自己差不多年纪却如此坚强，心中一热，眼眶里掉出几颗泪珠来。阿力歪着头又打量了他一番，宽慰他道：杜鸿运，别流马尿了，马尿不值钱！

见杜鸿运闻言抽泣得越发厉害，阿力从兜里掏出两块番薯干塞到他手中：你家以前挺有钱的，吃惯了好东西，现在你吃得少，所以才没力气。不过没关系，我看你身体很壮实，多跑两次就能成大力士。

杜鸿运羞愧地嗫嚅道：我怕我不行。

阿力说：你都不试试，怎么知道不行？我跟你讲，我家没什么钱，但我是家中的独子，我爹娘挺宠我的。刚到队伍上的时候我也吃不了苦，还想过开小差呢。可你看我现在！阿力伸开双臂在他面前打了几个转，然后满脸自豪地拍着胸脯说：我现在是真金不怕火炼的老战士！

这时，有人在喊阿力。阿力朝他挥挥手：杜鸿运，我相信你一定行，到时你还能跟曹远志一样成为尖刀排的战士。

杜鸿运擦干眼泪，回头看见大胖挑着货物趔趔趄趄地走过来。杜鸿运刚想招呼他，大胖将担子撂在地上，人也跟着四仰八叉地躺下了，口里喃喃道：我明天要生病发烧，我明天的脚板会流血，我要骑马，我要坐鸡公车，我不想挑担子。

杜鸿运听见后羞红了脸。他蹒跚着走过去，正想向大胖道歉，大胖突然一个鲤鱼打挺跳起来，抓住杜鸿运的肩膀来了个三连蹦，兴奋地大喊着：杜鸿运，白菜梗，你们输了，我赢了！我没有骑马，没有坐鸡公车，我是自己把担子挑过来的！

不错不错，大胖今天可以多分半个饭团。

张大嘴、王建、赖慕敏、唐七姐手中拿着刚刚分到的饭团走过来看他俩。张大嘴边说边掰了半个饭团给大胖，大胖也不客气，一把抓过来塞进嘴里，味道还没尝到便吞进了肚，笑着连声赞道：嗯，这是铁头班长做的青菜团子，好吃得寻尾巴。

你要是在班里，肯定要偷吃。铁头班长远远地回了句话，引得众人大笑，大胖也不恼，嘻嘻笑着说：我今天还想偷吃。你们谁让我偷吃呀？

炊事班的战士开始逗大胖玩，现场气氛欢腾起来。杜鸿运接过王建给的饭团，假装没听见张大嘴让他坐下脱鞋的命令。张大嘴知道他不好意思，将他按坐在旁边的树蔸上，不由分说地脱去他的鞋，皱眉道：

你脚皮太嫩，没穿惯草鞋，把泡给磨破了！

张大嘴捧起他满是血痂和泥土的脚，像个医生似的仔细诊察着。王建脱下自己脚上那双快破的布鞋给杜鸿运，但他的脚小，杜鸿运的脚大，根本穿不上。赖慕敏要叫连队的卫生员给杜鸿运上药，被张大嘴一把拦住：处理这个我比他们有经验。去给我找些新鲜松针和牛尾巴毛过来。

那天晚上宿营的地方叫松树堡，房前屋后都是松树，曹远志很快采来了新鲜松针，并按张大嘴的吩咐捣烂成糊。房东家没牛，大胖到村东头找到一家有牛的农户，拔了几根牛尾巴毛回来。张大嘴找房东要了布头，搓软后蘸上热水，小心地揩净杜鸿运脚上的血渍和泥土，用牛尾巴毛戳破新鲜血泡，糊上松针泥，松针泥干燥脱落后，再涂上房东拿来的山茶油，撒上一种枫寄生植物的干粉。经他这么一摆弄，杜鸿运火辣辣的双脚顿时清凉起来，不久便沉入了梦乡。

接下来的两天，张大嘴安排大胖和病愈的白菜梗用鸡公车推着杜鸿运赶路。杜鸿运搂着两袋盐坐在鸡公车上，看着战友们挑着担子的沉重身影和大胖、白菜梗推车时累得通红的脸，他很不好意思，多次要求下车步行，被曹远志喝住：张连长说了，你的脚要过两天才能下地。你现在要是下来走，双脚废了，到时候可没人背你。

想到杜鸿运的脚出了毛病，连带着还把大胖和白菜梗也变成了无法挑担的“废人”，曹远志心里窝火得很，他恨不得马上把杜鸿运从车上揪下来，用鸡公车来推东西，但转念想到让杜鸿运坐鸡公车是张连长的命令，他除了暗骂，不敢明着发火。王建也很关心杜鸿运，晚上宿营时给他和白菜梗送来了四个用他自己的伙食尾子买的鸡蛋，馋得大胖直流口水，可当杜鸿运和白菜梗要分给他两个鸡蛋时，他又捂着嘴巴跑远了。

你们俩赶快吃掉，不然我会偷吃的。听着远处传来的大胖的喊声，杜鸿运和白菜梗笑得发栽。他俩起身跑到大胖身边，杜鸿运摁着大胖的手，白菜梗把一个剥了壳的鸡蛋塞进大胖口中。大胖先是咬着鸡蛋不敢动弹，可眨眼间便将鸡蛋吞进了肚，而后眼泪汪汪地看着他俩。杜鸿运以为他被噎住了，正想拍他的背，大胖突然搂住他们哽咽道：谢谢你们，这是我吃过的最好吃的鸡蛋。我以后会梦见它的。

杜鸿运和白菜梗异口同声地说：我们也想梦见鸡蛋呢！三人对视一眼，哈哈大笑起来。但这份笑容并没有在杜鸿运脸上停留多久，由于疲累和缺乏自信，他这两天还是有些萎靡。王建细心地觉察到了他的思想变化，连着两个晚上给他讲革命道理和师长陈光的故事。他见杜鸿运为自己的脚伤而忐忑，便让他编几首师部宣传队需要的快板词，这样杜鸿运再坐上鸡公车时，想到自己也领了任务，能为部队尽绵薄之力，情绪平稳了许多。再想到张大嘴、王指导员和战友们对自己的好，特别是那天看见师长陈光、政委冯文彬牵着驮满货物的马从自己跟前走过，师长和政委还把自己的草鞋送给小战士、不断挥手鼓励大家加油时，对比粤军牛师长鱼肉下属和百姓的可恶行径，杜鸿运心中深有感慨，不由得文思泉涌，两天便创作了六首反映红军官兵一致、和老百姓鱼水情深的快板词，喜得前来取快板词的曹半夏看他的目光多了几丝羡慕和崇拜：杜鸿运，以后你包了我们的快板词，还要给我们写小戏，就这么说定了啊！

曹半夏有段日子没见着杜鸿运了，心里有千言万语想对他讲，可最后说出口的，却只有这几句话。

好，你想要什么样的快板词，我就给你写什么样的词。

这样吧，你给我们写一些防止逃跑，防止开小差的快板词。

曹半夏脱口而出的话让杜鸿运吃了一惊：我们师有人开小差和逃跑吗？

有，有一些的。昨天团长让我写这种快板词，我写不出来，具体情况我也不晓得。曹半夏似乎意识到自己说错了话，变得吞吞吐吐。

鸿运大哥，哪个部队都有人开小差，红军也是人。是人就会生病拉稀，就会想爹想娘想老婆，还有的人吃不了苦，就拍屁股走人喽。大胖推车推得圆脸通红，却改不了好讲闲话的脾气。白菜梗跟着自夸起来：像我们这样能吃苦、不逃跑的人就算好汉了！

杜鸿运觉得自己愧对白菜梗的夸奖，挣扎着要下车行走。

我的太公，你千万别下来，你现在要是下来走路，过两天我还得推你。大胖这话有些哀求的意味了。白菜梗也在边上敲边鼓：鸿运，你安心坐鸡公车吧，这可是张连长和王指导员特批的。张连长对你可真好。

白菜梗由衷地叹道。杜鸿运也觉得平常对人要求严格的张连长这次对自己格外关照，不但安排自己坐鸡公车，还同意他们三人慢慢走，只要能赶到宿营地宿营就行。三班的行军速度由此跃升为三排第一，曹远志越发觉得杜鸿运是个累赘。

唐排长，你看杜鸿运不在，我们三班就成了全排第一。以后你还是想办法把他换到炊事班去吧。

你以为炊事班轻松？炊事班比我们跑得还要快。你看每天我们刚到宿营地，他们就做好了饭。杜鸿运哪有这个本事？

那总不能让他老拖累我们三班呀？

你放心，等他的脚磨出了茧子就不怕穿草鞋了。他以前吃得好，身高腿长，讲不定我们今后还走不赢他呢。唐七姐对杜鸿运信心满满。曹远志内心深处也承认，杜鸿运身上有股他以前没发现的蛮劲：那好吧，我就等着他磨出一双铁脚板来！曹远志说服自己要对杜鸿运有信心。

然而，返程运东西的第四天晚上，部队都已在宿营地开过晚饭了，杜鸿运、大胖、白菜梗和断后的五个战士仍然不见踪影。张大嘴亲自带着一个班的战士回去寻找。

那天晚上是个月圆之夜，银盘般的月亮好像盏大灯笼，给山川树木、村庄田野披上了柔和朦胧的轻纱。对于这样的夜色，战士们既熟悉又亲切。前段时间部队训练，为了适应战争的需要，特意昼伏夜行。夜晚行军时战士们最怕那种伸手不见五指的黑夜，因不辨方向、高低，有时走着走着就摔下了路坎和山崖，充满了危险。有月亮的晚上就不一样了，战士们既能看清楚路，又比白天更易隐蔽，大家亲切地称月亮为“天灯”。这次二连从福建搬运东西回中央苏区，由于大部分时间在密林中行进，又是在我根据地内，终于能白日行军，晚上宿营了。每到宿营地，三分之二的兵力休息，三分之一的战士修筑简易工事和警戒巡逻，次晚再轮休，这样战士们的体力恢复得快。整个行程中，这是第一次出现运输班战士和收容队一同失踪的意外情况。

大家小心，肯定有敌人！

张大嘴告诫大家，搜寻的战士们心提到了喉咙口。闽西这一带虽然是革命根据地，但时有由反动地主、富农等武装组成的大刀会出没。大刀会原是福建民间结社，势力颇大，在闽东、闽中、闽西都有广泛的活动。大刀会林林总总，有的积极抗击土匪，保护村民利益；有的明里是大刀会，实则为土匪，啸聚山林，为非作歹。闽西成为红区后，国民党反动派收买利用大刀会，四处杀害苏维埃区、乡、村政府干部，或聚集深山密林袭击我过路红军队伍，拦截我红军运输队伍等，危害甚大。

战士们一听说大刀会，神情立刻紧张起来。上次张连长给大家讲军事课时还特意举了大刀会偷袭红军的例子，说1932年10月，浦城前洋大刀会头子吴显顺带领会徒百余人，半夜偷袭龙浦游击队班长钟陈财。1933年农历五月，成千大刀会会徒围城攻打红军。告诫战士们提高警惕性，随时做好战斗准备。

这次少共国际师经过的地带，大刀会势力较为猖獗。正因如此，在大家运输物品时，张大嘴格外强调组织纪律性，催促大家跟上大部队，免得落单成为大刀会的目标。听说杜鸿运等人失踪，张大嘴、王建格外紧张，当搜寻队伍来到离宿营地五里多路的七里亭茶亭时，张大嘴在墙角找到了一只他送给杜鸿运的草鞋，断定他们曾经在茶亭停留过。

张连长，你看，这里画了几个字，还有个箭头。一个点着松光的战士指着茶亭的墙壁说。张大嘴凑近一看，果然看见上面用树枝刻了“大刀会”和“东”四个字。

张大嘴扫视了周围几眼，立即下令灭掉松光火把，悄无声息地返回宿营地，和王建、赖慕敏交流情况后，加强了营地的警戒。随后张大嘴领着一个武装排找到当地苏维埃政府了解大刀会的情况。当地苏维埃政府的赤卫队一直在监控大刀会，但今晚大刀会的行动极为秘密，他们毫不知情。当听说有人在茶亭的墙壁上刻下了“东”这个字时，赤卫队队长老张说大刀会很可能是去了东边的仰天湖。那里是大刀会的老巢。

与此同时，在少共国际师的宿营地，坐在树杈上担任警戒的曹远志望着天上那轮月亮，忽然发现自己无比挂念杜鸿运、大胖和白菜梗。

月亮姑姑，请你保佑我的战友杜鸿运、白菜梗和大胖吧！

趁着夜色和树叶的浓荫，他夹着步枪，双手合十地向皎洁的月亮拜了拜，一边在心中暗问：杜鸿运，你们到底在哪儿？晚上托个梦给我吧。

曹远志倏地想起一般是死人给活人托梦，忙抽了自己两嘴巴，祈祷张大嘴能尽快救回杜鸿运、白菜梗和大胖他们。

第十三章　仰天寺内斗智勇

像是有心灵感应，这时，被关在黑屋子里的杜鸿运突然竖起耳朵说：有狗叫！说不定有人来救我们！

狗想拉屎也会叫啊！你怎么断定有人来救我们？白菜梗沮丧地说。大胖抽搭起来：张连长和王指导员又不是神仙，哪晓得我们关在哪儿呀。呜呜，我们就要死了，可我还有好多东西没吃过。上次王指导员说兴国的四星望月、宁都的三杯鸡、安远的韭菜粄很好吃。我就想等哪天革命胜利了我一定要去吃个饱，唉，没有吃上就死了，好可惜啊。

大胖对美食由衷而持久的热情、惦念、执着既让杜鸿运敬佩，又使他心生悲凉：也许我们几个真的会在这儿送命？

想到家仇未报，他心有不甘，忙附在大胖耳边小声说：收容队的战友就在隔壁，他们挨了打也没哭，那些坏人还没打我们呢，你就哭成这样子，叫人笑话！

天这么黑，他们又不在这儿，他们哪里晓得我哭了？我哭了心里就舒服。大胖仍旧在抹眼泪。

你爱哭就哭吧，有本事把敌人哭死掉！白菜梗看不上大胖此时的软弱，赌气道。大胖抽噎了几下，终于止住了哭泣。杜鸿运走到窗边，默默地观察着天空。月亮又圆又大，天空明澈，只有寥落的几颗星，正应了“月明星稀”这句古话。对于杜鸿运而言，北斗星就是指南针。通过北斗星，他判断出关押他们的地方在东边。透过树隙，他依稀看见了远处的几点灯火，结合上山时走的台阶数，他断定自己处在一座高山上，便小声问道：

白菜梗，我记得你喜欢背地图？

是啊，张连长、赖副连长他们看地图的时候会叫我去看，看了还让我背出来。白菜梗喜欢地图，而且有过目不忘的本领。张连长他们晓得他有这本事，有时特意叫他看地图，看完之后让他在地上画出来，白菜梗总是能画个八九不离十。上次王指导员还说要送白菜梗去红军通信学校学习。以往只要谈到地图，白菜梗总是兴致勃勃，可眼下成了阶下囚，说起地图只会徒增他的悲伤。他连叹几口气，说会背地图有屁用，又不能把我们背出去。

不对不对，有用的。你好好想想以前看过的地图，也许我们能找出这一座山的名字呢！杜鸿运的鼓励终于使白菜梗打起了精神，他说这次上山统共走了3672级台阶，转了四个弯，一个往左，三个往右，这座山的海拔超过一千米。

大胖叹道：我的天哪，白菜梗，你还记了数！我只记住了味道。我们刚上山时风里有饭菜的香气，边上应该有村庄；再往上走，有橘子树、毛竹和野菊花的味道；后来好像还闻到了鱼腥味。我们住的地方有香灰和蜡烛的味道，这里应该是一座庙。

白菜梗、大胖，没想到你们这么有心。我觉得你俩的分析很准确。杜鸿运小声地表扬了白菜梗、大胖几句，两人顿时精神倍增。

你知道我们回瑞金，东边有哪些高山吗？

我记得这一带有南军隘、牛头寨、火夹垴、朱公坳、仰天湖几座大山。

仰天湖？大胖，你刚才说你闻到了鱼腥味？杜鸿运脑中一亮，大胖努力回忆着：对，我闻到鱼腥味和水草味！

杜鸿运突然想起上山时押运他们的人说明天要打牙祭，让人去捞几条鱼。这说明附近有水塘、河流或湖泊。他侧耳聆听着，山里极其安静，除了微微的林涛声和虫鸣再无别的声息。如果山上有涧流，山风肯定会放大流水声，那周遭就不会如此安静，可见那些人不是去河里打鱼，而是去水塘或湖中打鱼。如此推断，他们现在很可能在仰天湖附近。杜鸿运蜷起手指，轻轻敲着墙壁。墙壁发出沉闷的笃笃声，他断定：这是实心的泥墙，而且很干燥，没有称手的工具和足够的时间根本挖不动。更让杜鸿运失望的是，尽管他敲了好一阵，墙那边没有任何回音，可见隔壁目前无人居住。

但愿那些红军收容队的战士都还安好。杜鸿运心里默默祈祷着。

这里的老鼠好懒，连地洞都不愿意打。要是有老鼠洞，我们也好顺着往外挖呀！大胖趴在墙角里左抠右摸，口里连声埋怨着。白菜梗安静地瞅了会儿黑乎乎的屋顶，突然走到杜鸿运跟前让他蹲下来，杜鸿运刚反应过来，白菜梗便猿猴似的纵身站在了他的肩上，伸出双臂抱住横梁翻了上去。可惜白菜梗太矮，站在横梁上也够不着屋顶的瓦片。杜鸿运想把大胖送上去，大胖说我矮墩墩的，上去也没用，还是你上吧。

说着他抱起杜鸿运的双腿往上送。别看他年纪不大、个子不高，却有几把死力气，一下就把杜鸿运举了起来。杜鸿运借机攀到了房梁上，踮起脚勉强移开了几片屋瓦。杜鸿运嫌这样速度太慢，便把白菜梗拉到了横梁上，两人小心翼翼地移着瓦片，没多久就在屋顶上弄出了一个窟窿。

你站我肩上，看看能不能爬出去。杜鸿运将逃跑的希望寄托在这扇“天窗”上。

下头的大胖突然小声叫唤起来：鸿运大哥，你们可别丢下我呀！

大胖，这时你就别分鸿运大哥的心了！白菜梗看不得大胖这种凡事先想自己的脾气，小声抢白道。

我怎么能不分心？你们都从屋顶走了，我怎么办？大胖急得快哭起来。杜鸿运连忙安慰他：大胖，你放心，送出白菜梗，我就下来接你。

这时从窗外飘来一片闪烁的火光和喧嚣的话语声，杜鸿运、白菜梗迅速从房梁上跳了下来。两人刚站定，房门吱扭着打开了，继而泼进一片昏黄摇曳的松明子火光。

你们三个滚出来！

五个用黑布蒙着面的男人七嘴八舌地吼道。杜鸿运怕他们进来发现屋顶上那扇“天窗”，率先走出了房门，白菜梗牵着大胖也跟着走了出去。细心的白菜梗还趁机关拢了房门。男人们押着他们穿过条石块散乱的甬道，来到一座大殿前。

白菜梗分析得不错，他们果然被关押在庙里。大殿上方的“仰天寺”三个大字在摇曳的火光中伸手伸脚，周围的景物却在黑暗中收缩成团状、块状的黑影。男人们将杜鸿运他们推进了大雄宝殿。此处已然成了大刀会的“聚义厅”，原本的菩萨、神龛、案桌、跪拜的蒲团被移到墙根下，大厅居中摆着宽大的太师椅，椅子上铺着一张花纹美丽的兽皮，坐在上面的青年男子又瘦又小。他穿着蓝上衣、黑裤子，裹着黑头帕，腰上系着根皮带，皮带上插着两把驳壳枪和一杆水烟枪，还夸张地吊了颗苦瓜形手雷，浑身上下散发着杀气。奇的是这人居然长了张娃娃脸，微微上扬的嘴角仿佛在微笑。太师椅两旁，分坐着四个黑衣男人，他们腰间插着驳壳枪和水烟枪，但没吊手雷，望向青年男子的目光颇为畏惧。

让我猜一猜，中间这个高佬肯定是坐在鸡公车上的官，你身上带了多少钱?

青年男子嗓音洪亮，语速从容，隐隐透着杀气的目光落在杜鸿运身上。杜鸿运打了几个寒战：长官，我只是个小兵，我身上没有分文。

杜鸿运小腿肚子直打战，可声音却稳稳的，听不出丝毫恐惧。青年男子冷笑一声：你不是官，会有人推着你走路?

长官，他跟我一起当兵吃粮，我们都是运输排的小不拉子。我们推他是因为他以前没走惯路，脚磨破了，所以长官才让他坐鸡公车。

大胖到底走过几年江湖，紧要关头胆子反倒变壮了。青年男子从太师椅上走下来，打量着杜鸿运道：看这位小兄弟的长相气度，像是有钱人家的公子，你肯定是红军抓的肉票。好！好！

他眉开眼笑地连喝几声好，突然停在杜鸿运面前，弯腰从绑腿里抽出把寒芒闪动的匕首，指着大胖说：你杀了他，我就放了你。

杜鸿运挺身挡在大胖跟前：哎，长官，他是我的小兄弟，我不能杀他。

青年男子笑眯眯地看着杜鸿运：你的意思是你可以杀后面这个小萝卜头？

不行啊，长官，他也是我的小兄弟。杜鸿运急得又站到了白菜梗面前。白菜梗眨巴着大眼睛，一声不吭地望着门外，仿佛眼前的一切与己无关。

青年男子好奇地顺着白菜梗的目光望去：你在看什么？

长官，我这位小白兄弟是个地图通，只要看一眼地图，就知道山有多高，水有多深，路有多远。

杜鸿运尽量夸大白菜梗的本事，希望土匪能因此留他一命。

呵，还有这种本事？青年男子说着从腰间抽出张布地图，指着上面各种密密麻麻的虚实线问白菜梗：你看看，这画的是什么？

白菜梗眯起眼睛仔细看了会，说你这是红军的驻军、行军图。

青年男子瞪着他：从哪看出来的？

白菜梗的手指画着其中一条弯曲的黑线说：这是我们连这两天的行军路线，这个黑点是我们前两天的驻地。

他眉开眼笑地连喝几声好，突然停在杜鸿运面前，弯腰从绑腿里抽出把寒芒闪动的匕首……

青年男子摸着刮得光溜溜的下巴，赞许地点了点头：嗯，有些小本事。喂，你这个小胖墩有什么本事能让我不杀你？

大胖胆子大了些：我会做菜，还会撬门溜锁。

青年男子哈哈大笑起来：原来红军里面也有贼呀！

我不是贼，我是专门对付贼的！

大胖气得不再害怕，仰头答道。杜鸿运说我这位小兄弟能耐着呢，他烧的菜神仙吃了都寻尾巴！

可惜在我们这儿用不上，他要是当大厨，肯定会给菜里下毒，这人留着没用。一个坐在太师椅右边、声音阴恻恻的中年男人说。

大胖连忙申辩道：我还会打猎抓鱼！我会做很多事！青年男子没接腔，转身看着杜鸿运：你有什么本事？

我能帮你写布告、算账，我还会做黑火药、建子母堡。杜鸿运语气平静，他不想让这帮人看出自己内心的惊恐与慌张。

你说的这些，我们陈老大都会！那个声音阴恻恻的阴尸鬼看着青年男子陈老大，接着他们叽里呱啦了一通。杜鸿运听懂了他们的客家话。那四个中年男人要陈老大马上杀掉他们三人。陈老大想把杜鸿运当肉票再讹一些钱来，不同意他们的意见。阴尸鬼想出个狠计，要杜鸿运他们杀掉收容队的五个红军战士才能活命。

这样他们三个就算不死，也不能再回红军队伍了。

对，他们手上沾着红军的血，那就是叛徒，脑袋早晚要被红军砍掉。

让他们自己人杀自己人，妙计！高招！

其余三个中年男人啧啧赞道。

陈老大又摸了摸下巴：那五个红军战士的命就是他们入伙大刀会的投名状。嗯，这个要得。

陈老大话音刚落，就有人押着遍体鳞伤、血迹斑斑的阿力等红军战士走进了大殿。陈老大语气温和地问他们愿不愿意写自白书，脱离红军加入大刀会。战士们有的朝地上吐痰，有的破口大骂，阿力仰头道：我们生是红军的人，死是红军的鬼，要杀要剐由你们！

好，有种！只可惜脑袋不是韭菜，割了还会长。你死了还有哪个会记得你们？想一想吧！

阿力用响亮的歌声回答了陈老大：做一个英勇无敌红色战斗员，最后的一滴血，为着新中国……

老大，他们想流尽最后一滴血，正好庙后的那棵神柏快死了，刘道士说那棵神柏是山精的化身，需要血祭。

陈老大瞄了走到身边的阴尸鬼一眼：阴尸鬼，你晓得我不沾血的，想救那棵柏树你就动手吧！

阴尸鬼笑了笑，轻飘飘地走到阿力面前，突然拔出匕首往阿力的喉部一划，阿力的歌声戛然而止，弥散的血雾将闪烁的火光染成了红色。阿力刚倒下，阴尸鬼旁边的六指头又杀了另一个红军战士。

紧靠杜鸿运的大胖浑身筛起糠来。白菜梗抿着嘴巴，大眼睛里一副不敢置信的神情。杜鸿运不争气地呕了几口，但并没有晕倒，看来他的晕血症已被曹远志治好。

陈老大转头看着杜鸿运，圆圆的娃娃脸上露出惊讶的神情，啧啧道：一看你就是娇生惯养长大的，闻不惯血腥味吧？

陈老大取过阴尸鬼刚刚杀过人的那把刀，将刀尖戳到杜鸿运鼻前：只要闻惯了，人血和猪血、鸡血差不多。

阴尸鬼这时转过来，顺手从陈老大手中取走了自己那把刀。杜鸿运看见陈老大弯弯的眼睛里闪过抹寒光，但他依然笑着问杜鸿运：你家里能出几万光洋赎你？

杜鸿运摇摇头：我家的钱都给粤军的牛师长搞走了，我现在是穷光蛋。

杜鸿运实话实说，陈老大的眼睛眯起来：那个牛师长是你炸飞的？

杜鸿运连连点头：是。你拿我当肉票没用，我妈被他们害死了，我爸现在在牢里，家里的店铺全被牛师长的手下霸占了，没人会拿钱来赎我。

杜鸿运的邻居杨秋生被土匪抓走当了肉票，家中的钱财被勒索一空，可杨秋生还是给打了个半死，回来后只活了三天。与其像他那样受尽折磨后再痛苦地死去，还不如求个痛快。

没想到你也是个可怜人哪。不过你真的很有胆量，你要是到我们大刀会来，我让你吃香的喝辣的。

陈老大说着又从绑腿里抽出把寒光闪闪的匕首，递给杜鸿运：你只要割断另外三个赤匪的喉咙，你和你的小兄弟就能活命。

杜鸿运望着他满是笑意的眼睛：你说话算话？

陈老大的眉眼笑得如同弯月：我陈某一言既出，驷马难追。

杜鸿运接过匕首，朝那三个收容队的红军战士走去。白菜梗发出了凄厉的喊声：杜鸿运，你不能当叛徒。

你要是敢当叛徒，我到阎罗殿也要打出你的屎来！大胖虽然害怕，却颤声说出了这句话。陈老大、阴尸鬼等人哈哈大笑起来，还有人吆喝着要大胖杀了杜鸿运。这时杜鸿运已走到收容队的队长跟前，他深深地看了眼队长，队长会意地微微点了点头。这时屋外传来树枝的断裂声，趁陈老大和阴尸鬼扭脖看屋外的当口，杜鸿运挥起匕首刺向阴尸鬼。早有防备的阴尸鬼闪身跳到门旁，接着砰的一声巨响，他手中的驳壳枪口闪出朵明灿灿的火花，子弹擦着杜鸿运的脖子飞过。在灼热的硝烟气旋中，杜鸿运听见重物倒地的扑通声。

该死的阴尸鬼，你打中了陈老大。

二哥做得好，早该干掉陈老大。

大厅里的大刀会会徒们嘶喊着分成了两派，不久便开始刀枪相对。杜鸿运这才明白，阴尸鬼用红军战士当诱饵，为陈老大做了个死局。他刚才那一枪根本就是冲着陈老大去的，自己只不过是个幌子。

我们快跑！杜鸿运见大刀会会徒们无暇他顾，拖着腿上伤痕累累的收容队队长就要往外跑。正在撕打的大刀会会徒回过神来，嚷嚷着说我们要合力对付红军。就在这时，门外传来了张大嘴的喊声：

洪乡的卧倒！“洪乡”是N团的代号，这代号经常换，以防敌人窃密。在场的战士一听张大嘴这样喊，立即卧倒在地。大刀会会徒们还没反应过来，就被门外射来的子弹打得纷纷倒地，大雄宝殿内顿时一片哀号。说巧不巧的，受伤的阴尸鬼正好倒在杜鸿运背上，他肮脏的血淌了杜鸿运满脸。

你个探子，红军是你引来的！阴尸鬼虽然受了伤，气息有些微弱，头脑却格外清醒，他用驳壳枪口抵住杜鸿运的太阳穴。杜鸿运听见了他扣扳机时手指骨节的嘎嘎声。

杜鸿运，你今天死定了！耳边像是死神在嘶喊，杜鸿运下意识地闭上了眼睛，心中默念道：母亲，儿子这就去陪您了。这个念头刚涌上脑海，阴尸鬼的身体从他背上滚落。他爬起身，看见阴尸鬼满脸是血地躺在边上。

没伤着吧？快起来！张大嘴乌黑的大胡子此刻在杜鸿运眼里闪着耀眼的光芒，结实的双手宽厚温暖，融化了他心中的恐惧。

张连长，你怎么找到我们的？杜鸿运抱住张连长，眼泪夺眶而出。

多亏你在茶亭里写的那几个字！

这时收容队的队长领着那两个战士先向张大嘴敬了个礼，接着七嘴八舌地夸赞杜鸿运、白菜梗和大胖刚才表现很勇敢。

不错，好样的！张大嘴向他们竖起了大拇指。杜鸿运敛了心神，和战友们掩埋了阿力和另一个牺牲的战士的遗体，在坟堆前默哀了好一阵，才转身去打扫战场。当他走到左边的墙根，伸手拾捡那个死去的大刀会会徒身上的枪时，旁边的墙里突然传出微弱的喊声：救命！救命！

第十四章　这对双胞胎俘虏

这是两个身高、长相一模一样的少年，看样子他们被关在夹层里有段时间了。他们身上质地优良的学生装肮脏不堪，头发又脏又乱，满脸污垢，仿佛一百年没洗脸。他俩紧紧挨着，十指紧扣，显然被墙角的尸体给吓坏了。

求你们别杀我们，我爸会送钱来的！说话的少年浑身发抖，却始终不忘护着旁边那个少年。

你是哥哥？你叫什么名字？

张大嘴分派杜鸿运、白菜梗、大胖看管这兄弟俩和墙角的四个俘虏，其中就有刚刚杀了红军战士的六指头。张大嘴说仰天湖是大刀会的长期据点，附近建有工事，外边还有余孽。他吩咐了杜鸿运几句，便带着战士们出去了。不一会儿，从外面传来激烈的枪声，杜鸿运很想去看个究竟，可他的双脚这两日发了炎，动弹不得，加上任务在身，再好奇也不能动。大胖可不管这些，他说了声去外面找枪，便一溜烟跑了。

大胖真是眼小不照鸡，屋里有枪看不见，还要到外面去找。白菜梗从墙边的尸首堆里扒出一杆步枪、一把驳壳枪和两把大刀，说话时有些沾沾自喜。他喜欢那杆长枪，可他个子矮，背着枪不好走路，便要了那把驳壳枪和一把大刀，另一把大刀和长枪则给了杜鸿运。第一次持枪在手，杜鸿运默念着训练时背熟的射击口诀，心里涌上一股难以言表的激动：我终于有枪了！一边颤抖着手往枪里压子弹。刚才被杜鸿运问话、一直沉默不语的少年突然说：我叫欧阳灿，这是我弟弟欧阳焕。

你们兄弟俩长得可真像！大刀会能把你们抓来当肉票，家里肯定有钱。你祖上是做什么的？杜鸿运感觉子弹不对，停下手边打量枪支边问。

欧阳灿指了指杜鸿运手中的枪说：你拿的是汉阳八八式步枪，这种步枪设计使用的弹药是88子弹，弹径为8.08mm，你现在往里压的子弹是S尖弹，弹径为8.20mm，八八式汉阳造用这种子弹会炸膛。

白菜梗眼睛瞪得跟牛卵子那么大：嗨，你是用枪的老手，看来你爸肯定是个丘八哥！

欧阳焕瞪着他：你爸才是丘八呢！真是早上喝了尿，开口就臭十里！

哎，你现在腿肚子不打战啦？有胆量怎么不在大刀会的人面前凶？白菜梗抢白道。他俩这一打岔，欧阳灿便暂时不用回答杜鸿运那个令他难堪的问题了。不料这时墙角的六指头大喊道：红军大爷，这欧阳灿和欧阳焕的爹爹欧阳亮是五茶乡保安团的团长！

杜鸿运心中咯噔一声：爹爹当年也想搞保乡团，结果被牛师长当成了肥肉。这欧阳亮是乡保安团团长，来头比乡绅自己组织的保乡团要大。他有些纳闷，不知道大刀会为何要动保安团团长的儿子。

原来如此，难怪你懂枪。快说，你爸杀了多少红军？白菜梗踮起脚，用驳壳枪顶住欧阳灿的脑袋，厉声问道。

你乱嚼什么舌头？我爹是做烟叶生意的，他可没杀过人！上次红军来筹款，我们家还给了红军一百块大洋呢。

欧阳焕嘴巴比脑子快，他刚看见哥哥禁止他讲话的眼色，这话已经出口了。不过快有快的好处，欧阳焕这话迅速激起了杜鸿运的情感共鸣：你爸出任保安团团长是不是县里要求的，目的是你们家的钱？

对呀，你怎么晓得的？欧阳焕奇怪道。旁边的欧阳灿眼珠一转，说，你家是不是也遇到过这种情况？

杜鸿运哀叹一声：天下乌鸦一般黑，我看你家马上要倒霉了。

我们被大刀会抓了这么久，家里的钱已经快被榨干了。

欧阳灿说着突然从死尸堆里扒拉出一把大刀，旋即转身冲向墙角的俘虏。白菜梗用驳壳枪指住了他的脑袋：你想干什么？

我们那天回县城上学，只有几个人晓得，可大刀会的人却堵住了我们，这说明我们家有内奸！

欧阳灿拿眼睛看着杜鸿运：我只是想问几句话。

杜鸿运用手拨开白菜梗的驳壳枪，另一只手拿掉了欧阳灿手中的大刀：问出来了又能怎么样？还想回去报仇？

欧阳灿固执地伸出右手：你把刀拿了，我拿什么砍他们？

你来问话，你说要砍谁，我就砍谁！杜鸿运非但不肯给他刀，还让白菜梗找来绳子，捆了欧阳灿兄弟俩的手。欧阳灿晓得这时再犟也没用，闭嘴不再吭声。欧阳焕却梗着脖子大喊：他们才是你们的俘虏，你们绑我们干什么？杜鸿运不理他。欧阳灿用脚踢了踢六指头：你要是说出找了保安团的谁，我就让这位红军爷爷放你一条命。

你自己都被五花大绑了，你的话有屌用！六指头横着眼睛说。杜鸿运立刻把刀架在他脖子上：我绑欧阳灿两兄弟自有我的道理。他们要是开口让我放你一条命，我也能放，就看你说不说实话了。

杜鸿运想起六指头刚才屠杀红军战士时的残忍，刀口狠狠地往他脖子压去，割破了他的皮肤，空气中飘散出新鲜的血腥味。

红军爷爷饶命。我听二哥讲，是保安团团副的舅舅给我们报的信。别看刚才六指头凶残无比，眼下却成了尿包软蛋。

哥，谁是老刁副团长的舅舅？欧阳焕总是愣头愣脑的。欧阳灿想了会儿，说家里的内贼想必早就跟大刀会有勾结，做什么事都藏着掖着，家里人并无察觉，你现在问我，我也不晓得。

不用欧阳灿打招呼，杜鸿运的刀口又往六指头的皮肉里压了压，六指头惨叫起来。其中一个俘虏老汉看样子是六指头的亲戚，见状连忙喊道：是你们家的罗管家，他跟我们的二当家也是亲戚。

欧阳灿和欧阳焕气坏了，手被绑住不能动，但还有脚呀。兄弟俩对视一眼，同时飞脚朝他们踢去，六指头和老汉发出凄厉的叫声。杜鸿运抽刀转身望着门外，白菜梗也假装没看见，等那几个俘虏号叫了一阵，他俩才把欧阳灿兄弟俩拉开。正巧这时张连长他们挑着几担粮食和枪支弹药过来，招呼大家到大雄宝殿外吃早饭。今天天阴，没有出太阳，仰天湖的水汽和山岚混杂成乳白色的云团在四周升腾奔涌，好像无声的浪涛。林木苍翠欲滴，那浓重的色彩像是在为牺牲的战士默哀。众人挑着战利品，押着俘虏往连部的宿营地走去。山道弯弯，风景如画，杜鸿运眼前闪过阿力年轻的脸庞，心中哀痛不已，泪水夺眶而出，景物变得模糊，阿力那句话却越来越清晰地在耳边回荡：

杜鸿运，我相信你一定行，到时你还能跟曹远志一样成为尖刀排的战士。

阿力的声音像几记响鼓，敲得他心神俱震，悲痛化为了继续前行的力量。他回首看了几眼埋葬战友的那片树林，心中暗道：阿力，你放心，我会成为尖刀排战士的。

这时，一只雄鹰从头顶飞过，他仰望着天空，心胸忽然宽广了许多。

由于大刀会对红军和周围的群众犯下了累累血债，为了杀一儆百,二连请示上级后，和当地的乡苏维埃政府一起组织召开了群众公审大会，枪毙了四个手上沾满鲜血的大刀会会徒。张大嘴和王建还特意为欧阳灿兄弟俩的事跑了一趟营部。他俩希望成立一个特别行动小组深入敌占区，用欧阳灿兄弟俩换回前些天被捕的一名二连战士和村苏维埃政府主席。营长见行动方案做得扎实细致，当场允了，前提是二连必须保证如期、安全地将货物运到目的地。

营长，二连现在在根据地区域内，周围环境比较安全，这个行动只要两个排的兵力，不会耽误连队的行程，而且速战速决，您就放心吧！张大嘴和王建同时向营长拍胸脯保证。

好，我等你们的好消息。营长的笑容里充满了自信。

张大嘴是个足智多谋、行动迅速的指挥员。从营部回来不到半个钟头，赖慕敏便带着两个排去了五茶乡。这次行动很机密，曹远志、杜鸿运、白菜梗紧急集合时，根本不知自己参加的是何种行动。直到杜鸿运看见欧阳灿兄弟俩，又听带队的赖慕敏副连长说目的地是五茶乡时，他才隐约猜出这事儿跟欧阳灿兄弟俩有关。

乡苏维埃的人与保乡团约定在五茶乡风雨桥头交换人质。当赖慕敏一行来到风雨桥头，又听说对面桥头那两个衣衫褴褛的男人是被捕的红军战士与村苏维埃政府主席时，杜鸿运这才明白此次行动的真正目的。想到自己被抓后爹一直不来营救，而欧阳亮却把两个儿子当宝，心里有些酸酸的：欧阳灿，看来你和你弟弟的命蛮值钱的。哪个是你爹？

那个高个子是我爹。欧阳灿眼里闪动着泪花。他旁边的欧阳焕已经开始哭泣道：爹呀，快把我们接过去呀！

这时，桥那端的欧阳亮激动地朝他们挥手呐喊：小灿，小焕，爹爹接你们来啦。

不知何故，赖慕敏环视了周围一通后，脸色突然大变，他让乡苏维埃政府主席跟对方喊话，把交接地点改到后山小道的茶亭，转头又吩咐曹远志、杜鸿运、白菜梗速速带着欧阳灿兄弟俩离开。欧阳亮急得连声大喊：

红军老爷，我们先放你们的人过去，你们要说话算数，赶快放我儿子过来。

欧阳亮说着，亲自动手为被抓的村苏维埃政府主席和红军战士松绑。赖慕敏有些犹豫：杜鸿运，你们稍等一会儿。

杜鸿运想问欧阳灿兄弟俩哪个是刁副团长，他怕那个刁副团长要搞小动作。欧阳灿兄弟俩显然也想到了这个问题，他俩蹦跶着，呜呜地向父亲示警。

刁副团长不在，那个管家也没来。

行动前，赖慕敏已告知乡苏维埃政府的干部，欧阳灿家的罗管家和保安团的刁副团长是大刀会的内线，乡苏维埃政府主席看了看对面那帮人，说刁副团长和管家都没在现场。

这么说，欧阳灿的父亲已经做好了防范？

赖慕敏眼见被抓的村苏维埃政府主席和红军战士朝自己这边走来，紧蹙的眉头稍稍松展开来。行前他从乡苏维埃政府主席处了解到，欧阳亮是个开明绅士，暗中帮过红军不少忙。可不知为什么，此刻站在桥头，他却感觉到了突如其来的杀气与危险。

大家赶快后撤！赖慕敏话音刚落，欧阳亮身后的壮汉忽然挥刀砍向欧阳亮，欧阳亮闪身躲过。与此同时，周围枪声大作，走到桥中央的村苏维埃政府主席、红军战士中弹倒在血泊中，欧阳亮被壮汉和另外两个男人砍倒在地。欧阳灿兄弟俩嘶喊着冲过去救欧阳亮，被杜鸿运等人死命拉住。在赖慕敏的指挥下，战士们且战且退，终于占据了后山的制高点。这时，十多个保安团团员

欧阳亮身后的壮汉忽然挥刀砍向欧阳亮……

从桥下冲上来，遭到红军战士的迎头痛击。双方激战十余分钟，保安团丢下十多具尸体，仓皇逃走了。赖慕敏他们打扫战场时发现村苏维埃政府主席已经牺牲，那位采买药物的红军战士只是胳膊受伤，另有两个战士挂彩。欧阳亮死了，欧阳灿和欧阳焕两兄弟抱着他的尸首号啕大哭。

你们走不走？如果他们杀个回马枪，你们俩也没命了！

赖慕敏是真为他俩担心。欧阳焕说挥刀砍父亲的是刁副团长的亲信，设下埋伏的肯定也是刁副团长，他要回去为父亲报仇。欧阳灿擦干眼泪，通红的双目像是喷火炉孔：赖副连长，我常去保安团玩，那儿有很多枪支弹药，我带你们去把它给端了！

这显然不在张大嘴和赖慕敏向营长汇报的战斗计划中，但赖慕敏觉得这是个给部队补充枪支弹药的良机，立刻安排同来的乡苏维埃政府主席、赤卫队队员火龙送村苏维埃政府主席的遗体和胳膊受伤的战士回苏区，并尽快向张大嘴报告一排、二排的战斗计划。

放心，这一带我熟。张连长他们押送着大批货物，一天最多走四十里，我挨夜边就能追上他们。火龙他们得明天早上才能到。

乡苏维埃政府主席胸有成竹地说。

送走乡苏维埃政府主席和火龙他们后，赖慕敏拿出地图，白菜梗扑到地图边上，时不时给赖慕敏出些主意。眼泡红肿的欧阳灿和欧阳焕在赖慕敏跟前双双跪下，请求红军战士把欧阳亮的遗体送回家。

赖慕敏连忙拉他俩起来。欧阳焕双手抱着赖慕敏的腿不肯起身：赖副连长，你们穿着便装，没哪个晓得你们是红军。请你们帮帮忙，不要让我爹曝尸荒野。

悲痛欲绝的欧阳焕趴在赖慕敏脚边哭了起来。欧阳灿见赖慕敏没回答，踢了欧阳焕一脚：男儿膝下有黄金，你给我起来！他们不送，我们自己送！

欧阳焕不听，继续抱着赖慕敏的腿。赖慕敏拉起了欧阳焕，语重心长地说：小焕，你们家现在肯定被刁副团长控制了，他们正张着口袋等你们钻呢！你们现在回去就是送死。

那我们就跟他们拼命！欧阳焕嘶吼起来。边上的曹远志听得烦躁，伸手掐住了他的喉咙：你要死现在就可以跳河，用不着我们去陪葬！

赖慕敏瞪了曹远志一眼：还不快松手！

曹远志这才放开欧阳焕，欧阳焕捂着喉咙咳得涕泪交加。赖慕敏转头看着欧阳灿：你打算怎么端掉保安团？

欧阳灿看看天色，小声说出了他的打算。赖慕敏点点头，领着欧阳灿兄弟俩走到欧阳亮的遗体前拜了三拜，亲自把他背到山上，用树枝盖好。

先委屈下老人家，等明天报了仇，再给他送葬。

欧阳灿、欧阳焕兄弟俩在父亲的遗体前又跪哭起来，杜鸿运和白菜梗拉了许久他俩才起身。

第十五章　夜半奇袭保安团

当夕阳的余晖散尽，夜色潮水般淹没了大地时，欧阳灿从后院的狗洞钻进了自家的五凤楼。那狗洞是他和弟弟以前偷着出去玩耍时的“秘密通道”，出口在他们家存放棺材的老屋，平常罕有人迹，家中只有他俩知道。

欧阳灿的公爹是闻名遐迩的郎中，他用砒霜、地骨皮、红花、桃仁、蓖麻油和淀粉制成的软膏治鸡眼很灵，家中为此发了笔小财。欧阳亮靠这些积蓄做起了烟叶生意，仅用二十多年便成为乡中首富。欧阳亮虽不当郎中，但祖传的鸡眼膏生意没丢，一则这种药膏成本低，回报高，二来制作鸡眼膏是可以傍身的祖传手艺，欧阳亮不但自己掌握了要领，还把鸡眼膏的制作技术传授给了大儿子欧阳灿，所以欧阳灿房中备了不少砒霜。欧阳灿原本想把砒霜化在保安团的茶水里或饭菜中，来一个“毒杀”，没想到后院通往住房的石门已被锁死。原来罗管家听说欧阳灿兄弟俩还活着，怕他们回来复仇，让外甥刁副团长迅速把欧阳灿的母亲转移到了别处，自己带着早就跟他勾搭成奸的欧阳亮的三姨太住进了正房，整栋房子只留下大门进出。欧阳灿和欧阳焕在后院干着急时，罗管家正和三姨太盘算着怎样和刁副团长瓜分欧阳家的财产。此事欧阳灿兄弟俩自然不知，当他们看见父亲房间的后窗透出灯光时，以为是母亲。两人凑到窗缝那儿一看，正好瞧见罗管家和三姨太在算账。欧阳灿和欧阳焕怒火中烧，想放火烧了自己家。可后院没有柴火，再说他家的五凤楼青砖到顶，除非在室内放火或在室外架起柴火来烧，否则很难起火灾。冲动暴躁的欧阳焕出人意料地耐住了性子，和哥哥小心翼翼地钻出了后院，趁着夜色来到了保安团对面的茶馆，把院内的情况告诉了边喝茶边监视保安团大门的赖慕敏、曹远志和杜鸿运。

被仰天湖的大刀会成员囚禁的半个多月里，欧阳灿兄弟俩经常挨饿挨打，备受折磨，以致面貌大变，加之衣衫破旧，茶馆里没人认出他俩。但赖慕敏还是非常警觉，立刻结账，带着他们往码头走去，边走边小声商议下一步的计划。

说来有意思，这个计划居然是杜鸿运先提出来的。保安团驻扎在镇中心一座名叫桂花屋的老宅里。老宅只有一扇门进出，围墙高厚，只能智取，不宜强攻。杜鸿运看了半天，发现这所宅院防守的唯一难点是院内和屋外那十几棵桂树。那些桂树都有上百年历史，树干高大粗虬，枝繁叶茂，华盖亭亭，在并不明亮的马灯中，犹如团团黑影。他想起自己和曹远志、白菜梗到尼姑庵救曹半夏，炸死牛师长的那个夜晚，觉得可以利用桂花树。他刚小声提出这个主意，曹远志便拍着大腿说：嗨，我刚咽下口水就让你抢先说了！

赖慕敏像是有意让他们几个做主，等他们说得差不多了，才小声提出补充意见。这晚的月亮细窄如淡淡的蛾眉。稀薄的月辉让天地显得灰蒙蒙的，繁茂的桂花树和高大的桂花屋看上去像几团浓淡不等的阴影。因当晚刁副团长摆了庆功宴，不少保安团的团丁喝醉了，十点不到，就有人开始打盹，有些贪杯的还偷了残羹剩菜冷酒，回来继续吃喝。有二十多名团丁是刁副团长眼中亲近欧阳亮的异己分子，被他关进了右边破败的小院，准备这几日另行处理。他们的骂声穿过厚厚的院墙和浓密的桂树枝叶飘散在空中，使小镇的夜晚显出几分奇怪的喧嚣。

由于设圈套害了欧阳亮和红军战士的性命，虽然夺得了团长的宝座和欧阳亮的家产，但想到不知所终的欧阳灿兄弟俩和那支红军队伍，刁副团长心中还是充满忌惮，下午又派团丁到上午设埋伏的地方去寻红军的踪迹，谁知只找到了被草木盖住的欧阳亮的遗体。为了嫁祸于红军，刁副团长命令团丁将欧阳亮的尸体丢在城门外，又在城内城外贴满“红军”声讨欧阳亮的告示，告示中通篇都是“共产共妻”的诬言，旨在扰乱民心，毁坏红军的声誉，用意极为恶毒。赖慕敏他们看见这篇告示后怒火中烧，欧阳灿和欧阳焕更是悲愤欲绝。但大计当前，他俩默默地流了会儿眼泪，还是按计划带着曹远志、杜鸿运去了舅舅家的粮油杂货店。

欧阳灿兄弟俩和舅舅很亲，原本还想得到舅舅的支持，没想到舅舅看见他俩竟畏之如虎，从里屋出来的舅妈听说他们要借油也吓得浑身筛糠。舅舅给了他们几枚光洋，而后连声赶他们出去。见欧阳灿兄弟俩不走，舅妈作势要喊，曹远志和杜鸿运只好绑住他俩，又用布塞住他们的嘴巴，然后每人拎着两桶油回到了集合地。

夜半时分，月西斜，露渐浓，正是人疲马乏的时候。除了保安团门口的两盏马灯兽眼般亮着，其余人家的灯火皆已熄灭。月辉下的小镇安谧得像个梦。住在桂花屋正中的刁副团长因确认红军已经撤走，放心地喝了几大碗酒，此时正躺在床上酣睡，猪一样的鼾声和其他醉酒兵丁的梦呓、墙角唧唧啾啾的虫鸣交织成催眠曲，让门口那两个偷着喝了几盅冷酒的哨兵越发睡意蒙眬。在赖慕敏的指挥下，战士们按小组行动，将食油运进了小院。欧阳灿打开了关押父亲亲信的小院院门，意外得救的亲信团丁见到欧阳灿格外激动。欧阳灿小声简要地说明了来意，团丁们纷纷表示愿意跟着红军走，转身带着他们到枪械仓库取了枪支弹药，然后悄悄摸到刁副团长和团丁们的卧房门口，几颗手榴弹扔过去，残肢断臂随着轰隆的巨响和冲天的火光飞上了天。曹远志、白菜梗、欧阳灿兄弟俩动作麻利地将菜油洒在门板、墙壁上，点着了火。在蒸腾的烈焰中，团丁们鬼哭狼嚎、豕突狼奔。赖慕敏领着战士们趁乱迅速撤出了小镇，抬着欧阳亮的遗体，消失在大山深处。

这次夜半奇袭重创了五茶乡保安团，缴获了 37 支汉阳造步枪、22 把大刀、79 颗手榴弹，而奇袭小组只有四个战士受了轻伤。杜鸿运原以为赖慕敏副连长和他们的行动小组会受到上级表扬，谁知却挨了张连长和王指导员的一顿狠批，说赖慕敏副连长身为指战员却分不清轻重缓急，置二连运输的重要货物于不顾，迷恋拔“白点”的个人战绩，让他在全连战士的同乐会上做了检讨。出乎意料的是，曹远志、杜鸿运、白菜梗却受到了连长和指导员的表扬，说杜鸿运他们被大刀会抓捕后英勇不屈，在后来的行动中胆大心细、主动积极、配合得当，像个真正的红军战士。

什么叫像个真正的红军战士？我们本来就是红军战士！曹远志和白菜梗对张连长这句话有意见，两人向唐七姐抗议。

张连长这话没毛病，你们不要以为当了红军就是真正的红军战士，只有你干了红军战士才能干的工作，表现出了红军战士的英勇无畏，那才是真正的红军战士。唐七姐这绕口令般的话将曹远志和白菜梗绕晕了，唐七姐也被张连长和王指导员批评赖副连长的事给弄得有些糊涂，说赖副连长指挥的这次奇袭行动缴获了这么多枪支弹药，怎么还挨批呢？

唐七姐虽然想不通，但没敢去找连长和指导员理论。杜鸿运没有他这份沉稳，也忘了自己只是像个红军战士，他找到张连长和王指导员，情绪激动地说这次袭击行动非但没有给连里造成什么危害，反而缴获了枪支弹药，带来了欧阳亮的十几个亲信团丁参加红军，赖副连长应该立功受奖。

你们凭什么批评他，还让他当众做检讨？赏罚一点都不分明！

杜鸿运，这次我们的中心任务是运输重要战略物资回中央苏区。赖慕敏这样是乱搞。你现在为他叫屈，也是个人主义思想作怪，你要好好反省！

张大嘴一把火烧到了杜鸿运头上。王指导员见杜鸿运不服，拉着他出门散步。他们的宿营地已在中央苏区根据地内，按理说紧绷的神经应该松弛下来，可近来国民党的军机经常飞入中央苏区进行轰炸，运输队伍昼伏夜行，以免成为轰炸目标。王指导员和杜鸿运散步时天已黄昏，休整了一个白天的战士正准备吃饭，启程，宿营地内一片忙碌。杜鸿运跟王指导员散步时心中很乱，不由得东张西望。

王指导员没给他讲大道理，而是讲了某次战斗中，因有个排长不听连长指挥，擅自行动，结果导致全排战士牺牲的惨痛教训，以此强调一切行动听指挥、遵守纪律的重要性。杜鸿运这时也明白过来了，身为指战员，绝不能因小失大。王指导员表扬他肯动脑筋。杜鸿运有些惭愧。这时，他看见欧阳灿、欧阳焕兄弟俩在帮着装运货物，态度挺积极，不由得有些触动。王建说他们也参加了红军，跟你同班。

杜鸿运有些意外：他俩不是一直说要回去报仇吗？王建站住脚，说他俩的情况跟你有些类似，只是你比他们先到革命队伍中，思想觉悟比他们更高，平常你要多帮助他们。

杜鸿运问：那我是不是小组长？王建笑了：你是行动小组组长。

真的？杜鸿运喜出望外。王建帮他正了正帽子：你现在是红军战士了，要注意自己的言行举止和军纪军容。今后你走出去代表的不仅仅是你个人，还代表着红军战士的形象。

杜鸿运“嗯”了声，脑子里还在琢磨那个行动小组组长的头衔：王指导员，那我们的小组是不是可以执行特别的战斗任务？

那是以后的事，现在你的主要任务是带好他们兄弟俩。王指导员由此说到赖慕敏受批评的原因，他说在革命队伍中，一切要以大局为重。为了充实中央苏区反“围剿”的武装力量，中央从闽浙赣省抽调红十军到中央苏区，以方志敏同志为首的闽浙赣省的军民以大局为重，将老红十军送到了中央苏区，闽浙赣省反“围剿”的力量因此削弱。但为了革命大局，他们义无反顾。舍去区域的利益和自我的利益，一切为了确保革命胜利，这就是大局观念。

杜鸿运有些明白了：王指导员，你是说连里的运输任务比攻打五茶乡保安团更重要？

是的，我们必须确保运送的物资按时送到指定地点。这是我们此行最重要的任务，其他一切都要为这个任务让路。赖慕敏带着你们攻打五茶乡保安团，虽然有所斩获，但也有很多不确定性。万一保安团洞察了你们的企图，袭击、抢走了这批物资，那我们损失就大了。

可让赖副连长到仰天湖救我们，您和张连长已经跟营里说过的呀？

如果他按计划行动，在我们预留的时间内完成这项营救任务，就不会影响连里的整体任务。

杜鸿运一把抓住王建的手，激动地说：谢谢王指导员，要不是您和张连长去找营长说要营救我们，我们早就被大刀会的人杀了，以后我一定好好干！

杜鸿运本想说以后我生是红军的人，死是红军的鬼，后来觉得这话肉麻，便改成了“以后我一定好好干”，这是他此刻心情的真实写照。

好，你有这份决心我很高兴。欧阳灿和欧阳焕情绪怎么样？

他们很感谢红军把欧阳亮的遗体抬回来安葬，并为他举行了葬礼。他们现在最担心的是不知下落的老娘，好像不太想留在部队上。

奇袭五茶乡保安团后，杜鸿运和欧阳灿兄弟俩成了真正的朋友，兄弟俩有什么心事都会跟他讲。

他们想去救老娘？王建猜到了他们的想法。

是的，杜鸿运实话实说。王建心里有数了，当即找到眼红鼻肿的欧阳灿兄弟俩，说他会跟闽西某县的苏维埃政府联系，请他们出面打探欧阳灿老娘的下落并实施营救，到时在闽西苏区进行妥善安置。

你们现在回家很危险，先安心在部队上干，等练好了本领再回家报仇也不晚。

王建这席话犹如定心丸，让烦躁痛苦的欧阳灿和欧阳焕逐渐平静下来。王建还当着唐七姐和曹远志的面，点名让杜鸿运、欧阳灿、欧阳焕组成行动小组，由杜鸿运担任组长，对他俩进行传帮带。这下白菜梗心中暗喜地问王建：王指导员，那我是不是行动小组组长的组长？

对，你要帮助杜鸿运做好他们的工作。王建摸着白菜梗的头，笑得眼尾起了皱纹。

喂，杜鸿运、欧阳灿、欧阳焕，等下次打仗的时候，我们再动员几个人参军，充实到我们组。到时我们小组就变成了班，我就是你们的班长。

白菜梗自此对“扩红”充满了热情。杜鸿运也有了新的憧憬，他私下里跟大胖说，希望过些日子，他、白菜梗、大胖都能当班长。

你们什么事都撇开我，我才懒得理你们呢！大胖嫌赖慕敏没点自己参加五茶乡的特别行动，这段时间一直闷闷不乐。

大胖，我们在仰天湖的那天晚上你出去捡子弹壳，脚板扎了刺，这些天都走不动路，你怨哪个嘛？

杜鸿运这么一说，大胖才想起自己脚上那根刺，心情突然开朗起来，说欧阳兄弟也是好吃鬼，到时候我们结伴去摸鱼！

大胖还是想回炊事班，让杜鸿运有空跟曹远志和唐排长说。杜鸿运不舍得他走，说我们班现在每人都有枪，如果你回炊事班，枪要交出来，那多不划算呀！

大胖想了想，觉得杜鸿运讲得有理，咽了咽口水，说我以后还是少想吃的吧。他那可爱的表情逗得杜鸿运哈哈大笑。

这之后少共国际师的主要任务还是搬运物资，跟随大部队转移，只是行军路线忽东忽西，转移也来得突然，当真是行踪莫测。开始大家还埋怨这种转移莫名其妙，当得知这其实是一种迷惑敌方的佯动战术后，心中又有隐隐的兴奋。少共国际师在转移中不忘发展，沿途的宣传做得很足，每到一地，总是能招来新兵。经过一段时间的转战，已成老兵的杜鸿运、曹远志等人开始培训和结对子帮助新兵。

说来有意思，王指导员竟然指派杜鸿运给他们讲政治课，说小杜，你读过《共产党宣言》和《共产主义论》，能找到的《红色中华》报、《红星》报你全看了，你把书本上的知识和你这几个月在少共国际师里的所学、所见、所闻、所感结合在一起，只要如实讲给大家听，就是一堂非常生动的政治课。

杜鸿运受宠若惊的同时又深感忐忑，生怕讲不好会成为别人的笑柄，私下里攒劲备课。曹远志得知此消息后大为恼火，他向张大嘴提意见，说杜鸿运虽然有文化，但到底不是穷人出身，做事吃不了苦，现在还不算真正的红军战士，他哪有资格给别人上课?

张大嘴对杜鸿运很好，但在情感上更偏向曹远志，他也觉得王建对杜鸿运的信任有些过分，于是找到王建，说讲政治课是光荣的任务，得让有觉悟有战功的人去讲。王建笑着说：我晓得曹远志找了你，他自己想去讲政治课。他是个好战士，但给欧阳灿兄弟俩和那十几个新战士讲课，杜鸿运的现身说法会更有效。

别看张大嘴打仗时坚毅果敢，平常耳根子却有些软，先前他觉得曹远志讲得有理，这会儿他又认为王建说到了点子上，最后他拿出了一个折中的办法：让曹远志和杜鸿运轮流给新战士上政治课，看看谁讲的效果好。

结果正如王建所料，杜鸿运时政知识丰富，讲课时旁征博引，擅长用小故事诠释大道理，很受战士们欢迎。他的现身说法更是让欧阳灿兄弟俩和那些新战士找到了情感的共鸣。特别是欧阳灿兄弟俩，他们从杜鸿运身上看到了自己的影子，当张大嘴问他们以后要谁给他们讲课时，战士们一致选了杜鸿运。几堂课讲下来，只会生硬讲大道理的曹远志没了自信，他想自己的长处还是在打仗上，后来就没再争着当教员。为把欧阳灿兄弟俩带上正轨，杜鸿运动了不少脑筋，也费了许多心血。只要得空，他便跟欧阳兄弟聊天，教他们洗衣缝被、下河摸鱼、上山抓兔，难免冷落了大胖和白菜梗。

鸿运大哥，那两人不值得你对他们这么好，那天我听见他们俩在背后说红军的坏话，讲不定他们哪天就会逃跑。

大胖在杜鸿运面前这样嘀咕了好几次，杜鸿运根本没当回事。白菜梗有次也提醒他要注意欧阳灿兄弟俩，说他俩情绪不稳定。杜鸿运此时已有了先入为主的偏见，认为大胖和白菜梗不喜欢欧阳灿兄弟俩，故意编派他们。他俩越说，他还越不听——他相信自己的所见所闻，欧阳灿兄弟俩在他面前多次表示是红军救了他们的命，他们跟定了红军。杜鸿运是心口如一的人，他相信欧阳灿兄弟俩经过家中的变故后，对革命和红军会有新认识，他们也应该心口如一。为此杜鸿运还批评了大胖和白菜梗，结果闹得不欢而散。

1933 年 9 月下旬，蒋介石调动一百万军队对中央苏区进行了第五次“围剿”，直接进攻中央苏区的军队便有五十万，敌人构建的碉堡线如铁桶般向中央苏区合围，中央苏区反“围剿”的形势越来越严峻。少共国际师配合三军团和五军团在东方战线投入战斗，抗击敌人。

在闽北的拿口，少共国际师和白军发生了遭遇战。少共国际师在陈光师长和新到任的政委萧华的率领下，在福建邵武拿口围歼了国民党周志群部驻守拿口粮食储备库的四百人，缴获大量枪支弹药和粮食。后又在离拿口下游四公里处的南溪村莲花山，消灭老渡口哨卡的百余名驻军，取得建师第一场胜利。朱德总司令、周恩来总政委发来贺电，以“铁拳初试”四字祝贺激励全军将士。也有人说陈光师长通过这一战，把“战魂”传给了少共国际师的年轻战士。

屁，什么战魂？仗都是其他人打的，我们连只有训练、挑担子、抬担架的魂！

在拿口之战中，三排承担的依然是运送弹药粮食、打扫战场、搬运缴获物资和运送伤员的工作。曹远志对此牢骚满腹，大胖和白菜梗那几日天天围在他身边，三人一有空就口出怨言。杜鸿运有时被他们拽去旁听，还常被大胖和白菜梗逼着表态。

是啊，真遗憾，我们没有参加这次的战斗。看着曹远志他们三人渴盼支持的眼神，杜鸿运不得不在语言上和他们保持一致，但内心深处，他却为自己没有参加战斗而庆幸。

说老实话，他怕死。那天听到炒豆般的枪声，他的第一反应不是冲锋陷阵，而是想找个地方藏起来。往前线运送弹药时，他下意识地和欧阳灿、欧阳焕走在后头，与前头的曹远志他们拉开距离。战斗打响后，欧阳灿、欧阳焕双腿发软，人越变越矮，最后蹲坐在草丛中。杜鸿运喊他们起身，他们假装没听到，喊了几次后他的双腿也开始发抖：那飞蝗般掠过的子弹太吓人了！

这时，敌人扔来的一颗手榴弹在离他们不远处爆炸了，激起的泥土墙高达数丈，翻滚的硝烟将原本风光旖旎的山谷变成了修罗场。剧烈的爆炸声中，杜鸿运听见自己和欧阳兄弟的哀号像把锐利的剪刀，在彼此的耳轮上划下了几道深痕。从草丛里爬起后，杜鸿运发现自己尿了裤子。欧阳灿和欧阳焕兄弟俩的裤裆也湿得滴水。三人都看在眼里，但谁也没说出口。在唐七姐的督促下，他们总算把弹药送到了前线。回程时他们要抬伤员，欧阳焕不慎崴到了脚，走路一拐一拐的，没法抬担架，杜鸿运和欧阳灿把一个穿着老百姓服装、浑身是血的伤员抬回了师部医院。说来奇怪，先前走不动的欧阳焕居然跟上了他们的步伐，等他们走到医院时，欧阳焕的脚已经好了！

你个死欧阳焕！杜鸿运忍不住骂道。欧阳焕笑嘻嘻地说：你再骂，我就告诉大家你吓得尿裤子的事。

你们俩也尿了裤子。杜鸿运愤愤地说。欧阳焕依旧嬉皮笑脸：我不怕，你说我吓得拉屎我都不怕。

这真是穿鞋的怕光脚的，面对毫不介意名声的欧阳焕，好面子的杜鸿运只好认输。这时曹半夏又从师部宣传队抽调到了医院，见到杜鸿运，她高兴坏了，抽空给他倒来开水，拿来蒸红薯，两人有说有笑地不晓得几开心。曹远志看不得妹妹和杜鸿运在一起，立刻把妹妹喊走了。为了惩罚偷懒的欧阳焕，欧阳灿和杜鸿运让欧阳焕背担架回连部。欧阳焕背了几十米说他要扔掉担架。杜鸿运竖起眉毛说你要是敢扔，我马上告诉曹远志，看他怎么整你！

欧阳焕知道曹远志个性蛮强，又是班长，自己奈他不何，只好乖乖地背着担架往前走，口里骂个不停，后来干脆唱起了歌，只是五音不全，听得杜鸿运和欧阳灿浑身起鸡皮疙瘩。

别理他，我们讲我们的。欧阳灿为人懂礼、稳重。他知道弟弟是个人来疯，你越说他越起劲，便让他先走。果不其然，欧阳焕见他俩没反应，不久就迈开长腿往前跑，欧阳灿和杜鸿运边走边聊，越说越亲切。

鸿运，你炸死过牛师长，面对大刀会的枪口也不认㞞，还参加过奇袭五茶乡保安团的战斗，怎么今天会害怕？欧阳灿对杜鸿运刚才在战场上的表现有些不理解。杜鸿运说炸牛师长和奇袭五茶乡保安团时敌在明处，我在暗处，那种感觉不一样。在大刀会那儿，明知要死，怕也没用。今天不一样，子弹在旁边飞，如果往前冲，讲不定就一弹穿心，呜呼哀哉了。我也不晓得怎么搞的，腿突然就软成了面条。

欧阳灿停下脚步望着他：杜鸿运，你这话也说出了我的感受。谢谢你坦诚相告。

杜鸿运想到三人尿裤子那一幕，说：谁叫我们是尿裤子的三兄弟呢？

欧阳灿哈哈大笑起来，不久两人便追上了坐在路边歇肩的欧阳焕，他皱眉看着他俩：

你们聊什么呀？絮絮叨叨的，像两个老太婆。

你哥问我今天为什么会害怕，我说我也弄不清楚，只是觉得四周都是子弹，好像随时都有可能被子弹打穿脑袋。我……我不像自己想的那样勇敢。

杜鸿运的露怯反倒赢得了鼻孔朝天的欧阳焕的尊重，欧阳焕开始诉说自己在战场上的恐惧，接着欧阳灿也细数了自己的软蛋行为。这种倾诉是种情绪宣泄，三人越说越起劲，不料却被悄悄走到身后的曹远志听了去。

哈，你们这两个软蛋居然躲在草丛里，这是红军战士干的事吗？

曹远志那天迎着炮火而上，他无法容忍这种恐惧行为，开班会时公开嘲笑欧阳灿和欧阳焕。

哪里只有我们两个钻草丛？其他人也一样！欧阳焕气不过，想拉杜鸿运出来垫背。

还有哪个？你说出来，我骂死他去！曹远志嘴里这样说着，目光已经落到了杜鸿运身上。欧阳灿用眼色制止了弟弟，说曹班长，手榴弹爆炸的时候，我看你也卧倒在草丛里。

你个软蛋，我那是躲避弹片，不是害怕！曹远志气得梗着脖子直嚷嚷，颈筋像蚯蚓似的在皮肤下跳动。

你躲避弹片就不是害怕，我们躲避弹片就是软蛋？这没道理！

杜鸿运一句话把曹远志撑到了墙壁上。

我晓得，你们三个老财崽子共穿一条裤子。杜鸿运，小心你思想变坏！

那天的班会上，曹远志这样警告杜鸿运。会后，他还向唐七姐报告了欧阳灿兄弟俩战斗打响后的畏惧行为。他本以为唐七姐会批评欧阳灿和欧阳焕，哪知唐七姐到班里找他俩谈话时，却变成了真正的大姐，温言软语地给欧阳灿、欧阳焕讲起战场上的注意事项来。

子弹无情，哪个不怕死？在战场上害怕不可耻，可耻的是当逃兵！唐七姐大姐式的谈话最后以这两句豹尾般的硬话结束，在场的人闻之肃然。

曹远志，你要是想当排长、连长，以后就要向唐七姐学习。你说的话像杉毛，扎得人耳朵出血，大家不爱听。唐七姐讲的是人话，听一遍就能记住。

大约曹远志也意识到了自己的缺点，或者听出了杜鸿运这番话的真心，破天荒没发脾气，反而伸出手跟杜鸿运握了握：以后给我妹写的快板词写好听一点。

这么说，你是同意当我大哥了？杜鸿运特意“恶心”了他一句。

滚你妈的蛋！曹远志举手要打他，杜鸿运灵巧地躲开了。不知什么缘故，两人突然都觉得对方比原先亲切了许多。

就在这时，从师部医院传来消息，说杜鸿运、欧阳灿那天从战场上抬回来的伤员是个白狗子。

丢脸，真丢脸！你们把三班、三排和二连的脸都丢尽了！曹远志举着扫帚追打他俩，口里不断骂着。

曹远志，他穿着老百姓的衣服，全身是血，人又昏过去了，我怎么知道他是红军还是白军？杜鸿运边躲边申辩，他觉得这事不能怨自己跟欧阳灿。

那天上前线的都是我们连的战士，哪来的老百姓？你的猪脑子不会想一想啊？曹远志说得有理，那天支前队的老百姓全在连

大约曹远志也意识到了自己的缺点，或者听出了杜鸿运这番话的真心，破天荒没发脾气，反而伸出手跟杜鸿运握了握。

队士兵的后面，可当时杜鸿运和欧阳灿根本没想到这一层。

我们以为他是被白军抓走的老百姓。

欧阳灿这理由成立，班上的战士并不觉得杜鸿运他们救了白军的士兵有多可笑和多耻辱，有的说等那白军伤员的伤好后让他参加红军，还给红军招了新兵呢！赖慕敏和唐七姐也为此到三班宽慰杜鸿运、欧阳灿，从那以后明里说怪话的人没有了，杜鸿运心里却仍旧堵得慌。

第十六章　你的情报哪来的

天气渐凉，山上的枫树、黄栌、鸡爪槭的叶子慢慢由黄变红，另一些树叶则呈现出迷人的棕红色，还有些树却奇怪地在树冠上生出层淡黄的嫩叶，加上林间不时探出的野花，山色显得明快而缤纷，与越来越紧张的反“围剿”形势正好相反。因为曹半夏在师部医院，原本散发出伤感气息的医院在杜鸿运、大胖等人心中变得色彩斑斓，只要有空，就想去看上几眼。

这天杜鸿运和大胖、白菜梗摸了些泥鳅，借口送给医院的伤员补身体，三人结伴去了趟师部医院。他们刚把那些泥鳅送到炊事班，就在院坪上碰见了曹半夏。杜鸿运喜出望外，紧紧抓住她的两只手，生怕自己一眨眼她就会跑了。

半夏，你怎么也在这儿？杜鸿运明知故问。大胖和白菜梗在旁边撇嘴，说他读书读得多，料字认作科，连谎都不会撒。

最近伤员多，有两个医生受伤了，陈副院长把我和林兰儿正式借调到了医院。

在医院比在宣传队好。你那宣传队四处跑，有时想找你都找不着。医院终归还是有个稳定地方的，我找你更方便些。

杜鸿运有自己的小算盘，曹半夏笑道：讲得那么好，好几次我在宣传棚里数快板，念的都是你写的词，可你从边上过也没见你多瞧我一眼哪！

哎呀半夏，那个时候我被担子压得东倒西歪的，狼狈得很，我不想让你看见我那样子。

曹半夏没再吭声，大胖和白菜梗故意落到后面，杜鸿运和她并肩往前走去，两人都有满肚子的话，却一时不知从何说起。就这样默默走了一阵，杜鸿运说：

半夏，我们因为救了个白军士兵，被你哥骂得脱皮溜骨，我想去看看他。

你别理我哥，他这人有些神经。你救的白军士兵叫黄门框，左肩受了点轻伤。

轻伤？我救他的时候，他满身都是血呀！杜鸿运很奇怪。

那是别人的血溅他身上了。曹半夏领着杜鸿运到病房时黄门框正在睡觉，他皱着眉头咧着嘴，看模样年纪不大。曹半夏说起他时口吻轻柔：黄门框跟你同岁，他是被白狗子抓走的。他之前是村里的少先队队长，思想蛮革命。我觉得他应该算自己人。

曹半夏扭身看着杜鸿运：等他伤好了，你把他变成红军战士，到时我哥就是有三张嘴也说不了你。

经过部队一段时间的锻炼，曹半夏开朗干练了许多，浑身上下洋溢着青春的气息。杜鸿运想到自己为救黄门框听了不少牢骚怪话，便用手中的树枝气呼呼地挠了两把他的脚板。大胖更淘气，用不知何时采来的狗尾巴草拂着黄门框的鼻子。

哪个搞我？哎哟喂！黄门框揉着鼻子打了个喷嚏，一骨碌翻身坐起，不小心却扯动了肩膀上的伤，疼得他小鼻子小眼睛皱到了一块。他打量了会儿杜鸿运、大胖和白菜梗，见他们没主动和自己打招呼，目光便落在了曹半夏脸上，嚷嚷道：曹护士，你跟首长讲了吗？我伤好以后要去当红军！

红军又不是庙，你想进就能进啊？大胖叉着腰，口吻严肃地教训道。

当红军是有条件的，你要拥护红军，愿意为穷人打天下。白菜梗跟杜鸿运待久了，现在是见谁都想跟人家理论理论。

我本来就是穷人，我原来还是村里的少先队队长呢。

那你怎么成了白军？杜鸿运很好奇地问道。黄门框仰头叹了口气，说：我倒霉呗！那天我去给赤卫队送信，被白狗子抓住了，逃了两回没逃成，还被他们打了个半死。为了活命，这才披上了他们的狗皮。

黄门框虽然小鼻子小眼，长相和为人却显得机灵，他说话语速很快，像打机关枪，啪啪啪说完后，抬起那双细长的丹凤眼看着杜鸿运：是你救了我吗？

杜鸿运嫌他害自己受气，原本想揍他一顿，可听说他是穷人出身，而且原来还当过村里的少先队队长，态度便变得诚恳而温和：你也算自己人，能够救你也是好事。我们说定了，等你伤好以后，你跟我到三班去。

好呀好呀，我听曹姐姐说了，你们那是少共国际师，你们那儿的士兵原先都是少先队员。我以前是少先队的队长，去你们那儿当兵，那是姓郑的嫁给姓何的，正合适（郑何氏）！黄门框是个自来熟，没多久就和他们打成了一片。

嗯，你说你是少先队队长我们就相信啊？部队是要调查的。大胖的思想觉悟越来越高，有时他说的话像连长说的，听得杜鸿运牙酸。

大胖，前段时间师政治部的同志到黄门框的老家核实了情况，他说的是真话。

曹半夏话音刚落，刚查完病床的陈副院长走了过来。见到杜鸿运，她清秀的脸上笑出了两朵花：杜鸿运，你来医院有两个目的，一是看黄门框，但主要是看曹半夏。半夏是我费了老大劲从宣传队借调过来的，你可不能把她拐走了啊。

陈副院长这话惹得大胖和白菜梗挤眉弄眼。

呵，难怪你现在跟曹远志越来越好，原来他是你大舅子呀！哼，你们俩是坏人，这么大的事还瞒着我们。

大胖有种被愚弄的愤慨，白菜梗有些愁眉苦脸，说鸿运大哥，那以后曹远志欺负你，我们该帮谁呀？

自然是帮我了！我跟你们讲呀，古话讲一家有女百家求。曹半夏现在是天鹅，我是地上的癞蛤蟆，想吃天鹅肉的癞蛤蟆多着呢，谁晓得她最后花落谁家。

眼看曹半夏变得越来越标致，越来越自信，杜鸿运想到自己的出身，突然有些自卑。

鸿运大哥，你必须把这只天鹅吃进嘴，我们帮你！

大胖拿出为朋友两肋插刀的义气，白菜梗眨巴了两下眼睛说：鸿运大哥，你足智多谋，以后想想办法呗！

三人说笑完毕，跑到坪上帮医院的炊事班劈了堆柴火，又回头和曹半夏、林兰儿说了几句话，这才依依不舍地踏上了归途。

这之后，二连跟着大部队不断转战，空闲的时间越来越少。忙碌中，战士们倏忽间就发现自己长大了，而少共国际师也在转战中迎来了新的政委和师长。11 月 6 日，中国工农红军第一方面军第五军团政治委员朱瑞、政治部主任刘伯坚签署命令，任命十七岁的萧华为第十五师政治委员。由此，萧华成为少共国际师第二任政委，少共国际师首任政委冯文彬改任师政治部主任，首任政治部主任罗华明出任第十五师第四十五团团长。还是在 11 月，少共国际师师长陈光与红二师师长吴高群对调工作，陈光任红二师师长，吴高群任少共国际师师长。

作为普通士兵，杜鸿运他们见到师长、政委的机会少之又少，但十七岁的萧华出任师政委，还是让战士们倍感兴奋。

天哪，他比我还小一点，就当师政委了。等我们当师政委，是不是要到四十岁？

曹远志有些灰心丧气。白菜梗讥讽他是个官迷，曹远志也不恼，反而理直气壮地说不想当元帅的士兵不是好士兵。曹远志参加红军后苦学军事本领，他相信终有一天，自己最少能当个团长。在连里干部战士的同乐会上，他勇敢地说出了自己的这个理想。有人笑他官迷，曹远志说他想当团长的原因是当了团长能按自己的作战计划打胜仗，引得战士们纷纷鼓掌和起哄。

杜鸿运知道自己先天不足，他可没曹远志这种奢望，合格的红军好战士是他眼前最要紧的目标。平日他刻苦训练，希望尽快提高自己的军事素养，闲时他最大的爱好是读书看报。因为这一爱好，他对萧华、陈光、吴高群的情况都比较了解。当战士们对陈光师长的离去表示不舍时，杜鸿运告诉大家，吴高群师长是个很厉害的军人，1926年十六岁时参加工农运动，1927年加入了北伐军，同年8月参加南昌起义。十八岁加入中国共产党，参加过湘南起义，后随朱德、陈毅到达井冈山，战斗中异常勇猛，是赫赫有名的虎将。

哎，那你说说萧华政委的事呗。

杜鸿运是在三班开会时讲起吴高群师长的经历的，大家听了不过瘾，又向他打探萧华政委的情况。杜鸿运正好在《红星》报、《红色中华》报上看过萧华的采访，进行归纳后得出了如下结论：

萧华是江西兴国人，十二岁参加共青团，并参加了兴国暴动。1929年12月，十三岁的萧华被推选为少共共青团兴国县委书记，工作相当有方法，很快在全县各区建立了团委，在乡里成立了团支部，还组织了少年先锋队，毛泽东主席特别欣赏他的工作才能。不久萧华被调到中国工农红军任红四军军委青年委员。萧华在红四军仅一个多月，就利用战斗间隙，把全军青年组织健全起来。

原来他很善于搞青年工作，难怪把他调到我们师里来，我们师都是年轻人呀。

大家恍然大悟。曹远志有些神秘地说：我听讲红军总政委周恩来向萧华宣布军委的决定，准备让他到我们师当政委时这样讲——

曹远志站起身，模仿着周恩来总政委的口吻说：萧华同志，你才十七岁，是非常年轻的干部，少共国际师这支队伍全是年轻人，让你这样的年轻干部去带年轻的兵，这样的部队更有朝气！

曹远志有表演天赋，虽然他只在广场上听周恩来讲过一次话，却模仿得惟妙惟肖。战士们一听纷纷拥到他身边，竞相问他是不是真的听周恩来政委这样说过。

曹远志有些慌了，说周副主席只讲过后面那句话，还是我在连里的班级以上干部同乐会上听王指导员说的。众人笑他吹牛。曹远志正尴尬间，杜鸿运出面为他解围，说远志是想告诉大家，我们师是年轻的队伍，需要年轻的政委，这样大家会更好沟通。

大胖突然想起杜鸿运还没有介绍过陈光师长，便扯着他的衣袖，要他讲讲陈光师长的情况。

杜鸿运在脑中搜索着从报纸和各种途径听来的陈光师长的信息，几分钟后，他这样向大家介绍陈光师长：陈光师长今年二十八岁，湖南省宜章人，读过小学，二十出头就成了共产党员，担任过赤卫队队长，参加过栗源暴动。1929 年 3 月下旬，陈光率领的队伍被编入工农革命军独立第三师，他担任特务连连长。4 月，跟着大部队上了井冈山。陈光革命意志坚定，作战勇敢，多次负伤。前年 11 月，在瑞金召开的中华苏维埃第一次全国代表大会上，陈光被授予了二级红星奖章。同年年底，陈光担任了第十二师师长。随后参加了漳州、南雄、水口、建黎泰等战役。今年 8 月，担任少共国际师师长，现在，他到红二师当师长去了。

杜鸿运喜欢把看报或闲谈时得来的信息进行综合总结，他本以为自己对师部领导人的介绍会赢得众人的赞誉，没想到却有人对他提出了质疑：呵，杜鸿运，你怎么把领导的情况摸得这么清？你不会是敌人派来的奸细吧？

提出疑问的不是曹远志，而是两个年纪大些的战士。杜鸿运觉得这质疑非常可笑，解释了几句后也没放在心上，转身去操场上教欧阳灿兄弟俩和那些新兵练刺杀。

杜鸿运，你今天惹麻烦了！欧阳灿一边拧紧刺刀一边说。

是啊，你从哪里搞来这么全的情报？

欧阳焕对他的情报来源格外感兴趣。杜鸿运瞪他一眼：这都是从公开途径获得的，怎么叫情报？你们多心了！

杜鸿运话是这样讲，心里却有些忐忑不安。小时候母亲一直告诫他在人堆里不要冒尖，说木秀于林，风必摧之。今天自己是不是太显摆了？

刻把钟后，唐七姐通知他去连部，杜鸿运心里咯噔一声，心想自己这下显摆出了毛病。果不其然，他一进连部就看见张大嘴、王建身边坐着两个陌生人，王建说这是师政治部的同志。那两位同志表情严肃，杜鸿运刚坐下，就问他是如何获得师部领导的个人资料的。杜鸿运说《红星》报、《红色中华》报和师里的内部通讯都有对他们的采访和报道，另外连营领导讲政治课和军事课时也介绍过师部领导的相关情况。

这么说，你从这些途径获得师部领导的信息后进行了归纳整理？其中一位同志边问边记录。

杜鸿运点点头。政治部的同志又问他用途是什么。杜鸿运有些蒙，说没什么用途。另一个同志问他既然没用途，那你还花这么多心思？杜鸿运说知己知彼，百战不殆。师政治部的同志又问他你知己了，那你知彼了吗？

杜鸿运说知己较易，知彼很难，但每到一地，他都会尽量找白区的报纸来看，对上面的文字信息进行提炼、分类和总结，由此也掌握了一些敌军将领的资料。他随即条理清晰、思维缜密地分析了几名敌军将领的情况，听得张大嘴和王建频频点头，师政治部两位同志的脸色也像雨过天晴的天空，慢慢变得光亮。

这位小同志还真是个有心人。以后啊，你把从报上了解到的情况写成书面报告交给连长和指导员，让他们也掌握掌握。师政治部的同志临走时握着他的手这样讲。

张大嘴告诫他要牢记政治公开、军事机密的原则，这些师部领导人的情况属于机密，以后不要乱讲。杜鸿运辩解说登了报的还算机密吗？张大嘴说有哪个像你这样闲，还会把几份报纸的情况拼在一起？杜鸿运说敌人肯定会！张大嘴一拍桌子：那你是不是敌人？

杜鸿运说我要是敌人就不会公开讲了。张大嘴点着他的脑袋提醒道：不要读了几年书就自作聪明，以后你要牢记纪律。

猛地挨了张大嘴这一顿敲，杜鸿运有些不服气，他看向王建的目光多了几丝委屈。王建说你这样知己知彼是对的，但战斗是由部队的主帅指挥的，如果敌人了解了我方主帅的出身、教育背景、成长经历，就很容易分析出他的性格特点，有时就能判断出主帅会做出哪种决定，所以涉及将领的个人信息，你讲话时要注意场合。

杜鸿运问王建：班上的战友也要提防吗？

王建直视着他的目光：如果你对他们充分了解，完全信任，那你可以讲给他们听。

王指导员，我告诉你，我完全信任他们！杜鸿运说罢，转身离开了连部。

怎么样，没事吧？

见他出来，陪他一起来的大胖和白菜梗小跑过去，关切地问道。

没什么事。可是有一点我不明白，他们让我把从报上看到的情况写成报告交给连长和指导员，我从报上看到的都要写吗？

杜鸿运后悔自己当时没问清楚。白菜梗觉得这不是问题，说下回见到连长和指导员，你再问问不就行了。大胖摸了摸自己圆乎乎的脑袋，说太有文化也不好，有时自找麻烦。

见杜鸿运安然无恙地回来，那两个向连部反映情况的年长战士走过来，向他解释他们为什么会有疑虑。杜鸿运说师政治部的同志、张连长、王指导员都跟我说了，以后我不会再犯错。

那你怪不怪我们？

不怪。你们是为了首长好，为了我们大家好。

听杜鸿运这么一说，那两位战士一左一右地抱住了他：杜鸿运，我们还真佩服你，脑子这么灵！

灵归灵，以后还是少自作聪明吧。

曹远志不冷不热地道。杜鸿运走后，他自己也捏了把冷汗：我一个小战士，怎么能去模仿周副主席、周总政委讲话呢？他以为自己也要受到批评，谁知大家好像不记得这回事，他是既庆幸又略感失落。

这天，二连又接到了运输武器弹药的任务。那时部队不断转移，运输任务重，生活条件极为艰苦，有时一天只能吃一顿稀饭，还缺油少盐，行军和运输中的掉队情况比较严重。有些掉队的战士见赶不上大部队，干脆把东西一扔，转身开了小差。11月初，杜鸿运为师部宣传队连着赶写了几段防止开小差和逃跑的快板词。

同志们，听我讲
红军为了老百姓
不要性命往前闯
走不动时想一想
现今困难苦一时
坚持下去有奖赏
奖赏就是革命胜
你我翻身做主人
……

当杜鸿运挑着担子走过路边的宣传棚，看见曹半夏、林兰儿等宣传员站在树桩上，打着快板念这段词时，麻痛的双脚立刻有了劲头。有几次他好想上前跟正在数快板的曹半夏打声招呼，可转念想到自己的狼狈样，瞬间打消了念头，加快脚步从她跟前走过，肩上的担杆扭秧歌似的咯吱咯吱摆着，跟在后头的欧阳灿兄弟俩只好奋起直追。此刻的他俩就像几个月前的杜鸿运，心中想革命，可又被革命的艰难困苦给吓得暗中打起了退堂鼓，挑着担子往前走时双腿发软，动不动就歇肩。杜鸿运、大胖、白菜梗像以前唐七姐、曹远志帮助他们一样，替欧阳灿兄弟俩分担了一些货物，欧阳灿兄弟俩的脚程却依旧跟不上，杜鸿运他们只好回过头帮欧阳灿和欧阳焕挑担子。

哎哟，我头晕，想呕，肚子疼。

欧阳焕的担子里只剩三分之一的货物，可他走起路来还是趔趔趄趄。杜鸿运刚走到他身边，他老人家就捂着肚子蹲坐在地。欧阳灿也不比他强到哪儿去，坐在路边急剧地喘息着，脸色苍白，全身冒汗。吓得杜鸿运一会儿伸手拍欧阳灿的背，一会儿揉欧阳焕的头，见不远处有农家，他吩咐大胖去讨两碗热水来。

我要泻肚子了，哥，你陪我过去。欧阳焕勾住欧阳灿的肩膀，半个身子靠在他身上，指着前面的树林说。

杜鸿运也有些内急，说我跟你们一块去。杜鸿运注意到欧阳焕用胳膊肘捅了捅欧阳灿，感觉他俩有些不对劲，便走到白菜梗跟前，小声叮嘱他看好货物。

鸿运大哥，你要小心他俩！白菜梗那双天真的大眼睛里永远有一抹警惕的神色。杜鸿运抖了抖肩上的枪：放心，我现在有枪。

他俩没枪，可有刀，他们是两个人，你是一个人，要不等大胖回来再陪他们去？

杜鸿运看着往前走了一段路的欧阳灿兄弟俩，说等不及了，然后飞步追了上去。

第十七章　三人一起关禁闭

喂，杜鸿运，我们拉屎，你睁那么大眼睛看着，屎都被吓回去了！

蹲在地上的欧阳焕大声嚷嚷着，欧阳灿也请杜鸿运转过头去。杜鸿运心想在这种距离内他们如果要跑，自己转过身去也能听见动静。再说自己比他俩腿长，平日也比他们跑得快，抓他俩还是有把握的，于是便背转了身子。没想到他刚转过身去，后面的欧阳灿就将他扑倒在地，接着响起了纷乱的脚步声。杜鸿运跳起身，吐干净嘴里的泥巴，吹响了胸前的竹哨。

哔哔哔……

听见哨声的大胖和白菜梗知道出了事，大胖脑筋转得快，忙请给他水的农家大伯看着货物，他和白菜梗跑去支援杜鸿运。农家大伯又招呼在田里忙碌的几个大嫂分头追堵，终于在小河边抓住了欧阳灿和欧阳焕。

红军救了你们的命，你们两个为什么要当逃兵？

杜鸿运非常生气。大胖踢了欧阳灿两脚，说你恩将仇报，你在我们手上逃掉，这是想害我们哪。

白菜梗说这件事肯定是欧阳焕的主意。

欧阳灿咬着嘴唇说：我们不是想当逃兵，是想回去杀掉罗管家，为我爹报仇。欧阳焕说县苏维埃政府没找到我娘，我们自己回去找。看着振振有词为自己辩解的欧阳灿兄弟俩，杜鸿运气得浑身瑟瑟发抖，终于体会到当初自己逃跑时白菜梗的那份愤怒与窝囊。

这是二连在执行运输任务途中头次出现的战士逃亡事件，唐七姐立即上报给了张大嘴和王建。

这还得了，不管什么理由，马上给我关禁闭！张大嘴暴跳如雷，立刻做出了处罚决定。王建不同意，说最近三个团都发生了掉队和开小差的情况，师部领导的意见是要妥善处理。前几天第四十三团和第四十四团有二十多个战士开了小差，后来把他们劝回来了，团里非但没给处罚，还开同乐会欢迎他们归队。

这欧阳灿兄弟俩不一样，必须严肃处理，不然要带坏头。张大嘴气得吹胡子瞪眼。

王建没能说服张大嘴，张大嘴也没有说服王建，最后两人决定一起去三排找欧阳灿兄弟俩谈心。

好家伙，这一谈心，欧阳焕把杜鸿运给绕进去了，说杜鸿运早就晓得他们俩开小差的计划，也打算跟他们一起逃走。张大嘴当即找杜鸿运来对质，杜鸿运连呼冤枉，怎奈欧阳灿和欧阳焕一口咬死他是知情者和策划者，气得杜鸿运当场和他俩干架。

把他们都给我关起来！

张大嘴一声令下，曹远志便要押他们去禁闭室。王建拦住他，说还要再找其他人摸些情况。张大嘴说你这边先了解着，我这边先关他们的禁闭，等你摸清楚了情况，如果我冤枉了他们，

没想到他刚转过身去，后面的欧阳灿就将他扑倒在地……

我会向他们赔礼道歉。

王建见周围聚了不少士兵，不想在这种场合跟张大嘴闹僵，再说欧阳灿、欧阳焕的确开了小差，按连里的规定，他们必须关禁闭。至于杜鸿运，王建相信他绝不会干出这种事，问题是欧阳灿兄弟俩现在咬死了他是同谋，暂时只能将他一并处置。

就这样，杜鸿运被欧阳灿兄弟俩坑进了禁闭室。

禁闭室由炊事班后面的杂物间改建而成，加固了门窗，地方够宽敞，里边堆放着柴草和谷糠，若不是墙角那只尿桶散发出熏人的臊气，倒是个休息的好地方。杜鸿运被欧阳灿、欧阳焕兄弟俩诬陷为同谋，憋了满肚子气，刚进杂物间便左右开弓地使了两招扫堂腿，将毫无防备的欧阳灿兄弟俩撂倒在地。

自觉理亏的欧阳灿趴在谷糠上既不说话也不还手。欧阳焕才没有哥哥那份觉悟呢，他从地上跳起来，伸脚就踢杜鸿运：都怪你，要不是你拦着，我们这会儿肯定杀掉了那个死老罗！

说着，他伸脚又想踢杜鸿运，被地上的欧阳灿一把拽住裤管：小焕，是我们不对，害了鸿运大哥。

说着，他从地上跃起，拍了拍脸上的砻糠，诚恳地向杜鸿运道歉：对不起，鸿运大哥，是我们讲了假话，害你一起被关禁闭。

你要是真心道歉，就找张连长和王指导员说清楚。杜鸿运正想张口喊值班的哨兵放他们出去，不料却被欧阳灿一把捂住了嘴，小声说：

鸿运大哥，你炸死了牛师长，被大刀会抓住也没死，又参加了五茶乡的奇袭，我和小焕都好崇拜你。我们把你坑进禁闭室，是想带着你一起走，有你帮忙我们的复仇计划才能成功。鸿运大哥，你答应我不喊人来，我就松手。

杜鸿运点了点头，欧阳灿松开手，连声向他道歉。欧阳焕白了哥哥一眼：哥，你别这么虚伪好不好？欧阳灿说我这不是虚伪，是矛盾。杜鸿运揉揉被欧阳灿捂麻的嘴巴，说我要是喊人，你会不会卡死我？

欧阳灿和欧阳焕互相瞅了瞅，不约而同地答道：不会。

欧阳焕接着说：鸿运大哥，我们昨天逃跑时你没开枪，我们怎么会害你命呢？你可是我们在这儿最好的朋友。

把我害进禁闭室，你们就这样对待好朋友？

这叫有难同当。欧阳灿抢答道。

反正横竖都是你们有理，这就叫强盗逻辑。杜鸿运被他俩气得胸口发闷。

鸿运大哥，你同意帮我们报仇了？

欧阳焕开心起来。杜鸿运四处张望了几眼，说这杂物间之所以能当禁闭室，是因为门和墙都很结实，窗户很高，房梁我们爬不上去，根本不可能逃走。你们这复仇计划打算什么时候实施？

欧阳灿说连长关我们三天禁闭，要是我们今天上午能逃走，三天时间杀罗管家够了。

杜鸿运说你们怎么能逃出去？欧阳焕弯腰捏了捏裤脚边，说我这儿缝了两枚金戒指，我们用金戒指跟哨兵谈判。

你这不叫谈判，是贿赂。可红军不比白军，红军战士不会为了两枚金戒指放人逃跑。

鸿运大哥，红军也要吃饭穿衣的，古话讲鸟为食亡，人为财死，我不相信我这金戒指打不动红军战士。

欧阳焕对金戒指的威力极为自信。

杜鸿运微微一笑：那你就试试吧。

这时外面传来一阵喧嚣，听声音，连队像是出去执行任务了，四周变得异常安静。不一会儿，外头传来踢踏的脚步声和铁头班长的喊声：大胖，你想回炊事班就叫我一声太公，我就去跟张连长讲。

去你的老铁头！我现在在三班好得很！你看，炊事班长没枪，只有两颗手榴弹，可我有枪有大刀，还有一颗手榴弹。你喊我一百句太公我也不回去！大胖的声音充满了骄傲和自豪。

那你到这儿干什么？可不能再来偷嘴！

偷你个大爷！老子今天来守禁闭室！大胖气呼呼地道。

哈哈，我晓得，你的好朋友杜鸿运逃跑不成被关了禁闭。那天你跟杜鸿运一起守着欧阳灿兄弟俩，他们三个跑了，按说你也该关禁闭。

老铁头，你莫乱嚼舌头打乱哇。杜鸿运才没逃跑呢！他是被欧阳灿那两只小乌龟害的。大胖的声音越来越高，杜鸿运猜他这会儿肯定捏紧了拳头。

呀，杜鸿运是你的心头肉，讲一句都不行哪！你跟他这样要好，唐排长怎么会派你来守禁闭室？你可莫私下里放跑了他！

铁头班长的话声越来越轻，听脚步，他像是走远了。大胖追着他喊道：铁班长，我要是真放了他，你会不会抓我？

我？我们要去买菜，管不了。放了人，你小心自己的脑壳！

铁头那后半句话被山风吞了大半。杜鸿运听见外头大胖重重地咳了一声，旁边的欧阳焕突然像吃了胡椒的小公鸡，兴奋得抖起了脚：这大胖最贪吃，我不信他不爱财，真是天助我也！

欧阳焕，你不要害了我又去害大胖。他是个好人。杜鸿运也担心大胖经不住诱惑，有些着急。欧阳灿哑然失笑：这么说，你承认自己不是好人？

我没大胖好，但比你们两个好！杜鸿运这话堵得欧阳灿无言以对。

真金不怕火炼，要是大胖向这两枚金戒指投降了，你也不用为他难过。欧阳灿这话听上去无情，细品却有理。再说他们现在兄弟二人联手，自己一无武器，二无绳索，只能以言语规劝。再者，他心中也存了个考验大胖的念头。当欧阳焕连声喊大胖时，他没有阻止。

欧阳焕，你再叫老子给你吃哑药，把你药成哑巴！

大胖说着走到了门口，语声倏地软和下来：鸿运大哥，你到门边来，我有话跟你讲。

杜鸿运凑近门缝，看见大胖一只乌溜溜的眼睛：大胖，我在听，你说吧。

大胖有些着急：早上我省下了半个红薯，可我怎样才能塞给你呀？

不行，这门缝太小，你自己吃吧。杜鸿运心想大胖能省下口粮给自己吃，那是真有情意了，不由得有些感动。

大胖，你打开门，我这儿有两枚金戒指，你可以到县城吃一个月的大餐。欧阳焕生怕机不再来，连忙明贿。

呸，你狗嘴里吐不出象牙，我才不信你呢！大胖踢了木门一脚。欧阳焕一把推开杜鸿运，将那枚金戒指对着门缝摇晃着：大胖你看看，足金金戒指，亮闪闪的，好值钱呢！只要你打开门，这两枚金戒指全归你。

门外的大胖没有回话，杜鸿运的心揪起来。过了几秒钟，大胖说你把戒指从门缝里塞出来，我用牙咬一下，验验货。

欧阳焕说你先开门，一边交货，一边走人。

砰砰。回答他的是两声踢门的巨响，接着是大胖的骂声：欧阳焕，你个烂屌人！害了杜鸿运又来害我，鬼才信你的话！杜鸿运，杜鸿运，他们把你怎么了？你快吭一声。

杜鸿运得意地望着沮丧的欧阳灿和欧阳焕：怎么样？我说了大胖不会上你们的当吧！

说罢，他拍了两下门板：大胖，我没事。连队去了哪里？

好像有什么紧要事情，具体的不晓得。哎，你要是没事，我到前头去看看。

大胖，现在是你值班，你可不能溜号。杜鸿运提醒道。大胖"哎"了声，说禁闭室外铁将军把门，你们又没翅膀，还能从窗子飞走不成？根本就不用我守。

他停了停，忽然好奇地说：鸿运大哥，那两枚金戒指是真的吗？

杜鸿运说是真的，你想怎么样？

大胖说我想揍他们两拳。要不你先把他俩打晕，我带你去田里捉野鸭。

杜鸿运说你眼里的鸭子都是野鸭。这时，一直沉默的欧阳灿先向大胖检讨，接着又大打苦情牌和复仇牌，最后声泪俱下地请大胖帮忙放他们出去寻找不知下落的母亲。

欧阳灿，你妈妈好可怜哟。鸿运大哥，我该怎么办哪？大胖果然被欧阳灿的苦情戏打动。欧阳灿看向杜鸿运的目光多了几许得意。

大胖，你是值守的哨兵，你说你该怎么办？杜鸿运生怕大胖会动摇，连忙敲打他。

要不，我们一起去杀了罗管家，救出欧阳灿的妈妈？大胖的话音里像是有火在烧。

杜鸿运有些替大胖的摇摆着急：大胖，你别忘了你的职责！

大胖，你快放我们出去，要是找到了我母亲，我再带你去抓俘虏。欧阳焕诱之以利。大胖在外头沉默着，欧阳焕兴奋地在杜鸿运耳边小声说：你输了，他快答应了。这时大胖猛踢了两脚房门，骂道：欧阳灿、欧阳焕，你们俩把我当傻子呢！先是拿金戒指来骗我，我呸！我大胖是真正的红军战士，你就是拿座金楼给我，我也不稀罕！现在又骗我去救你老娘和抓俘虏。我告诉你，你老娘是可怜，但再可怜我也不会放你们走。

大胖说着又踢了几脚房门，震出一层灰尘，气得刚才满脸期盼的欧阳焕跺脚：大胖，我们杀了罗管家，找到我妈就回来，到时关我们三个月禁闭都行。

骗子！你们已经害了一次人，还想再害第二次呀？你们做梦去吧！等下我要把你们刚才的话告诉张连长和王指导员。

大胖，有什么事要先向班长、排长报告，这是纪律。

曹远志人未到语先至。杜鸿运听见大胖哀叹了一声：曹班长，怎么哪哪儿都有你呀？

哼，要是没我来找你们，部队开拔了你们都不晓得。

说着，曹远志拿出钥匙要开杂物间的铁锁，大胖连忙上前阻止：哎，曹远志，我叫你一声班长，你就抖得翘尾巴。现在是我值班，你不准放人！

大胖，你让开！有急事！

曹远志要么懒得跟他多讲，要么是想摆班长的威风。他伸手推了大胖两把，谁知这样反倒激起了大胖的责任心，一边伸手拽钥匙，一边嚷嚷着要他拿出命令来。

李大胖，你给我听清楚，我们连队马上要开赴前线作战。我是奉张连长的命令来放人的！

曹远志怒气冲冲的声音换来的却是李大胖意外的欣喜：我们排也能打仗了？

对，有一大半人都满了十八岁，剩下你们几个小屁孩当通信员。

天不绝我！哈哈！我们自由了！欧阳焕跳起脚欢呼，杜鸿运和欧阳灿交换了下眼色，疑虑顿生。

哎，杜鸿运，曹远志这说的是真还是假呀？欧阳灿小声问道。杜鸿运说从报纸了解的情况来看，只怕敌人又加了重兵，我们防御的压力更大了。

在外头开锁的曹远志加快了手中的动作，一边接口道：晓得压力大是好事，不过我提醒你们，这次打仗千万不能再往后退！

曹远志话音刚落，房门咣当一声打开，杜鸿运第一个冲到门外，曹远志拍了他一掌：杜老财，这下尝到交友不慎的苦果了吧？

杜鸿运点点头：认识你们就是我交友不慎的开始。

曹远志在他肩上擂了一拳，杜鸿运在他背上回拍了两掌：曹班长，你还没告诉我们去哪里打仗呢。

那是军事机密，张连长找我们另有任务。曹远志仰起面孔，得意洋洋地道。

第十八章 入虎穴刺探敌情

各位，奉上级命令，我们连要派出侦察组去黎川城刺探敌情。现决定由赖慕敏副连长当组长，带领组员曹远志、杜鸿运、李大胖、白菜梗、欧阳灿、欧阳焕、黄门框、小土匪，哦，大名姜小黄，前去执行任务，大家有意见没有？

张大嘴近来犯了胃病，说话时捂着胃部蹲在条凳上，浓黑的胡子衬得脸色越发暗黄。杜鸿运、曹远志几个大眼瞪小眼地互相瞅着，以为张大嘴在开玩笑。

张连长，这些组员里面，除了曹远志和小土匪军事素质过硬，我们几个都是半吊子。选我们去黎川县城搞侦察，就怕完不成任务。

杜鸿运勇敢地说出了自己的疑虑。欧阳灿也表示怀疑：连长，我们没搞过侦察，哪能刺探到什么情报？就怕完不成任务还拖后腿。

你们就晓得长他人志气，灭自己威风！熊包一个。

曹远志急得大骂，白菜梗也跟着帮腔：鸿运大哥、欧阳灿，我告诉你们，搞侦察的人越不起眼越好。我们去不容易引起敌人的怀疑，我看大家挺合适的。

对呀，我可以到饭馆帮人做事，顺便听客人都说了什么。大胖摩拳擦掌。欧阳焕觉得挺刺激，说杜鸿运，你要是害怕就留着守家，我们去。

小土匪以前在闽西老家参加过战斗，有一定的作战经验。他比较冷静，问赖慕敏是不是给每个人分派了角色。赖慕敏笑而不答。刚刚伤愈的黄门框当少先队队长时经常去搞情报，晓得这时赖慕敏不会透露行动计划，便当起了和事佬：哎，大家静一静，听张连长讲话。

可大家争论得正欢，都把他的话当成了耳边风。张大嘴、王建、赖慕敏听了会儿，王建皱起眉头小声问张大嘴：老张，你真觉得他们能够胜任？

张大嘴看看边上笑眯眯的赖慕敏，压低嗓门说：你放心，这是慕敏挑的人，他心里有数。

赖慕敏组织的军事行动从未让张大嘴失望过，他很信任赖慕敏。如果说赖慕敏有什么令人担心的，只能是他将在外君命有所不受的那份机变了，就像上次奇袭五茶乡保安团的行动。为了确保顺利完成这次的侦察任务，张大嘴和王建刚才找赖慕敏谈了话，让他必须确保此次行动的精确与严密。

放心，我一定按计划行事！除非……赖慕敏的声音低了下去。

除非什么？王建追问道。赖慕敏目光炯炯地看着他们说：除非遇到不可测的变故，否则不会变动计划。

赖慕敏这话没毛病——深入敌后，谁知有什么意外发生？环境是活的，敌情是变动的，总不能被计划囿死。身为指挥员，张大嘴和王建又岂会不明白？之所以丑话说在前头，只不过是提前敲打，引起赖慕敏的重视而已。

赖慕敏对这次情报刺探活动格外重视，行前特意召集行动小组成员开会。他对着黎川作战地图向大家介绍了黎川的基本情况。黎川县东邻福建的光泽、邵武，南靠泰宁、建宁，地处瑞金东北、闽赣两省交界处，是中央苏区北部防线的战略重地。1933年5月10日，按照周恩来的提议，经党中央批准，闽赣省革命委员会在黎川县湖坊乡成立，正式建立以黎川为中心的中央苏区东北防线区域，下辖闽赣边区黎川、建宁、泰宁等二十一个苏区县。中央指派顾作霖担任中共闽赣省委书记，邵式平任闽赣省苏维埃政府主席，萧劲光被任命为闽赣省军区司令员兼政委。

1933年9月25日，国民党以北路军三个师由南城硝石向黎川发动进攻。国民党军第三路军下辖的第八纵队十一个团，在副总指挥周浑元的率领下直扑黎川，想夺下黎川，砍断中央苏区和闽浙赣苏区之间的联系，形成对中央苏区的合围。由于黎川县的红军防守部队全部调遣在外，在外执行作战任务的闽赣省军区司令员萧劲光接到命令回守黎川时，手中只有一支不足七十人的教导队。

已被夺去军事指挥权的毛泽东主张放弃黎川，诱敌到福建建宁、泰宁一带，集中红军主力，在运动战中歼灭敌人。负责黎川的前线总指挥萧劲光建议让出空城，集结主力于黎川东北部，从侧面打击敌人，但他接到的是“死守黎川”的命令。在敌人即将形成合围、待援无望的情况下，萧劲光紧急转移伤员、物资，而后带着教导队全体人员撤出了黎川。黎川落入敌手。红军总司令部在紧急部署作战方案后，由篁竹街迁往德胜关，作战指挥部设在团村以东的华盖峰。

我们现在进黎川摸敌情，主要是看敌人物资的采买、收购、运送情况，从中可以分析出敌人的兵力部署。大家机灵点。还有，要做好无法得到增援的最坏准备！每次行动前，赖慕敏总喜欢做好最坏的打算，并做出相关预案，以此打掉大家不切实际的幻想和侥幸心理。用他的话来说，这叫作“生于忧患、死于安乐”。这次也不例外。

俗话说响鼓不用重槌，组员们都明白赖慕敏这话意味着什么，众人脸色一紧。赖慕敏接下来一句话，则像刀锋划过面皮，让大家心中一痛。要是有人没想好或者害怕被捕、被杀，可以主动退出。这并不意味着你们是逃兵或者怯懦，只能说还没准备好。赖慕敏目光炯炯地打量着眼前这帮小战士。

杜鸿运见身旁的欧阳焕在踩欧阳灿的脚，估计他另有想法。赖慕敏自然也注意到了他的小动作：欧阳焕，你是不是有别的考虑？

报告赖副连长，我就是想问，能不能给我们每人发点砒霜，万一被抓住，我宁肯死也不想受刑。

这个，赖副连长，要是能发砒霜给我们最好了，我不怕死，我怕痛。

大胖这话让杜鸿运为他捏了把汗：这时候说怕疼，只怕会被取消行动组组员资格吧。

不料赖慕敏却拍了拍大胖的脑袋，说砒霜是毒也是药，中央苏区现在没有。大家怕痛、怕死，这没什么可耻的，现在退出还来得及。

他微笑地看着众人。大胖和欧阳焕互相瞅了瞅，异口同声地说：我们想去黎川。

赖慕敏又等了一会儿，见没人吭声，这才清清嗓子说：既然拿定了主意，那我希望你们做到以下三点：一、胆大心细；二、遇到危险迅速撤离；三、互相帮助，活着回来！都记住了吗？

杜鸿运带头喊道：记住了！

好，出发！

两小时后，赖慕敏、曹远志扮成卖柴樵夫；欧阳灿、杜鸿运扮成生意人；欧阳焕则穿上农民服装，蓬头垢面地挑着两笼鸡鸭，跟挑着一担米糠的黄门框同行，看上去与欧阳灿毫无相似之处；小土匪推着辆鸡公车，上面插满了草编的蝈蝈、蜻蜓、花灯和小风车；大胖、白菜梗挑着两畚箕青菜。他们随着赶圩的人流消失在黎川的大街小巷，分头摸情况。一个时辰后，他们按事先的约定，到黎川县东门口的米粉店集合。米粉店不大，生意却好，小小的店面挤满了人。行动组成员依然装着不认识的模样，有的端了米粉蹲在门口吃，有的坐在屋内的竹椅上和木桌前。几个小组长小声交换情况后正打算分头出城，却发现大街上跑过几队巡逻的士兵，有的地区还开始清场。

赖慕敏问跟他接头的米粉店老板娘水秀是不是有敌人的大头脑来黎川。

水秀说早上她公公出去捡猪粪，发现县城最好的鹤来酒楼被人包了，附近增加了岗哨，估计有要人到来。

赖慕敏说他刚才去粮油店打探，发现米谷已被军方征调一空。水秀拍着脑袋说她一早去南门桥菜市场买菜没买着，因为市场上的菜都被部队的军需官买走了。军需官还吩咐陪同的保长近几日多搞些新鲜蔬菜和鸡鸭鱼肉送到驻地去。

赖慕敏思忖稍许说：这说明敌军增加了兵力，即将开始发动新的进攻。

赖慕敏急着带队出城，但可能与敌方的大头脑将至有关，黎川城突然加强了警戒，白日很难出去，便建议天黑以后再行动。黎川县城是座围墙高耸的秀丽小城，南宋理学家朱熹曾用“一城山色、绿水浮楼”来形容其风貌。城中那条沿黎滩河而建的五里长街始建于南宋，繁盛于明清，街旁酒楼、饭馆、烟铺、粮店、南货店、布店鳞次栉比，是赣东最繁华的商业集散地。可自从黎川陷于敌手后，国民党在此地实行白色恐怖统治，城内关卡林立。白日岗哨严格盘查来往行人，出入城门不易；夜晚实行宵禁，只有南门在九时前尚能通行。所幸水秀和她的公公对城内地形极为熟悉，当夜幕降临后，他俩带着行动队队员们穿街过巷，打算从南门出城。可刚到城门口，就见两个乡民被抓走。水秀打听了下，说那两人被城门口守着的赤卫队叛徒指认为“赤匪”。

欧阳灿和欧阳焕跑到近处瞅了一眼，说那个叛徒好像曾在他们老家的赤卫队当过副队长，是他俩同学的亲戚，所以认识。怎么他会跑到这边来？杜鸿运说黎川是闽赣省的首府，这叛徒所在的县正好归闽赣省管，他到这里来指认人最方便。赖慕敏怕隔墙

一个时辰后，他们按事先的约定，到黎川县东门口的米粉店集合。

有耳，连忙制止了杜鸿运。水秀见状，只好带他们绕小路回到米粉店后院。她公公带着曹远志、大胖这组人马也踅回了院中。

现在国民党搞五户连坐法，只要一户“通匪”，其他四户跟着遭殃。我们人数多，万一被邻居告发那就麻烦了，得赶快出城。

水秀三十出头年纪，身材纤细、长相秀气，行事风格却干练泼辣。杜鸿运听说她丈夫和两个小叔子都是红军烈士，老公公也是地下党员，不由得心生敬佩。只是任务紧迫，他无法抽空向水秀表达自己的崇敬之情。水秀像是看出了他这份心思，给大家发煮鸡蛋和饭团时特意跟杜鸿运多讲了几句话，让杜鸿运倍受鼓舞。

半个钟头后，几朵乌云遮住了月亮，夜色越发浓稠、黑暗。老伯挑着早就为红军采购好的药材，领着大家左转右绕地来到了脂粉街。脂粉街是条临近城墙的小巷，此地五方杂处、人烟稠密，破旧的吊脚楼里，有窑子、烟铺、酒馆、麻将馆和赌馆，是县城的风月场所。这风月场所在人们心目中不但风月，还很肮脏，原因是脂粉街后头与老城墙之间有一口贮满粪水的粪塘和一座垃圾山，死鱼烂虾和粪便的臭气与脂粉的浓香混杂在一起，令人作呕，但却挡不住那些喜欢腥膻的狂蜂浪蝶。此巷白日像条被人丢弃的裹脚带，灰蒙蒙的，入夜便灯火通明，人头攒动，吆喝声、唱曲声、打情骂俏声四起，在实行宵禁的黎川城是个光怪陆离的所在。

由于行前老伯已向大家介绍了脂粉街的情况，因此当行动小组的成员们闻到那香臭混合的气息，听见奇声淫曲时心中不由得一凛，晓得此地离他们要去的老城墙不远了。据老伯说，垃圾山旁边的灌木丛里有个早年废弃的藏兵洞。藏兵洞原先建在城墙内，清朝末年此段城墙在水灾中倒塌，新补的城墙建在了被人填实的藏兵洞上方。

老伯说当年的藏兵洞只在城内有开口，后来脂粉街一带成为县里的盐道库房，存放了大量食盐。监守自盗的士兵不但疏通了藏兵洞，还在城外修了隐秘的出口，将藏兵洞当成转移赃物的通道。

老伯的父亲当过城门守卫，而且当年就管这一带，所以晓得藏兵洞的秘密。今天他见城里增强了守备力量，晓得行动组的人要出城有困难，于是利用捡垃圾和割猪草的机会，把原先堆放在藏兵洞里的石头搬开，上面另铺了层木栅栏和一些杂草，以便晚上大家出城。

眼看就要到脂粉街了，赖慕敏小声传话道：大家小心，遇到情况莫乱讲话。

众人默记在心，气氛有些紧张和压抑。就在这时，斜刺里闪出盏亮晃晃的马灯，接着走出五个巡逻队队员。

你们干什么的？

为首的敌军头目三十多岁，长了两撇稀淡的八字胡。他说巧不巧地就站在杜鸿运、欧阳灿身边。当他拎起马灯照向杜鸿运与欧阳灿时，眼中寒光一闪：你们不是本地人？哪来的，证件呢？

长官，这是我老家来的亲戚，乡下人没见过世面，带他们去窑子里开开眼界，还能省住店的钱。老伯是老交通，对敌工作经验丰富。他听到脚步声便把担子藏在了暗影里，这边掏出几枚光洋塞到头目手中：吴队副，您拿去喝杯酒。

巡逻队头目在手中掂了掂光洋，嫌少，歪着鼻子哼了声：老陈头，你明知宵禁，还敢搞这名堂，胆子好大呀！

他打量了几眼沉默不语的赖慕敏等人，头一摆：带回去审！

哎哎，吴队副，老汉我改日孝敬您！老伯急得连连作揖，欧阳焕和曹远志身形绷紧，赖慕敏咳嗽了几声，他俩这才松弛下来。就在这时，欧阳灿突然往杜鸿运身后躲去，站在吴队副身后的那个巡逻队队员刚才一直在打量欧阳灿，他这一动，反倒引起了巡逻队队员的关注。他从另一名士兵手中拎过马灯，上前照了照欧阳灿，突然哈哈笑道：好你个欧阳灿，你让我们一番好找呀！

欧阳灿实在没办法，只好露出半张脸不情愿地喊道：怀远舅舅。

吴队副好奇地瞪着那个名叫怀远的巡逻队队员：秦怀远，怎么哪儿都有你的亲戚？

哎呀，吴队副，您有所不知，我三妹嫁给五茶乡的欧阳亮当三姨太，这欧阳灿是欧阳亮的大儿子，他上个月从家里偷了笔钱跑了。我们到处找他，没想到躲在这里逍遥呢！

欧阳灿庆幸自己仍是一副小老板打扮，与秦怀远所说的身份比较吻合。吴队副上下打量了一番欧阳灿，满脸疑虑地说：欧阳少爷玉树临风，怎么会到这等肮脏的地方来逍遥？还有，他们是你的什么人？你们跟老陈头又是怎样认识的？

欧阳灿和秦怀远交道打得不多，只晓得他是三姨太的表哥，以前去家中找过几次父亲，后来隐约听说是在帮那边的人弄药材。有段时间欧阳亮怀疑他为赤区做事。后来三姨太不肯让他进家门，秦怀远便没再来家中。没想到今日在此遇见了，想到三姨太和罗管家合谋害死了父亲，秦怀远是敌是友尚不明朗，欧阳灿牢记赖慕敏的叮嘱，咬着牙不答话。吴队副越发怀疑了：问你话呢，哑巴了？

旁边的秦怀远和赖慕敏正着急，耳边响起了欧阳焕的声音：舅舅，你只记得我哥，怎么不记得我呀？这是我大哥道上的朋友，今晚我们哥俩做东。吴队副，请您一起去逍遥？

欧阳焕不知何时放下了担子，用袖子抹干净了脸，手中托着两枚金戒指，笑眯眯地看着满脸狐疑的秦怀远和吴队副。秦怀远望着欧阳焕：小焕，你肯定又花光了钱对不对？

欧阳焕哈哈一笑，说钱花光了，金银首饰还留了一点，伸手将戒指送到吴队副手中。那吴队副倒是识货之人，拿起金戒指在口里咬了咬，立即眉开眼笑：怀远，你这外甥不错，带着家产来快活。

哈哈！他是头名顶戴、双合花临、三星拱照、四季闹五更！

秦怀远念起了划拳口诀，老伯听后接上了后头两句：哎，后生人图个快活，讲不定就用铜钱博出了五子登科、六六大顺呢！

嘿，你们俩倒快活。吴队副让士兵把马灯举高些，举着金戒指翻来覆去地看着。

趁巡逻队队员被金戒指吸引的当口，赖慕敏和曹远志悄悄移动到了吴队副旁边。杜鸿运上前一步，有意挡在吴队副面前，免得他发现。吴队副打量了杜鸿运两眼，说你这后生仔，是不是也跟他们一样拿祖产当嫖资？

杜鸿运哈哈一笑，说吴队副好眼力，我爹叫杜家才，不晓得你听过没？

吴队副的眼睛立即瞪成了两颗鸡蛋，脸色大变：你是杜家围杜老财的崽？听讲你被红……红军抓走了？

错了，不是红军，我是被粤军牛师长抓走的！杜鸿运嘻嘻笑着纠正道。

吴队副扫视了他们几眼，见秦怀远盯着自己手中那两枚金戒指，忙将戒指握在手心：老秦，戡乱期间，实行宵禁，你外甥这帮人形迹可疑，还是得带到队部问问！

吴队副话音刚落，秦怀远和赖慕敏的两把匕首便从前后两个方向刺入了吴队副的前胸后背，曹远志、老伯、黄门框、小土匪、大胖也分别向剩下的三个白军巡逻队队员发起了攻击，他们有的捂住白军士兵的口，有的拿刀捅向白军士兵，慌乱中，有个白军士兵朝城门方向开了一枪。杜鸿运、欧阳灿和欧阳焕刚反应过来，赖慕敏取下吴队副腰间的那枚手榴弹，奋力投向城门口。城门口的哨兵开始还击。秦怀远又向脂粉街方向投了枚手榴弹，接着密集的子弹拽着根根红线，嗖嗖地从头顶掠过。

快，收缴他们的武器！赖慕敏这话点醒了大家，众人拾起武器弹药，挑着担子，在老伯的带领下，消失在垃圾山的荒草丛中。

这时，有股敌人追来了。秦怀远暗中错将杜鸿运认作欧阳灿，说小灿、小焕，你们跟着红军好好干，以后有机会去看看你们舅妈。说着，他猫腰朝脂粉街方向跑去，边跑边回身朝追击的敌人放枪。

快！抓住他们！一声粗蛮的喊叫从爆豆般的枪声中钻出，接着绚丽的枪火如同妖异的蝗虫，啸叫着扑向秦怀远。

你个天杀的白狗子不得好死，我们红军就要得天下了！来呀，来追老子，老子打你个稀巴烂！秦怀远的声音高亢豁亮，仿佛一把锋利的剪刀，剪去了浓重的黑暗，裁出满眼热热闹闹的红花。密集的枪火中，秦怀远倒下了。

这时，赖慕敏、杜鸿运、欧阳灿、欧阳焕四人还没进藏兵洞。陈老伯说了声你们小心，便一边朝敌人放枪，一边沿着垃圾山底部的小径往脂粉街方向奔跑，敌人的火力怪兽般追了过去。当赖慕敏逃进藏兵洞时，外面传来爆炸的巨响，冲天的火光照亮了原本伸手不见五指的洞内。

第十九章　团村的英勇激战

杜鸿运，昨天张连长把我和弟弟叫到连部，他说侦察小分队到黎川城进行外围侦察时发现城门口挂着三颗人头。

欧阳灿的声音堵在喉咙里，哽咽着说不下去。

是你舅舅、陈老伯和水秀？杜鸿运的眼圈蓦地红了。

嗯。欧阳灿抹了把脸，伸颈望了望黎川城方向：我三姨娘很坏，以前老害我娘。这个舅舅我们见得不多，没想到他竟然是红军的交通员。

欧阳焕吐了口唾沫，说血债血偿，老子以后要多杀几个白狗子。

欧阳焕说罢，原本疲惫的双臂似乎从起伏的心潮中汲取了力量，他奋力挥舞着铁铲，向坚硬的红土斫去，恨不得立刻挖成壕沟。杜鸿运、欧阳灿也跟着拿起了锄头，狠狠地刨向结实的泥土。

自从 9 月 25 日黎川失陷后，国民党北路军前敌总指挥兼第三路军总指挥陈诚率领三个师向江西、福建交界的德胜关推进。这时，红三军团司令彭德怀的指挥所设在黎川县城通往德胜关大路之间团村的撮斗山上。团村位于黎川城南约八公里处，是黎川城到东山和德胜关的必经之地。敌人要占领东山和德胜关，就必须先攻下团村。

1933年12月12日晨，国民党军第八纵队主力部队开始分三路、呈“品”字形向团村推进。敌人摆布好队伍后，立即挖战壕、筑碉堡，企图达到“步步推进，稳扎稳打”的目的，从而用严密的碉堡线对我军进行铁桶合围。

红三军团与红五军团早已埋伏在团村周围的石头亭、撮斗寨、禾堂山等主要山头。隶属于红五军团指挥的少共国际师在上月新到任的师长吴高群和政委萧华的带领下，早已在守卫的阵地前挖好壕沟，筑好碉堡，埋下竹签阵，做好鹿寨防护带，只等敌人进入埋伏圈。由于敌人的队伍距少共国际师的阵地尚远，连长张大嘴、副连长赖慕敏检查一番阵地后，见有些排设置的鹿寨做得太突兀，容易被敌人发现，还有一部分壕沟挖得不合要领，难以发挥火力，于是命令各排长对有问题的地方进行返工重建，由荣获全师土工作业比赛第一名的杜鸿运进行指导和验收。

杜鸿运一路检查过来，见欧阳灿、欧阳焕兄弟俩挖的壕沟不够深，便亲自教他们如何注意角度，要挖到何种深度。欧阳灿、欧阳焕这才有机会在大战将临之际和他聊了几句怀远舅舅等人牺牲的事。此刻兄弟俩化悲愤为力量，没多久便挖好了两个单兵掩体。

鸿运大哥，你过来帮我和白菜梗看看呀！在山头左侧挖壕沟的大胖跑过来，拉住杜鸿运就走。最近杜鸿运带欧阳灿、欧阳焕、黄门框的时间多些，大胖和白菜梗感觉自己被冷落了，心中难受。这会儿见杜鸿运指导了欧阳兄弟这么久，大胖再也忍不住，跑过来“抢”他。

欧阳，记住赖副连长教的军事要点，小心些！杜鸿运犹豫了一下，说欧阳灿，你们兄弟俩还是分成两个小组吧，我同你一组，欧阳焕同小土匪一组。

欧阳灿明白他的用意，摇摇手说不用。欧阳焕大大咧咧地说：杜鸿运，你怕一颗手榴弹就解决了我们兄弟俩？放心，老天爷还不会这么快收我们。

呸呸！马上要开战了，别说这种晦气话！讲究口彩的大胖扭转头对着欧阳焕连吐几口唾沫，稚气的举动让杜鸿运忍俊不禁。

鸿运哥，你怕不怕死？当杜鸿运指点大胖修理战壕时，大胖突然小声问了句。杜鸿运想了想：我也怕死，但我不会后退！

咳，你这话我爱听！蹲在旁边默默往战壕外面扒拉土块的白菜梗说着，抬起下巴朝不远处的曹远志指了指：那个鬼曹远志讲假话，说他喜欢打仗，还说他练过金钟罩，子弹见了他会绕着飞。最不爱听他讲这些鬼话。

他那不叫鬼话，叫大话！我也讨厌他！大胖说着从口袋里掏出两枚用红绳子吊住的铜钱，递给杜鸿运和白菜梗：鸿运、白菜梗，只要有这个护体，子弹不会打中我们的。

你哪儿弄来的？杜鸿运生怕他又朝房东老乡家伸手，警惕起来。

这是我从仰天寺的聪明泉捞上来的。放心吧！大胖不小心暴露了他那天在仰天寺跑出去捡子弹壳的真正目的。

好啊，大胖，你肯定捞了不少铜钱。快讲，有没有光洋？

聪明泉是仰天寺名闻遐迩的景点，传说那儿的泉水喝了能让人变得聪明，所以平日有不少香客到那儿朝拜祈愿，自然也会敬奉些铜钱。白菜梗虽没喝聪明泉泉水，可也足够机灵，立刻进行了联想。大胖还没开口，杜鸿运就帮他回答了白菜梗：那山上的土匪见到石头还想咬几口，有光洋也被他们捞光了。

他说着将铜钱挂在胸前：留下的都是没什么用处的铜钱。对不对，大胖？

对呀，对呀！不过我还是蛮开心的，我捞了五十多枚，房东大娘说那是菩萨开过光的铜钱，能护体。她给了我一束红绳子，让我拴好送给大家，这样就不会受伤了！

你都给了谁呀？白菜梗很好奇。

我中意的人，反正没曹远志的份。欧阳焕和欧阳灿我也没给。大胖理直气壮地说。

杜鸿运摸摸胸前的古铜钱：你肯定给了赖副连长两个。

大胖停下手，惊讶地望着他：你怎么晓得的？

你中意他，想拜他为师呀！

听了杜鸿运这话，大胖抬手擦了把汗，无限仰慕地说：上次听你讲了吴师长的事迹，我还想拜吴师长为师呢！

你就做梦吧！白菜梗只有锄头没有铲子，他说着跳起脚在壕沟上头踩着，想尽量把浮土踩结实。杜鸿运目测了下壕沟，说等下打仗时记得隐蔽自己。

这时，前头突然枪声大作。不用张连长下令，战士们早已各就各位。杜鸿运和小土匪隐在阵地正中的掩体里。瞥见小土匪

大胖说着从口袋里掏出两枚用红绳子吊住的铜钱……

左手边的土窝里放着几十条蠕动的白色虫蛹，杜鸿运浑身汗毛倒竖：小土匪，你想用虫子咬死敌人？

枪管打久了会发烫，到时把这葛根块里的虫蛹放在枪管上烫烫，比炒豆子还香！

小土匪是上杭人，爸爸和三个叔叔当了红军。爸爸去年壮烈牺牲，妈妈前几个月在田里劳动时被国民党飞机丢下的炸弹炸死。小土匪长得牛高马大，在儿童团当过两年团长，军事素质过硬，酷爱各种武器。他身上除了部队发的步枪，在战场上缴获的大刀、手榴弹，还斜背着一张弓、一个箭筒，腰上挂着两把弹弓和两袋鹅卵石。

杜鸿运看到他满身披挂，总是替他累，有时还怕他会搞错。哪知小土匪却是张飞穿针——粗中有细，即使在伸手不见五指的黑夜也不会拿错武器，动作熟练得令人惊叹。曹远志很欣赏小土匪，小土匪也蛮看重他，可这对个头、脾气相似，打眼看上去像两兄弟的人却一见面就针尖对麦芒地干仗，干完仗后又箍头绕颈，好得穿一条裤子。唐七姐怕他们关键时刻会互相打拗，这次分战斗小组时便将小土匪拨到了杜鸿运手下。

杜鸿运，你是个好铁匠，能把铁渣拍成铁饼。

唐七姐原先是个文盲，当了村里的赤卫队队长后才开始参加红军的扫盲夜校。他讲话时喜欢用老农们爱用的比喻，有时杜鸿运还得想想才能明白他的意思。这次唐七姐说得也不是特别直白，但他明白唐七姐比较满意自己“改造”欧阳灿兄弟俩的工作，估计“铁渣”是指改造前的欧阳灿和欧阳焕。唐排长不应该用“铁饼”比喻欧阳兄弟，应该用“子弹”或“飞刀”来形容会更形象。杜鸿运这样想。

这时，太阳晒干了夜露，山风吹散了缭绕的云雾和飘来的硝烟。埋伏在山头的杜鸿运突然看见山坡下方的树丛里蠕动着一群“蝗虫”。

记住，大家以我的枪响为记号开打，确保每一颗子弹都能消灭一个敌人。

在战前动员会上，张大嘴挥舞着那把驳壳枪，声音雄浑、坚定，眼中有信念的火苗在闪烁，燎去了小战士们心里的畏惧。如今杜鸿运伏在草丛中，嗅着越来越浓的硝烟，心里回放着培训时学过的军事知识要点。

杜大哥，我听讲你刺杀差些。没关系，我会帮你！小土匪误将他的沉默看成恐惧，附在他耳边小声道。一缕阳光正巧落在小土匪稚嫩的脸上，照亮了他唇边的淡黑色绒毛和细密的汗珠，精亮的眼睛射出坚定的光芒。杜鸿运搓搓手，小声说：谢谢你，姜小黄！

姜小黄是小土匪的大名，但平常很少有人喊，这会儿小土匪反倒不习惯了。他舔舔干燥的嘴唇，说你以后还是喊我小土匪吧。接着他附在杜鸿运耳边，嘶着气说：看，他们爬上坡了。张连长怎么还不开枪？

杜鸿运用眼色制止了他，生恐这种耳语被敌人听去，泄露了我军的机密。而敌人此时似乎察觉到了异常，突然往山上扫了几梭子弹，直打得断枝飘叶扑簌簌往下掉，泥土石块四处飞溅。其中一块碎石击中了杜鸿运的左腮帮，顿时血流如注。小土匪的左手手背也被木片削去了一块肉，他伸手撸下把鲁箕草放进嘴里嚼烂，糊在自己和杜鸿运的伤口上。

这时，杜鸿运听见张大嘴一声怒吼：开枪！接着，耳边响起乒乒乓乓的枪声。刚才还寂静、散发着草木清香的山林顿时炮火纷飞，子弹如蝗虫般到处乱窜，树木熊熊燃烧，火焰飞卷，泥土被手榴弹炸得翻起，露出血红的“肌肉”。杜鸿运先前还被这地狱般的景象慑住，子弹嗖嗖飞过时掩头躲藏，可不久他便克服了恐惧，全神贯注地瞄准、开枪，瞄准、开枪……

小土匪打得比他更欢，步枪、手榴弹轮番用。杜鸿运飞快地扫了眼周围，看见不少战友牺牲和受伤。曹远志挥舞着手让大家在战壕里跑动，以填补牺牲战友留下的射击空位。有好几次，杜鸿运迎面碰上了欧阳灿和欧阳焕。

小心！

你也一样。

奔跑和激战不掩少年的热血，擦身而过时彼此留下短暂的问候，有时有回音，有时无回音。等再次奔回战位时，发现方才那位险些迎头撞上的战友已经躺在了血泊中……

就这样打了一上午，牺牲的战友越来越多，战壕里的空位也越来越多。敌人逼近了阵地，子弹和手榴弹却几乎告罄。大家开始用早就备好的石块砸敌人，小土匪则弓箭、弹弓轮番上。可这些又怎么能够阻止拥上来的那股“黄屎”和飞蝗般的子弹呢？

这时，从硝烟里钻出的传令兵给张大嘴送来了团部撤退的命令。张大嘴大吼：我们不撤！

王建怒吼：张连长，服从命令！

形势紧急，不容再犹豫，张大嘴说他留下来掩护，唐七姐率几位“老”战士把他和王建推出了战壕：张连长，指导员，你们快带着战士们撤！

张大嘴这才吹响了撤退的竹哨。哨音锐利，在枪炮声中如游走的银针，刺痛了战士们的心。当张大嘴、王建率二连余下的五十多人退到安全地带时，刚才的阵地上响起了剧烈的爆炸声。蔚蓝的天空中升起几根黄黑色的烟柱，犹如死神在向人间示威。

唐七姐和其他留下来掩护的战友壮烈牺牲了。想到唐七姐他们曝尸荒野，三排的战士心痛如绞，杜鸿运尤其难过。在他最艰难的时候，是唐七姐帮他做通了村苏维埃政府的工作，让他加入了少先队和少共国际师。没有唐七姐就没有今天的他。回望着硝烟散尽的那座山峰，想起长眠在那儿的唐七姐和其他战友，杜鸿运泪湿双目，他下决心要为唐七姐做些什么。

第二十章　潜敌阵掩埋战友

夜晚宿营时，张大嘴和王建之间爆发了“战争”。张大嘴斥责团部和坚决执行团部命令的王建是胆小鬼。王建则说勇敢并不意味着无谓的牺牲。张大嘴还在气恼，王建拉着他和赖慕敏来看饥寒交迫的幸存战士：看看，一个连就剩五十多人了。再不撤，我们这些火种就灭了呀！

这时杜鸿运才从别排战士口中听说，连长和指导员将战士年龄偏小的三排放在敌人力量最薄弱的第三道防线，所以三排的人大都还活着。三排的战士这才明白唐七姐和那几个“老”战士为什么要留下来掩护大家了，战士们对唐七姐的感念又多了几分。

当杜鸿运悄悄提议回山上掩埋唐七姐他们的遗体时，黄门框第一个举手赞成。杜鸿运之所以愿冒此风险，实在是觉得唐七姐在自己从红军的俘虏变成红军战士的过程中起了决定性的作用，对他有再造之恩，他是个知恩图报的人，他眼下能为唐七姐做的只有这件事了。

黄门框伤愈出院后是三排接纳了他，让他这个前少先队队长从白军俘虏变成了红军，这份恩情黄门框永生难忘。当然，他也明白，在他人生这次的关键转折上，帮助他的人很多，但并不是每个人都能像唐七姐那样不厌其烦地教他、带他，他有时觉得唐七姐就是自家大哥。想到唐七姐曝尸荒野，他的心便揪成一团。他私下里问过曹远志，为什么撤退时不把战友的遗体运下来？

曹远志瞪着他说你眼瞎了，还是脑子进水了？当时情况那么紧急，支前队员能把伤员运回，我们能安全撤出就很了不起了，哪有时间来转移遗体？其实曹远志也很难受，说话时泪水在眼眶里打转。

黄门框听后情绪很低落，在杜鸿运面前连声说没意思。杜鸿运问他为什么这样讲。黄门框叹口气说：今天牺牲的是唐七姐，也许明天牺牲的就是我们。到时我们是不是连座坟都没有？

杜鸿运说只要时间允许，红军的收容队会帮忙掩埋战友，但眼下这种激战，敌我双方都很难有机会掩埋己方士兵的遗体，所以我们才要回去。

此时天已断黑，二连在距原阵地一千余米的山上安营扎寨，并借着月光挖筑工事。敌人也在挖筑壕沟掩体，且仗着人多，每隔百余米就点燃一堆篝火，直到为数众多的火堆连成个妖异的光圈。摇曳闪烁的火光中，那些被迫连夜挖筑工事的老百姓动作迟滞，投下鬼魅般的阴影，给山中的夜晚平添了几许诡异与凄惶。

杜鸿运趴在壕沟边远远地看着那些火堆，新鲜泥土泛出淡淡的清甜，那是被挖断的草茎树根的味道。山风柔和，他爬上壕沟，看见那半轮玉佩般的月亮，思绪倏地飘回前往尼姑庵救娘和曹半夏的那个晚上。那晚月儿圆圆，小时候听娘说，月圆之夜山上的野狼会对月长嚎，他一直信以为真。可这些时日他跟着队伍山南山北地转，经常夜宿林间，月圆之夜却从未闻过狼嚎。估计娘那时怕自己跑上山，会遭受意外，所以编了个谎言吧？真是可怜天下父母心。他的思绪又飘到可怜又可恨的爹爹身上，祈愿他还在人间。

鸿运大哥，你看旁边那条山涧两边火堆很少，守卫也少，有空子可钻。

不知何时站在身边的黄门框指着山下小声说。杜鸿运又观察了一阵，再也按捺不住内心的冲动，找到代理排长曹远志，要求回原先的阵地去捡枪。曹远志听说有枪捡，犹豫了一会儿说，你带几个人速去速回，千万不能暴露目标。还有，要摸清敌人的兵力。

杜鸿运说好，人我来定。

曹远志爽快地同意了，命令他月上中天时一定要回来。他们没有表，只有将月亮当成计时器。得了“令牌”的杜鸿运格外开心，回头迅速招呼欧阳灿兄弟俩和黄门框返回去“侦察”。他们走到敌人的篝火防线边上了，才发现白菜梗和大胖跟在了后面。

哎，你们怎么也来了？杜鸿运情知任务危险，不想让白菜梗和大胖参加，谁知这两人却误会了他。

你这人不讲良心，有枪捡也不叫我。大胖埋怨道。

白菜梗淡淡地说：鸿运大哥，我怕你在山上会迷路。

杜鸿运晓得他俩担心自己，心中感动，只是此地离敌人的防线太近，不宜说话，忙示意大家噤声，自己猫腰先走到了河边。此处坡陡，突然从高处跌落的河水发出响亮的哗哗声。距小河左边二百多米远的地方，有人在挖壕沟，右边靠山坡处也有敌军把守。杜鸿运撮唇学起了小鸟打架。这是他以前在县城花五块大洋跟戏园子表演口技的师傅学的，当时他发现曹半夏和曹远志经常以鸟鸣联系，想学鸟叫逗曹半夏开心，没想到这时派上了正经用场。

山坡处的哨兵听见小鸟打架，慢慢地朝杜鸿运所在的地方靠拢。等他快靠近了，杜鸿运口中突然发出翅膀扑棱挣扎的声音，同时往下方十几米处丢了颗石子。哨兵晃眼看见有个黑物掉在了灌木丛中，以为自己能捡到打架落下的夜鸟，骂骂咧咧着往下游走去。

杜鸿运等人悄悄从树丛溜下河，在树林的掩隐和水声的掩护下，摸到了处于敌人防线内的山顶。白菜梗爬上树辨了下方向，然后领着大家在树林中小心翼翼地穿行。白天的战斗太激烈，不少树木被枪林弹雨和烈焰削得、烧得只剩下光秃秃的树干。以往栖息在林间的鸟儿都飞走了，他们一路行去并未惊起宿鸟，可谓神不知鬼不觉。

月下的山头虽无他们离去时的那份狰狞，但影影绰绰的树木、渐响的林涛、散发着刺鼻气味的焦土和壕沟里那些东倒西歪的尸体仍给阵地平添了几分恐怖气息。就在大家摸不准方向时，白菜梗迅速找到了三排的阵地。

也许是树冠都被子弹和炮火削去了之故，阵地比林中稍显皓亮。众人找了好一阵才找到唐七姐。他脸上血糊滋拉的，但面目尚可辨识。虽说经历了不少战火，又胸怀对战友的满腔爱意，可面对冰冷、僵硬、惨烈的战友遗体，杜鸿运他们再勇敢，心中仍不免害怕。他们互相瞅了瞅，一时不知该如何是好。最后还是杜鸿运拿主意，将战友们的遗体集中堆放在壕沟中，用战壕前的焦土和石块盖好，做了个简易坟堆。众人朝坟堆行了个军礼，这才到战壕外的山坡上去搜寻敌人遗下的枪支弹药。敌军急于向前构建阵地工事和推进防线，又或者觉得这地方已被他们占领，次日打扫战场更为方便，总之他们并未收捡遗落的枪弹，更未运走士兵遗体。不一会儿，杜鸿运几个身上就挂满了枪支弹药。

我们这趟来得太值了！看，我捡了这么多，比你强。

欧阳焕和大胖像是八字不合，两人见面就斗闹吵嘴。这段时间吵下来，发现彼此其实挺对脾气的，不知不觉就成了“一对”。此时欧阳焕拎着两支枪得意地显摆着。大胖只捡到了一支枪和两颗手榴弹，心中有些羡慕，嘴上却不服软，说你没捡到手榴弹，我捡到了两颗，手榴弹的威力比步枪大。

欧阳焕说手榴弹你能甩三百米吗？大胖正要回嘴，杜鸿运走过来制止他俩：小心敌人听见！

就你愁心重，这和敌人隔着十万八千里呢！欧阳焕还想再显摆下他找到的一把匕首，被杜鸿运突然出语打断。欧阳焕心中颇为不满，正打算顶撞两句，突然有只手抓住了他的脚踝，跟着飘来一句微弱的呻吟：救……救……我！

欧阳焕吓得魂飞魄散，要不是杜鸿运眼疾手快地捂住了他的嘴，他喉咙里的那声尖呼只怕会引来敌人。走在杜鸿运身边的黄门框反应快，立刻蹲下身子，用手扼住了呻吟求救的伤兵：不许动，再动杀了你。

这时，欧阳灿、白菜梗也赶了过来。杜鸿运把惊魂未定的欧阳焕交给了欧阳灿，弯腰查看着奄奄一息的伤兵。黄门框有经验，手并未扼得太紧，伤兵仍张嘴嘶着气，但已发不出声了。杜鸿运取下腰中装水的竹筒，往伤兵嘴里倒了点水。伤兵吧嗒会儿嘴唇，终于发出了声音：我口袋里有光洋，救我下山，我家里有钱。

一听有钱，欧阳焕和大胖迅速蹲下身，伸手去搜他的衣袋，果然找到了三块光洋。这钱回去要归公的！杜鸿运话刚说出口，就见那伤兵伸手摸向腰间。杜鸿运飞快地按住了伤兵的手，欧阳灿配合默契地撩起了伤兵的上衣，只见他腰间挂着两颗手榴弹。

你个该死的，想炸死我们大家！黄门框的手狠狠地压向伤兵的咽喉。伤兵挣扎着说：你们这些赤……匪，分了我家的田，杀了我爷佬，你……

黄门框手指一紧，伤兵的脖子上传来阵轻微的咔嗒声，头跟着歪向一边，见阎王去了。

还好鸿运大哥发现了他的坏心肠，不然我们全被他炸上了天。欧阳焕感叹道。欧阳灿说要不是你，也不会惹来这桩事。欧阳焕不服气，正要跟哥哥抬杠，杜鸿运嘘了一声，众人不再说话。杜鸿运抬头看看快要爬上中天的月亮，说大家拿好东西，下山时千万别磕出响动，以免被敌人发现。

真被敌人发现了，那我们就让他们有来无回！大胖得意地晃了晃手中的枪和两颗手榴弹。

对，我们火力猛，不怕！黄门框这次收获最大，捡了四支步枪、三条子弹带、五颗手榴弹和一把精致的匕首。全身披挂的他仿如一尊小战神，令人起敬。欧阳灿和杜鸿运各捡了三支枪，心中庆幸白狗子将此地当成露天仓库，没有及时打扫战场，否则哪有他们的份？大家带着满意和庆幸的心情踏上了归途。可刚走到刚才上山的小河边，就发现一队敌军在悄悄地往红军阵地进发。

他们想偷袭山上！走在杜鸿运旁边的白菜梗紧紧抓住了杜鸿运。杜鸿运悄声喝令大伙停下。他打量了下四周的山势，指着小河右边那座山包说：那个地方我们现在叫它 103 高地。

你是想从后面夹击白狗子？大胖问。

那座山头后面是道缓坡，能绕到二连的阵地。

欧阳灿刚说罢，欧阳焕接口道：万一我们在那儿打不过，还有条退路。

黄门框却摇了摇头：103 高地朝向白狗子的这面坡太陡，很难爬，等我们上去，白狗子都到二连的阵地了。

杜鸿运也发现了这个问题，着急地说怎么办。

我们上 103 高地旁边的馒头石，先在白狗子后头扔几颗手榴弹，趁他们慌乱之际，大家再跳到 103 高地后头，从那儿绕到二连阵地。

黄门框在少先队、白军、红军都干过，在白军部队待的那几个月让他掌握了些白军作战时的队形特点：最不受待见的穷苦士兵走在前面，家境好些的士兵和小头目、长官躲到后面。督战队则躲在最后头，他们只负责向后退和逃跑的士兵开枪。既然往前是死，往后也是死，那些注定要当炮灰的士兵有时为了长官许诺的光洋、美女、房子、土地，只能咬着牙往前冲。

杜大哥，先打白狗子队伍后面的督战队和连里的长官。

在场的人中，黄门框的战斗经验最丰富，无形中成了指挥员。杜鸿运一挥手，领着大家跟在黄门框身后，悄悄地隐入了小河边浓密的树林暗影中。

刻把钟后，几声爆炸的巨响打破了山林的寂静，接着响起的阵阵枪声被山风放大，在山谷中荡来荡去，仿佛无数大马蜂发出的嗡嗡声。驻守阵地的张大嘴听见山下响起的爆炸声和枪声，立刻命令战士们各就各位。

奇怪，这对面山头的又是哪支部队？张大嘴只知这方圆二里地只有二连在布防，不由得深感纳闷。王建听了心里咯噔一声，说我去三排看看。

张大嘴想起牺牲了的唐七姐和另外三个三排的战士，眉宇间皱起了个深深的“川”字。不过大战在即，他和赖慕敏忙着检查工事和火力配比布置，这事只能由王建去办了。谁知王建刚走几步，曹远志就飞奔过来，说杜鸿运领着五个人去侦察敌情至今未归，现在对面山头打成一锅粥，只怕是他们被包围了。

张大嘴一拔驳壳枪，说你小子有种放他们去狼窝侦察，现在你跟我去救他们回来。他们要有什么好歹，我先毙了你。

赖慕敏说敌人在偷袭我方阵地，我带尖刀排过去增援。

张大嘴瞪他一眼：这个还要你讲？快去快回！

王建拦住了正欲行动的赖慕敏：这是我们必须守住的主阵地，你协助连长，我去接那些小鬼。王建不给赖慕敏表示异议的时间，话音未落便提着驳壳枪，带着二排的战士前往救援。

此时偷袭的敌人误将103高地认作是红军的主阵地，掉转枪口朝103高地扑去。杜鸿运他们原本只想给山上的二连示警，同时分散敌人的部分兵力，没想到他们行动时敌人与二连战士埋伏的阵地相距甚远，虽然有月光，但二连战士们连敌人的影子也看不到，自然无法开枪。这一来，敌人就越发以为有动静的103高地上有红军的大部队。剩下的两个头目挥枪吆喝着追过来，子弹蝗虫般嗖嗖飞过，如同怪物在暗夜中流转的妖异眼波。

弟兄们，冲上去，抓住活的红军每人奖五块大洋啊！敌军头目的喊声清晰可闻，杜鸿运发现前往偷袭的敌军约莫有两个排，但只要找到有利地形，凭他们六个人和现有的武器弹药，也能跟他们耗上一阵。

往右边跑，右边有两块大石头！

欧阳灿视力好，看见右边的山径有两块“丫”字形巨石，六人立刻分成两组据守在“丫”石上。过了一会儿，敌人气喘吁吁地追过来。他们也是够张狂的，有两个敌兵居然举着火把。黄门框和大胖一人结果了一个举火把的士兵，山上又成了月光朦胧、树影幢幢的太虚幻境。敌人立即退守到几棵大树后，架起机枪朝“丫”形石扫射。子弹打在坚硬的石头上，发出咣咣的声音和明亮的火花。伏在石头后面的杜鸿运他们被硝烟呛得喉咙发痒，死命捂着口鼻不敢咳嗽。敌人等了会儿见无动静，有人怪叫着大喊：弟兄们，赤匪死光啦，每具赤匪尸首奖两块大洋啊！

七八个敌兵挤挤挨挨地往巨石走来。欧阳灿扬手丢了颗手榴弹过去，哪知他忘了拉弦，手榴弹没爆炸。有个白狗子捡起手榴弹，拉弦后丢到了欧阳灿和白菜梗之间，手榴弹的引信还在燃烧，发出嗞嗞的声音。白菜梗飞快地拾起手榴弹，扬臂丢回了敌阵，手榴弹在敌人头顶爆炸，火光再次照亮了夜空。与此同时，敌人的机枪横扫过来，继而又有几颗手榴弹飞来。杜鸿运大喊一声，大家跳下巨石往二连的阵地跑去。在轰隆隆的连声巨响中，一块弹片击中了白菜梗的大腿，他扑倒在地。杜鸿运弯腰背起他往上爬。欧阳灿和欧阳焕一组，黄门框和大胖一组，两组交替后撤并阻击敌人。怎奈敌众我寡，眼看敌人就要包他们的饺子了，敌军后方突然响起密集的枪声。以为中了埋伏的敌人不敢恋战，匆匆回撤，结果遭到了王建和二排战士的迎头痛击。趁着敌人慌乱之际，杜鸿运一行安全返回了二连阵地。

白菜梗的右腿被鲜血染得通红，闪烁的松光下，脸色苍白如纸。杜鸿运捂住他大腿根部的伤口，连声吼道：快叫卫生员来！白菜梗牵住他的袖子，气息奄奄地说：鸿运大哥，我要去见我爸妈了。你们——

话没讲完，眼睛一翻，晕了过去。连队卫生员小许过来一看，说子弹打穿了白菜梗的动脉，只怕血快流光了。

没有办法了吗？杜鸿运一把揪住小许的衣领。

现在是神仙也帮不上忙。小许摇摇头，说壕沟后头有个石窝，窝里还有雨水，你们给他抹抹脸吧。

不行，你得救活他！大胖用枪顶住小许。欧阳灿、欧阳焕、黄门框也逼着小许救白菜梗。这时，张大嘴和赖慕敏匆匆赶过来，两人蹲下身子，一人握住白菜梗的一只手。白菜梗吃力地睁开那双本来就大的眼睛，皮包骨的脸上覆着两片蝶翅般的黑影。

杜鸿运止不住地流下了眼泪：当年奶奶去世前，她的颊上便有这种云翳，后来母亲告诉他，那是阎王勾魂时在奶奶脸上留下的墨汁。他脱下上衣，在外头的石窝里蘸了水，回到战壕，细细地揩着白菜梗的脸，他希望能揩去那两片死神的阴影。然而，白菜梗脸颊上的阴影越来越浓，接着他张大嘴巴不断地喘息。由于进气少，出气多，他的喘息越来越艰难，嘴越张越大。明明山风寒冷刺骨，他那样子却像一条被撂在滚烫沙滩上、干渴难耐的鱼，让周围的战友心疼。

杜鸿运看过奶奶临终前的挣扎，知道白菜梗马上要去和他爹娘团聚了。果不其然，他这念头刚涌入脑海，白菜梗突然头一歪，半睁着的双眼遽然黯淡，苍白的双唇微张着，仿佛还在发出最后的呐喊。

近期的转战磨砺了战士们的体魄意志，残酷的战争也让他们见惯了生死，可白菜梗的牺牲还是拨动了在场所有战友的心弦。杜鸿运抱着白菜梗号啕大哭，觉得是自己害了他，大胖也跟着哭，欧阳灿、欧阳焕兄弟俩苍白着脸，两双冰冷的手绞在一起，平日最讨厌别人流泪的曹远志也双目尽湿，黄门框抽出背上的大刀在地上一下一下地磕着。张大嘴伸手轻轻合上白菜梗的眼帘，把他抱到了战壕后面的松树下。王建和赖慕敏亲自给挖了墓坑，小心仔细地掩埋了他。

王建环顾着周围的战士，沉痛而深情地说：同志们，请记住少共国际师洪乡二连三排三班战士白菜梗深入敌后，为了掩埋烈士遗体，收缴敌人的武器，引开偷袭的敌人而英勇牺牲。他的生命像花一样盛开过，现在虽然凋零了，但他必将与青山长存，和日月同辉！

王建的声音低沉沙哑，但落入大家耳中，却有春雷滚滚之势。

同志们，敌人今晚偷袭未成，明天肯定会更加疯狂地反扑。大家有没有决心为唐排长、白菜梗等战友报仇？张大嘴挥舞着手中的驳壳枪，嗓音嘶哑而有力。

有！人在阵地在，决不让匪军从我们身边前进一步！

战士们的吼声如松涛击破夜空，惊出了那轮躲在云絮中的月亮。月辉下，杜鸿运觉得每个战士都像一尊高大的铜像。

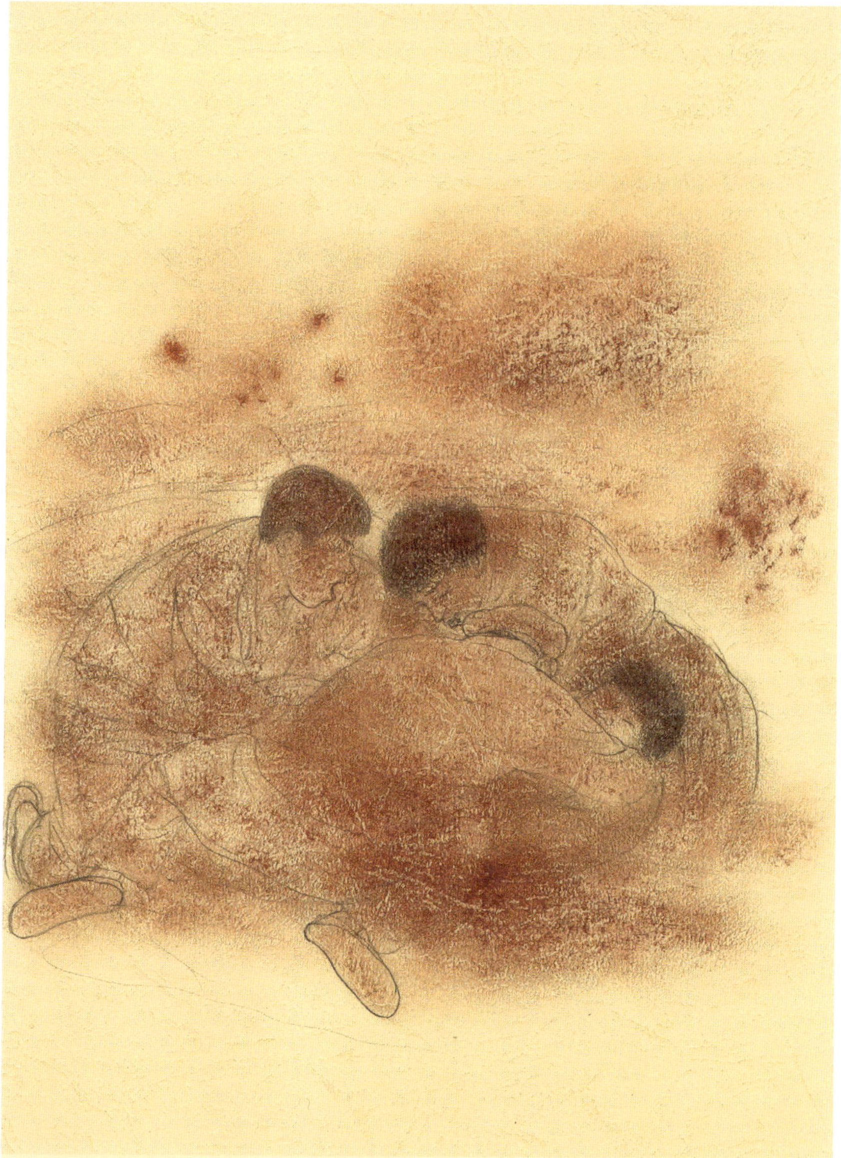

明明山风寒冷刺骨，他那样子却像一条被撂在滚烫沙滩上、干渴难耐的鱼，让周围的战友心疼。

第二十一章 阵地战牺牲惨重

次日早晨，太阳像颗半生不熟的蛋黄，从五彩的云堆里钻出，洒下万道金光。蜷缩在战壕一角的杜鸿运被呼啦啦从头顶飞过的鸟儿惊醒，紧接着听见连长张大嘴、指导员王建让大家各就各位的喊声。根据作战计划，张大嘴带着一排坚守第一道防线，副连长赖慕敏领着二排守在第二道防线，王建和三排守第三道防线。杜鸿运有时很感动，感动于连长、指导员和那些“大哥”战士们对三排小弟弟的关照，但同时又有些内疚，因为三排的战士大部分也满了十八岁，不再需要关照了。曹远志为此找过两次张大嘴和王建。张大嘴说你们排的战士成分较为复杂，军事素质不整齐，等你们用实力证明自己是把尖刀了，再把你们当尖刀用。

张连长，杜鸿运他们深入敌人阵地，掩埋了烈士遗体，收缴了武器弹药，还阻止了敌人的偷袭，这还不能证明我们的战斗力吗？曹远志争辩道。

曹远志，这件事他们有功而你有过。你身为排长，在大敌当前的情况下，乱拨自己的小算盘，这么危险的行动你既不商量也不报告，目无组织纪律，回头我再找你算账！

张大嘴这番话犹如几捧白霜，打得曹远志垂头蔫脑。王建此时无空给他上政治课，但也言简意赅地强调了部队的组织纪律性。这时，几架敌机从头顶掠过，众人仰脸看了看，立即默契而迅速地钻入了壕沟。

由于昨晚刚刚撤退至此，没有时间和工具构建隐蔽的掩体，只挖了能蹲下半个身体的壕沟。所幸的是这儿树木葱茏，敌机一时未发现红军的埋伏地点，只是试探性地向几座山峰投下炸弹。这附近几座山峰都是红军的防线，敌人这种“瞎炸”还是颇具破坏性的。他们所在的这座山峰便挨了两颗炸弹，其中一颗炸弹落在了三排战壕的附近，炸起的树枝泥块砸伤了三排的两个战士。

忽然，从左边的山头上传出阵响亮欢快的嗒嗒声。杜鸿运对武器知识感兴趣，以前在县城读书时还收集过相关的资料。上次培训时，兵工厂的教员也给他们讲过红军手中目前拥有的汉阳造步枪、驳壳枪、“花机关”冲锋枪、麦德森轻机枪等。这些武器大部分是红军从敌人手中缴获的，有的主力部队连里有机关枪班，很可惜二连没有这种厉害武器。这会儿大家听见那有节奏的枪声，立即轻呼起来：“花机关”冲锋枪好样的，把白狗子的飞机打下来！

由于敌机飞得低、飞得慢，不期然闯进密集的子弹网中，一架飞机的油箱被击中，飞机拖着股翻滚的烈焰和浓烟仓皇逃窜，在战士们的欢呼声中，两架敌机开始对左边的山头狂轰滥炸。在冲天的火光和硝烟中，那座山头很快被炸平。

谁这么蠢？这么快就暴露目标！欧阳焕小声道。曹远志眼含热泪地说：那座山头没有排兵布阵，这是机枪手在故意吸引敌机的注意力，消耗敌人的炸弹。

杜鸿运不知曹远志讲得是否对，但他内心深处对刚才那位舍生忘死打“花机关”的战士生出份深深的敬佩：以自己的死，换来更多战友的生，这是不是王指导员讲的大局意识？

心念电转间，赖慕敏和二排的士兵已经开打。由于敌人从三个方向包抄过来，张大嘴立即带着一排阻击敌人兵力较强的右翼，王建带着三排防守敌人兵力较为薄弱的左翼。接下来的场景和杜鸿运记忆中的其他战斗场景很相似：炮火连天、子弹横飞、硝烟滚滚，泥土树枝四溅飞散，树林着火，敌人丢下一批尸体后撤，我方战壕里也躺下一批战士，有的中弹牺牲，有的伤痕累累。活着的战士趁战斗间隙抢救伤员，将烈士的遗体挪到身后的墓坑。

这次张大嘴和王建吸取了教训，在挖战壕的同时让战士们在旁边挖好了墓坑。刚才还活蹦乱跳的战士此刻满身血污地躺在坑底，年轻的脸庞了无生机。但他们并不孤独，因为敌人每次进攻过后都会有更多的战友来陪他们。不久战壕旁边的墓坑就堆满了战士的遗体，活着的战士们挥锹铲下两边的红土，将他们留在了永远的黑暗中。坟坑旁边有个天然沟坎，卫生员小许已经运了十多个伤员到沟坎里。红军此次的战线长而零散，能参加战斗的都上了前线，支前队员全是妇女，她们只来得及送上少量的弹药和冷饭团，伤员运不下去。由于敌人的“围剿”，红军部队缺医少药，小许只能使用草药粉和烂布条为伤员们包扎。他回头高声问张大嘴：怎么办？张连长，这些伤员怎么办？

激烈的战斗中，张大嘴居然听见了小许的喊声，还回头冲小许吼了两句：给伤员留些饭团和水，再留下两颗手榴弹！

这话听上去很无情，但眼下，小许知道这是张大嘴能想到的最好的办法了。杜鸿运这次非常镇定，他们昨晚掩埋唐七姐等战友遗体时捡回的枪支弹药全都派上了用场。只是敌人越打越多，弹药消耗大，没补给，张大嘴命令战士们节约着用。幸好团长派来增援的一连从敌人后方开打，敌人掉转枪口对付一连，二连的阵地这才守住。这次战斗持续时间长，我方缺乏后勤支援，白军的后勤补给同样跟不上，到傍晚时分，白军只有大约一个排的士兵在向二连进攻。

二连此时损兵过半，战士们只吃了两个冷饭团，喝了些山泉水，疲累是次要的，关键是弹药越来越少。当二连再次击退敌人的进攻时，曹远志主动请缨，带着三排的战士到战壕外去收捡敌军士兵的枪支弹药。杜鸿运除了枪支弹药还格外留意敌军士兵尸体上的纸和笔。功夫不负有心人，他还真从一具尸体上摸到了一本便笺和两支铅笔。他当即塞入衣袋，心中漾起些许兴奋：这下可以给曹半夏写信了！

后撤几百米的敌军发现三排士兵在替他们“打扫战场”后，立即向坡上扫射，扔手榴弹。战士们迅速撤回战壕，敌军的枪弹打中了他们自己遗留在阵地上的那些伤兵。伤兵们的哭喊声不绝于耳，不过因为伤势和饥渴，没过多久，伤兵们的骂声便渐渐低沉下去。

杜鸿运这次特别幸运，除了找到了纸笔，还找到了两根爆破筒和一个炸药包。但他的左胳膊也被手榴弹爆炸时的弹片削去一块肉，血流不止。他抱着战利品爬回战壕后，撸了把被战火烧焦的鲁箕叶灰摁在伤口上，伤口上的血和灰凝成了黑色的痂。不久血止住了，只剩下一跳一跳的疼痛在提醒自己受了伤。

夕阳西下，晚霞染红了整个天空，硝烟散去后的山林雾霭缭绕，敌军遗留下的那些伤员安静得如同死尸，空气中弥漫着浓烈的硫黄味和血腥味。杜鸿运、曹远志、黄门框在加固掩体，见欧阳灿和欧阳焕蹲在壕沟中擦枪，心中为他俩的完好无损而高兴。大胖任何时候都忘不了寻找食物，他居然利用战斗间隙在旁边的焦土上找到了两只被战火烤熟的小鸟。这回他击败了胃里的馋虫，把烤小鸟送给了伤员。当左胳膊受伤的小传令兵送来那道撤退命令时，敌人又发起了进攻，而张大嘴从望远镜中看见团部医疗队还没完成后撤，立刻跟王建、赖慕敏召开了阵前紧急会议，三人一致决定二连留下来阻击敌人。传令兵走后，张大嘴做了短暂的动员，要求二连的战士们英勇作战，掩护团部医疗队后撤。二连的战士打得很英勇，可惜不久便弹尽粮绝，全连几十号人只有杜鸿运手中还有一个炸药包和两根爆破筒。杜鸿运想把炸药包和爆破筒都扔入敌阵，被赖慕敏拦住，说这样不但会造成浪费，还可能炸伤自己人。他命令杜鸿运带着这三样宝贝和几个轻伤员先走。杜鸿运把宝贝交给了两个轻伤员，让他们先行转移，自己和战友们一起与敌人进行肉搏战。

彼时太阳西下，金红色的晚霞将天空染得瑰丽。满是阴霾的林间反倒比白日更为透亮。黑色的枯木，燃烧的枝柯，冒着硝烟的红土，这些与满地的尸体构成一幅交织着美与残酷的画面。战士们拿着刺刀，与敌人展开了激烈的肉搏战，利器进入人体时发出沉闷的扑扑声。刀子钝了，用手掐、用牙咬，血可流、头可断，革命胜利的信念不能丢。

杜鸿运的大腿被敌人的刺刀扎伤，他的刺刀也没入了敌人的腹中。不幸的是他的刀尖被敌人的皮带扣卡住，就在他拔刺刀时，一个身体强壮的白军士兵用胳膊箍住了他的颈部，勒得他胸闷气憋，眼冒金花。杜鸿运使尽吃奶的力气也没能挣脱对方的胳膊，刺痛中，他听见了自己喉骨摩擦的沙沙声。就在他即将瘫倒在地时，欧阳灿举着匕首从旁边的土坎上跳下，一刀刺中了敌兵的咽喉，那个险些要了杜鸿运命的白军士兵软绵绵地倒在他脚下。

杜鸿运低头看了看那张年轻的脸庞，心里掠过丝淡淡的哀伤：他的父母知道他死在这儿吗？

就在这时，一道黑影扑向他旁边的欧阳灿，手中的大刀闪着瘆人的寒光。眼看欧阳灿就要身首异处，杜鸿运抡起匕首，猛地刺入黑影的胸膛。黑影收势不住，将杜鸿运扑倒在地，杜鸿运的胸膛被匕首把硌得刺痛，继而感到一股温热的液体打湿了衣衫。这时有颗手榴弹在不远处爆炸了，旁边的欧阳灿左脸被划了道口子，却仍在奋力与一位凶悍的白军士兵缠斗。杜鸿运推开身上的尸体，抡起步枪狠狠敲在跟欧阳灿打斗的白军士兵头上。白军士兵像截烂木桩似的倒下，杜鸿运扶住了摇摇欲坠的欧阳灿。周围的打斗声终于停止，海水般漫上来的暮色中，杜鸿运看见浑身血渍的张连长站在那堆白军士兵的尸首前，叉着腰高声大喊：同志们，收缴武器弹药，掩埋战友。

张大嘴许是想到二连终于守住了脚下的阵地，声音中充满了自豪，可是没想到他们刚打扫完战场，空中又传来了撤退的号音。张大嘴从来都视撤退为耻辱，刚才传令兵送来撤退的命令时他就心中别扭，时隔不久又听到撤退的号音，这让打惯了胜仗的张大嘴难以接受，口中不由得骂道：最近这仗怎么打的，动不动就吃败仗，动不动就撤退。

见脸颊上留着两道血迹的王建看着自己，张大嘴意识到自己身为连长，不该如此冲动，这才不甘心地下达了撤退的命令。当他们终于赶到集合地德胜关时，已是黎明前最黑暗的时分。看着人疲马乏的队伍，张大嘴让三分之一的战士警戒，其余人就地休息。

张大嘴、王建和赖慕敏坐在房间的竹椅上，心情沉痛，了无睡意。二连这次损失了八位战士，重伤两名，轻伤四名，加上此前牺牲的战友，二连减员大半。唯一值得安慰的是，他们撤退前掩埋了战友的遗体，两名重伤员也连夜转送到了师部医院。卫生员小许牺牲了，轻伤员不愿意去医院，但在连部又得不到救治，赖慕敏连忙找来附近三连的卫生员，请他给轻伤员们处理伤口。欧阳灿左脸流了不少血，但伤势不重。黄门框腿肚子上被手榴弹弹片咬了块肉。杜鸿运肩上、胳膊上被弹片扎破，腰间也破了皮，但总体而言，伤势还不至于影响到日常行动，包扎过后，他主动要求担任连部的警戒任务。

二连连部在他们宿营的祠堂左厢房，屋内点着盏昏暗的油灯。张大嘴、王建、赖慕敏已从刚才的缄默中苏醒，三人在分析讨论今天的战况时观点分歧越来越大，后来演变成张大嘴和王建的争吵。在连部门口站岗的杜鸿运听见了张大嘴愤怒的喊声：要是还按前面四次反“围剿”那样采用游击战术，我们哪至于连连撤退？上头的指挥就是有问题！

砰的一声，屋里传来拍桌子的巨响和王建压抑的怒吼：张大嘴，你身为连长，不该质疑中央的决策，更不该在背后大放厥词！

我放什么厥词？我这是真心话，还不是我一个人的真心话，你去听听战士们怎么说！张大嘴不服气地嚷道。

张连长，你要实事求是，在这次团村的战役中，我们少共国际师和红三师一部从左翼成功地阻击了敌人。团村一仗我军毙敌千余名，俘敌三百多名，缴枪三百多支，这里也有我们二连的战绩！王建语气高亢自豪。

张大嘴说王指导员，这胜利是用人命换来的，我们几个连长最近算了算，我们师平均每日牺牲五十多人哪……

张大嘴说不下去了，赖慕敏接着张大嘴的话茬说：王指导员，敌人有飞机大炮，我们只有步枪长矛；敌人有百万之众，我们只有七八万人。让我们跟敌人搞正面消耗，那是以卵击石。现在部队减员那么厉害，就算“扩红”补充了新兵，他们也还需要训练的时间，可我们没时间训练他们，新兵一入伍差不多就要投入战斗。我们面对的可是敌人的正规军啊！

赖慕敏，你是从信江军事政治学校出来的干部，应该有较高的政治思想觉悟，你怎么也跟着散布这种悲观论调？我警告你们，要是我再听到你们说这种话，我要向上级领导反映！

张大嘴抢白道：老王，你直接找李德汇报好了，告诉他这个德国人不了解我们中国的情况，让他别再乱指挥了。

咣咣两声响，震得门外站岗的杜鸿运心里一跳，接着是王建低沉而威严的质问：张大嘴，你这像个连长在讲话吗？你还有没有政治觉悟和组织观念？

屋内先是寂静无声，过了会儿，传来张大嘴愈加高亢的声音：

王建，你有本事去凶那些拍屁股做决定的人啊！告诉他们二连已经是空壳了。一连上两仗就基本打没了，其他部队的情况也差不多，有的排整排战士被炸死在碉堡里，有的一座山头就吞掉了一整连的战士。他们要是有眼睛，会做这种决定吗？你要是有良心，敢说我讲的是假话吗？你要是有胆就去跟领导讲，不要让战士做无谓的牺牲！

王建语塞地“你……你……你”了半天，最后他长叹几口气，大踏步地走出了房门。杜鸿运听到脚步声，连忙侧过身，假装目不斜视地站岗。王建打量了他一会儿，说：你一直在这儿站岗？杜鸿运点点头。王建突然上前问道：杜鸿运，你觉得张连长说得有理吗？

杜鸿运顿了顿：前面四次反“围剿”的事我不清楚，但现在的打法大家都讲是在用鸡蛋碰石头。

你还听到了什么？不用怕，你讲给我听。王建目光灼灼。杜鸿运不敢隐瞒，说大家喊李德“房子先生”，因为他住的是专门的房子，还有面包吃，没有做到官兵一致。

还有吗？王建的声音越发低沉了，像是有东西压着他的嗓门。

有，大家讲还是以前的游击战术好，打得赢就打，打不赢就跑，总之是留得青山在，日后有柴烧。现在这样硬碰硬，只怕红军要打绝种。

胡说八道！这话哪个讲的？王建横眉立目的样子与杜鸿运印象中那个满腹经纶、循循善诱的王指导员形象大相径庭。他想起私下里曾经听过的传闻，说王指导员因为出身富裕家庭，生怕人们对他有误解，有时比出身穷苦的人还要左，如今看来传闻不虚。

杜鸿运心里有些难受，他不希望王指导员因为担心人言而忽略血淋淋的事实，不由得顶撞道：王指导员，刚才张连长和赖副连长讲得对。要不是这样硬碰硬，我们连不会牺牲那么多人。

王建看看他，没有说话，大踏步走了。

凌晨换岗后杜鸿运歇到中午才起床，他刚到井边漱口，就见一伙战士围在张大嘴身边，嚷嚷着说要跟他一起去救指导员。杜鸿运脚下一个踉跄，大脚趾踢到石头上，肩上、胳膊上和腰上的伤口跟着脚趾变得刺痛。

黄门框，指导员怎么了？他扳着站在人群外围的黄门框的肩，着急地问道。

王指导员去找团长，请他去向中央军委领导提意见，现在这种打法不切实际，白白牺牲了很多战士。团长不答应，王指导员便说要去找师长和政委，团长就把他给捆了。

凌晨换岗后杜鸿运歇到中午才起床，他刚到井边漱口，就见一伙战士围在张大嘴身边，嚷嚷着说要跟他一起去救指导员。

啊？王指导员这么猛？

惊叹之余，杜鸿运有些纳闷：这王指导员半夜还在跟张连长和赖副连长吵架，警告他们别胡说八道，怎么睡个觉起来，就来了个 180 度大转弯，自己跑去团部提意见了？真是弄不明白他怎么想的。

仿佛看出了他的心思，边上的欧阳灿黑着张脸说：王指导员早就不满这种打法了，以他的脾气，是肯定要跟团长理论的。

你怎么晓得王指导员不满这种打法？杜鸿运不相信王建会在欧阳灿面前流露出他对中央政策的不满。欧阳灿艰难地翕动着嘴唇说：我们连牺牲了这么多人，王指导员心里难过，那天晚上我看见他哭了。

嘿，你是千里眼呀，这也晓得？凑过来听热闹的大胖道。小土匪这时凑上来，有些自豪地点了点自己的鼻子：王指导员很困，他到溪边洗脸。正好我在旁边解小溲，我听见他哭来着，还边哭边骂，娘个头，这样子打下去，要把我们连打没了！

杜鸿运“哦”了声，心想这小土匪真是个大嘴巴。这时他听见曹远志的喊声：张连长，您带我们去团部，让团长放了王指导员。

张大嘴说你们就地待命，我去！

说着他转身往团部走去。见后面的战士有的还在交头接耳，有的不知所措，他喊了句：曹远志你怎么回事？

曹远志还没明白过来，愣愣地杵在原地。杜鸿运迈开长腿跟上了张大嘴的步伐，嘴里说道：张连长，您去找团领导，我们去看王指导员。

张大嘴权当没听到，大步流星地往团部赶去。到了团部，却见团长和副团长脸色严肃地在那儿小声说着话。见张大嘴等人过来，团长表情悲痛地说吴师长牺牲了。张大嘴的脖子像是被人掐住，张嘴喘了几口气，这才语不成句地问道：你是说吴……吴师长牺牲了？

团长点点头，含着眼泪说团村战斗中，吴师长和萧华政委在一棵大树下观察敌情，被突然落下的炮弹炸伤了头部和腰部，虽然被紧急送往福建建宁医院，可终因失血过多而无力回天。

原本一肚子火要向团长发泄的战士们闻此噩耗先是发愣，继而有人抽泣、失声痛哭。杜鸿运在行军时见过吴师长两次，一次吴师长的马上驮着搬运的物资，吴师长牵马而行。另一次吴师长坐在马上，他身前坐着一个脚上起泡的小战士。吴师长青春的脸庞从此刻在了杜鸿运的脑海中。没想到那个浑身洋溢着勃勃生机并透出军人威严的吴师长就这样牺牲在了敌人的炮火下，杜鸿运心如刀割，泪如雨下。

张大嘴抹了把脸，突然记起他来团部的目的：团长，连里要开班以上干部会，我们来接王建。

团长的脸色变了：恐怕你们现在接不走他，师政治部的同志正在跟他谈话。

团长说得委婉，实际上师政治部的同志正在批评王建。王建据理力争，师政治部的同志嗓门也不小，接着干脆吵了起来。

张大嘴见战士们默默地望着团长，说团长，你看大家都来了，麻烦你跟师部的同志说一声，还是别让大家白走一回哟。

团长白了他一眼：放心，会放他回去，你们先回吧。

这时，杜鸿运灵机一动，挥拳高喊：王指导员，战士们等着你开动员会，我们要为师长报仇啊！

大胖、黄门框等人立即大声附和，喊声震得屋瓦唰啦啦直响。这样喊了几回，从屋里探出张年轻军人的脸来，他表情严肃地看了看，什么也没说又缩回了屋内。过了几分钟，王建只身走出房门，正要跟团长打招呼，张大嘴像是怕他被团长截住，立刻带着战士簇拥着他朝连部走去。

老王，没怎么样你吧？杜鸿运走在张大嘴和王建身边，听见张大嘴问话的声音有些压抑。王建顿了顿：老张，不像你们想的那样，批评归批评，讲理归讲理，最后师部的同志也认为我说的是事实。

那团长怎么还用绳子绑你？张大嘴有些愤愤然。王指导员微笑道：团长是爆竹脾气，我才讲两句话他就开炸。他说服不了我，我跟他理论啊，我说你不要讲心里没意见，现在你手下的兵少了三分之一，我们连是不是要跟一连合并？我问他夜晚睡觉会不会想那些牺牲了的战士？团长跳起脚说就你的心肝是肉长的，别人的心肝都是铁打的？我说既然这样，那我陪你去师部反映下实际情况。他奈我不何，这才绑了我。不过很快就放开了。

张大嘴沉默了好一阵才迟疑着说：老王，这我就不懂了，昨天半夜你还骂我跟赖慕敏胡说八道，怎么转身你自己倒去团部告起状来？

王建说我是连指导员，在连里必须执行上级的指示，但向上级领导反映真实的情况，说出我心中的疑虑是我作为党员应尽的职责。

昨天晚上跟你讲那些话，我也是在尽党员的本分。张大嘴哽咽着说不下去。王建的表情和声音变得沉痛：吴师长的鲜血绝不会白流！

杜鸿运瞥了眼他攥紧的拳头，好似听到了骨节爆裂的咯咯声。当王建带着这种悲恸而激愤的心情给全连战士讲当下的政治形势，讲起吴师长牺牲的消息时，杜鸿运感觉他的每个毛孔都流露出崇敬与缅怀之情。

……同志们，吴高群师长壮烈牺牲了，从旁人的角度看，二十三岁的人生道路有些短暂和仓促，可吴高群师长却在这生命的盛夏里，将他的肉体与灵魂全部献给了苏维埃。他是英勇无敌的红色战斗员，为革命流尽了最后一滴血。他的血不会白流，且让我们化悲痛为力量，踏着吴师长等烈士的足迹，坚决、勇敢地冲上前线，奋勇杀敌，打出我们少共国际师的威名！下面，请大家合唱一曲《少共国际师出征歌》，以歌声祭奠吴师长等烈士的英灵。

王建说罢张开双臂打起了拍子。二连的战士们唱起了《少共国际师出征歌》：

我们就是少共国际师，九三日在江西誓师出征去。

高举着少共国际的光辉旗帜，坚决的、勇敢的武装上前线。做一个英勇无敌红色战斗员，最后的一滴血，为着新中国！……

唱毕，王建挥动左拳高喊：同志们，为吴师长报仇！为牺牲的战友报仇！为了新中国，我们不怕死！

响彻云霄的口号声惊起一群小鸟。杜鸿运抬起头，凝视着那朵洁白蓬松的云，在风的吹动下，白云不断地变换着形状，杜鸿运竟从上面看见了吴师长、唐七姐、白菜梗、陈老伯、水秀、秦怀远等烈士和战友的面孔，他们面容沉静，目光坚定，仿佛刻在天上的群雕。

第二十二章　不够党员的标准

少共国际师师长吴高群牺牲后，刚从红军大学高级班毕业的优等生、红七军团参谋长曹里怀被任命为少共国际师师长。曹师长到任时，正值 1934 年 1 月下旬，蒋介石在镇压了“福建事变”后，立即调二十五个师的兵力，分东、北两路，对中央苏区发起了新一轮的进攻。1 月 25 日，国民党军北路军前敌总指挥兼第三路军总指挥陈诚根据蒋介石的命令，率北路军第三路军主力，向黎川以南的樟树、横村红军阵地发起猛烈攻击。少共国际师、红十三师在黎川附近的邱家隘设防。

此时曹远志已正式担任三排排长。杜鸿运、大胖当了班长。杜鸿运心中激动，连夜去找王建谈心，询问自己能不能写入党申请书。王建说你最近的表现证明你是一名合格的红军战士，我希望你尽快加入党组织。

回到驻地，杜鸿运心潮愈加澎湃。这次的碉堡依山而建，顶上盖上了四层粗大的木头和厚厚的泥土。碉堡前头挖了圈深达两米的壕堑，壕堑外头设置了鹿寨和竹桩阵。

山上多雾，碉堡里燃火的炊烟和山岚搅在一起，敌人不易发现，炊事班便在碉堡一角煮饭。白天怕炊烟泄密，反倒不敢开火了。外面山风呼啸，寒冷异常，碉堡里虽然潮湿，却比外头暖和许多。

就着灶膛里闪烁的火光，杜鸿运从上次缴获的便笺上撕下张纸，想了好一阵，才用刺刀削出半截木炭笔芯，在纸上郑重地写下“入党申请书”五个大字。

哈，杜班长，你写入党申请书也不跟我们讲一声。

杜鸿运想得太入神，根本没注意有人到了身后，直到欧阳灿一声叫唤，他才惊得扭头站起。

欧阳灿，你也写入党申请书吧！杜鸿运诚恳地说。

欧阳灿的皮肤愈合能力很强，左脸上的划伤只留下淡淡一条红印，看上去又跟欧阳焕难分彼此了。杜鸿运觉得欧阳灿这段时间进步快，所以下意识地动员欧阳灿写入党申请书，却没有动员欧阳焕。欧阳焕还是那么吊儿郎当，原本想跟着曹远志，曹远志嫌他落后，特意把他分在大胖那一班。现在他和大胖玩得蛮好，这会儿两人勾肩搭背地站在欧阳灿身边，吵着要看杜鸿运的入党申请书。

平心而论，欧阳焕很机智，有时也有胆量，只是说话做事不靠谱。杜鸿运觉得他比老成持重的欧阳灿差一大截，从没想过要动员他入党。欧阳焕却不这样想，他觉得自己早该是个党员了，结果话一出口，就被他哥欧阳灿一顿暴训：

你自个儿撒泡尿照照吧，你离党员标准还差得远哪。

欧阳焕扮了个鬼脸，这话却在杜鸿运心里激起了涟漪。他放下铅笔，满脸严肃地问欧阳灿和大胖：哎，你们说我够党员标准吗？

大胖毫不犹豫地点点头：够，曹远志都入党了，你哪样比他差？

欧阳灿皱眉说：上次王指导员跟我们上课时讲过，打仗时党员要比普通战士冲在更前面，他们要承担最危险的任务，要更加不怕死。

杜鸿运点点头：王指导员上次开会时还说，入党积极分子要对照入党誓词，看看自己有哪些差距。

这时黄门框、小土匪也走了过来。小土匪说入党誓词有好多句，哪个背得下哟。

杜鸿运说我背得下：要入党的人必须做到严守秘密、服从纪律、牺牲个人、阶级斗争、努力革命、永不叛党，这是入党誓词。入党的五个具体条件是政治观念没错误；忠实；有牺牲精神，能积极工作；没有发洋财的观念；不吃鸦片，不赌博。

这个“牺牲精神”，是不是要牺牲我们的命？大胖支吾着问。

那肯定啦！有战斗就会有牺牲。小命得赌上！不让发洋财嘛，这个有点难。古话讲人为财死、鸟为食亡，不发洋财，又不让赌博，这革命有什么好处呢？

黄门框在白军部队待了段时间，有时讲话“味”有些怪，欧阳焕听得挺对调，说只有最勇敢的人才不怕死，愿意牺牲性命，傻子才不要钱、不爱玩。我既不是傻子，又不是最勇敢的人，这标准我还做不到。

见大家不吭声，他有些不服，伸着脖子说：我不相信你们都能做到。

也许是看见杜鸿运刚才在写入党申请书，欧阳焕走到杜鸿运面前，逼视着他的眼睛道：杜班长，你讲良心话，你能像唐七姐那样留下来阻击敌人，让别人先走，自己送死吗？你们谁能做到？

杜鸿运愣了愣。不发洋财，不吃鸦片，不赌博，忠实、不叛变革命他觉得自己能做到，至于不怕死，他还拿不准。这时，眼前闪出那次上山抬担架，自己和欧阳兄弟躲在草丛中，吓得屁滚尿流的狼狈场景，以及第一次冲锋陷阵时的恐惧，他舒了口气，说我想当个唐七姐那样的好汉，但我还达不到党员誓言讲的那个标准。

说罢，他将那份入党申请书仔细叠好，小心地塞入了衣兜。

你不入党了？大胖急了。

我还够不上党员的标准。杜鸿运坦率地说。

欧阳灿摇头说自己也达不到入党的标准。黄门框拍着胸脯说他能，欧阳焕呛了他一句：你真能？那下次你来掩护大家。黄门框听后不敢再开口。小土匪摆弄着那把弓，说他还没考虑写入党申请书。大胖踢了踢他的脚尖：你落后分子啊？

小土匪说师长、唐七姐他们是站在山顶上的好汉，给我二十把梯子我也够不着他们。既然够不着，我就先不够，老老实实打敌人呗！

喂，大胖，你还没讲你能不能做到呢！快讲，快讲！

欧阳焕最近跟大胖下山塘捞过鱼，到沟里挖过泥鳅，两个饿痨鬼在野地里垒起砖灶，把鱼和泥鳅放在烧红的瓦片上煸熟了吃。虽然缺油少盐，但对于肚子里没得油水的欧阳焕而言，是难得的美味，他现在变成了大胖的盟友。可盟友归盟友，有时却仍免不了给大胖出几个难题。大胖性子宽厚，也不怪他。再说欧阳焕今天这话也不算难题，大胖胸有成竹地答道：我现在还不够格，等我入了党，自然就能做到那五条了。

这话不对，你入了党就能把铁变成钢？杜鸿运觉得大胖这话逻辑不通。入党又不是太上老君兜率宫里的炼丹炉，只要把原料按配方比例放进去，就能炼成九转仙丹。入党只不过给人制订了一个更高的标准和目标，但并不能确保入了党的人能自动成材成钢。

大胖听了这种解释后眨巴了几下因消瘦而变大的眼睛，争辩道：鸿运大哥，我的意思是入党后，我会按党员的要求去做。要是达不到目标，就像军训时成绩不及格一样，不用人骂，自己就会难过得想哭。

杜鸿运拍拍他的肩，有些抱歉地说：我明白你的意思，就是在入党后慢慢让自己达标。

尽快逼着自己达标，不是慢慢达标。喂，你们还有哪个跟我一样想的？大胖环视着大家问道。没人回答他。

杜鸿运看了看互相使眼色的欧阳灿兄弟俩，欧阳灿说：像我们这种家庭出身的人要入党，只怕比大胖入党要难。杜鸿运抢过他的话头说：我认为大胖刚才讲的入党以后再尽快逼自己达标不切实际，如果我们自己都觉得不够标准，火眼金睛的党组织更能发现我们与党员之间的差距，所以现在的申请书写了也是白写。

你们不写我写。我现在虽然还怕死，但我不相信光为这一点，组织上就不批我入党。

大胖说着问杜鸿运要了纸笔，可刚写了两个字，上夜校学的那几百个字就像大风中的苍蝇，飞得不见了踪影。为了不浪费纸笔，他只好请求杜鸿运帮他写入党申请书。

大家你一言我一语地凑着话，当那支插在墙洞里的松脂火把即将燃尽时，这份充满豪言壮语的入党申请书总算完成了。大胖认真地签上了自己的姓名，次日一早即交给了王建。

杜鸿运他们没写入党申请书？

王建感到有些奇怪。大胖挠挠头皮，说杜鸿运他们怕自己不够党员的资格，所以没写。

那你认为自己够入党的标准吗？王建笑问大胖。大胖眨了眨眼睛，脆声道：我也不够格，但我真的想入党。

好。有这份志向就好。认识到了自己的不足，势必会在下一步的工作中改进。你回去让杜鸿运上连部来，我有事同他讲。

十分钟后，杜鸿运和王建坐在了连部指挥掩体外的山坡上。王建还没开口，杜鸿运便主动汇报了自己的想法。王建说你们能按党员的标准来要求自己，这很好。但这并不是说入党遥不可及，党员也是普通人，只不过是普通人中的先进分子。而他们之所以能变成先进分子，在于明白了为什么当红军，为谁而战；在于他们树立了革命事业的目标，并从此对自己有了更高的要求，敢于在战斗中淬火，直至百炼成钢。

王建说了刻把钟，杜鸿运终于明白了他的意思：指导员，您是说我们应该像大胖一样，不管现在能不能达到入党的标准，但只要我们朝着这个方向努力，就肯定能够在战斗中成长为一名真正的共产党员？

有了目标和方向，你才会有压力和动力，才不会走弯路。

怀揣着王建的这句话，杜鸿运、欧阳灿、欧阳焕、小土匪、黄门框利用修筑战斗工事的间隙，认认真真地写下了各自的入党申请书，当天就交到了王建手上。王建给了他们每人一份入党志愿表，上面详细列出了姓名，年龄，籍贯，家庭经济地位，本人职业，是否加入过一些革命组织，犯过何种错误，受过何种处罚，有何不良嗜好，介绍人姓名等条目，每一项都必须如实填写。

在填写家庭经济地位时，杜鸿运和欧阳灿、欧阳焕有些犯难：杜、欧阳两家家庭富裕，可他们又都被不良人侵吞了财产，该如何填写呢？他们仨捏着表格去问王建。王建说如实填写。于是，他们各自把家中的情况与变故细细列上，这样组织上一看就了然了。

王指导员，您认为我们的入党申请能批下来吗？

这要看大家的具体表现。考察期满后，二连支部会按程序讨论你们入党的事情，你们就等着听消息吧。

这时张大嘴急匆匆走过来，说营部的司号员牺牲了，想在二连找个有文化基础的战士到红军通信学校司号大队进行短训。司号员是指挥员的重要助手，生活待遇比普通战士要高，每月有三块大洋的鸡蛋费，大家都很羡慕。

杜鸿运和欧阳灿、欧阳焕是二连文化最高的三个人，他们一听，立刻起身向张连长敬礼，并异口同声地说：我去！

张大嘴笑嘻嘻地扫了他们三人一眼，说我跟你们有缘啊，都省得去喊你们了。他乌黑的眼睛闪着亮光，视线从杜鸿运脸上轻轻滑过：小杜现在是班长了，不能去。你们哪个是老大，哪个是老二？张大嘴刚问完，马上用手拍了拍欧阳灿的肩膀：你是老大。

报告连长，我是欧阳焕的大哥欧阳灿！欧阳灿当即立正敬礼。欧阳焕瞪大了眼睛：啧啧，张连长，你比我爹还厉害，我们长到十岁了，我爹还经常分不清我跟我哥呢。

突然提到欧阳亮，杜鸿运注意到欧阳灿的双眸一黯。张大嘴轻轻擂了欧阳焕一拳：你爹那是逗你的。你眼珠子骨碌碌转，你哥可比你沉稳。

沉稳？有人讲他木讷呢！欧阳焕近来得了个外号，叫“不服”，别人讲什么他都不服气，偏要辩几句。欧阳灿转脸看了他一眼，欧阳焕不敢再抬杠。

杜鸿运，你觉得他们俩谁适合当司号员？

杜鸿运没想到张大嘴会征求自己的意见，他愣了愣，好不容易才把那句“我比他俩都合适”的话给咽回去，老老实实地说：我觉得他俩都该去学习。

为什么？张大嘴好奇地问道。

连长，我们营只有一个司号员，这不保险，我认为红军通信学校司号大队应该多培训一些人，万一发生什么情况，其他人能顶上去。要是组织上同意，我也想去学学。

嗯，有道理。红军时期，连队没有司号员，营里的司号班设号目（班长），团和师里的司号排设号长（排长）。司号兵属于通信兵种，司号员首先要有文化，懂音律，要背熟上百个号谱，还要胆大心细。因为吹号时司号员得站在高处，否则号音容易被障碍物“吃”掉，这就使得司号员和旗手一样容易成为敌人的攻击目标。司号员牺牲的概率比普通士兵要高，这是一份光荣而危险的工作。

鉴于杜鸿运并没有推荐人选，再想到司号员的危险性，欧阳灿来了个毛遂自荐：张连长，司号员责任重大，需要认真严谨的个性，我比我弟弟欧阳焕更适合当司号员，派我去吧！

哥，不带这样贬我的！我哪里不认真、不严谨了？

欧阳焕看中了司号员每月三块大洋的鸡蛋费，见哥哥出马，心中认定张连长会选他，急得脸红脖子粗。果不其然，张大嘴同意让欧阳灿参加红军通信学校司号大队的培训。

哥，你太坏了！走出连部后，欧阳焕冷不丁踢了欧阳灿两脚。欧阳灿怎么解释他也不听，到最后还要跟欧阳灿动手，一看就是个被娇惯大的人。

杜鸿运看不惯欧阳焕这么任性，说你哥是为你好。欧阳焕瞪着他说：他为我好？亏你讲得出口！然后打起飞脚跑向远处。

小灿，我晓得你的意思，你是怕欧阳焕……看着有些失神的欧阳灿，杜鸿运咽下了后半句话。欧阳灿说司号员是敌军攻击的主要目标，各部队的司号员很少能干满一年。

杜鸿运说你们俩是双胞胎，你还是留在班里吧，我去参加司号员的培训。

欧阳灿说你得管全班呢，你走了哪个当班长?

还是我去。到时那三块大洋鸡蛋费我交给连长。欧阳灿生怕杜鸿运误会他是为了那三块大洋的津贴。杜鸿运连忙转移了话题：

司号员的责任比连长都大，要听清师、团、营号音传达的指令并且要准确传达，万一把进攻听成了撤退，那是要误大事的。

从来没听过哪个司号员把冲锋号听成了撤退号，你这一说不成立。欧阳灿批驳道。

欧阳灿和杜鸿运讲这番话时正好走在通往三排的壕沟里。壕沟上裸露的棕红色泥土有些扎眼，有部分战士根据班长的安排在加固工事，另一些战士则怀抱着上了膛的枪，歪靠在壕壁上打盹。连日的征战使往日生龙活虎的战士们身形消瘦、疲累至极，有的还长出了乱草般的胡子，看上去多了几分沧桑。杜鸿运和欧阳灿还来不及感慨，邱家隘战斗便打响了。

第二十三章　张连长英勇牺牲

在邱家隘战斗中，少共国际师依托险峻的地形，打退了敌人的十多次进攻。狡猾的敌人派出侦察队从隘口后山翻上，袭击红军，正好与防守邱家隘后山的二连正面交锋。由于二连有险可凭，敌人的侦察队人数不多，二连较为轻松地打退了敌人的偷袭。敌人随即增加兵力，加强了夹击的力度。二连这次打得艰辛，但邱家隘战略地位重要，张连长声音嘶哑地下了死命令，要求战士们做到人在阵地在。

邱家隘位于福建建宁北部黄坊乡芦岭村，与江西黎川县接壤。该地山势险峭，自西向东有黄家隘、邱家隘、竹箕隘、寨头隘，是建宁与黎川的主要交通要道，也是第五次反“围剿”时建宁北面红军防卫敌军从黎川进攻建宁的第一道防线。

1934 年 1 月 25 日，敌军占领樟树、横村后，少共国际师奉命退守邱家隘、寨头隘防线，与红五军团第十三师的三十七、三十八、三十九团共同守备这一防线。敌第十一师赶来增援，攻打红军阵地的左翼，与敌第六十七师成掎角之势。敌众我寡、敌强我弱，激战三小时后，空中传来了撤退的号音。

激战中的二连战士一愣，都在想张连长这回该骂娘了。就在这时，敌人的一枚手榴弹落在杜鸿运、黄门框、欧阳灿兄弟俩的脚下，导火索已快燃尽，眼看他们几个就要在爆炸中化为断肢残肉，张大嘴疾速跑来，将离手榴弹最近的杜鸿运扑倒在地。杜鸿运还没反应过来，脚下的大地在巨响中颤抖了几下，唰啦啦落下的泥土、石块砸得几个从后山攀上来的敌军喊爹叫娘。赖慕敏、曹远志等人把那拨快要爬上后山坡的敌人全部打下了山崖。山风吹来王建指挥众人撤退的喊声。杜鸿运翻身坐起，发现张连长的背部和双腿被炸得血肉模糊，头脸倒是干干净净，只是苍白得出奇。浑身被张连长的鲜血染透的杜鸿运动作轻柔地将张连长翻过来。张连长还有一口气，他微睁着眼睛说：别管我，你快跟上队伍。

这时王建、赖慕敏、曹远志、黄门框、大胖等人用十几颗手榴弹在敌人的包围圈中撕出了个小口子。杜鸿运小心地背起血肉模糊的张连长，撒腿往山下跑去。

鸿运，你先走，一定要把张连长背出去！

王建的喊声如同刀锋，收割了几缕硝烟。一个多小时后，他们撤退到了模范支前村上龙村。张连长被干透的血粘在了杜鸿运的身上。欧阳灿费了老大的劲才把浑身冰冷的张大嘴“剥”下来。杜鸿运跪在张大嘴身边，麻木的双脚渐渐有了痛感。他看见自己的腿肚子和脚后跟上全是紫红的血痂，这是张连长的血。他伸手轻轻地捂着张连长圆睁的眼睛，许是他手心的温度所致，又抑或是张连长为身边那些战友的哀恸所感，等杜鸿运再移开手掌时，张连长安详地合上了双目。

过了十多分钟，王建、小土匪、黄门框等人满脸硝烟地赶过来。大家围着张连长抽泣。王建先是脱帽致哀，接着握住张大嘴冰冷僵硬的手喃喃道：老张，你放心，我们会继承你的遗志，将革命的红旗插遍全中国！

这时村苏维埃政府主席抬来了棺材，说墓坑已挖好。王建冷静下来，亲自装殓了张大嘴。当老乡合上棺盖，钉上铁钉时，战士们失声痛哭。

杜鸿运抹了把脸上的泪水，振臂高呼：为张连长报仇！为张连长报仇！

听着战友们的喊声，杜鸿运心潮澎湃。这段时间，熟悉的战友一个个离去，革命何时能胜利？之前杜鸿运想起这个问题时心中难免惶惑、迷茫，可在这支队伍里待的时间越久，革命必胜的信念越坚定，因为他看到红军战士不是在单打独斗，而是官兵血肉相连，生死相依——唐七姐、张大嘴皆为他而牺牲，他的命是红军将士给的，他以后的命只能属于红军！

此时敌人正向二连驻守的阵地推进，但距离尚远，前方的枪炮声依稀可闻。王建领着大伙儿埋葬了张大嘴连长。欧阳灿煞白着脸问杜鸿运看见欧阳焕了没有。

杜鸿运从阵地上撤下后，所有的注意力都放在了张连长和自我反省上，经此一问，他突然发现自己非但没看见欧阳焕，赖慕敏和大胖也没了踪影，难道他们……杜鸿运抓住欧阳灿的手，语不成句地说：赖……赖副连长和大胖也没在。

欧阳灿捂住眼睛连声哀叹：这下完了，完了！

完什么呀？欧阳焕和大胖送赖副连长去师部医院了。低头在

杜鸿运小心地背起血肉模糊的张连长，撒腿往山下跑去。

地上捡石头的小土匪没好气地说。欧阳灿和杜鸿运走过去，各拽住他一条胳膊，异口同声地问：赖副连长伤哪儿了？

子弹打在屁股上，不会送命，但得住几个月的院，这下我们连没有连长和副连长了。听说二营一连的连长、指导员和排长全部牺牲了，我们连还算好的。

小土匪平日喜欢串门聊天，是班上的消息灵通人士。不过他说的这个情况已经不是秘密，前不久连里召开班以上干部会议，张大嘴和王建就介绍了红军目前面临的严峻形势和少共国际师的减员情况。从全师来看，平均每日牺牲五十人左右，所以“扩红”成了迫切的政治与军事任务。想到那些长眠疆场的战友，杜鸿运、欧阳灿心里像压了几块铁板，险些喘不过气来。

傍晚时分，满身血污的曹远志、欧阳焕、大胖回到了驻地。他们顾不上吃饭和洗脸抹身，由杜鸿运、欧阳灿带着到张大嘴的坟前磕了几个响头。几人含泪向张连长报告了自己参加红军后的收获、感悟和心得，抒发了对革命胜利的憧憬，当然，也有迷惘。

张连长，要是再这样打下去，我们还能看到革命胜利吗？大胖哭哭啼啼地说。曹远志双目一瞪：李大胖，张连长不想看到你这种熊样，更不想听你的屌话！

他猛地拽起大胖，双目圆睁地瞪着杜鸿运：杜鸿运，你要跪下来向张连长领罪！要不是为了救你，张连长也不会牺牲。

这话击中了杜鸿运心中的痛点，眼泪如决堤之水从他双颊漫过。欧阳灿哽咽着说鸿运是为了救我才给了敌人机会，张连长是为了救我和鸿运才牺牲的，我也要领罪。

说着，欧阳灿跪倒在张大嘴坟前重重地叩了三个响头。杜鸿运想到张连长帮自己挡的那些弹片，双腿一软，不由得再次趴倒在坟前，豆大的泪珠滴入坟前的泥土，发出扑扑的响动。

张连长，都怪我，要不是我，您现在肯定还活着。杜鸿运抽泣着喃喃自语，继而放声大哭。曹远志踢了他两脚：哭，哭，你哭就能换回张连长的命？

欧阳焕见此事与哥哥有关，觉得曹远志骂杜鸿运其实等于在骂哥哥，忙吼道：哭都不让哭，那你说怎么办？

怎么办？冤有头，债有主啊！找敌人拼命啊！

曹远志吼着，抹去了眼泪。大家同时举起右拳向长眠的张连长致哀。

当天上半夜，杜鸿运和欧阳灿在村前巡逻。近来敌人的侦察队、便衣队活动猖獗，尽管二连的驻地在苏区界内，却仍不敢掉以轻心。两人默默地走了阵子，杜鸿运心生感慨，说你明天一早就要去红军通信学校司号大队参加培训了，得下决心练好本领。

欧阳灿说我一定让号音传得最远。哦，对了，我中午收到了红色邮路送来的母亲的来信。苏维埃政府找到了我母亲，把她安顿在瑞金壬田乡的妇女主任家中，村里人对她很好。

这个消息就像冬天里的蜡梅，美丽而芬芳，让杜鸿运的精神为之一振。欧阳灿无比感慨地说：讲老实话，前段时间我当红军只不过是权宜之计，没想到在这支队伍里待得越久就越离不开。

好像……好像……

欧阳灿一时没找到合适的词，杜鸿运接口道：好像我们已经长进了二连，要离开就得扒开一层血肉。

这是杜鸿运的心里话。张连长为他流尽了鲜血，他身上的血应该有一半算张连长的吧？有着张连长的血的杜鸿运已非原先那个杜鸿运。总之，这段时间他看见另一个自己在成长。

欧阳灿非常认可他方才的比喻：对，跟这支队伍有了血肉相连的感觉。鸿运，谢谢你今天救了我。

杜鸿运哑声道：是你先救的我，我要先谢你。

唉，还说这些，上次你不是还救过我一次吗？

原来，成为这样的战友后，互相救命竟成了常态。他俩正说着，忽然看见前方农家的坪上闪过道鬼祟的人影，杜鸿运立刻大喝一声：干什么的？

那道身影迟疑了一下，接着从农家厨房里走出个年轻妇人。就着插在厅堂内的火吊光，杜鸿运见这妇人长得清秀，打扮也齐整，但脸上的笑容和表情不太对劲。再看那个站在院坪正中的青年男子，体格虽然瘦弱，刚才闪避的动作却很敏捷，不时抬眼打量着他俩，表情显得紧张。

你哪来的？路条呢？欧阳灿问道。

同志哥，这是我表哥，就住在邻村，他做小买卖的，今日走岔了路，到我家落脚呢。

青年男子还没说话，女人开腔了，一副恨不得将注意力引到自己身上的样子。

杜鸿运见男人慢慢往旁边闪，和欧阳灿交换了下眼色。杜鸿运继续向女人了解情况，欧阳灿突然闪身过去，用枪抵住男人：快拿路条出来！

男人有些惊慌地在身上摸着：小同志，我今天过河浸湿了衣服，路条泡烂了。这点小钱您二位拿去喝碗酒。

男人掏出两块光洋往欧阳灿手中塞。杜鸿运和欧阳灿断定此人有问题，异口同声地喝道：跟我们走一趟！

男人口里应着，转身向女人走去：表妹，那我跟小同志去一趟。

女人还没反应过来，男人忽然用劲将女人推向欧阳灿，随即从腰间掏出驳壳枪。杜鸿运眼疾手快，一枪托砸在男人手上，驳壳枪应声落地。这时年轻女人从腰间抽出匕首刺向弯腰捡枪的杜鸿运，杜鸿运敏捷地伸手掀翻了女人。男人见势不妙，撒腿就跑。地上的女人伸手抓住了欧阳灿的裤管，他扑通一声摔倒在地。杜鸿运情急之下端枪瞄准逃跑的男人，却发现枪的扳机坏了。正焦急间，负责巡视另一段路的小土匪和大胖发现了异常。

快，抓住那个奸细！杜鸿运喊声刚落，就听见嗖嗖的响声，像是有什么东西破空而去。紧接着传来声惨叫，奔跑着的男人摔了个狗啃泥。杜鸿运跑过去一看，原来是小土匪一弹弓打破了男人的头。众人将他和年轻女人押到了连部。见到王建和村苏维埃刘主席，受伤的男人一言不发，披头散发的年轻女人又开始装可怜，一把眼泪一把鼻涕地说：小同志哎，你们误会了，他真是我表哥。他做小买卖的，那驳壳枪是山上捡的，我想让他拿去卖，好换些银钱来。

年轻女人边哭诉边偷看王建和刘主席的脸色。杜鸿运和欧阳灿你一言我一语地汇报了刚才的经过。说到最后，两人目光落在了小土匪身上：多亏了姜小黄，不然今天就让这个狗东西跑了。

杜鸿运踢了那男人一脚，男人以为是让他跪，双膝一软，扑通跪倒在地，连声说：红军长官，我招，我全都招！

你个没出息的软骨头！谁也没想到，刚才还满脸眼泪鼻涕的年轻女人突然从腰间掏出颗手榴弹，苍白的手指扣在了拉弦上：放了我们，不然就全死！

屋子狭小，如果在这里拉响手榴弹，屋内的人肯定都要炸飞。王建迅速看了眼和女人并排站着的杜鸿运，站起身笑道：这位表嫂，我晓得你家公公被红军镇压了，可你晓不晓得你家公公祸害了多少人？

我家公公死了就死了，凭什么你们要枪毙我老公？女人声嘶力竭地喊着。

刘主席说：小琴，你老公勾结白匪和大刀会，杀害了九个县乡苏维埃干部，他血债累累啊！

小琴愣了愣，哑着嗓子道：你们乱讲，冤枉好人。我老公连鸡都不敢杀，怎么会帮着大刀会杀人？

刘主席说小琴，上次公审你老公的时候你也在场，事情你都晓得，还说我们冤枉人。

小琴不再说话，单薄的身子抖动着，松开了手榴弹的拉弦。杜鸿运向悄悄移到女人旁边的欧阳灿颔首示意，两人同时动作。

欧阳灿拦腰抱住小琴，杜鸿运迅速掐住小琴的手腕，抢下了她手中的手榴弹。小琴挣扎着，嘶吼着，刚才还跪在地上的男人突然拉开杜鸿运手中那颗手榴弹的引线，引线嗞嗞地冒着火花。

快扔出去！王建的吼声刚起，杜鸿运已飞奔出门。此处房舍密集，若手榴弹在这儿爆炸，伤亡肯定很大。他拼命跑到塘边，眼见得引线快没了，奋力将手榴弹扔进了池塘，接着就地卧倒。手榴弹爆炸掀起的泥浆、水花、鱼儿、弹片礼花般落下，将杜鸿运裹成了一个泥人，浓烈的硝烟呛得他连打几个喷嚏。

杜鸿运，你没事吧？王建满脸焦急地拉起了他。见到围拢来的战友，想到刚刚与死神擦肩而过，杜鸿运忽然搂住王建哭了起来。

杜鸿运，好样儿的！王建伸出胳膊用力搂住了他。围上来的战友与老乡齐齐向他伸出大拇指。泪眼朦胧中，张连长、唐七姐、白菜梗、水秀、陈老伯等烈士纷纷从回忆中站起来，好像一棵棵新长出的参天大树。

第二十四章 再次见到九龙哥

次日，连里通知欧阳灿去红军通信学校司号大队学习培训。和欧阳灿一样穿上了干净军装的欧阳焕坚持要去送哥哥。他向班长杜鸿运请假，杜鸿运想他只是送到村口，再说连里正等着新连长来，尚在待命状态，起码这天上午不会有军事行动，于是当即答应了，自己也送欧阳灿到了村口。

你们俩这样一打扮，要是跟你们不熟，还真分不清谁是谁呢！

杜鸿运打量着身形一样、面貌一样，连声音都一样的兄弟俩，觉得造物主实在神奇。他曾问过欧阳兄弟，每天看见另一个自己是什么感受。

欧阳灿说能以另一个自己为镜很好呀。欧阳焕则大摇其头，说这世上本来只有我貌比潘安、智勇双全，谁知来了个跟我抢饭碗的，不好，不妙！

通过这番对话，欧阳兄弟迥然不同的性格跃然而出。欧阳焕这两日想到哥哥要去当司号员，而自己只能当普通战士，据说还私下里哭过鼻子。当然，听大胖说，他哭鼻子不全为着司号员的那份风光和报酬，更多的是为哥哥担心。在欧阳焕眼中，哥哥学问比自己深，但不如自己机灵。

我哥死心眼，让他去吹号，傻不棱登地往高坡上一站，那还不被人当靶子打呀？欧阳焕人前人后这样嘀咕，欧阳灿听了，晓得弟弟担心自己，还找他谈了几次话，可欧阳焕却不肯明着露出这份心软，还是揪着那三块光洋说事。尽管如此，欧阳灿心中还是甜酥酥的。眼下离别在即，此一去山重水复，兄弟俩不免心潮起伏。

三人在村口说了会儿话，杜鸿运挥别欧阳灿兄弟俩，踅身往回走，不想却遇见了朱九龙连长。他拎着行李，还是那样又高又瘦，只是左脸从眼睛到嘴角竖了道刀疤，左眼眼睑被疤痕粘住，已完全失明，但他和杜鸿运都一眼认出了彼此。

九龙哥！

杜鸿运！

他俩朝对方扑过去，紧紧地拥在一起。

九龙哥，你的眼睛？杜鸿运心痛不已。

嗨，在福建洋口打瞎的。不过我单眼照样看得清！你可是长高、长大了。

朱九龙退后一步，歪着头打量杜鸿运，右眼露出欣喜的神色：像个男子汉了。

九龙哥，您怎么到我们这儿来了？是找王指导员吗？我带您去。

好！朱九龙回头对陪同他来的那位地方干部说：常队长，您是回村还是一起去连部？

常队长看看天色，说等下我还要带队去阵地上修碉堡，得马上赶回村去。

朱九龙与常队长道了别，告诉杜鸿运他调到二连当连长了。

您来当我们的连长？那真是太好了！杜鸿运忍不住又箍住了朱九龙的肩膀。朱九龙皱起眉头“唉”了声：我现在是个残废，只能带你们这帮娃娃兵喽。

从担任主要战斗任务的尖刀连调到少共国际师来带娃娃兵，朱九龙产生了一种被弃之感。那天营长找他谈话，让他接张大嘴的班，他破天荒跟领导叫起了板，说他哪儿也不去，就留在原来的连队。可他眼睛受伤后住了一个多月的院，原来连里的副连长升任了连长。再说他的伤还未完全好透，领导考虑主力部队的尖刀连任务太重，将他调到了少共国际师。朱九龙认为组织上这种照顾其实是种蔑视：他们不相信一只眼睛也能看到两只眼睛看到的世界。

朱连长，你放心，我们这儿经常打硬仗，连里……连里已经减员过半了。杜鸿运忽然意识到自己说错了话：朱九龙连长还没到任，自己就把减员大半的事告诉了他，万一他听了不想去二连呢。

当然，这只是一转念，对于久经沙场的“老战士”朱九龙而言，再不情愿，他也一定会服从组织安排。不过，听了杜鸿运的话，他的脚步还是迟滞下来：

减员过半，那有新兵进来吗？

唔，听王指导员讲，过两天会补充新兵。杜鸿运希望自己这个回答能让朱九龙高兴些，可他听后眉毛还是皱到了一起：新兵没有经过训练，一来就上战场，这能打胜仗吗？

杜鸿运说前些日子补充的新兵虽然没有整训，但全部都由老兵手把手传帮带。

朱连长，他们在战争中学习战争，那效果比整训还要好。杜鸿运实话实说，朱九龙哼了哼，说那也要付出血的代价。

杜鸿运不由自主地点了点头。上次有个新兵扔手榴弹时忘了拉弦，结果手榴弹扔进敌阵后没爆炸，敌人接着又把手榴弹扔回了红军的壕沟，炸伤了两个红军战士。还有三个新战士射击不准，结果他们守的战位得由老兵去补。

杜鸿运刚念及此，他已领着朱九龙走到了连部。见到王建，朱九龙掏出了调令，说老王，以后我俩搭档了！

王建对自己没能到村口迎朱九龙感到抱歉。朱九龙说又不是客，不用迎。他希望立即召开全连大会。王建说明天会来六十个新兵，建议等他们来了一并开。

朱九龙想了想：行，那就明天下午开会吧！

朱九龙不是个按套路出牌的人，他先让杜鸿运带他上山祭扫了张大嘴，吃午饭时就自当主持人把会给开了。他不像张大嘴，喜欢用竹哨召集士兵，朱九龙爱用他的大嗓门和手上能抓到的一切响器招呼人。吃饭时他站在铁锅旁，见战士们以班为单位围着一脸盆菜蹲在地上吃饭，便拿起锅铲当当当敲了几下铁锅，战士们被这突然响起的声音吸引，他朝正要开口向大家介绍他的王建摆了摆手，亮起嗓子说：

二连的战士们，你们大口吃饭，菜少了点儿，省着吃，也别看我，我不像王指导员长得那么俊。我现在是个单眼佬，丑汉，你们别记住我的脸，记住我的姓名和声音就行。我叫朱九龙，原先在X师X团的尖刀连当连长，现在是你们的连长。我认识你们原先的连长张大嘴，他足智多谋，英勇善战，他的牺牲是少共国际师的损失。我上午到他坟前祭拜，看见旁边开了几串野花。那花必是他的革命意志所化，喻示着我们只要坚持斗争，革命就一定能够取得胜利！

王建带头鼓起掌来，杜鸿运见战士们都停止了咀嚼，一副聚精会神的样子，觉得朱九龙连长挺会做思想工作的。朱九龙接着说：我朱九龙大字不认得两箩筐，但我爱听政治形势课。王指导员文化高，懂得很多革命道理，我希望以后王指导员能多给大家讲讲国内的斗争形势。只有认清了形势，我们才不会迷路……

朱九龙说到重点和他认为需要强调的地方时，锅铲敲得一下比一下响。当然，他还是有分寸的，绝不会敲破铁锅。

看着破了相、苍老了好几岁的朱九龙，杜鸿运恍惚又回到了半年前——去年夏天真热啊，房前屋后的樟树、桂树、柳树浓荫如盖，密密匝匝的，将杜家围笼在暮气沉沉的稠绿中。那时他眼中的世界黑暗而绝望，他像飞蛾般渴望光明，没料到他寻找的光明却在他成为红军俘虏后出现了。半年过去，他从杜老财的儿子杜鸿运变成了红军战士杜鸿运，而最初决定他命运的朱九龙连长，如今又和他朝夕相处，并肩战斗了。

杜鸿运对朱九龙萌生出了亲人般的依恋，望向他的目光湿漉漉的，思绪飘得有些遥远，直到那些热烈得不能再热烈的掌声把他从回忆中拽出。

这时，王建走到朱九龙身边，接着朱九龙的话头进行了一番思想动员。王建特别提到一件事，说二连二排一班有两个战士吃不了苦，前天开了小差，不过今天一早又主动归队了。王建说这两个战士对革命的信念有过动摇，但最终还是战胜了怀疑，重归革命队伍的怀抱，请大家以最热烈的掌声欢迎他们归队。

战士们以前听说别的部队若是有人敢开小差，捉到了轻则关禁闭，重则背处分。没想到少共国际师出台了这种宽松政策，还与地方苏维埃政府联合制订了优待红军家属的条例，解除红军战士的后顾之忧。王建自始至终未点那两个开小差战士的名。大家鼓了会儿掌后，忽然想到自己若犯了错也能得到这般宽大处理，不由得欢呼起来。

这时，朱九龙猛敲了三下锅铲，厉声道：王指导员是慈母，我可是严父，是黑脸包公。这开小差不是好事，谁要敢再做第二回，我不但要点名示众，还要告知他的家人和乡亲。

轻松的气氛戛然而止。杜鸿运会后听见王建和朱九龙吵了起来。朱九龙怨王建这样做会打惯脾气，万一开小差成风那就难办了。王建说你这样一讲，那些思想摇摆、只是想出去透口气的人就不敢回来了。比如今天主动回来的两名战士，要是你在全连点了他们的名，破了他们的脸，他们会干脆一走了之。

朱九龙还想跟他犟，见杜鸿运拎了壶柿叶茶过来，又见他朝自己使眼色，想到自己刚到二连就和指导员干架，多少有些不妥，忙压住脾气，跑到池塘边洗了把冷水脸，这才开始坐下来听王建介绍连里的具体情况。

朱九龙就这样以他特有的方式，像枚钉子似的揳进了二连，不到一天便能叫出所有人的名字，好像他一直就待在二连。这种和战士们打成一片的本事叫人吃惊又敬佩。

朱九龙连长到任的次日上午，当地苏维埃政府送了六十名新兵过来。近期二连的任务是构筑工事，朱九龙和王建商量后，决定由朱九龙当总指挥，曹远志、黄门框、小土匪当小组长，将新兵分成三组进行加急军训。王建则率杜鸿运、大胖、欧阳焕等战士去山顶挖战壕，建碉堡。奇怪的是，以往很活跃的欧阳焕自从欧阳灿去学习后竟性情大变，这两天难得跟杜鸿运打照面，也懒得和大胖讲话，气得大胖在杜鸿运面前直嘟囔：这欧阳焕心眼针尖大，哥哥当了司号员，他竟气成了哑巴，见谁都一张死猪脸，看着就烦。

杜鸿运打量着奋力挖战壕的欧阳焕，也觉得他有些奇怪。

第二十五章　兄弟俩的小秘密

由于朱九龙连长的到来，杜鸿运沉浸在久别重逢的喜悦以及由朱九龙引起的种种回忆中，虽然感到欧阳焕有些怪，却总觉得他这是在闹情绪，过一阵子就会好，也没放在心上。没想到这日他们从上午挖到下午，壕沟都已成型，平素里喜欢插科打诨的欧阳焕还是不讲话。大胖和同班的战友逗了他好几回，他都手捂着嗓子说喉咙痛，接着又闷头回去做事。

这个鸡肠小肚的欧阳焕，见哥哥过得比他好，他得了失心疯。呸呸，以后我才懒得跟他玩呢！

大胖顶着满头的草叶跑来向杜鸿运诉苦，正巧小土匪和黄门框在边上，他俩早就看不惯欧阳焕，说大胖，这种人以后你别鸟他。倒是曹远志平心静气地为欧阳焕说了几句公道话：人家不讲话不闹腾，惹你们了？再说了，换作你们有那么高的文化，想当司号员当不了，是不是心里也不痛快？

大胖、小土匪和黄门框虽然不喜欢曹远志，但他军事素质过硬、作战英勇，倒是蛮服他的。挨了这么顿训，三人不敢再说怪话，老老实实地回去挖战壕。

这当口杜鸿运一直在仔细观察欧阳焕，总觉得他有些异样，可一时间又不知哪儿不对。他借喝水之机，蹲在欧阳焕干活的山坡上看着他。欧阳焕抬头朝他笑了笑继续挥锄挖土。杜鸿运眯起眼睛又看了会儿，突然上前拉着欧阳焕的手说：你跟我来。

哎，哎，我怕痒，你别动手动脚的啊！欧阳焕两脚钉在泥里，不肯挪窝。杜鸿运见状心中越发有数了。他扫视了眼周围，小声说：欧阳灿，你再不跟我来，我就告诉大家你们兄弟俩调了包。

嘘，小声点！欧阳灿急得脸色发白，乖乖地跟杜鸿运来到旁边的山坡上。

你是怎么发现的？欧阳灿有些沮丧，同时又有些好奇。

你跟欧阳焕脾气不一样，他讲的话你讲不出，他做的事你也做不出，你还在考虑怎样变得更像他同时又不让你自己难受，一句话，你装得不像。

欧阳灿叹了口气：我当时就跟小焕说了，最先发现调包的肯定是你。

杜鸿运盯着他看了两眼：根据呢？

你小子最贼，心又细。唉，跟你这样的人做朋友也难。欧阳灿连叹几口气。

你们怎么回事？杜鸿运猜想，肯定是欧阳灿被逼不过，才让弟弟冒了自己的名。谁知欧阳灿的回答却让他吃了一惊：小焕使出锁喉术，一下把我给弄晕了。然后他抢了我的背包，里头有我的证件和介绍信，人就跑了。还在……

好大的胆子，你怎么不去追？要不你就告诉王指导员和朱连长啊！杜鸿运觉得这不是小事，按他的性格，肯定要向上级报告。

欧阳灿急得满头大汗，说：小焕弄晕我后用树枝在地上写了几行字，让我保密，否则他就逃跑。摊上他这种弟弟，我只好自认倒霉。

欧阳灿怕报告上级后不靠谱的欧阳焕会真的逃跑，连声请杜鸿运保守秘密。杜鸿运皱起了眉头，说就算我守口如瓶，可你根本就不像欧阳焕，过几日大家就会认出你的。

放心，我就说张连长牺牲前找我谈了心，要我向哥哥学习。只要你不说，保险别人认不出。

欧阳灿想的这个主意还比较讨巧：战士们尚沉浸在失去张连长的痛苦和对他的怀念中，原先不靠谱的欧阳焕受到触动，化悲痛为力量，完全可能痛改前非，性情大变。

好，到时要是组织上弄明白了你们俩调包，我就说我分不清楚你们兄弟俩。不过，你放心欧阳焕当司号员吗？

欧阳灿说你们都不了解欧阳焕，只要是他认准、想做的事，十头牛也拉不回。

欧阳灿相信弟弟会成为一个出色的司号员。杜鸿运见他这样，只能信守承诺，把欧阳灿当成欧阳焕。但当天睡觉时，他觉得胸口发闷：自己写了入党申请书，可在这件事上却没跟组织讲实话，这算不算欺骗组织呀？

也许是考虑到二连补充了六十名新兵，这几天虽然一直有战事，但营里下达给二连的任务依然是构建防御工事。为了提高新兵们的军事素质，朱九龙和王建利用早晚时间继续训练新兵。只有这样，他们上战场后才不至于马上成为一具冰冷的尸体。

这几天班上的战士果然发现了“欧阳焕”的异常，有几个战士还多次问他怎么回事。欧阳灿解释一通后，众人也就释然了。王指导员还特意表扬“欧阳焕”有进步。

这天他们构建工事之处离师部医院很近。杜鸿运和曹远志都动了去看赖慕敏副连长和曹半夏的念头，谁知朱九龙连长只准杜鸿运和“欧阳焕”代表连里的战士去看赖慕敏，却没准“军事教官”曹远志的假。

这个九龙哥气得我肚子胀！曹远志一方面遗憾自己无法去看赖副连长和妹妹，一方面又为自己受到朱九龙这样的器重而自豪，说话的口吻让人听了牙酸。

他以为自己多了不起！真是看不得！欧阳灿始终不喜欢曹远志，当他和杜鸿运拎着两条从塘里摸上来的红鲤鱼和十个鸡蛋去师部医院时，他卸掉欧阳焕的伪装，说道。

杜鸿运笑嘻嘻地问他假扮另一个人辛苦不辛苦。

欧阳灿说和弟弟心气相通，我扮他只能说扮半个别人，还蛮自在。

杜鸿运对双胞胎之间的神秘感应很好奇，说你怎么晓得你弟弟在培训班过得很好？

欧阳灿说我总梦见他吹号，讲不定这次我听他哼一遍号谱就会了。

杜鸿运说你还想去瑞金看他呀？恐怕是没这份闲工夫了。欧阳灿说红军通信学校司号大队派了个号目到师部医院所在的小别村办培训班呢，哪个讲他们在瑞金学习？

杜鸿运瞪他一眼：你的学习通知我没看过，也没听你讲过，哪个晓得嘛？

我现在讲给你听你就晓得了嘛！欧阳灿憨笑道。

哼，我还以为你真惦记着赖副连长，原来是想看弟弟。杜鸿运挖苦他。

欧阳灿笑道：你别五十步笑百步了，你还不是来看曹半夏的？

不，我是真想看赖副连长的！杜鸿运连忙争辩，这是他的真心话。前段时间他经常想念曹半夏，可近来战争激烈，儿女之情已让位给战斗的豪情。原先经常出现在梦中的那张脸居然有些模糊起来，看上去既像曹半夏又像自己的母亲，甚至还像……唐七姐。

看着怅然若失的杜鸿运，欧阳灿信了：你和曹半夏不是那种关系？

杜鸿运白他一眼：我跟她什么关系也没有。

欧阳灿哂然一笑：我还以为是少爷爱上了仆人，然后追随她才到革命队伍的呢！

杜鸿运轻轻打了他两掌：明明晓得我是被俘虏过来的，偏偏哪壶不开提哪壶。

欧阳灿抱歉地说自己并不想揭杜鸿运的伤疤，只是很好奇他与曹氏兄妹的关系。

杜鸿运想了想：在老家时，我和母亲挺维护曹远志兄妹俩的。我把曹半夏当妹妹，可是曹远志不买账，认为我想吃半夏的豆腐，恨不得生吞活剥了我，怪里怪气的。

欧阳灿说这个你得理解，按王指导员的说法，你们家以前是剥削者，他们是被剥削者，尤其曹家遭遇的惨痛变故还跟你父亲有关，你不能指望曹远志当个傻子。

杜鸿运默默地往前走去。今日天气晴朗，天空湛蓝得犹如平静的海面。可爱的冬阳照得山川熠熠生辉。杜鸿运看着经霜后变得缤纷的树木和那些结满红柿子的野柿子树，说春天快来了。欧阳灿采了片树叶放嘴里吹着，两人心神有些荡漾。山路弯弯，鸟鸣幽谷，山涧旁有几枝早梅开了，淡黄色的花瓣蜡质丰厚，像朵朵扎得精致的绢花。勤劳的蜜蜂在淡绿色的花蕊上采着花粉，空气清新而又芬芳。一切看上去是那样安谧和美好，谁能想到几十里开外是那炮火纷飞、尸横遍野的战场呢?

欧阳灿，我们俩的家庭都靠剥削起家。你说像我们这样的人参加革命，是不是要更加卖力才行?

欧阳灿没想到杜鸿运会问这个，他摇着头说没想过那么深奥的问题，目前只想做好自己的本分事。

我刚才的问题不深奥，几乎每天都会遇到。说白了，还是回到入党申请书上写的那五个条件，我们必须比别人做得更好，才能洗去我们身上的污点。

我没剥削人，我没有污点。欧阳灿不认可他的观点。

我们是没有剥削人，可我们的父亲是剥削者，我们才能从小吃穿不愁，才能上学堂读书哇。杜鸿运很是为自己家庭的“原罪”苦恼。

欧阳灿说我们出生时还没有红军呢，再说生在哪种家庭又不是我们自己选择的。就算在剥削家庭长大，我们也没法改变事实，以前吃的肉也吐不出来了。

杜鸿运双目一闪，说你讲得对，以前如何我们管不了，我们只能管以后自己不再行差踏错。

杜鸿运望着头顶盘旋的那只雄鹰说：不管组织上批不批准我们入党，我们都得按照申请书上写的那几条去做。

报告杜指导员，我记住了你的教导！欧阳灿夸张地向杜鸿运敬了个礼，弄得他有些不好意思：哎，千万别这样，我们只是交交心。

这时，他们眼前掠过一道黑影，原来是头顶那只山鹰相中了灌木丛里的一只野兔。野兔肥硕，鹰是雏鹰，鹰兔互搏了好一阵，雏鹰才抓起那只兔子起飞。怎奈兔子太大，雏鹰飞到山顶时突然松开爪子，兔子翻滚着落下。

杜鸿运和欧阳灿没想到会遇上这么好看的戏，两人飞快地冲向兔子掉落的地方，在一棵树上找到了那只死兔子。

这兔子够肥，可以给伤员们做锅汤。杜鸿运庆幸今天大胖没来，否则他一鼓捣，自己说不定就馋虫大动，像前两次那样在野地里就把兔子烤来吃了。

欧阳灿看着兔子，又望了眼辽阔的天空，脸上现出伤感的神色：我爸以前喜欢打猎，打猎时全村的男丁和狗一起出动。谁第一枪打中了猎物，猎物的头就归谁。参加打猎的男丁和猎狗都能分一份肉。

欧阳灿说话时眼中现出温柔的神色：那次我爸放的头铳，打中了一头三百多斤的大山牛。牛头上那两只牛角又黑又弯，我爸后来请人做成了牛角号，吹起来呜呜的，好听得很。以后有机会回家，我把那两支牛角号带出来！

杜鸿运边听欧阳灿回忆，边在天空中搜寻刚才那只捕猎失败的雏鹰。在杜家围，长工柳长脚会熬鹰和训鸬鹚。鸬鹚又名水老鸦，身体比鸭子更加窄长，全身羽毛闪烁出金属的光泽，善于飞翔和在水底潜行，嘴缘有倒钩，能防止鱼逃跑，自古便是渔户捕鱼的好帮手。

柳长脚训练水老鸦捕鱼时先用稻草绳套绑住它的脖子，让它的喉咙只能吞下小鱼，再用细绳系住它的脚。只要水老鸦捕到了大鱼，就边吹口哨边扯绳子将它牵过来，取下它叼在嘴里的大鱼，再喂几条小鱼作为奖赏。这样连续训练一个月，水老鸦捕到了大鱼后便会乖乖地游过来，用口中的大鱼换取柳长脚手里的小鱼、猪肠、泥鳅或黄鳝。

去县城读书前，杜鸿运最开心的事便是跟着柳长脚去杜家围附近的银带河捕鱼。也就是在这样的往返中，他跟柳长脚学会了设套抓野兔子，到田里捉泥鳅和黄鳝。柳长脚对他极好，还带他回山里的老家住过两天。

柳长脚的家在大白云山深处，全村只十二户人家，十几座杉皮棚屋散落在那口面积不大、水呈蓝绿色的湖边，当地人称那湖为“蓝绿湖”。柳长脚老家所在的村子因湖得名，叫作“蓝绿村”。村子里的人祖祖辈辈靠打猎、捕鱼为生。因离集市遥远，猎物和鱼只能卖干货，所获甚少，日子过得紧巴。也许与村人常吃鱼肉有关，蓝绿村的男子个个长得壮实，女子个个生得美丽，不想反倒因此被山匪打了眼，他们时常到村中劫掠。

柳长脚一家因匪祸死了父母、姐姐，他弟弟一气之下上山当了土匪。柳长脚不愿过那种刀头舔血的日子，投奔了与母亲沾亲带故的杜家。

红军攻下杜家围后，杜鸿运被俘。他后来听说柳长脚兄弟俩当了红军，至于在哪支部队，传话的人也不晓得。

今天看见那只捕猎的鹰，杜鸿运突然想起自己那次去蓝绿村，跟着柳长脚上山打猎、捡蘑菇时看见的一幕奇观：崖顶上，一只老鹰领着两只雏鹰学飞，突然老鹰用嘴将其中一只战战兢兢的雏鹰拱下了悬崖。

杜鸿运眼瞅着翅膀还没长开的雏鹰石块般坠下了悬崖，再也没了动静，不由得心脏揪紧地问柳长脚，剩下的那只小鹰是不是也会被摔死。

看它的造化吧。有的命大，翅膀折断了还能长好，到时就能一飞冲天了。

柳长脚说着话，刚才那只坠入崖底的雏鹰挣扎着站了起来，发出愤怒而锐利的鸣声。老鹰扇动翅膀朝崖底的雏鹰飞去。它身旁的雏鹰也学着往崖底飞，但翅膀无力，它像先头那只雏鹰一样往下坠落。这时老鹰忽然趄回身子，用翅膀托了下雏鹰。雏鹰借着老鹰翅膀扇出的气流，竟然真的飞了起来。老鹰猛地俯冲下去，像是要去给那只受了伤，但仍顽强挣扎着往前走的雏鹰喂食。

这鹰妈妈去给它喂食了。杜鸿运替那只受伤的雏鹰高兴，柳长脚摇摇头说老鹰妈妈不给刚出壳的小鹰喂食，让小鹰们自相残杀，互为食物，它只给活到最后的雏鹰喂食。

我的天，鹰妈妈好残忍呀！杜鸿运记得自己当时连连感叹，柳长脚却说鹰的世界就是强者为王。杜鸿运当时才十一岁，并不了解围屋外人们生活的困苦。蓝绿村之行让他突然看到了生活浑浊、斑驳或许还透出血渍的真实底色，所以他牢牢地记住了柳长脚和那三只鹰。

今天看到那只费了牛劲却仍空手而返的雏鹰，杜鸿运忽然很想把兔子挂回刚才那棵树上，也许此举能帮那只或许是初次觅食的雏鹰找回自己的战利品。

欧阳灿拎着那只胖野兔，喜得心花怒放，根本没注意到这转瞬间杜鸿运的思绪已经在杜家围和蓝绿村之间跑了几个来回。他乐滋滋地说：等下我们把兔子交给厨房，请他们给赖副连长和二连的伤员开小灶，这样赖副连长的伤口会好得快些。

好，如果厨房不同意，我就去找陈副院长。

自从上次的水蛭疗法后，杜鸿运便和陈副院长成了忘年交，只要杜鸿运有事开口找陈副院长，陈副院长总是会给他面子，这让杜鸿运有些窃喜。这次他想请陈副院长帮忙给二连派个卫生员，虽然他明白连卫生员不该从医院派，但如果陈副院长同意抽曹半夏到二连去，那也是可以的呀。反正他是这样想的。

他俩到医院时，赖副连长正好在做第二次手术，曹半夏也在忙。杜鸿运和欧阳灿找到了正在配草药的陈副院长。见到杜鸿运，陈副院长很高兴。当杜鸿运提出要陈副院长放曹半夏去二连当卫生员时，陈副院长板起脸道：

好哇，杜鸿运，原来你想用一只野兔子换曹半夏，这买卖我可不做。回去跟你们张连长讲，这事儿没门！

杜鸿运、欧阳灿的脸像被积雨云遮住的天空，倏地阴沉下来。杜鸿运抽了抽鼻子，说张连长牺牲了。

陈副院长一愣，旋即眼圈红了：是你们赖副连长受伤的那一仗牺牲的？

嗯，我把他背出来了，就葬在我们二连驻地的后山。杜鸿运想到张大嘴坟前那几朵不知名的小花，忽然觉得张连长不知何时走进了自己心里，山似的挡住了心中那个原本终日漏风的缺口，心室暖和了许多，手脚也不像原先那般冰冷。

张连长前年去年都受过伤，那时我还在军团总医院，少共国际师当时还没成立呢。张连长打仗特别勇猛，白军士兵叫他张阎王。有一次张连长带队去攻打一座小镇，镇上的白军听说是张阎王来了，吓得弃城而逃。

陈副院长讲到这儿，用手抹了下眼角：你们年轻，以后要走的路还很长，你们一定要记住张连长啊。

陈副院长看他俩的目光有些忧愁。杜鸿运说陈副院长，你放心，只要我们活着，张连长就永远活在我们心中。

对，张连长是我的榜样，哪天我要是害怕了，想想他我就会有勇气。欧阳灿说时眼中漾起了泪花。

陈副院长看看天色，说赖副连长的手术该做完了，随即带他们去了病房。

由于缺医少药，赖慕敏的手术拖了几日，没想到这次给他动手术的居然是曹半夏。因没有麻药，为防赖慕敏吃痛时咬破舌头，曹半夏特意在他口里塞了条毛巾。

当杜鸿运、欧阳灿看见赖慕敏时，他浑身汗湿，脸色苍白，但神志清醒，还努力朝杜鸿运、欧阳灿露出缕微笑，气息微弱地问：听说来了新连长？他对你们好不好？

赖慕敏没见过朱九龙，但听过他的威名。杜鸿运趁机向他讲了自己和朱九龙的故事，欧阳灿补充了朱九龙这几日的“表现”。

赖慕敏放心地舒了口气：前几日王指导员来看我还为没有连长发愁呢。现在来了这么个好连长，我们二连肯定能打胜仗。

这次的手术虽然不大，但因为缺医少药，赖慕敏流了不少血，体力耗尽，讲这几句话便已累得上气不接下气。杜鸿运有些替他惋惜：假如赖慕敏没受伤，这次肯定接了二连的连长。

陈副院长把了把他的脉，开始下逐客令。杜鸿运这才想起自己这次用子弹壳磨成的小玩意还没给曹半夏，也没来得及打听曹半夏的近况，到时回去不好向曹远志交代。这时前方又来了一拨伤员，陈副院长忙着安排手术。杜鸿运和欧阳灿依依不舍地跟虚弱的赖慕敏道了别，两人去看曹半夏。曹半夏仍在手术室，杜鸿运和欧阳灿只好隔着窗户跟她说了声再见，扭头去隔壁那栋房子里找正在那儿学习的欧阳焕。

不料他俩刚走到草坪上，就见地上摆了几十副担架，上面的伤员血糊滋拉的。几个大嫂在忙着给伤员们止血、包扎。欧阳灿说怎么把伤员丢在这里，杜鸿运说肯定是地方和人手不够。他俩正想看看哪儿能帮上手，突然看见蹲在担架边的林兰儿按着一个胸前全是血的伤员大喊：王院长，陈副院长，这位伤员伤口崩开，大出血啦！

杜鸿运和欧阳灿刚赶到林兰儿身边，就见她一屁股坐在地上，满脸眼泪，口里嘟哝着：这位同志啊，你怎么就不能坚持一下呢？你晓得从前线抬你到这里多难啊，你只要再坚持一下就送你进手术室了呀！

杜鸿运和欧阳灿瞬间明白担架上的伤员已经牺牲，两人的心情变得沉重起来。杜鸿运正想安慰林兰儿，忽然发现伤员苍黄的脸很熟悉。他定睛一看，不由得拽住伤员尚有余温的手嘶喊起来：柳大哥！柳大哥！

柳长脚身上满是血污，脸却干干净净，仿佛入睡了一般。杜鸿运悲从中来：没想到今天那只鹰带给自己的联想竟然“一物成谶”。

你认得他？欧阳灿注意到杜鸿运的变化。杜鸿运抹了把眼泪：他是我母亲家的远亲，一直在我家帮工。后来听讲他和弟弟都加入了红军，没想到今天这样相见。

杜鸿运到厨房讨来一瓢温水，又问林兰儿要了块旧布，仔细地揩干净柳长脚脖子上、手上的血渍，而后将那把原本打算送给曹半夏的炮弹壳勺子塞进了柳长脚的手心。

柳大哥，你放心去吧！要是黄泉路上碰见了我母亲，麻烦您给她捎句话，就说我很好。要是阎罗殿的小鬼欺负我母亲，也麻烦您出手相助。还有呀，代为转告张连长、唐排长、白菜梗他们，我们一定会斗争到底！

杜鸿运不管周围人来人往，跪在地上给柳长脚磕了三个头。欧阳灿见状，也跪下磕了三个头。

由于柳长脚的牺牲，他俩见到正打算去吃中饭的欧阳焕时满脸悲伤，让原本笑嘻嘻的欧阳焕吃了一惊：两位哥，出什么事了？

欧阳灿简要地说了下方才的事情经过，欧阳焕先是唉声叹气，接着又连呼太巧。这时，一个穿着阴丹士林蓝上衣和黑裤子、梳条长辫子的大眼睛妹子跑过来，说欧阳灿，你还磨蹭什么？我娘饭菜都快放凉了，大家就等你一个呢！

听到“欧阳灿”三个字，欧阳灿立即下意识地应了声，大眼睛妹子好奇地打量了一眼欧阳灿，忽然抓住欧阳焕的胳膊说：欧阳灿，他就是你弟弟欧阳焕？

小梅，你太聪明了，一猜就准。他呀，就是我那个调皮捣蛋、不靠谱、不着调的弟弟欧阳焕。

欧阳焕说着，特意促狭地朝欧阳灿和杜鸿运眨了眨眼睛。他早知道杜鸿运猜出了自己的身份，但他并不觉得这有什么大不了的——我冒的是自家亲哥哥的名，他都没意见，你一个外人最好别多嘴。

杜鸿运自然听明白了他的弦外之音，当着那个看上去很仰慕“欧阳灿”、一脸可爱的小梅的面，杜鸿运笑了笑没作声。欧阳灿见弟弟假冒自己之名和女孩子东拉西扯，脸立刻黑成了锅底。

你……你不好好学习，平常都干什么去了？欧阳灿瞥了眼笑盈盈的小梅，终究还是没点破欧阳焕。欧阳焕得意地扯扯小梅的辫子，说你去跟教员说一声，我哥，不，我弟弟和班长找我有要紧事，让他们别等了。

小梅有些失望地“哦”了声，转身正要走，欧阳焕又喊住了她：小梅，你去打三碗饭菜过来，我们在外头吃。

好嘞，正好今天多下了点米。

小梅不顾杜鸿运、欧阳灿的反对，甩着辫子走了。可等她用木托盘端着饭菜过来时，三人已不见踪影。

这个欧阳灿，老是诓人！小梅嘟哝着，可不知为什么，虽然被“欧阳灿”诓过多次，她却从不怪他，反而越来越想见他，真是怪事！她不知道这时的“欧阳灿”正站在小河边被真的欧阳灿逼着用回自己本名：欧阳焕，你别这么无耻好不好？冒我的名上了学习班也就罢了，你现在还跟房东的女儿拉拉扯扯，你别坏了我名声！你用回你的本名！

欧阳灿为人端方，看在一母同胞的分上，他可以容忍弟弟打晕自己冒名顶替，但他无法接受弟弟顶着自己的名字和女孩子亲热。刚才欧阳焕吩咐小梅打饭的事他也不乐意。万一传出去，他欧阳灿成什么人啦？他给弟弟下了“最后通牒”：要么以欧阳灿的名义好好学习，保证不干乱七八糟的事；要么向组织上说明情况，以自己的真名“欧阳焕”留在培训班继续学习。

欧阳焕不是傻子，自然知道此刻答应欧阳灿的第一条要求最为明智，他表态说一定会好好学习，做个非礼勿视、非礼勿听、非礼勿动的好学员。说罢他无比兴奋地告诉欧阳灿和杜鸿运：告诉你们两个，我当了学习委员。号长教过的四十多个号谱我都记下了谱子，我还学会了旗语。

欧阳焕说着从挎包里拿出个小本子，上面密密麻麻地记着冲锋号、撤退号等号谱。杜鸿运心里咯噔一声：听讲为防泄密或被敌人窃取号谱，我军的号谱不用谱子记载，全凭口耳相传和默记。他拿过欧阳焕的本子翻了翻：这是你课后默记的吧？

欧阳焕点点头，越发得意了：班上九十多个人，只有我懂简谱和五线谱呢。

杜鸿运也懂，他和欧阳灿、欧阳焕上的新式学堂有音乐课，老师会教识谱、作曲和填词。多年的教育练习让他们能轻松地默记下所学歌曲和号谱。

欧阳焕，你这本子要是被敌人拿到了，打仗时他们只要派几个司号员出马，我们就全完蛋！

杜鸿运说着撕下了那张标有“撤退”“停止进攻”字样的号谱。欧阳焕急了：杜鸿运，我是记录给自己看的，你疯了？

我没疯，是你疯了，先是打晕你哥冒名顶替，现在又违反纪律私记号谱，你这是违反组织纪律！你说该怎么办？

欧阳焕一愣，上课前，教员和班长多次强调保密条例，三令五申不准私记完整的号谱，可他为了方便记忆和在班上迅速胜出，还是做了详细的记录。他本以为在哥哥和杜鸿运面前炫耀一番无所谓，没想到却授人以柄，反倒给了杜鸿运逼自己改回真名的机会。不过他欧阳焕岂是好相与的？他冷笑一声，拖腔拖调地说：杜鸿运，难不成你是白军的探子，想拿我这些号谱去告密？

啪啪。他话音未落，旁边的欧阳灿挥手连扫了他两巴掌，把个欧阳焕打蒙了，他摸着脸颊，气恼地大喊：哥，你吃了癫药啊？发什么神经！

我吃癫药？我看是你疯了！现在你就跟我去找教员，把事情给讲清楚！欧阳灿要拉欧阳焕去找教员，欧阳焕抱住旁边那棵树死活不肯走。杜鸿运想帮欧阳灿一举“正名”，伸手帮欧阳灿拽欧阳焕。

救命啊，我弟打人了呀！欧阳焕情急之下只好耍赖地嘶声大喊，没想到却引来了小梅和气喘吁吁跑来找杜鸿运的曹半夏。

哎，哎，你这人怎么这样当弟弟呀？对哥哥要有礼貌！

小梅心疼“欧阳灿”，大声斥责真欧阳灿，对急着掰“欧阳灿”手的杜鸿运也没好气。欧阳焕怕惹来教员和同学，见好就收，说小梅，是教员找我吗？

小梅瞄了眼旁边横眉怒目的欧阳灿和杜鸿运，会意地点点头：你们要开讨论会呢！

欧阳焕朝欧阳灿和杜鸿运挥挥手：我大人不计小人过，就不跟你们计较了，我走了！

杜鸿运伸手拦住了他：交出本子，不然……

他眯起眼睛看着欧阳焕，欧阳灿也让他留下本子，欧阳焕自然明白“不然”后面是什么，千不情万不愿地将本子给了欧阳灿：本子给了你们，谁要是丢了，谁就是奸细！

既然如此，那我就烧了去！欧阳灿其实哪舍得马上就烧。他喜欢音律，那天听张连长点名让自己去当司号员，激动得一晚上没睡着，加上双胞胎之间那种难以解释的神奇感应，这几日他总会莫名地就想起一段旋律。如今见弟弟默记了号谱，他迫不及待地拿起来翻看，那些旋律果然很快就记在脑海中了。

鸿运，你放心，等我看熟了，我马上烧掉，绝不会泄密！欧阳灿这样宽慰杜鸿运。

哥，你不能烧！尽管小梅说同学们等他分组讨论，也知道自己不该私记号谱，可一想到自己这几天的心血即将化为乌有，欧阳焕急得头上青筋乱跳。杜鸿运推了推欧阳灿：

欧阳，你代表班里去旁听下欧阳……灿的小组学习讨论，问问教员他的学习情况，到时我们好向排长和连长报告。

欧阳灿扫了眼站在边上，脸吹得通红，因走得急，脑门上还在冒汗的曹半夏，哈哈应着，也不管欧阳焕愿不愿意，用手卡着他的脖子，推着他往教室那边走去。

第二十六章　小河边的曹半夏

师部医院驻扎的小别村风景优美，村旁这条小河河面不宽，水却又清又亮。它们哗哗地唱着歌从山上流下，沿着弯曲多姿的河道进入了眼前这块小盆地。原本有些急躁的河水瞬时平静下来，像面镜子似的倒映出蓝天、白云、绿树。北风吹过，河边茂密的奶汁树摇摆着，发出轻微的哗啦声。

小河边的草地上，如今只剩下曹半夏和杜鸿运，天地忽然安静下来。杜鸿运和曹半夏先是对视了一阵，接着移开视线，然后又对上了目光，最后两人低下头哧哧地笑着，满肚子话不知从何说起，最后还是杜鸿运打破了尴尬。他从口袋里掏出另一把用弹壳磨成的小勺子塞到曹半夏手中：你可以用这勺子吃饭。

千言万语憋在心里，结果却出来这么句话。方才在路上他还在想自己是不是把曹半夏忘了，如今见了面才晓得，原来这些日子不管何人涌上脑海，形象中都有几分曹半夏的影子。

我给我哥和你各打了双草鞋，仔细着穿！曹半夏比在杜家时开朗、阳光了许多，但那也只是在人前，一旦只剩下她和杜鸿运两人，她还是会没来由地羞涩。

这段日子战斗频仍，医院的伤员超负荷，她已经被“逼”成了主刀医生，居然连着做了几次截肢手术。当她看到年轻战士醒

他从口袋里掏出另一把用弹壳磨成的小勺子塞到曹半夏手中。

后发现被截肢时的绝望神态，深觉自己是个罪人。还有一些重伤员手术后不久就并发感染去世了，她为此深感内疚。印象最深的是那个叫小苏的后生。小苏是尖刀连的战士，才二十二岁，双目被炸瞎，右手没了，当他听说左腿还要截肢后半天没说话。那天曹半夏给他换药，见他烧得厉害，打来冷水给他冷敷。小苏忽然跟她讲起自己的家庭，说他老家在安远县江头乡，他是家中的独子，是瞒着父母和同村人去当红军的。

我们村一起出来的其他四个人都牺牲了，我也快走了。有机会请你捎个口信给我爸妈，我闹革命不是为了自己，是为了天下穷苦人翻身当家做主人，让他们别难过。小苏还特意一字一句地把家中的地址告诉了曹半夏。

这种事曹半夏经历得多了，口袋里有好几页纸记的都是伤员留给她的家庭住址。她已经托赤色邮递员寄了好几封伤员的遗书回家。因缺医少药之故，伤员病亡率很高，曹半夏除了安慰伤员，唯一能做的就是帮他们写家书。她对小苏表达了这层意思。

好，那就麻烦你把我刚才的话写在信里。小苏眼中漾出了泪水。

我明天下午有空，到时你说我写。说完这话，曹半夏赶着去给其他的伤员换药。等她交班后过来看小苏时，他已咬舌自尽。那晚她像头失去幼崽的母狼，坐在河边对着天上那轮明月哀号。之后很长一段时间，只要合上眼睛，小苏苍白的脸便纸灯笼般在面前晃荡，微微翕动的嘴里似乎吐出“妈妈”的字眼。后来又陆续有几十个年轻伤员伤重不治，曹半夏的心渐渐被死神折磨得麻木，瞌睡虫显然被繁重的工作和接连不断的死亡给惊扰了，夜晚总是飞离她的眼窝。长期的劳累和失眠让曹半夏短短几个月暴瘦了十多斤，原本圆润、水灵的面庞变得清瘦暗涩，乌黑的眼圈使她显得疲惫和憔悴。

半夏，这是我积下的伙食尾子，你拿去买几颗鸡蛋吃。

不，你自己留着吧。曹半夏不肯收，两人默默地坐着，杜鸿运想到曹半夏刚才讲的小苏等人的故事，心里掠过阵阵剧痛：那么多战友出师未捷身先死，他们的家人知晓后该是怎样的悲恸？可即便这样，这些红军伤员却无怨无悔，再想到那些牺牲的战友，杜鸿运慨然长叹：半夏，刚到部队时，我听王指导员说红军队伍是座淬火成钢的大熔炉，当时我还怀疑，自古只听说官法如炉，红军部队有这么厉害吗？

曹半夏看着他：现在呢？

杜鸿运拍拍胸膛：我这块废铜烂铁已经被红军炼成了精钢。

他起身做出弯弓射击的姿势：我现在像不像飞将军李广？

你比李广厉害。李广只是射虎，你现在能射飞机、坦克呢！哎，真羡慕你们！

曹半夏说的是真心话。

杜鸿运老老实实地说：飞机我射过，但打不中，后来连长不让我们打，说浪费子弹。不过还真有人用“花机关”打过飞机，把炸弹都引到他那座山头上去了。

后来呢？曹半夏问。杜鸿运看了眼湛蓝的天空：有架飞机坠毁了，那座山头也被炸平了。

曹半夏叹口气，说那机枪手真了不起。两人沉默了片刻，杜鸿运忽然说：你见过坦克吗？曹半夏摇摇头。杜鸿运也有些遗憾：张连长跟我们讲军事课时说坦克最宜大平原作战，不适合山地作战，只怕我这辈子是见不到坦克喽。

见不到最好，要是白军既有飞机又有坦克，我们反“围剿”就更难了。曹半夏这话让杜鸿运意识到自己刚才的话有问题，忙附和道：对，最好老蒋的飞机都飞不动才好，省得我们刚建好的工事就被那些死飞机炸毁。

想起飞机轰炸带来的惨烈景象，杜鸿运不由得双眸收紧。曹半夏不自觉地拉住了他的衣袖：我哥还好吗？

杜鸿运伸出手指刮了下她被寒风吹得起皱的小鼻子，咧嘴笑道：哈，我故意不提他，就看你什么时候问。

我自然是要问他的，他是我亲哥呀。曹半夏晓得杜鸿运和哥哥关系不怎么样，以前在杜家围时她尽量少在杜鸿运面前谈论哥哥，可现在她和哥哥见面的时间实在太少，只要见到哥哥连里的人，她总要打探一番，更何况是和哥哥朝夕相处的杜鸿运。

杜鸿运现在和曹远志的关系融洽了不少，甚至有时还有“血肉相连”之感。他之所以不主动谈曹远志，是想把这点有限的宝贵时间留给自己。以他对曹半夏的了解，只要谈起曹远志，她好奇的问题就会像雨后的春笋，不断地往外冒。

果不其然，曹半夏开始打听曹远志各方面的情况，从他上次战斗的表现，到近期当排长有什么亮点，战士们对他有何反应，上级领导对他是否满意，他有没有发火，他的衣裤烂了谁给他补，他跟杜鸿运有没有吵架，他有没有想念过她……总计抛了十几个问题出来，绕得杜鸿运头晕。好在他与曹远志同在三排，只需把近期对曹远志的印象谈一遍，就基本回答了曹半夏的“天问”。

你是说我哥现在比较得人心了？曹半夏没想到这回杜鸿运口中的哥哥如今把个排长当得顶呱呱，不但连长、指导员满意，战士们也跷大拇指。最令曹半夏意外的是还得到了杜鸿运的肯定，她不由得有些疑惑，怀疑杜鸿运没说实话：你说的是真话还是在骗我呀？

我要讲一句假话，罚我连放三天臭屁。杜鸿运委屈地望着曹半夏，曹半夏被他看得心慌，垂头折着衣角说：狗嘴里吐不出象牙！哎，我问你，你不挑衅我哥了？

哎，你哪只眼睛见我挑衅过你哥？从来都是他挑衅我。杜鸿运有些无奈。

曹半夏不得不承认，出了杜家围后，杜鸿运与曹远志之间基本上是这种关系。

那我哥和你是怎么和解的？曹半夏有些纳闷。杜鸿运说为了化解他和曹远志之间的矛盾，张大嘴连长和王建指导员没少花功夫，还特意把他们俩编成一组，去执行战斗任务。

张连长说战友之间是要以性命相托的。如果掺杂了私人恩怨，彼此不信赖，执行任务时效果就会受影响。王指导员说我们红军战士是革命的战友，我们目标一致、理想一致。如果我们不能情同手足，就会祸起萧墙。他说堡垒最容易从内部攻破。后来我跟你哥也谈过几次心，其实谈话没起太大作用，关键的是我们后来并肩战斗，然后我们就突然好了。

杜鸿运想到自己和曹远志关系的变化，心中觉得奇怪——残酷的战争竟消弭了他俩之间的隔阂与仇恨。如果换一种和平且无须互相依存的环境，他俩还会像现在这样以战友相称吗？

你在想什么？曹半夏摘下根草茎含在嘴里。夕阳下，她疲惫的脸上浮出两片红晕，眼睛恢复了几丝神采。望着经霜后依然生机勃勃的田野，杜鸿运冷不丁说前几日山上下雪了。

雪是半夜开始下的，当时我正在放哨，困得快睡着了，突然有冰凉的东西落在我脸上，一下把我冻醒了。你知道吗？雪水有点甜呢！我拼命地拧自己，生怕自己睡着，可我还是睡着了，然后你哥过来查岗，他并没有批评我，反而帮我顶了一晚上的岗。

想到那天晚上曹远志的举动，杜鸿运心中暖暖的：没想到你哥还是个好人。

曹半夏白了他一眼：我哥本来就是好人！你以前是有眼不识金镶玉。

你是金镶玉，他是泥包砖。

曹半夏被他夸得有些不好意思，忙转移了话题：我给你的草鞋，你怎么看也不看就放进包里啦？

曹半夏的神情有些幽怨。杜鸿运忙从包里取出草鞋，曹半夏看着自己的手指，说为了打这两双草鞋，手指都磨脱了皮。杜鸿运连忙抓起她的手摸了摸，果然有不少茧子，便用手轻轻搓着，仿佛这样就能让她的皮肤恢复细腻。曹半夏见不远处有人过来，生怕被人看了去，面红耳赤地挣脱了他的手。杜鸿运没再勉强她，低头仔细看着草鞋，口里啧啧道：你草鞋打得很精致，稻草里还掺了麻茎，这样的草鞋更耐穿啊。

那是自然，穿两个月没问题。为了上山割野麻，曹半夏差点摔下悬崖，不过她不想让杜鸿运和哥哥担心，便忍住了没说。但这两双草鞋她最得意的并不是用料，可不知为什么，杜鸿运对那特别之处居然视而不见，她只好提示杜鸿运：你再看看，我这鞋跟你们的鞋有什么不同。

其实杜鸿运早就注意到鞋内那别致的鞋垫，鞋垫上用白麻线纳出了无数颗心，中间还有一枝舒展的红梅。在赣南和闽西地区，妹子给后生送这样的鞋垫就是在表达爱情。杜鸿运一颗心扑通扑通跳得厉害，可他不敢点破，只好装憨：你这鞋垫纳得好，脚就不会打出泡了。

晚上把鞋晾干，这样不会长脚癣。曹半夏叮嘱道。

听着曹半夏温软的话，看着她千针万线纳出来的图案，杜鸿运下意识地将草鞋贴在胸前：这鞋子我要珍藏起来。

珍藏你个头啊！讲不定下次看见你跟我哥，这两双鞋都烂得没影了。

南方潮湿，加上山高路崎，一双草鞋至多只能穿半个多月，战士们都学会了打草鞋，禾秆也成了宝贝。

放心吧，这么好的鞋子我不舍得穿。

杜鸿运伸手摸着鞋垫上头密实、细致的针脚，那副爱惜的样子看得曹半夏嘴角翘起：鸿运，你现在晓得心疼东西了？以前你可不是这样子，新鞋、新衣裤只要不合眼，宁可送人也不穿。

哎哟，曹医生，求你别说那些陈谷子烂芝麻了，那是杜少爷干的事。我现在是红军战士杜鸿运，这能一样吗？

杜鸿运想起自己从前的种种行径，虽不算荒唐透顶，却也处处透着纨绔子弟的无所用心和随意浪费。有时他会想，倘若现在他还是杜少爷，他肯定会买下县城所有的药送给红军医院，还要买大批的粮食、细盐、猪肉、鸡鸭、布匹，让战士们吃饱穿暖再上战场。可惜，他现在只能想想。

杜鸿运，我跟你开玩笑的。还有啊，我刚才不是在揭短，是夸奖。

曹半夏那双黑白分明、乌亮亮的瞳仁凝视着他，杜鸿运从她眼眸的倒影中发现自己的脸上有抹惊慌。

我中意现在的你！曹半夏话说得很大方，杜鸿运盼这句话盼了许久，如今真切地听到了心中却有些忐忑：你……你真的中意我？

曹半夏红着脸垂下了头：哎呀，你耳朵敬神啦？反正我不管，我是抽空出来看你的，我现在要回去给伤员换药了！

曹半夏甩着胳膊和短发，噼里啪啦地跑远了。小河似乎想挽留她，将狭窄的河道变成共鸣的音箱，放大着杜鸿运的呼喊：喂，半夏！你怎么跑了？

我——还要——做——手术——你让我哥——乖一点——就说是我讲的！

呼啸的北风刮来了曹半夏的回答，杜鸿运这才发现自己的手脚和脸颊在寒风中发烫。

不得不说，他和欧阳灿之间有种神奇的默契，他刚走上河滩，就见欧阳灿急匆匆地从培训班方向气喘吁吁地跑了过来。

杜鸿运，我跟你讲，小焕这家伙还是蛮厉害的，教员刚才宣布了上一次的考试成绩，他全班第一。他背下了教员教过的所有号谱，他还自编了一套用唢呐和竹哨传递军令的方法，教员已经在班上推广了，总算没给我丢脸！

欧阳灿刚才旁听了半场培训班的讨论会，得知这些情况后颇为喜悦。来之前甚至直到刚才和欧阳焕见面，他都一直担心弟弟吊儿郎当的性格会误事，到时贻误军机和战机，那就要成千古罪人了。没想到欧阳焕调皮归调皮，学习倒还上进，他悬着的心放落了大半。但一想到弟弟和房东女儿小梅过从甚密，他又有些担心。

杜鸿运，我弟弟的毛病是想了的东西一定要得到，想做的事一定要做成，万一……

他咽回了后半句话。杜鸿运听说欧阳焕在学习上争了气，心理负担减轻了些：尽管自己没向组织上报告欧阳焕冒名顶替欧阳灿上培训班的事，可到底还是送了个合适的人来，自己的“包庇”没给部队造成什么损失，这也不算犯错误啦！

第二十七章 你犯了作风错误

然而，事与愿违。当二连在朱九龙、王建的带领下，又辗转到医院附近的山头构建工事时，医院开始后撤十公里。也就是说，红军的防线又往根据地退缩了。司号大队的培训也接近了尾声，可谁也没想到，就在这关键时刻，欧阳焕出事了：在司号员培训班结束的当夜，小梅的娘翠凤嫂找到教员，说“欧阳灿”牵过小梅的手，还搂过小梅的腰，小梅以后在村里很难找对象了，请求教员同意“欧阳灿”和小梅结婚。

教员开班时就强调了学员要遵守组织纪律，“不和村里的妹子谈对象”是需要遵守的重要纪律之一。教员立即找欧阳焕问情况，欧阳焕倒也敢作敢当，承认他中意小梅，也的确拉过她的手。翠凤嫂指着欧阳焕大骂，说小梅她爸去世得早，她一个寡妇好不容易拉扯大了小梅，守寡这些年她遵守村规民约，一直小心谨慎地过日子，这才落了个好名声。如今小梅还没出嫁就被你搂抱了，污了她的名节。她要欧阳焕马上娶小梅。

教员和村苏维埃干部跟她解释，红军部队有规定，必须有一定的级别官职、到了一定年龄的老兵才能结婚。因战争形势严酷，原有的夫妻也必须分居，以减少妇女怀孕生育的机会。“欧阳灿”刚满十八岁，还不能结婚。翠凤嫂听后闹着要上吊，“欧阳灿”和小梅的事闹得人尽皆知，小梅被这件事搞得灰头土脸，整日以泪洗面。教员立即将事情告知了二连领导和三营营长。而培训班与医院同在一座村庄，这件事便迅速传到了去医院看病的营长耳中。营长觉得“欧阳灿”违反了组织纪律、生活纪律，且在群众中造成了不良影响，责令连里对他进行批评教育，并且给予处分。

小梅听到这消息后直接找到营长，说她和“欧阳灿”之间什么也没发生。如果处理了“欧阳灿”，就相当于坐实了“欧阳灿”和她之间有不正当关系，那才是冤枉了她和“欧阳灿”。如果营部要这样处理事情，她就一根绳子吊死在营部门口。营长一怒之下命令朱九龙和王建关“欧阳灿”的禁闭。朱九龙只得把他关在连部隔壁的厢房里，让他帮王建刻钢板印宣传单。营长觉得朱九龙袒护“欧阳灿”，助长不正之风，特意到连里批评朱九龙。朱九龙据理力争，说十八岁的人就像春天的花苞，到时就得开花。人家小梅都说跟“欧阳灿”没有事，你们偏要给人扣屎盆子，这不是故意整人吗？

营长说翠凤嫂都来告状了。朱九龙说她妈肯定是看上了“欧阳灿”。你想想，现在的后生都去当兵了，她要为小梅找个好丈夫，只能出此下策。营长拍桌子骂朱九龙胡扯。朱九龙说部队不鼓励谈恋爱这我同意，可要是有妹子相中了我们的战士，应该鼓励他们马上成亲，为革命留下后来人。营长觉得这话好像有些道理，没再剋朱九龙。王建趁机提建议，说得尊重小梅的意见，批评批评就算了。最好的办法是连里带着人去趟小别村，向大家澄清误会，这样小梅日后也好做人。

营长其实跟朱九龙挺对脾气，但为人古板，在这件事上非但没有妥协，还亲自到连队开会，狠狠地批评了“欧阳灿”一通，把个真欧阳灿气坏了。觉得弟弟玷污了自己的名声，拉着杜鸿运要他做证，帮自己跟连长和王指导员说清楚事实真相。尽管杜鸿运曾多次劝他们兄弟俩向组织上说清冒名顶替一事，可事到如今再捅上去，只怕两罪并罚，“欧阳灿”要被重责。

欧阳灿经他这一提醒，突然想到上次有两个战士因偷吃了群众的两只鸡被开除出党的事，不由得为自己向组织隐瞒了兄弟俩互换名字一事而苦恼。他跟着杜鸿运走到了连部门口，却突然止步不前。

这时，王建急匆匆从外头过来，见杜鸿运和欧阳灿站在门口，脸上涌出惊喜的笑容：哈，你们俩正好在这儿，告诉你们一个好消息，杜鸿运的入党申请组织上批准了！

杜鸿运和欧阳灿一愣，等他俩明白过来时，杜鸿运握住王建的手兴奋地大喊起来：我是党员啦！我是党员啦！

欧阳灿先跟着跳了两脚，接着便像霜打了的茄子似的蔫了：欧阳灿写了入党申请书，但欧阳焕没有写，当时欧阳焕自觉不合格。他现在是欧阳焕而非欧阳灿，岂非与入党无关？他懊屈、后悔，同时也有些担忧。担忧自己即便恢复了欧阳灿的身份，只怕入党一事也会因此次的欺瞒行为而受影响。

果不其然，王建看到他就想起了“欧阳灿”，说因为翠凤嫂来营里告了状，组织上要延长“欧阳灿”的考察期限，这次他的入党申请没有批准。欧阳灿听了委屈得当场抹起了眼泪。

王建有些意外地打量着他：欧阳焕，你最近表现不错，你马上写入党申请书。至于欧阳灿的事你也别太难受，他虽然犯了错误，但相信他会在组织和大家的帮助下改正缺点。不久之后，他一定会重新赢得组织的信赖，成为一名合格的党员。王建转脸看着杜鸿运：杜鸿运，下午你到连部参加入党宣誓。

压在杜鸿运心里的那块石头突然变沉重了。他双脚合拢，向王建行了个军礼：报告指导员，我……我犯了个错误！

杜鸿运原本是想向王建坦白、检讨他和大胖烤吃了老乡家鸭子的错误，谁知百爪挠心的欧阳灿却以为他要汇报自己兄弟俩的事，连忙跟着行了个军礼，抢过话头说：报告指导员，主要的责任在我。

杜鸿运拉住他，说你让我先讲。欧阳灿不想让他担主要责任，甩开杜鸿运的手，竹筒倒豆子似的把弟弟如何冒名顶替自己参加培训班，自己又如何患得患失，不敢向组织报告的经过告诉了王建。不知他是有意还是无意，总之他将欧阳焕打晕他的那一段改为自己奈何不了烦躁的弟弟，同意让弟弟冒名去学习，实际上是把冒名的责任揽在了自己身上。杜鸿运忽然明白他为什么要抢先向王建汇报了。

杜鸿运，这事儿你知不知道？王建问杜鸿运。杜鸿运还没开口，欧阳灿抢答道：报告指导员，他……他是好几天以后才发现不对劲的。不过我不承认，他也没办法断定我是不是欧阳灿。

欧阳灿本意是为杜鸿运好，可杜鸿运不愿意用一个谎言掩盖另一个谎言，沉声道：王指导员，他们互换身份没几天我就发现了。但我怕给他们惹麻烦，就……就没有汇报。我没有向组织坦白，我错了。

王建没想到就一个司号员培训班，欧阳灿和欧阳焕兄弟俩还能整出这么个离奇故事来，关键还挺复杂。他个人无法决断，于是让欧阳灿、欧阳焕、杜鸿运三人当着朱九龙的面又把事情经过重新讲了一遍。

杜鸿运下定决心坦白了他误吃老乡鸭子的事。朱九龙听了，瘦脸上那细长的眼睛瞪得像道山体裂口：杜鸿运，没想到你这么有出息，家鸭也能当成野鸭！我告诉你，你这样破坏群众纪律，要当着全连同志的面做检讨！

杜鸿运不敢吭声，欧阳灿这时才明白杜鸿运先前想汇报什么，他为自己的率先坦白懊悔了几秒钟，但马上又释然了：自己既然说出了真相，就无须再为掩盖真相而编织谎言了，求得了良心的安宁。

欧阳焕自始至终情绪低落，没怎么说话。过了好一阵，大家才听见他吸鼻涕的声音。

欧阳焕，你哪来这么多的马尿？男子汉就得像男子汉，天塌下来用肩膀扛着，哭哭啼啼的像什么样子？朱九龙皱眉劝道，可他的语气根本不像劝慰，而是教训。

杜鸿运晓得他虽然脾气臭，但内心却极为士兵着想。欧阳焕从这两日的际遇中也体会到了朱九龙的苦心。他接过王建递来的湿毛巾，迅速揩干了脸，表示愿意承担冒名顶替去司号员培训班的全部责任。至于他和小梅的事，他再三指天发誓，说他是被冤枉的。

王建又细心给他讲解了相关纪律和政策，要他为自己的言行负责。欧阳焕有些失态地喊道：我刚才说的全是真话，有一句假话让我被炮弹炸死！

王建倒了杯柿叶茶给他，平心静气地说：欧阳焕，别这么激动。你们哥俩这件事还得到师部去讲清楚。

王建说着转头看向朱九龙：老朱，现在三排先开会，让当事人把事情经过讲清楚，并在全连大会上做出深刻的检讨。

朱九龙点点头：好，让这对活宝尝尝大家口水的味道。

王建思虑周密，说欧阳焕与小梅的事就别在连里讲了，一来没有真凭实据，二来这种事越抹越黑，我们还是尊重两位当事人。至于入党宣誓，杜鸿运就暂不参加了。

王建此言一出，杜鸿运的心瞬间冻成了冰坨：隐瞒情况就是对党不够忠诚，自己入党的事只怕悬了。误吃家养鸭子的事他说出了大胖，可这又成了他另一个思想负担，大胖晓得后会怎样看自己？

杜鸿运立刻找到大胖，讲自己已向朱九龙和王建坦白了他俩吃鸭子的事。大胖拍着脑袋说：哎哟喂，那只鸭子早变成屎尿肥田了，你翻这些陈谷子烂芝麻干什么？

他找抽呗！这下他的党员只怕没了。大胖你的也悬，真是报应！曹远志现在其实挺关心杜鸿运，只是再温情的话从他口里说出，便像泡了一个冬天的藠头，酸不拉唧的。

杜鸿运无暇顾及他的反应，他担心的是大胖：大胖，你也要在全连做检讨，你恨不恨我？

大胖眨巴着那双因为消瘦而显大的眼睛，噘着嘴恨恨地说：我自然是嫌弃你的。你坦白就坦白呗，还把我给捎上了，软骨头，没安好心！

杜鸿运也很矛盾：这事不坦白吧，是对组织不忠诚；坦白吧，对大胖又不够义气。可一想到大胖马上要对着党旗宣誓了，他又觉得自己没做错。大胖也跟他想到了一块，皱着鼻子说：鸿运大哥，我听曹排长讲我马上要入党宣誓了，那我得对党忠诚，要是我们犯了纪律都瞒着组织，这就不够入党的资格。想到这一点，我又不恨你。

大胖，这事你非但不能恨杜鸿运，你还得向他和欧阳灿学习，主动找连长、指导员承认错误。曹远志现在考虑问题比早先全面，大气了不少，越来越像个排长。黄门框、小土匪对他也越来越信服。此刻听了曹远志的话，他俩跟着来开导杜鸿运和大胖。大胖将两根手指插进耳朵，摇着头说：我都讲了去承认错误，我也不怪鸿运大哥，你们就别再当碎嘴婆子了好不好？

大胖决定当天下午去连部找朱连长、王指导员坦白认错。曹远志、小土匪、黄门框也打算一块去，请求连里给杜鸿运、欧阳灿、欧阳焕、李大胖戴罪立功、改正错误的机会。他们的话音刚落，就响起了悠扬嘹亮的号音。

这是小焕吹的！

欧阳灿在杜鸿运肩上擂了一拳，乐得跳了起来，杜鸿运也跟着高兴。这两天他已默默记熟了欧阳焕给的号谱，并当着欧阳灿的面烧了号谱本。

咦，不是说营部才有司号员吗，怎么连部也有了？黄门框奇怪地问道。

那是以前司号员不够，这次培训了那么多，连里也有司号员了！欧阳灿的解释让欧阳焕皱起了眉头。他晓得自己留在连部的真正原因，不过那能怪谁呢？怨他自己冒顶了哥哥的名字，还让翠凤嫂产生了误会。自酿的苦酒自己喝。就算在连里当司号员，他也要干出番名堂来！欧阳焕下定了决心。

曹远志近期比较关心杜鸿运，还私下里找过欧阳灿，问他上次跟杜鸿运去医院时杜鸿运对他妹妹怎么样。欧阳灿说一切正常。曹远志不太相信，他又找杜鸿运聊天，向他打听妹妹的情况。杜鸿运把能说的都说了，但没把曹半夏做的草鞋给曹远志。曹远志后来去医院见了妹妹，才晓得杜鸿运“吞”了自己一双鞋。他找杜鸿运要，杜鸿运说那草鞋不适合你。不依不饶的曹远志居然伙同死党小土匪和黄门框，把杜鸿运摁倒在床上，从他包里搜走了那双草鞋。当他看见草鞋内那精美的鞋垫后，明白了杜鸿运“贪污”草鞋的原因，酸溜溜地说：真是女大不中留，打草鞋就打草鞋，还在里面缝上这种肉麻的鞋垫。这鞋我不要了，你留着吧！

曹远志打草鞋是把好手，排里不少小战士脚上都穿着他打的草鞋。杜鸿运听他这样讲，心里乐开了花。刚把那双草鞋藏好，曹远志又变了卦，伸手向杜鸿运索要那双草鞋。

哎，你怎么出尔反尔？杜鸿运不乐意了。

我这叫食言自肥！拿来！曹远志一副不容拒绝的口吻。

小气鬼！杜鸿运只得从布挎包里取出那双草鞋递给曹远志。曹远志用手摸了摸鞋垫，咧嘴笑道：

我当然要小气了，这可是我妹妹一针一线缝出来的，是我的心肝宝贝。

曹远志将草鞋在胸口贴了贴，这才小心地塞进挎包。旁观的杜鸿运忽然想起了母亲，不由得鼻头一酸，红了眼圈。

好了，你别难过了！这是我缴来的望远镜，你拿着玩几天。

为了安抚杜鸿运，曹远志把他在上次战斗中缴获的一架望远镜递给了杜鸿运。杜鸿运有些惊讶地说：你没交给连长？

曹远志翻了他一眼：你就是这样想我的？我告诉你，杜鸿运，那天战斗一结束，我就把望远镜送给了朱连长，朱连长说他有一架。我又送给王指导员，王指导员说放在我这儿比放在他那里更有用。

杜鸿运觉得这话越听越不是味道：战利品要归公，也不一定就非得送给连长和指导员哪？

他们是连里的指挥员，望远镜在他们手中肯定比在我手中有用。王指导员可能是考虑我经常要担任侦察任务，所以把望远镜放在我这儿。

杜鸿运把望远镜架在眼前，在曹远志的指导下调整了焦距，眼前倏地现出硕大的树叶，树叶上的脉络和那只红色甲虫清晰可见。

大哥，这宝贝借我用几天？杜鸿运喜欢这种机械制品，见望远镜如此神奇，有些爱不释手。曹远志歪着头想了想：只借给你三天。

杜鸿运连忙起身向他行了个军礼：谢谢曹排长！

看你那傻样子，嗓子跟鬼掐住了似的。曹远志在他肩膀上擂了一拳。

杜鸿运把望远镜架在眼前，在曹远志的指导下调整了焦距，眼前倏地现出硕大的树叶，树叶上的脉络和那只红色甲虫清晰可见。

第二十八章 望远镜和狙击手

福建建宁邱家隘战斗后，红军连失邱家隘、寨头隘、黄家隘等地，退守勾桥一带稍事休整，这日红军主动从毛坊、黄坊、溪口圩向敌发起反扑，少共国际师也加入了战斗。

朱九龙带着二连在寨头隘与附近山谷中的敌人激战。开始白狗子惊慌失措，连失两个山头，可等敌机前来助战后，战场形势急转直下。为了出其不意地打击敌人，二连在朱九龙的带领下，从险峻的密林小道穿插到敌人阵地下方的山谷。朱九龙观察一番后，说这边地形险峻，敌人基本没有防守。他决定带着二连从左边的绝壁爬上山顶。

王建望了望天上打转的飞机，心情有些焦灼。二连因已突进到敌人的鼻子底下，所以不在敌人飞机轰炸的范围，头上虽然少了威胁，但那堵峭壁几近垂直，难以攀爬。由于阳光直射，又离敌人较近，朱九龙不敢使用望远镜。王建近视，朱九龙单眼，两人看不太清楚崖壁上的详情。好在曹远志视力极好，趴在草丛里端详了一阵后，他附在朱九龙耳边小声说：连长，那崖壁上面长了很多灌木，便于隐蔽。我们可以沿着山崖爬上去。

见自己的想法得到了支持，朱九龙轻轻在曹远志背上擂了一拳：

好，按之前的计划分组行动。

山顶上的敌人做梦也没想到红军这么快便从陡峭的崖壁爬上了山，直到朱九龙带着队伍突进到他们的阵地后头才被一个敌人发现。

不得了，红军上来了！敌兵惊恐地高喊，回答他的是一阵密集的枪声和嘹亮的军号。欧阳焕吹出的冲锋号犹如无数嘴喙锋利的鸟儿，啄开了硝烟的迷雾，山顶上的敌人还没反应过来就成排地倒下，其余的白军士兵吓得弃阵而逃，二连占领阵地后迅速打扫了战场。从正面强攻的 N 团借机向前突进。营长命令二连在此地驻守，万一 N 团挺进后受到敌人夹攻，二连可从此处增援。为防生变，N 团二营还命令一连的尖刀排镇守阵地右边的垭口。朱九龙拿着望远镜看了通地形，让大家取出随身携带的竹钉，由杜鸿运领着三个战士到他指定的地方布竹钉阵。当时杜鸿运还有些嘀咕，觉得在这里埋竹钉未必有用，连长也太过小心了。可随后的事实却证明了朱九龙的远见。N 团正面挺进后不久，敌增援部队在垭口处受到二连和一连尖刀排的顽强阻击。敌军后退至二百多米外，接着便向尖刀排和二连的阵地开炮。

二连所在之地陡峭，敌军与山之间的距离不够远，炮弹打在峭壁上，还未来得及爆炸就落到了峭壁脚下，飞溅的泥土如惊慌的大鸟冲入天空，又怒气冲冲地砸下。

我的天哪，飞得那么高。前不久刚补充过来的新兵泥鳅忘了战斗中的险恶，仰头看着那堵因爆炸而起、仿佛被一只看不见的巨手越推越高的“泥墙”和纷纷坠落的石头，张嘴叹道。当那块脸盆大的石头照直朝他砸去时，泥鳅忘了躲闪，木桩般戳着。杜鸿运一个箭步冲过去，将泥鳅扑倒。石头砸在他的脚边，起来后他和泥鳅都惊出了身冷汗：只要晚半秒，他俩肯定被石头砸死。

鸿运大哥，不，杜班长，多谢你救了我的命。泥鳅咧着缺了颗门牙的嘴，朝杜鸿运粲然一笑。就在这时，他的额间突然被子弹击中，圆圆的洞口先冒出几缕白烟，接着才渗出鲜血，笑容凝固在唇边，瘦削的身体笔直地向后倒去。

小心，有狙击手！曹远志一边大吼，一边抬脚踹倒了还在发呆的杜鸿运。二连驻守的阵地对面和右边各有一座山头，与二连驻守的山顶相距不过百余米，仿佛鼎立的三足。朱九龙仔细打量了地形后，提醒大家注意对面的山头，说有狙击手藏在树上。

大家小心隐蔽。曹远志，三点钟方向，你快爬过来！

杜鸿运听见朱九龙沙哑的喊声。朱九龙是有名的神枪手，如今盲了一目，他这是怕自己解决不了对面的枪手，才叫上曹远志的吧？曹远志是连里仅次于朱九龙的好枪手，也多次担任过狙击任务。可看到从对面山头嗖嗖射出的子弹，杜鸿运有些担心。

远志，你小心些！杜鸿运忽然想起忘了把望远镜还给曹远志，忙冒着弹雨，翻进壕沟，弯腰跑到正要跟着朱九龙往壕沟那端的巨石跑去的曹远志跟前：给，望远镜！

好，这下有了千里眼，不怕他们不现形。曹远志接过望远镜，猫腰快步走了。这时，太阳从云朵里钻出，洒下一片金光。杜鸿运看了看朱九龙、曹远志跑去的方向，突然想到件事，情急中他直起腰身“哎”了一声，不料对面立即泻了波弹雨过来，幸亏打在旁边的灌木丛上。一阵后怕打乱了杜鸿运的思路，居然忘了自己要跟曹远志讲什么。

曹远志蹲在枝叶浓密的樟树树杈间，托腮板硌得他腮帮子疼痛，瞄准镜似乎有些模糊，他伸手抹去上面的水汽，对面山峰那棵大树的枝叶清晰起来，心中庆幸自己上次缴获了这杆加了瞄准镜和托腮板的汉阳造步枪，让他有机会当个百步穿杨的神枪手。

对方也许是察觉到了这边的异动，也可能是背光看不清楚，对面山峰许久没动静。曹远志有些烦躁，跟着爬上树的朱九龙察觉到了他情绪的变化，小声说：不要急，等敌人一冒头，就打爆他脑袋！

此时，山下传来了敌人的叫嚣：弟兄们，活捉山上的赤匪，一个活的五块大洋，死的两块大洋啊！

被敌方狙击手压制的战士们开始移动，两名战士被狙击手击中，躲在树后的小土匪看着垭口里的敌人，抄起弹弓就要射击。杜鸿运指着那个站在队伍后头挥舞着手枪的敌军头目说：就打那个拿手枪的高个子。

小土匪一松手，鸡蛋大的石头从胶皮里弹出，将敌军头目击倒在地。小土匪这一起身也暴露了自己，对面峰顶的大树里突然飞了串子弹过来，打掉了小土匪的红军帽，小土匪一矮身滚进了壕沟。与此同时，曹远志扣动了扳机，对面山峰没了动静。

曹远志好样的！杜鸿运一边在心里为战友喝彩，一边领着两个战士猫腰跑向右侧。那边的山下，有股敌人想冲进垭口增援。朱九龙担心杜鸿运他们不敌，领着曹远志过来增援。他的担心很快得到了印证，杜鸿运和那两个战士刚跑了几步，右边峰顶的大树上便泻了波弹雨过来，将杜鸿运三人压得无法动弹。

小心，右边也有狙击手！

朱九龙话音刚落，曹远志便爬上了他身边的那棵大树。右边峰顶的敌人像是意识到什么，蓦地安静下来。杜鸿运用树枝顶着帽子往上举了举，啪的一声，敌狙击手开枪打飞了帽子。由于枝叶浓密，又正对着太阳，视线不好，曹远志没能在敌人开枪时发现其位置。眼看山下的敌人即将通过埡口，焦急的曹远志不顾旁边那棵树上朱九龙的提醒，爬到树丫前头用望远镜观察右边的山峰，不料一阵风来，吹开了面前的树叶，阳光照在望远镜镜片上，时刻聚焦这棵大树的敌狙击手逮住机会，朝着闪光处放了一枪。子弹从右眼洞穿了曹远志的头部，他像只大鸟似的从树上飞落。杜鸿运的心刹那间碎成数片，眼前的景物变得虚幻，直到小土匪喊了一声，他才晓得朱九龙击毙了右边山峰上的狙击手，解了三班之危。他领着战士冲到右边的山崖，只可惜已错失阻击时机，增援的敌人通过埡口爬上了鹿寨前头的山坡。

第二十九章　嘹亮神奇的号音

集中火力压住敌人!

曹远志的牺牲让朱九龙瞬间老了五岁，他黑着脸下达了开火的命令，埋伏在鹿寨旁边的黄门框将点着的炸药包扔进了敌阵，另一边的欧阳灿则将点着的爆破筒扔进了敌群。

趁着爆炸的硝烟未散，黄门框、欧阳灿冲入慌乱的敌军队伍，夺了一挺“花机关”、两盒子弹、两杆步枪和五颗手榴弹回来。当他俩翻越鹿寨往山顶阵地上跑时，敌人密集的火力将他俩困在距红军战壕十几米的炮弹坑中。

杜鸿运一看急坏了，收集了四颗手榴弹翻出战壕，利用前头那块半人高的石头做掩护，投了两颗手榴弹过去，炸得敌人抱头鼠窜，欧阳灿和黄门框趁机脱离险境。

此前朱九龙预计到敌人可能会突破垭口，故让杜鸿运等人在鹿寨与二连的壕沟前布下了竹钉阵。红军的竹钉阵在井冈山保卫战时大显威力。做竹钉阵的竹钉长两三寸，先用尿水或石蒜根、断肠花水浸泡，再在锅里炒干，钉在木板上，然后把这些木板铺在战壕与鹿寨之间，上面用泥土、杂草伪装。那竹钉坚硬异常，正常体重的男人踩上去，定能洞穿布鞋鞋底。即便是白军头目的皮鞋鞋底，多踩两脚也能穿透。被竹钉所伤者常引发感染，有不少人还因此丧命。红军到中央苏区后照样拿竹钉阵对付敌人，以致敌军冲锋时都有了阴影，跑着跑着会突然起跳，殊不知这样换来的是愈加凄厉的惨叫。

朱九龙、张大嘴、王建都是使用竹钉阵的行家。在他们的示范下，二连的士兵只要驻扎下来就立即上山破竹子削竹钉，熬毒汁泡竹钉，用慢火炒竹钉。士兵们除了背粮袋、子弹袋，还要背个竹钉袋。只要时间、地形允许，肯定要埋竹钉阵，这次也不例外。

走在前头的敌军士兵畏畏缩缩，哪怕敌军军官挥舞着手枪说抓到活的红军赏五块大洋，他们也不想自己的脚板被可怕的竹钉洞穿。趁他们动作迟缓之际，朱九龙大吼一声：打！枪声如炒豆般响起，敌军士兵纷纷倒伏。接着大家又扔了轮手榴弹，敌人丢下几十具尸体后撤回了垭口。

此时，从前方传来了阵阵军号声，欧阳焕一听猫腰跑到朱九龙身边：朱连长，N 团进攻失利，一连正在回撤，团部命令我们立刻转移。

转移个鬼，你吹号告诉一连，让他们从后面夹击进攻二连的敌军！

老朱，这是团部的命令，我们必须服从。王建反对朱九龙擅自行动。朱九龙瞪着他：老王，我是连长，打仗你得听我的。

我们现在说的是执行命令！这是政治纪律、军事纪律，你得听我的！王建寸步不让。

二人眼看就要吵起来了，这时又传来阵号声。欧阳焕说这是敌军的军号，意义不明。

你还愣着干什么？快去传我命令！朱九龙对着欧阳焕吼道。

欧阳焕转身刚想走，却被王建一把拉住。朱九龙推开王建，说山下的敌人堵住了垭口，我们走不了啦！这时候让一连来，既包敌人的饺子，又给我们二连创造转移的机会。

王建瞪着他：你这是请求增援，不叫包敌人的饺子。真是死要面子活受罪！

两人争辩间，欧阳焕嗖嗖爬上了那棵最高的大树，吹了一首高亢的短曲，不一会儿，从山谷里飘来一阵号音。

杜鸿运和欧阳灿记熟了欧阳焕上回默写的号谱，晓得他与一连的号手已经联系上了。趁这间隙，朱九龙、王建领着杜鸿运等人掩埋了牺牲的曹远志、泥鳅等十一个战士。

在曹远志入土前，杜鸿运给他穿上了曹半夏给他打的那双新草鞋，又在他那只被血污糊住的眼睛上面放了朵盛开的山茶花，而后他静静地凝视着这张一半残缺、一半完好的年轻脸庞，泪水模糊了他的视线。往日种种浮现在脑海，杜鸿运这才发现，曹远志犹如春天时种在心里的一粒种子，不知不觉间已发芽、成长为一棵和他血肉相连的大树。如今曹远志轰然倒下，他的心田也有块地方跟着塌陷了。

这时，欧阳焕按朱九龙的吩咐吹了一段号音，号声搅动了空气，惹得敌人朝大树扫了几梭子弹，打得枝断叶落。大家正为欧阳焕揪心时，他蛇般从子弹够不着的树干另一侧溜了下来。树皮粗粝，中有节疤，他脚上的草鞋擦烂了，手掌也刮出了好几道血口子，脸上却挂着笑：

朱连长，一连的司号员说他们就在敌人屁股后头三百多米。

朱九龙疑惑地看着欧阳焕：他吹曲子告诉你的？

报告朱连长，我们的教员可厉害了，他造了一百多首曲子，每一段音符代表一句话，只要听到曲子我们就能明白对方是什么情况。

嘿，你这可比旗语强多了。打旗语要找高处，这时候登高很容易被敌人干掉。再说大家都在打仗，有哪个会紧盯着旗子看？你这号音就不一样了，除了聋子，爱听不爱听的都能听到。

朱九龙击节叫好，王建也被他们的奇思妙想折服。

这时敌人又组织了新一轮的进攻。可他们还没前进几十米，就被后头的一连“撬”了屁股。趁敌人慌乱之际，朱九龙带着战士冲杀下去，和一连配合默契地包了这部分敌人的饺子，此战毙敌一百一十一人，缴获了一挺“花机关”、一门迫击炮和五十余支步枪、千余发子弹，极大地鼓舞了士气。朱九龙、王建和一连的连长、指导员因此受到了师部的表扬。战斗太频繁，虽然这几次战斗减员不少，还牺牲了曹远志这样相处多时的战友，但大家来不及悲伤，接着又投入了下一场战斗。

由于有经验的“老”战士越来越少，曹远志牺牲的当天下午，杜鸿运被任命为三排排长，顶了曹远志的空缺。大胖提为二排排长，黄门框、小土匪、欧阳灿成了三排一、二、三班的班长。欧阳焕宝贝他那把号和小梅从村里帮他找来的一支唢呐，对战友们当班长、排长并不感到羡慕。这几日，大家还羡慕他呢。因为他用号音巧妙地将朱九龙的想法传达给了一连，二连和一连这才打了场不大不小的胜仗。如果不是他此前犯了错，这次肯定要记功。

欧阳焕，你小子有几把刷子，不错！在连部的大会上，朱九龙拍着欧阳焕的肩，狠狠地表扬了他几句。王建的表扬则很正式：欧阳焕同志虽然前段时间犯了错误，可他勇于改正缺点，以加倍的热情投入战斗，还肯动脑筋、想办法，为我们赢得了战机，希望大家在这点上向欧阳焕同志学习。

王建平日里待战士们和颜悦色，经常嘘寒问暖，很少说重话，但他身上自带的读书人气息却使文化水平低的战士们更喜欢与张大嘴和朱九龙接触。他俩待人的方式虽说有些粗鲁，却与记忆中的长辈对待他们的方式相近。

杜鸿运和他们不同，既跟朱九龙亲近，也欣赏王指导员这种谦和待人的君子风度。欧阳灿和欧阳焕则在情感上偏向于王建。特别是欧阳焕，他认为王建说话能说到点子上，王建与营长的理论叫板让他有机会成了今日的自己。尽管当时营部处理欧阳焕时朱九龙表现得很“护犊子”，可他在营长面前讲了半天，营长也没答应让连里处理欧阳焕。

就在朱九龙跟营长蛮着较劲时，王指导员找来了小别村苏维埃政府主席和其他几个村民，让他们当面和翠凤嫂“对质”，终于证明小梅和欧阳焕之间是清白的，也就是说，翠凤嫂的话不能全信。营部这才同意由连里处理欧阳焕所犯的“生活纪律”问题。而连里的处理便是朱九龙与王指导员各找欧阳焕谈了次话，让他写检讨和保证书，保证将功折罪。现如今欧阳焕做到了，他内心对王建和朱九龙充满了感激。

战斗的间隙，作为村妇女支前工作队队长的小梅领着村里的妹子、大嫂到二连来慰问。她们送来了自家不舍得吃的鸡蛋、鸭蛋、水酒、炒米糖，一到连队驻地就帮战士们洗衣被、打草鞋，忙得热火朝天。

见了小梅，欧阳焕喜得用唢呐吹了《喜鹊闹梅》和《妹子来了喜洋洋》两支曲子，听得小梅双眼放光，战士们则对着小梅拍掌起哄。

哎呀，你饭吃得少，又费这些力气，真让人操心！

小梅的嗔怪越发鼓励了“人来疯”的欧阳焕，他又是拿大顶吹口哨，又是唱采茶戏跳矮子步舞，硬生生把个妇女支前工作队的慰问变成了他的个人专长表演，赢得了阵阵掌声。

杜鸿运先前是快乐的，可看着看着，在人群中央跳舞闹腾的欧阳焕变成了曹远志。挎包里曹半夏送给他的那双草鞋仿佛着了火，烫得他腰间起泡。泪眼朦胧中，好像看见曹远志正横眉怒目地朝自己走来，嘴里嚷嚷着：我不管你是不是什么少爷，你要是敢动我妹妹一指头，我杀了你！那是在杜家围时的曹远志。

你个老财崽子，你会心甘情愿当红军？初入红军时，曹远志总不相信他。可后来时间长了，曹远志和他说话的口吻温和了，在战场上还救过杜鸿运。再到后来，他默许了杜鸿运对妹妹曹半夏的追求，还把自己当成眼珠子的望远镜借给他玩了三天。

要是那天我不把望远镜还给他，他是不是还活着？曹远志牺牲后，杜鸿运将那架被打得稀烂的望远镜放进了墓穴，让它永远陪伴着曹远志。这两日他翻来覆去地想这个问题，内疚、后悔如同千万只蚂蚁噬咬着他，让他夜不能寐，一喘气就胸口疼。他知道，压得他无法呼吸的不仅仅是曹远志的牺牲，还有曹半夏的悲恸。

见了小梅，欧阳焕喜得用唢呐吹了《喜鹊闹梅》和《妹子来了喜洋洋》两支曲子，听得小梅双眼放光，战士们则对着小梅拍掌起哄。

第三十章　剃光头的女战士

次日上午，朱九龙、王指导员带着杜鸿运、大胖去师部医院看望赖慕敏等二连的伤员。听到曹远志牺牲的消息，一手将他带出的赖慕敏掩面啜泣，连声说可惜了呀，可惜了这么好的战士。朱九龙悔恨内疚交加，眼含泪花地说：都怪我，我要是早点提醒他不要用望远镜就好了。王建从口袋里掏出张纸条，哽咽着说前天曹远志省下伙食费多交了两个月的党费，这收条还没来得及给他，人就……王建说不下去了，三人垂泪相对，旁边的杜鸿运、大胖早已泪流满面，病房内的气氛倏地变得哀恸、沉重。这时陈副院长走进来说，已经把曹半夏请到了她的办公室。杜鸿运听见朱九龙和王建不约而同地连声叹息。

可怜的半夏，听到哥哥牺牲的消息，她怎么受得了？杜鸿运的心悬在了喉咙里。出乎他意料的是，曹半夏得知哥哥牺牲的噩耗后并没有像他想象中那样反应剧烈，而是手中捏着哥哥的党费收条，看着桌上那顶沾有血渍的军帽、那个磨破了的挎包发愣。好一阵她的脸才在众人的关注下由白转青，双瞳被快速涌出的泪水淹没，从胸口到鼻孔的距离被悲痛拉长，气喘不上来。她急促地翕动着鼻孔，微张着嘴，两排洁白的糯米牙打摆子似的磕碰着，发出时急时慢的咯咯声。

杜鸿运下意识地拍着她的背，生怕她会憋闷得晕倒。不料他这轻轻一拍，倒像拔开了拴住她喉咙的闸门，悲恸的哭声刀般划破了朱九龙、王建、陈副院长、杜鸿运、大胖的耳轮。陈副院长搂着哭得浑身发软的曹半夏，自己也泪流满面。曹半夏哭着哭着，哭声变成了哀号，滴血泣泪地挣扎着从喉咙深处往外爬，好似要把肺腑都给钩拉出来，听得朱九龙、王建这两个铁血男儿也泪水涟涟。大胖早就哭得上气不接下气。杜鸿运的头脑已成火炉，被悲痛愤怒烧得越来越热，不久便烘干了眼中的泪水，双目亮如火炬。

半夏，我们在这儿哭瞎了眼也不损敌人半根毫毛。我们得练好本领，蓄足力气，拼尽全力打败敌人！

杜鸿运这话像是石头扔进了棉花堆，曹半夏没有任何反应，继续号哭着。只是她哭累了，声音越来越小。朱九龙、王建接着杜鸿运的话头轮番劝她要化悲痛为力量。这话显然入了曹半夏的耳，她拽起衣袖抹干脸上的泪痕，红肿着双眼看着陈副院长，抽搭着说：陈副院长，二连的卫生员上个月牺牲了，你让我去二连！

朱九龙圆睁着一只眼睛，黑胡子翘起，瓮声说：半夏，二连全是男的，你不合适。

曹半夏急得抓住了他的手：朱连长，我必须去，我一定要去！

她圆睁的眸子如同燃烧的黑曜石，散发着灼人的光芒。王建说二连在外转战，女同志多有不便，劝她冷静。陈副院长也不同意。曹半夏仰脸道：我是红军战士，我上前线杀敌人不用你们批准。说罢扭身走了。杜鸿运、陈副院长晓得曹半夏一根筋，认准了的事九头牛也拉不回，担心她出事。朱九龙和王建只好出面找有关部门协调，终于在曹远志牺牲的第六天，让曹半夏以卫生员的身份调到了二连。曹半夏把齐耳短发铰成了寸头，穿着略有些宽大的军装，背着个十字药箱，看上去像个身体瘦弱的小后生。她的到来在二连官兵心中激起了波澜。一则她是烈士曹远志的妹妹，二来是因为她的性别——让一个女卫生员到全是男人的连队来，这还是破天荒第一次。

为了确保她的安全，朱九龙和王建召开了全连战士大会。王建先讲了花木兰替父从军的故事，接着给战士们立下规矩，一是大家都要当好曹半夏的大哥，替曹远志照顾好曹半夏；二来男女有别，哪个要是敢对曹半夏有什么不该有的想法，到时要受到严厉的纪律处分。

朱九龙补充了一句：哪个要是敢偷看，敢动手动脚，老子赏他吃枪子！

杜鸿运先前还为曹半夏高兴，可听朱九龙说到这儿，他立刻举手要求发言。朱九龙瞪着他，说我晓得你和曹半夏在杜家围时就谈了对象。就算这样，你也要守今天定下的规矩。

众人大声叫好，对曹半夏有好感的大胖和黄门框更是把凳子拍得砰砰响，气得杜鸿运直翻白眼。王建又强调了一阵遵守组织纪律、生活纪律的事，让大家千万不要掉以轻心。明眼人都知道，王指导员这是明晃晃地在杜鸿运和曹半夏之间加了把铁锁啊。

杜鸿运正沮丧间，曹半夏忽然从挎包里取出把剃头刀，掀掉帽子刮掉了自己头顶的一绺头发，寒着脸说：朱连长、王指导员、各位战友，我向我哥的在天之灵发誓，革命不胜利，我不会恢复女儿身！

说罢，她在众人惊愕的目光中，动作笨拙地将自己的寸头刮成了光头。不知是有意还是无意，她还特意看了杜鸿运两眼，那种坚毅、决绝的神情令杜鸿运心中一沉：她是想跟自己绝交吗？

杜鸿运一直相信自己的直觉。事实证明，曹半夏剃头明志后看他的目光果然是一封嵇康写的《与山巨源绝交书》，冷然决绝。会后杜鸿运找了曹半夏两次，她都不予理睬。当杜鸿运第三次去找她时，曹半夏正在石臼里捣药，见到杜鸿运，立即把捣棒塞给他：你有闲心闲劲，就把这些药捣成细末。然后再无他言。

杜鸿运捣烂了一大包药，累得脑门心直冒热汗。曹半夏只默默地在边上捋着那些蒸晒后再度使用的纱布和旧布条，没再跟他讲一句话。杜鸿运百爪挠心，忍不住走到她身边，小声说：半夏，我们……

曹半夏抬起头淡淡地看他一眼：我们是战友。还有，你记着别犯纪律！朱连长的枪子认得你，我的枪子可认不得你！

杜鸿运想不通她怎么会骤变成这样，后来还是善于观察、琢磨的欧阳灿分析出了一些缘由：她不是怕你，她是怕自己控制不住，到时做出什么对不起她哥哥的事来。

你是……这样看的？对欧阳灿这种结论，杜鸿运持怀疑态度。后来还是大胖解开了他心中的疑惑。大胖说他去上茅厕时听见曹半夏一个人坐在菜园那儿哭，说曹家就剩下她了，她一定要为哥哥报仇。她恨自己是个女儿身，她当不了花木兰，但她会当个好战士，绝不拖二连的后腿。

鸿运大哥，她心里还是有你的，她就是怕自己是女的，会拖连队的后腿呢。大胖的安慰让杜鸿运好过了些。这时，部队又开始不断地转移、行军、筑工事、打仗，没几日，他这份儿女之情便消散了。再见曹半夏时，竟忘了她是个女子。

曹半夏也忘了自己的性别，由于长期征战，加上营养不良，剃着光头、晒得黝黑、个子瘦高的她看上去像个发育不良的后生。加上曹远志走后，她有意模仿哥哥的言行举止，没多久连里的人也忘了她的性别，只有当她躲起来上茅厕、洗澡和歇息时，战士们才想起她原来是个妹子。

由于敌人的步步紧逼，中央苏区的区域越来越小，筹款、筹粮等越来越难。此时赣南、闽西一带已入初春，春寒料峭，时有小雨，北风夹着雨丝一吹，寒气便如钢针和小刀，直刺入骨缝。但对杜鸿运、欧阳灿而言，因为组织上批准了他们入党，阴湿寒冷的北风变成了温暖和煦的春风。

这天晚上，在二连临时安营的关帝庙里，王建指导员作为连党支部书记召开了连里的党员支部大会。几支熊熊燃烧的松明子火把照亮了不大的房间，墙上那面鲜艳的党旗在火光中熠熠生辉。杜鸿运、欧阳灿挺直脊梁，面对党旗举起右拳，庄严地宣誓：……严守秘密，服从纪律，牺牲个人，阶级斗争，努力革命，永不叛党！

他俩的声音沉稳、浑厚，像春雷碾过天空，发出了久久的回响。

杜鸿运同志，欧阳灿同志，希望你们今后发挥党员的模范带头作用，把自己变成一把尖刀，狠狠地插向敌人的心脏！

王建轮流握着他俩的手，鼓励的话语像战鼓，敲得杜鸿运和欧阳灿血脉偾张：报告指导员，我们一定当个合格的好战士！

杜鸿运、欧阳灿刚表完态，早就候在门外的欧阳焕、曹半夏、小土匪、黄门框便走了进来，神情激动地向王建提交了入党申请书。

当天晚上，杜鸿运和欧阳灿顶了三班岗哨，彻夜未眠。春夜寒凉，风夹着牛毛细雨直往身上扑。他们披蓑戴笠地在村里巡逻了几个来回，冻得直打哆嗦，但他俩的心是热的。

真不敢相信，我居然真的成了共产党员！

想起家中横梁上那两本让他对革命产生朦胧向往的书，想到那段时间的迷惘和家中遭到变故后的绝望，杜鸿运有再世为人之感。欧阳灿也有同感。两人边走边交流心得，感觉二连越来越像个大家庭，让他们觉得温暖。

此时的二连跟两个月前比，补充了一批新生力量，部队又充满了生机。只是随着战争形势的恶化，转战频繁，为了避免被敌发现，部队天天晓行夜宿，战士们疲于奔命。运气好时，部队能在村里宿营；运气差时，只能在山坡、林中将就。这时最苦的是铁头班长率领的炊事班战士，别人都休息了，他们还要垒灶、烧火、做饭。干这些事还得看与敌人相距的远近和天气。如果与敌相距近，不宜生火，怕烟火泄露部队的行踪。他们便使出十二分力气，跑到村庄里将米炒熟，分发给战士们。这样哪怕几日不举炊，战士们吃炒米就开水或凉水也能饱肚子。

当然，这是在有粮的情况下，有时粮不够，他们还得与当地的村苏维埃政府沟通，去村里采买和借口粮。杜鸿运去挑过几次粮，老百姓自己吃糠咽菜，却把红薯、大米留给红军。有好些农家为了支持红军构筑工事，拆了自家的门窗、床板，有的还拆了老屋和祠堂，把砖运去建红色堡垒。看着家里的老人和孩子在没有门板的房间里睡稻草地铺，杜鸿运心潮澎湃。

这天，二连赶到宿营地田心村时已是晚上十点多钟，为了不打扰百姓，朱九龙命令大家在村口废弃的真君庙里休息。由于整个白天部队都在荒无人烟的山里行军，战士们随身带的干粮已经吃完，铁头带着炊事班的战士去找村苏维埃政府主席筹粮，否则战士们明天要饿肚子。杜鸿运找到一间屋瓦完好的偏房，见人就说这房子要留给曹半夏住。战士们心疼曹半夏，哪怕杜鸿运不提，大家也会自觉地把遮风挡雨的房子留给曹半夏。

但曹半夏并不领情，总是自己找个偏处将就着休息，这次她也照样不买杜鸿运的账，涨红着脸说：

我跟你们是一样的，你们住哪我就住哪！

那不方便呀。杜鸿运有些替她担心。

有什么不方便？我要上茅厕，你们扭头别看就是了。

曹半夏不喜欢杜鸿运这样照拂自己。曹远志牺牲后，她很少与杜鸿运单独相处。杜鸿运明白，她想用这种方法扼杀自己心中的儿女柔情。

你有些感冒，今晚还是住这间偏房吧。杜鸿运注意到曹半夏这几天经常往树林里跑，爱管闲事的大胖悄悄跟杜鸿运说，他上茅厕的时候看见踏板上有血。这个，曹半夏在拉红尿。大胖这种不该有的好奇心让杜鸿运抓狂。

你闭嘴，少管闲事。杜鸿运骂了大胖几句。他在县城读书时上过生理卫生课，知道曹半夏出现这种状况时身体需要保暖，谁知他这种关心却激起了曹半夏的怒火：杜鸿运，我不是纸糊的，你们扛得住我也扛得住！还有，以后这样的房子得留给身体不舒服的人住，你少替我安排。

曹半夏说罢以卫生员的身份，把四个感冒的战士安排进了这间偏房，自己和三班的战士蜷缩在破败的大殿里过夜。杜鸿运既心疼又有种苦心不被理解的委屈。

次日天刚麻麻亮，杜鸿运跑到村里向一位正在田里干活的大嫂买生姜。大嫂不肯收他钱，杜鸿运不干，两人争执了好几句，大嫂才收下杜鸿运的那几枚铜板。当她听说队伍里有个妹子生了女人才生的病，立刻又挖了几蔸生姜，拉着杜鸿运上她家煮了锅浓浓的姜汤，还放了两勺红糖，再用竹筒装好，让杜鸿运带回真君庙。

让她喝完姜汤躺一躺，焐出身汗就好了。大嫂送杜鸿运出家门时，感叹着说红军和苏维埃政府是老百姓的亲人，农忙时派助耕队给大家帮忙，逢年过节的还派人到军烈属和孤寡老人家里做事，跟我们亲得很呢。大嫂说罢又反身从陶瓮里抓了两把炒花生塞进他的口袋，那股熟悉的清香直沁心田，勾得杜鸿运胃里的馋虫乱飞。他以前最喜欢吃炒花生，娘为了满足他的口腹之欲，特意让人种了两亩细籽花生。那种花生个头小，花生仁细长结实，又甜又香。从大嫂家往真君庙走时，杜鸿运费了老大的劲才压住肚子里的馋虫，将那两把炒花生留给了曹半夏。

他走进厢房时，曹半夏捂着肚子蹲在地上，脸色发青，嘴唇发白。杜鸿运晓得她有痛经的毛病，立即把拧开盖的竹筒递给她：趁热喝掉。

曹半夏深深地看了他一眼，低声向他道了谢，半竹筒热姜汤下肚，她的脸色回了阳。杜鸿运从兜里掏出那些花生：这是大嫂给你的。

你最喜欢吃花生，我又不爱吃。曹半夏和杜鸿运一样酷爱吃花生，但为了照顾杜鸿运，她撒了个谎。

杜鸿运将花生放进她的衣袋：你可骗不了我，那次我们俩坐在柳树下吃了半簸箕花生呢。

我现在口味变了，你还是留着自己吃吧。尽管曹半夏努力克制着自己对杜鸿运的感情，但内心深处的思念、记挂还是会像饱嗝似的突然翻上来。杜鸿运见她掏出花生要往自己手里塞，边往门口退去边说：半夏，我最近胃不舒服，不能吃硬东西。这些花生你留着爽口。还有，我昨天让你睡偏房，是不想你在这个时候受凉。你要病了，谁来救伤员？

曹半夏愣了愣，终于点头道：好，多谢。我以后会注意保暖的。

曹半夏，以后要是有好房子你不想住，就让给我住。欧阳焕昨晚睡落了枕，他抱着那把宝贝军号，僵着脖子、歪头歪脑地走过来，嘴里揶揄着。曹半夏忍痛上前帮欧阳焕按摩脖子，被杜鸿运拦住。

欧阳焕长了身死肉，你那几两力气按不动他，我来给他松松筋骨。杜鸿运说着，把欧阳焕拉到门口，让他坐在那个树桩上，伸手替他捏脖子。欧阳焕看着热闹的院子，啧啧道：

杜鸿运，以前听说苏区的老百姓和红军处得亲，当时我们还以为这是胡编乱造的呢，没想到还真是这样呀！

这就叫耳听为虚，眼见为实。杜鸿运深有同感地说。

欧阳焕突然扭转头来：铁头班长说，老乡们把自己的口粮都送过来了，只给自家留了红薯和芋头。红军能得到老百姓这样的拥护，真是了不得呀！

杜鸿运感叹道：以前我认为老百姓对红军的拥护、爱戴是基于对武力的惧怕，参加红军后我才明白，红军和老百姓是你中有我、我中有你，分不开的血肉关系。看着晨曦中那些提着早饭、送来草鞋、拿着针线包蹲在地上为战士们现场缝补衣裤的大嫂大婶们，杜鸿运颇为感慨。

要是换了国民党的兵，他们哪会睡在这破庙里？早就把老百姓从屋子里赶出去了。欧阳焕因老爹欧阳亮的关系，经常跟白军打交道。白军进村后的第一件事就是上老百姓家搜刮钱财，闹得鸡犬不宁。老百姓没有办法，后来只要一听说白军要来，就开始赶着猪牛、挑着鸡鸭上山躲藏。所以红军和老百姓的军民鱼水情深才让他诧异。他一边感叹地享受着杜鸿运的按摩，一边小心擦拭着那把本就锃亮闪闪的军号，眼角眉梢都是笑意。自从得了连长、指导员的表扬，他现在是人逢喜事精神爽，看什么都顺眼。

这时欧阳灿走过来，说小焕，你晓得这点就好。我提醒你，以后不要脑子清楚、行事糊涂。

哥，你怎么还用老眼光看我！别以为就你在进步，我也在进步呢。

欧阳焕的口吻中有些撒娇的意味，欧阳灿笑得双目眯起：好，你进步就好，就是别走得太快，让我赶不上。

杜鸿运看着这兄弟俩，心里暖洋洋的。他晓得欧阳灿在为弟弟高兴的同时，也在铆足劲去追这个他以前有些轻看的弟弟。追赶的表现之一是比以往更爱学习，一有机会就向朱九龙和王建请教，不但背下了以前张大嘴讲过的军事知识和王建讲的政治形势内容，还向朱九龙请教了山区战斗、村庄战斗、街市战斗、夜间战斗、要塞战斗的要领和奇袭方法，回来以后经常喃喃有声地背诵，有时还在地上写写画画，就像大比武前疯狂训练的杜鸿运，有些着魔。

杜鸿运，难怪你那么喜欢九龙哥，他肚子里有货。他真是厉害，我好佩服他。欧阳灿很少轻易流露感情，可对朱九龙却从不吝啬赞美之词。杜鸿运像是自己受到了夸奖，眼睛里笑出了星星：

我九龙哥当然不一样！他肚子里的货几卡车都拉不完！

他那些货都是从红军学校学的，就像赖副连长一样。红军学校真锻炼人，以后我也要上红军学校。

欧阳灿这愿望深得杜鸿运的赞许，因为这也是他梦寐以求的，他还跟王指导员提过两次呢。王建微笑着说等苏区形势好起来，你们都去红军学校脱产学习，在那儿学上一年半载，你们这些生铁就变成精钢了。

不只是精钢，我们要变成迫击炮，每颗炮弹打出去，都能在敌人的碉堡里钻个窟窿！杜鸿运盼着将来有机会到红军学校学习，没想到如今欧阳灿也有这种想法。他俩结伴去找王建，再次表达了想要进修深造的愿望。

面对战士们高涨的学习热情，王建看在眼里，喜在心间，只是这欣喜在无人处立即被忧思所替代：随着敌人的“铁桶合围”，中央苏区犹如一片落入饿蚕口中的桑叶，已经被啃食得残缺不全，可供红军腾挪的区域越来越小。往日欣欣向荣的中央苏区像根绷紧的弦，随时可能断裂、散开。年轻的少共国际师也将迎来更加严酷的考验。

第三十一章　浴血奋战大寨脑

1934年，第三十四师师长彭绍辉调任少共国际师师长。他的到来，引起了战士们的阵阵惊叹。在第四次反“围剿”时，彭绍辉率红一师参加草台岗霹雳山战斗，他带头冲锋陷阵，左臂连中两枪。左手截肢后，他硬是以惊人的毅力学会了独臂打绑腿、骑马，继续留在部队指挥战斗。同年8月，他获得了中央军委授予的红星奖章。他对士兵要求严格，开会时经常讲红军有三个最可耻，一是打仗怕死最可耻，二是开小差最可耻，三是违反群众纪律最可耻。

1934年7月下旬，少共国际师奉命与红十三师在广昌南面境内地势险要的大寨脑正面主峰布防，阻击敌军前进。敌人的炮兵每天向红军阵地发射炮弹。伴随着轰隆的爆炸巨响，葱茏毓秀的山谷中不时激起几朵浓黑的烟尘，宛如冥界的死亡之花。

这天拂晓，大寨脑主峰刮起阵阵小风，吹散了隔夜的暑热与浓雾，变得凉飕飕的。坐在树丫上值哨的杜鸿运头戴樟树叶子编成的帽子，口里含着辣椒。但樟树叶子的辛香和口中的辣味，仍旧无法驱散越来越浓的睡意。

一片浓云飘来，遮住了那半轮淡得几乎看不见的月亮，四周似乎比夜半还要黑暗。风逐渐大起来，渐起的林涛因低沉而透出慵懒与安谧。身旁的树叶摇晃着，有着催眠的节奏。睡眼惺忪但仍强打精神的杜鸿运突然听见几声轻微的树枝折断声，接着看见几只鸟儿扑棱着飞起。

不好，有人偷袭！

杜鸿运心中一凛。若换了以前，他肯定会惊恐地大喊，从而暴露目标。经过将近一年的战斗洗礼，他已成久经考验的老兵。他镇定地从树上溜下，跑到下一个哨位低声说了几句，不一会儿，和衣枕枪而眠的战士们各就各位，屏住气息严阵以待。

随我来！朱九龙带着杜鸿运来到左方的一块巨石边，叮嘱说：你们三排一定要守住这里，绝不能让敌人从下头过去。

天黑，杜鸿运看不太清朱九龙的脸，但从语气中可以想见他此刻的表情有多严肃。朱九龙不说杜鸿运也明白，左下方这条路通往左方山头的少共国际师师部。朱九龙这是将重任交给了他。朱九龙突然趴在地上听了会儿，起来后根据他听见的脚步动静调整了兵力部署。

晨曦初露时，战斗打响。杜鸿运惊讶地发现，朱九龙的耳朵有神力。他听见的竟如他看见的一般准确。朱九龙加强布防的那几处果然是敌军的进攻重点。为了节约弹药，朱九龙等敌人走近了才下令开火，枪声和爆炸声震动了群山。打了十几分钟，杜鸿运没来由地背部一紧，倏地侧转头，看见旁边的悬崖边缘冒出颗脑袋和两只满是泥污的手。

敌人从左侧偷袭了！杜鸿运大喊着冲过去，一脚踢向那颗脑袋。崖下传来“呀”的惨叫声。

这时有两个敌人爬上了崖头，杜鸿运趁其尚未站稳，一掌推去，敌人仰面落下了悬崖，顺带还撞下了一个刚爬上来的敌军士兵。排里的几个战士冲过来，没多久便结果了偷爬上来的六七个敌军士兵。

敌人气急败坏，从崖下往上扔手榴弹。由于崖顶伸出去了一小部分，有两颗被挡住的手榴弹在半空中爆炸，把那波偷袭的白军炸得鬼哭狼嚎。但也有一颗手榴弹落在了欧阳灿和欧阳焕的身边。这次欧阳焕不用吹号，他将号背在背上，手榴弹落在他的脚下，一旁的欧阳灿飞脚将手榴弹踢向崖边，接着飞身卧倒时扑在了弟弟身上。轰的一声巨响，欧阳焕的裆部一片湿热，他扯着嗓门大喊：我的屁股炸没了！

奇怪的是，他一点也不觉得痛。起来一看，才发现受伤的是哥哥欧阳灿，弹片刺穿了他的屁股蛋，小腿和脚板上也插着几块弹片。赶过来的曹半夏和欧阳焕搭手将神志清醒的欧阳灿移到旁边的壕沟中。那儿已躺了好几名伤员。所幸这次当地的支前工作组织得好，曹半夏对伤员进行包扎后，担架队队员随即将伤员抬往师部医院。

只是没想到这么巧，抬欧阳灿的竟是小梅和另一个女队员。欧阳焕恨不得受伤的是自己。他匆匆和小梅打了声招呼，又追着担架喊了几声。趴在担架上的欧阳灿虚弱地朝他挥挥手：小焕，我没事，你替我多打几个白狗子！

欧阳焕没来得及再看一眼小梅和哥哥，朱九龙便让他代替欧阳灿指挥三班的战斗。

这时，杜鸿运注意到崖下有个敌军头目正挥着驳壳枪，领着二十几个士兵朝左边的小道摸去。想到朱九龙交给自己的任务，再看看左边那座有些陡峭的山头，杜鸿运知道师部指挥所就在那个方向。他猫腰来到小土匪身边，让他解决掉那个敌军小头目。

小土匪瞄了瞄距离，说我省颗子弹吧。他抽出腰间的大弹弓，从地上找了块拳头大的石头包在那束牛筋皮里，稳住身体，眯起眼睛瞄准。当弹弓和那个敌军小头目的脑袋成一条直线时，手一松，射出的石头如同凶狠的小鸟啄中了敌军头目的脑袋。敌军士兵们看到头目头破血流地倒地，立即卧倒朝崖上开枪。

杜鸿运在小土匪打弹弓的时候带着三名战士移动到靠近左边小路的石头旁，扬手扔了两颗手榴弹，炸得敌人人仰马翻。紧张中，他抬头瞄了眼师部指挥所所在的无名高地，心想二连拖住了这股敌人，师部指挥所应该安全了吧？

杜鸿运念及师部指挥所时，大批的敌军突然出现在师部所在的无名高地上。由于敌众我寡，红军的第一道防线被突破，紧接着敌军向红军的第二道防线发起了进攻。这时一阵号音穿过枪炮声飞过来，欧阳焕凝神谛听后，神情紧张地跑到趴在壕沟边观察山下敌情的朱九龙、王建跟前，说朱连长、王指导员，团部命令我们增援无名高地。

朱九龙一拍脑袋：狗娘养的，白狗子这面是佯攻，主力都放在无名高地了。

王建神色一变：师部指挥所？

朱九龙吩咐欧阳焕吹号，接着一扬胳膊，大吼道：同志们，

杜鸿运在小土匪打弹弓的时候带着三名战士移动到靠近左边小路的石头旁，扬手扔了两颗手榴弹……

目标无名高地！

此时，无名高地的敌人已撕开了红军的第二道防线，师部指挥所陷入了险境。警卫队进行反击，不料原先佯攻二连的敌军从斜里冲进了师部的警卫队中，双方展开了激烈的肉搏战。虽然师部警卫队的战士进行了殊死反击，然而敌众我寡，敌人的包围圈越来越小。就在这千钧一发之际，身后忽然传来了红军激越昂扬的冲锋号声。

长官，我们中了红军的埋伏了！

有个敌军小头目边喊边往后跑，正在拼杀的白军士兵跟着后撤，不料却被督战队的子弹压得只能转身冲向红军的队伍。

杜鸿运此时正好跑到一棵大松树后头，他朝敌军督战队扔了颗手榴弹，将督战队的军官和几名士兵炸上了天。趁着滚滚的硝烟，杜鸿运带着三排战士跑向朱九龙所指的方向，增援师部指挥所，和敌人展开了激烈的白刃战。

因连日征战，刚刚又猛跑了一气，杜鸿运的体力有些不支。他迎战的第一个白军士兵体格强壮，而且站在高处，杜鸿运一刺刀过去，不巧捅在了他的腰带上。白军士兵手中的刺刀趁机扎向杜鸿运，杜鸿运情急之下往边上闪身，白军士兵高大的身体竟被扯得朝他压来。杜鸿运猛地将刺刀扎进了白军士兵的体内。白军士兵惊愕地瞪大了双目，失去焦距的瞳仁映出一把亮闪闪的刺刀，杜鸿运也不知哪来的力气，用枪挑着白军士兵的尸体抡向背后，击倒了偷袭他的白狗子。

这时，杜鸿运看见两个白军士兵在围攻欧阳焕。欧阳焕挥舞着刺刀左阻右挡，那两个身材矮小的士兵体格上虽占不了上风，但配合默契，一个攻前，一个攻后，有几刀刺在欧阳焕背上那把被弹片击打得变形的军号上，心疼得他连声大喝：

妈了个巴子，别惹我的军号！好，老子一刀送你去见阎王。那两个士兵哇哇怪叫。杜鸿运见欧阳焕渐落下风，有心过去相助，这边又有把刺刀扎到了胸前，连忙打起精神迎战。这时，杜鸿运看见王建举着大刀砍向进攻欧阳焕的士兵，而另一个士兵则端着刺刀朝王建刺去。杜鸿运心里着急，力气大增，一刀刺倒了扑向自己的那名白狗子，转身冲上了王建站立的那堵斜坡，举刀朝偷袭王建的白军士兵颈部扎去，白军士兵机敏地跳到边上，杜鸿运收势不住，脸朝下扑倒在地，接着他听见了刺刀扎进肌肉的奇特声音。在锥心刺骨的剧痛中，他昏了过去。

第三十二章　杜鸿运受伤住院

杜鸿运是被难以言说的剧痛给痛醒的。痛感像个和人捉迷藏的孩子，时而在背部跑动，时而踩踏头部，过了稍许，又去折磨他的腹部和手脚。往日无知无觉的牙齿如今长出千百条敏感的神经，脉搏跳动时它们扭合成粗大的绳索，扯得他牙根剧痛。他听见了粗重不等的喘息声、呻吟声，被那股混合了石灰、草药、烟尘、尿骚的腐臭熏得咳嗽起来。锐利的疼痛刀般划过躯体，混沌的意识犹如放了明矾的浑水，逐渐变得清明。他张嘴微微呻吟着：水！水！

医生，杜鸿运醒了，快给他喝水。

这声音飘渺而熟悉。是谁在说话？杜鸿运想抓住那声音，可意识深处突然伸出几只白生生的魔爪，它们狠劲地往下拽他。眼看他就要沉入无边的黑暗了，一阵轻悄的脚步声由远而近，那股熟悉的气息宛如救命的钩子，将他从深渊拉回了现实。

半夏，是你吗？他的声音微若蚊蚋。

半夏在二连当卫生员呢，我是林兰儿。林兰儿的声音犹如跳跃的山泉，婉转动听。杜鸿运渐渐清醒过来：我在医院待了多久？

鸿运，你高烧不退，昏迷了整整三天。这次你能醒来，真是老天保佑！

刚才那道声音又在耳边飘荡。

欧阳灿，是你吗？杜鸿运气息微弱地问道。

是我。没想到我前脚到医院你后脚就追来了。你伤得这么重还能挺过来，真是老天爷保佑。

杜鸿运慢慢睁开了眼睛，但他脸朝下趴在床上，只能看见一角竹席和一块泥地。

杜鸿运，高烧是道鬼门关，好多伤员都闯不过。你身体还真结棍！

林兰儿夸奖着他，一边伸手帮他翻身，她的动作很轻柔。但稍一牵动，杜鸿运背部便似有千万根牛毛细针往外刺突，疼得他直打哆嗦。

再忍一忍就好了。林兰儿本着长痛不如短痛的想法，又摆弄了他两下。这次她的着力点把握得恰到好处，短暂而剧烈的疼痛刚使杜鸿运发出声轻呼，身体便被扳成了右侧卧。林兰儿用棉被顶住他的腰部，拿来冷毛巾敷在他的头顶、后颈、腿上，方才锐利的疼痛现在变成了钝痛。喝着林兰儿端来的温开水，杜鸿运磨石般沉重的眼皮终于掀起道缝，看见了睡在旁边病床上的欧阳灿。

欧阳灿，你的伤好些了吗？杜鸿运看着欧阳灿被草药涂成青色的屁股蛋，忍不住笑了起来。

好啊，杜鸿运，你笑我屁股开花！等我好了，非揍你不可。

欧阳灿平日注重仪容仪表，这次负伤的部位有些不堪，照顾他的又都是些大嫂和林兰儿这样的妹子，想到自己天天露出两块稀烂的大屁股蛋，他心下歉疚得很，同时也有些懊恼自己的形象被毁。杜鸿运这一笑，他先是有些恼，继而自己也跟着笑了，笑声里有庆幸的意味。因为他想起了曹远志跟杜鸿运抬的那位老兵，当时那位老兵也是屁股受伤，但没想到子弹洞穿了他大腿根的血管，最终因失血过多牺牲。

欧阳灿，亏得你肌肉结实，愣是把子弹夹住了。这子弹要是再往前拱拱，你这辈子就成瘸子了。

手术后，陈副院长这样安慰欧阳灿。是啊，如果子弹再往前拱拱，哪怕活着，他的世界也不再平整。现在屁股烂了，可伤愈后穿上裤子，他还是那个英俊潇洒的欧阳灿。没了心理负担后，欧阳灿连闯并发感染和高烧两大关。陈副院长后来说他以前吃得好，身体素质棒，不然连着一周的高烧，不烧死也要烧坏脑子，他倒好，一退烧就趴在床上帮师部宣传队写快板词。

林兰儿见欧阳灿写得一手好字，快板词比当初杜鸿运写得还要朗朗上口，心下便对欧阳灿多了几分欢喜，给他换药上药时语气动作格外温柔。杜鸿运才来两天就觉察到了林兰儿的异样。

欧阳灿，你小子走桃花运了。杜鸿运此言一出，居然附和者众。其他伤员早就想开欧阳灿和林兰儿的玩笑，但欧阳灿平常不怎么爱说话，又听陈副院长和林兰儿夸他是个大秀才，那些大字不识几个的伤病员自然觉得跟他有距离，所以没谁敢挑头跟他开这种玩笑。现在杜鸿运开了头，他们凑两句嘴打趣，欧阳灿总不至于发火吧？其实欧阳灿一直很想跟这些伤员打成一片，只是伤员们拘谨着，他也拘谨着，双方便显得有隔膜了。所以他虽然比杜鸿运早住院，除了跟邻床的陈四方熟悉些，很少跟其他伤员讲话。陈四方是师部宣传队的副队长，受伤还不忘工作，见欧阳灿有文化，便请他给师部宣传队写快板词和宣传口号。欧阳灿欣然从命。

杜鸿运和欧阳灿住的病房是一间祠堂的大厅，三十多号伤员都来自少共国际师，只不过所属的团营连不同。当然也有像他跟杜鸿运这样来自同一个排的或者同一个班的伤员，有的伤员还是亲戚。病房东头就睡着兄弟两个伤员，弟弟头部受伤，哥哥大腿挂彩。没想到的是头部受伤的弟弟挺过来了，哥哥却被伤口感染夺走了性命。弟弟号啕大哭时欧阳灿和好几位战士也跟着哭。不过这都是杜鸿运昏迷时发生的事，欧阳灿只能当作故事讲给他听。

你说我和小焕会不会？欧阳灿的问话戛然而止。他不敢再往下说，杜鸿运也不敢再往下听：咳，你什么不想，尽想这个！还是想想你跟林兰儿的事吧。

你跟我说不打紧，这话要是让林兰儿听见，只怕要给你爆栗子吃。要是给陈副院长听见了，不管我跟林兰儿有没有事，都要挨批评。欧阳灿嘴上这样说，脸上的表情却甜丝丝的。

杜鸿运想起曹半夏，心揪成了一团。最近大仗小仗不断，运往医院的伤员越来越多，二连的情况也不例外，她一个弱女子如何能承担起救助大量伤员的重任？但愿朱九龙和王建能想到这层，给她配个助手。

你在想半夏？欧阳灿和杜鸿运总是心有灵犀，曹半夏的影子刚爬上杜鸿运的心间，欧阳灿便这么问道，弄得杜鸿运一愣。他支吾着转移了话题：欧阳灿，听陈副院长的意思，像我们这些度过了危险期的伤员，过几日可能要转移到附近村庄的老百姓家里去静养呢。

先前已经转走了一批，到时候希望医院能把我们俩分在一起。欧阳灿点点头。医院床位紧、医护人员少，这种分流的办法能适当减轻医院的压力。

嗯，这话我去跟陈副院长讲。

陈副院长因杜鸿运向医院贡献了水蛭疗法，对他格外好些。这两天林兰儿还把好几条蚂蟥放进了杜鸿运的伤口。蚂蟥在伤口里钻动、吮吸造成的痛楚比他想象的要严重得多，他有些后悔自己当初的建议了。

战事不容乐观呀。伤员越来越多，医疗器械紧缺，没有消炎药、止痛药，连盐也越来越少了，现在只能用茶水和石灰水给伤员洗伤口。杜排长，我听说医院的床位要腾出来给新伤员呢，我们老伤员要送到老乡家里休养，以后医生要过去看病，可就没那么方便了。旁边的伤员不乐意被分流，连着唉声叹气。

这位同志，医院分流伤员也是为我们大家着想。各位到了老乡家一定要摆正心态，打起精神配合治疗，只有这样才能战胜病魔。

陈四方不愧是搞宣传的，说话很有鼓动性。他这一摆道理，那位伤员好像想通了。杜鸿运和欧阳灿同时向他伸出了大拇指。

陈四方今年二十四岁，在老家结了婚，有一个儿子和一个女儿，每次开口总喜欢“倚老卖老”，说自己是少共国际师里的“前辈”。一来二去的，病房里的人都叫他前辈。既然是前辈，思想境界自然要比旁人高些。

大哥，陈前辈讲得对，医院为分流伤员做了好多准备，到时会给老乡一些钱，保证你们的口粮，每周还会有医生上门诊疗。

林兰儿试图打消战士们的顾虑，但即便是傻子，也知道医院这计划很难实施，因为前线的战况越来越惨烈，仅昨天医院就收了近百位伤员。二连还好，这周来的伤员只有三个，都是后来补充的新兵。林兰儿说一个要截掉左腿，一个要截掉右胳膊，另一个鼻头被子弹打掉。林兰儿啧啧叹道：都是些十六七岁的细伢子，他们往后的日子难过呀！

林兰儿刚发完感叹，陈四方突然打断了她的话头：林医生，你可别这么说，他们虽然残废了，可他们能活下来！你要担心的是那些还在前线的战士，他们随时都有牺牲的危险。

林兰儿知道他说得在理，点点头道：我没别的意思，只是替那些小战士难受。他们都想着伤好以后重回前线，现在成了残疾，都觉得自己是在偷生，不肯用盐水洗伤口呢！

林医生，你去跟他们讲，我跟欧阳灿希望他们配合医院工作。对了，赖慕敏副连长还在医院吗？

杜鸿运突然记起了自己的排长身份，觉得这时自己的话小战士也许能听进去。如果赖副连长还在，由他发话，战士们会更信服。

你昏迷的时候赖副连长来看过你两次，他前天出院回了二连。欧阳灿抢先道。杜鸿运受伤住院后的第二天，赖慕敏在高烧不退的杜鸿运病床前代替林兰儿照顾了他两天，遗憾的是，直到赖慕敏出院，杜鸿运还处在昏迷状态。

赖副连长的伤都好透了吗？他说了什么？杜鸿运很遗憾自己没能见上赖慕敏副连长一面。

他的伤没有好透，但坚持要重返前线。他让我们好好养伤，万一留下残疾，也不要灰心丧气。如果不能再上战场就去地方工作，继续为革命出力。

欧阳灿转述着赖慕敏的话。杜鸿运恨不得自己的伤立刻就好，开始向正给他换药的林兰儿打听自己什么时候能出院。林兰儿扑哧一笑：杜鸿运，这伤筋动骨一百天，你才进来几天就想出院？就算华佗再世也没这本事，除非你是孙悟空，能变出个完好无损的杜鸿运来！

鸿运，这伤急不来的，你耐心些，伤口才好得快，千万不要烦烦躁躁。你要是嫌烦，前辈说师部宣传队要演活报剧，你帮着写幕剧呗。

欧阳灿的快板词写得还行，可写剧不行，折腾了两晚上也没拿出篇像样的东西来，愁得睡不着。现在来了个笔健的杜鸿运，他怎么也得把杜鸿运调动起来。陈四方一听杜鸿运有这才能，喜出望外地托林兰儿买了两个鸡蛋送给杜鸿运吃。杜鸿运把鸡蛋转送给了失血过多的伤员。陈四方以为他不肯写，牙疼似的哼唧道：我的天爷爷，没人写剧本，这宣传任务可怎么完成呀？你就帮帮忙呗。

陈四方求助地望着杜鸿运。杜鸿运以前看过不少采茶戏和电影，略知一些戏剧套路，如今闲着也是闲着，还不如趁此机会练练笔头，便咬牙答应了。乐得陈四方当即找陈副院长要来纸笔，给杜鸿运三天时间完成任务。

前辈，你过分了啊！杜鸿运忘了自己不能动，急得猛抬头，结果疼得直抽冷气。欧阳灿也“指责”陈四方限时太紧，和杜鸿运一起据理力争，终于把交稿时间宽限到五天。

前辈作风蛮霸，不体贴我们战士，等伤好了，我得跟你打上一架，以泄我被压榨的怒火。

杜鸿运故意和陈四方抬杠，陈四方为表歉意，放开喉咙唱了两首歌，病房里的气氛顿时活跃起来。

然而，欢乐总是那么短暂，中午时分又送来了一批伤员，空气中弥漫着新鲜的血腥味和远远飘来的硝烟气息，病房里的气氛又凝重起来。忽然间这凝重被一道焦灼的女声剪开：

陈副院长，马上要下雨了，赶快把伤员抬进屋啊！

杜鸿运和欧阳灿对视一眼，异口同声地喊道：曹半夏！

曹半夏躺在院坪中间的担架上，没有听见病房里杜鸿运和欧阳灿的喊声。她看着左腿上的伤口，至今想不起自己是怎么挂的彩。今天上午的战斗中，她和朱九龙配给她的助手、新补充过来的小战士东伢子从阵地上救下了九个伤员。当她把脸部受伤的欧阳焕背到担架上时，左腿的钻心疼痛使她眼前阵阵发黑，双腿软如棉花，咕咚一声栽倒在地。

曹卫生员，你左腿挂彩啦！曹半夏只听到了担架员惊呼的余音，接着眼前一黑，什么也不知道了。再醒来时，天空山川在头顶晃悠，担架员的喘息声、脚步声和伤员的呻吟声让她明白，本应在前线救死扶伤的自己也成了一名需要别人照顾的伤员，她有种大仇未报身先伤的不甘，可这又能怎样呢？子弹洞穿了她的左腿小腿，虽然没有打断骨头，但因她拖着伤腿搬运了好几名伤员，又没有及时包扎，现在小腿肿得如同圆墩墩的冬瓜，且已殃及关节。如果伤势得不到缓解，还会累及大腿，万一发生感染，那预后就难说了。

前头担架上躺着欧阳焕。他以唢呐代替军号传令时，一颗子弹洞穿了他左右脸的腮帮子。曹半夏从他满是鲜血的嘴巴里掏出了一堆碎肉和碎牙，心里着实为他担心。但仔细查看了欧阳焕的伤势后，她又有些庆幸，只要救治及时，不发生感染，他的伤势还不至于危及生命。可转念她又为欧阳焕担心——平常以英俊潇洒自诩的欧阳焕能接受毁容后的自己吗？曹半夏心中没有底。

在师部医院待了半年，曹半夏所见的绝大部分伤员都有极强的求生意志，有的战士哪怕残废了也能正确对待，但也有好几个战士因重度残疾而自杀。师部宣传队有位女队员被弹片切掉了鼻头，出院当日她跑了十多里山路，终于在圩上找到了一面小镜子。当她解下裹脸的帕子，看见自己残缺的鼻孔后，问老乡讨了条麻绳，转身就到后山上吊了。曹半夏很担心欧阳焕会步她的后尘。因为欧阳焕和那位女队员一样，都出身富裕人家，肚里有墨水，人也长得好，平常很爱惜自己的样貌。在曹半夏看来，这样的人总是不如出身穷苦的战士皮实。

曹半夏心念电转间，头上的乌云越积越厚，眼看就要下大雨了，可因为伤员太多，医院里一时腾不出人手把新伤员抬进屋内。曹半夏的喊声像刚劈开的竹片，边缘长着锐利的毛刺，又像一道连环铁钩，从医院的大门里钩出了几十名神情疲惫的大嫂和妹子，大家有条不紊地将担架抬进了屋内。可轮到曹半夏前头的欧阳焕时，林兰儿说里面连下脚的地方都没了。

我不管，你们就是人叠人，也要把剩下的伤员抬进去。

王院长、陈副院长等医生都在做手术，负责搬运伤员的林兰儿自然知道把伤员留在雨中的危害。可急归急，她又不是孙悟空，再急也变不出地方来呀。

曹半夏冷静地想了想，突然说：林兰儿，你把我们抬到上厅去。

上厅全满了，连根筷子都放不进去。

上厅伤员睡的是床，床下面能摆下我们这些人。

林兰儿眨巴了两下大眼睛，抹着汗点点头：这主意好，大家快动手吧！

在大雨下来之前，林兰儿领着一帮大嫂终于把曹半夏、欧阳焕等十个伤员安置在了上厅。躺在床板下，曹半夏有些担心五尺凳不稳，上面的床板和伤员会摔下来，忙让大嫂们找来绳子，将下面躺了伤员的床绑好。看着睡在稻草秆上，被绷带缠得只露一双眼睛的欧阳焕，曹半夏突然想起了自己的哥哥。

自家哥哥也是脸部受伤，可惜他没机会上医院治疗就走了。如今欧阳灿也在这儿住院，他要是得知弟弟受了伤，肯定会很难受。还有，杜鸿运怎样了？

这些日子曹半夏尽量不想杜鸿运，没想到稍有空闲，杜鸿运便顽强地顶破记忆的帷幕，从脑海中冒了出来，日头般明晃晃挂在眼前，让她无法忽视。

等能走动了，就去看杜鸿运。这个念头上面肯定沾满了瞌睡虫，曹半夏的眼皮倏地变成了沉重的磨石，将她砸进了黑黢黢的梦里。

杜鸿运这会儿可没空想曹半夏，鲜血仍顺着胳膊往下淌，剧痛箭般刺向他的大脑和心脏，几声不受控制的呻吟从喉咙爬了出来。欧阳灿费力地转过脸来：鸿运，你伤口又出血了，得赶快上药！

杜鸿运嘶了几口冷气，敏锐地分析道：前线战况激烈，这个时候半夏本应该在阵地上，她到这儿来，说明她负伤了。

杜鸿运心里沉甸甸的，不过转念想到曹半夏能喊那么大声，估计伤势不会太重，心下略感宽松。欧阳灿自从进了医院，便变成了第二个大胖，开始迷信口彩。他呸了两声：杜鸿运，你能不能讲点吉利话呀？

坏事讲不好，好事讲不坏。她要有事，还能一嗓子吼得雨点乱飞？

看着窗外突然变得黑黢黢的天和瓢泼而下的大雨，杜鸿运担心外面的伤员被淋，有心去帮忙，却因伤势不能行动。他和欧阳灿焦灼地等了片刻，终于看见浑身湿淋淋的林兰儿脸色沉郁地直奔欧阳灿而去，心中不由得咯噔一声。

千万别是……

可惜，事与愿违，杜鸿运听见了林兰儿满是同情的话语：你弟受了伤。

伤哪儿了？欧阳灿一把抓住林兰儿的手。林兰儿说子弹打穿了他的脸颊，掉了一大把牙齿，陈副院长正在给他做手术。欧阳灿听了，急得要护士把他抬到急诊室门口去。

欧阳灿，你的心情我理解，可现在大家真的很忙，我得先走了。林兰儿扒开了欧阳灿的手。

林兰儿，曹半夏是不是也受伤了？她伤哪儿了？杜鸿运问道。

左小腿受伤，不是很严重。林兰儿说着转身趄了出去。杜鸿运朝欧阳灿伸过一只手：小灿，吉人自有天相，小焕会好的，你不用太担心。

欧阳灿没回话，不一会儿杜鸿运听见了他的啜泣声。

欧阳灿，你要冷静。杜鸿运口里劝着他，心里却在为曹半夏担心。

小焕伤在脸上，那儿离头部很近，现在缺医少药的，万一发生感染，细菌很容易上脑。万一……万一……

杜鸿运猜欧阳灿肯定想起了那对受伤的兄弟和其中那位突然离去的大哥，所以才如此担忧。他想安慰欧阳灿，却不知如何开口。欧阳灿的抽泣声、伤员的呻吟声和高高低低的鼾声倏忽间响成一片，让他倍感焦虑。由于缺医少药，不少伤员的伤势变重，其中就有睡在欧阳灿旁边的“前辈”陈四方。他这两日高烧不退，大部分时间都在昏迷，另外那些转成重症的伤员也昏睡不醒，病房里浮动着死亡的气息。陈四方被尿憋醒后，正好听见欧阳灿这段话，他清了清嗓子，发现自己全身轻快多了，忙拍拍床板以引起欧阳灿的注意：欧阳灿，我好像退了烧，人好多了，等下我过去看看你弟弟。见到你弟弟我就说，你这当哥的没卵用，还哭鼻子呢！

欧阳灿一听这话反而哭出了声，有几个清醒的战士开始安慰他。杜鸿运在理解他的同时又替他的脆弱着急：欧阳灿，欧阳焕没事，你别自己吓自己。我跟你讲，你心情不好，伤口愈合得就慢，别到时候我出院了你还待在医院里。

对呀，你留下来陪你弟弟，正好省得伤好后回前线打仗。

有个烈性子的年轻伤兵用起了激将法，没想到这法子还真管用。欧阳灿抽抽鼻子，止住了哭声。他伸手去推屈着身子、睡姿奇怪的陈四方：前辈，医生说你这样睡会影响伤口愈合。

不料陈四方却突然掉下了床。只见他脸色蜡黄，眼睛微张着，缤纷的世界在他眼里只剩下窄窄一条黑白的倒影。

“前辈”陈四方就这样突然离开了这个他为之奋斗的世界。

第三十三章　疏散伤员到村里

两天后，由于红军连连失利，师部医院往越来越窄的根据地内后撤三十里。医院后撤前，将近百位轻伤员和即将痊愈的伤员分送到附近的村庄养伤。为了缓解当地村苏维埃政府和群众的压力，同时也为了预防敌人的突袭，更关键的是，万一红军伤员疗伤的村庄沦陷了，为了便于当地群众安全管理和照顾伤员，王院长和陈副院长等人商量了一个分小组安置的办法，每个村庄照顾的伤员最多不超过十人。支前队员接走伤员的同时，也带走了伤员近期要用的中草药，此前参加了医院相关培训的支前队员回去后还要教那些安置伤员的老乡学会换药和上山采药。

考虑到曹半夏、杜鸿运、欧阳灿、欧阳焕为新伤，还需要两至三月的疗伤时间，陈副院长便把他们四人分在一组，当地苏维埃政府特意将他们安置在师部医院曾经驻扎过的小别村。小别村的支前队长小梅领着担架队抬他们四位回村时虽然累得气喘吁吁，脸上却始终挂着笑容——杜鸿运发现她错将欧阳灿认成了欧阳焕。

鸿运，你说我该怎么办呀？欧阳灿犯了难。杜鸿运建议他实话实说，欧阳灿也觉得应该这样，他可不想顶着这张和弟弟相同的脸冒领小梅的感情。于是，当小梅坐在他身边喁喁私语时，欧阳灿满脸紧张地说：小梅，你搞错了，我是小焕的哥哥欧阳灿。谁知小梅却突然伸手摸了摸他左耳上方，接着勾起手指赏了他一刮子：你这里有颗小痦子，你骗不了我，你就是小焕！

欧阳灿急了：我们兄弟俩左耳上方都有颗痦子。我上次打仗时左脸擦伤了，你看，我这儿有道疤，我弟没有。

欧阳灿抓起小梅的手去摸自己左颊上那道浅浅的疤痕，小梅的手指一僵，转身来到昏迷不醒、脸上缠满绷带的欧阳焕身边，伸手摸了摸他的耳朵，然后转身进了屋内。欧阳灿知道自己说服了小梅，但小梅并没有说服自己，不多时，从里屋传出小梅幽幽的哭声。

由于转运时受了寒，加上伤口炎症未消，杜鸿运有些发烧，到小别村后一直在昏睡，身上时冷时热，梦境断断续续。小梅的哭声像只看不见的手，猛地将他从那个黑暗的所在拽出。他弄明白情况后立即开始宽慰小梅：小梅，你别担心，小焕就是破相了也还是帅哥。牙齿掉了也没关系，到时候我们凑钱送他去补牙。医生做的牙齿比他自己的牙齿更白更整齐，好看得紧。

这时，既是伤员又是卫生员的曹半夏拄着拐杖从里间走出来。这间房为长条形结构，中间用木板隔断，开了扇从里间上闩的木门。为了便于照顾病人，小梅和曹半夏睡在里间，杜鸿运、欧阳灿、欧阳焕打通铺睡在外间。见到曹半夏，满脸眼泪的小梅连忙止住哭声，迎上前扶住了她：半夏，你不能起来。

曹半夏说我是这里的卫生员，我该查房了。

你腿肿得像冬瓜，你教我怎么查吧。小梅扶着她坐下，请求当曹半夏的学生。

杜鸿运心疼曹半夏，接着小梅的话头说：半夏，有些事情你得教小梅。另外你要了解我们的病情，躺在床上问便是。

曹半夏白他一眼：华佗给人看病还要望闻问切，我这三脚猫医生可没隔空断病的本事。

半夏，你歇着，我告诉你，我现在有些发烧，身上时冷时热，伤口周围肿了，一跳一跳地疼得厉害。

杜鸿运心疼曹半夏，希望自己的详细描述能减免她的行走之苦。曹半夏拄着拐，咬牙走到依旧昏迷的欧阳焕身边观察了会儿，招呼小梅给他喂水。

他嘴巴都裹上了，喂不了呀！小梅看着欧阳焕那张包裹得只露眼睛的脸，感觉无从下手。曹半夏让小梅搬来高脚凳，僵着肿胀的左腿艰难地坐下。在小梅的协助下，她小心仔细地拆开了欧阳焕伤处的绷带。只见欧阳焕两边的脸颊被打穿，子弹出口处肌肉肿胀外翻，往日优美的嘴唇如今像两片生肉搁在下巴上。小梅强忍着才没哭出声。曹半夏轻轻拉了拉她的手：小梅，别哭了，快去盛些米汤来。

小梅抽噎着说：他嘴肿成这样，哪能吃东西啊？

曹半夏安慰她：你只管去拿米汤，还有，再倒一碗热开水来。

说着，她拧开腰间悬挂着的竹筒盖，从里头取出条干燥透明的肠衣和一个竹制小漏斗。杜鸿运和欧阳灿歪过脑袋看着她：你要用肠衣喂米汤给小焕吃？

曹半夏点点头。这时小梅拿来了开水和米汤，曹半夏用开水洗过漏斗和肠衣，接着用绳子扎住肠衣的一端，再用竹漏斗套住肠衣的另一头，往里灌注米汤。这边小心地撑开欧阳焕的嘴，将肿胀成型的肠管往喉咙里伸了半个指头的长度，再用竹针扎破肠衣，米汤便顺着食管进了肠胃。这是师部医院护士发明的灌流质土方法，操作起来有些难，倒也管用。杜鸿运边看边在心里赞叹这种方法的巧妙，同时喉咙里涩涩的，真心替欧阳焕难受。欧阳焕呻吟着醒了过来。

水……水……

因脸颊受伤，牙齿缺损，嘴巴肿胀，好一阵大家才听明白他说的什么。

小焕！小焕！哎呀！欧阳灿忘了屁股上的伤，猛地撑起胳膊想要起身，随之而来的剧痛让他惨叫着趴倒在床上。杜鸿运吸取了教训，慢慢侧转身子，探手够着了欧阳焕的手指：小焕，我是杜鸿运，你哥哥也在这里。你听见了动动手指。

小焕，我是哥哥，就在你身边。你的伤不重，过段时间就能好，现在再难受也要忍着，到时我们仨一起重返前线。

欧阳灿忍着剧痛宽慰欧阳焕。此时曹半夏扯出了欧阳焕喉咙里的肠衣，米汤流入了他的食道，头脑逐渐清醒的他无法发声，只能用手指在杜鸿运的手心里写字。杜鸿运琢磨明白后激动地点点头：

我明白了，小焕，你说我们要做一个英勇无敌红色战斗员？

欧阳焕抠了抠他的掌心表示赞同。曹半夏不愧是从师部宣传队出来的，一边给欧阳焕上药，一边轻轻哼着歌：

做一个英勇无敌红色战斗员，最后的一滴血，为着新中国！

众人跟着哼唱起来。这时门口传来阵急促慌乱的脚步声和鸡鸭被惊走的咯咯、嘎嘎声，接着翠凤嫂冲进来，慌里慌张地说：祖宗，你们别唱了！白狗子打到了清风寨。

什么？杜鸿运、欧阳灿险些从床上滚落下来。曹半夏和小梅也吃了一惊。

清风寨离小别村七十华里，是少共国际师N团守护的阵地，白狗子打到了清风寨，那清风寨是守住了还是丢了呢？翠凤嫂也不清楚，只说刚才在路上碰到了村苏维埃政府主席三叔。

三叔跟我讲，进攻的白狗子乌泱泱一片，红军怕是守不住清风寨了，要我和小梅赶快把你们转移到雷公山上去。

翠凤嫂话音刚落，三叔和赤卫队队长大松急匆匆走进来。见大家面色凝重，三叔清清嗓子说：前线吃紧，照现在的情形看，只怕还有两三日工夫这里就要落入敌手，得赶紧疏散。

雷公山上有个水打龙宫洞，里头岔洞很多，像个迷魂阵。今天下午就把你们转移到水打龙宫洞里去。大松忧心忡忡地说。曹半夏说山洞潮气重，不利于养伤。小梅说水打龙宫洞太远，到时候粮食和药品怎么办？

大松生气地说：都这时候了你们还担心这些？白狗子要是打过来了，他们可是茅草要过火，石头要过刀的，伤员行动不便，

小梅拿来了开水和米汤，曹半夏用开水洗过漏斗和肠衣，接着用绳子扎住肠衣的一端，再用竹漏斗套住肠衣的另一头，往里灌注米汤。

得先避开！

三叔宽慰她俩：我们这一带以前是红白拉锯区，白军回来的时候，我们就带着村里的老百姓上水打龙宫洞躲避。洞里有简易的木头床椅和灶台，洞外有泉眼和老百姓种的蔬菜、苞粟，再挑些粮食上去，你们在那儿住个把月不成问题。

大松刚给前线送过粮食，知道形势严峻，他主张立即转移伤员。欧阳灿认为光他们几个上山没用，建议村里的老百姓和伤员跟着红军的防线一起后撤。

杜鸿运觉得他这主意很幼稚：要是按你这种方法，往中央苏区腹地撤退的老百姓少说也有好几万，到时这些人在哪儿住？口粮从哪里来？何以为生？这些都是需要考虑和解决的问题。

一直没开口的翠凤嫂听说要搬走，急得立眉竖眼：我们祖祖辈辈都住在小别村，哪能说走就走？就算白狗子杀回来，我们也得守在这里！

三叔、大松频频点头，说白狗子来了我们躲上山，他们走了我们再回来。他们是外来的兵，不能常住村里。我们是这里的土地神，离不开脚下的泥土。

哎哟，急死了，你们倒是说我们怎么办呀？小梅望着清风寨方向，发现那边的天空乌沉沉一片，估计是被硝烟染黑了。她急得叫唤起来，眼中蒙上层泪水。

曹半夏想了几分钟，说三叔，趁这两天还有人手，把村里的伤员送到瑞金县境去吧。

三叔有些为难：我和赤卫队马上要到清风寨去抬红军伤员，

伤员只有靠小梅她们的妇女支前队了。

大松瞅了瞅小梅，说伤员要转移到瑞金，还得先跟当地的苏维埃政府联系好才行。可现在谁去联系？再说瑞金是赤都，敌人最终的目的就是要攻破瑞金，那边也不保险。

曹半夏愣住了：那怎么办？

杜鸿运见三叔和大松脸色焦灼，知道他们任务在身，不能久留，忙说大松队长讲得对，据我所知，红军总医院有很多伤员要在瑞金就地疏散，我们现在赶到那边去不现实，还是先转移到水打龙宫洞。清风寨要是守住了，我们再下山不迟。

好，先按你的意思办。大松和三叔同意了这个方案。他俩走后，小梅找来了十位大嫂和四副担架，其中八位大嫂抬伤员，小梅和另外两位大嫂挑着粮食、衣被和草药，一行人在崎岖的山路上走了两个多钟头，总算来到了山腰上的水打龙宫洞。

第三十四章　山洞里的惊魂夜

小别村一带多为丹霞地貌，水打龙宫洞是个奇特的溶洞，洞口前头有巨石挡着，洞顶上方又垂下一蓬古藤和灌木，如果事先不知道灌木丛后面有溶洞，就算在洞口前走十多个来回，也很难发现山洞。入口只容一人通过，洞内面积却阔达数亩，往下走有地下河及数不清的岔洞。山洞大厅的石壁角有几间草棚，棚内有柴火、水缸、桌椅、锅碗瓢勺，旁边就是泉眼，倒也方便。

这地方比山下安全，就是苦了小梅和各位大嫂了。

杜鸿运向各位大嫂表示了感谢。说也奇怪，他刚才心里一急，路上又出了两身大汗，体温居然降了下来。神志清醒的欧阳焕正在跟他哥“说话”，那含混不清的语句只有欧阳灿能听懂。两人讲了一阵子，杜鸿运注意到欧阳灿不断地摇头，欧阳焕则气得双手直拍床板，发出咚咚咚的响声。

欧阳灿，他不能激动，否则伤口会出血！

曹半夏见状连忙提醒欧阳灿，欧阳灿只好连声答应，欧阳焕这才平静下来。

夜晚，杜鸿运看着从洞口射来的几缕月光，听着渐起的山风林涛、洞内的泉滴和唧唧啾啾的虫鸣，心里沉甸甸的。蝙蝠像是知道他的心事，不时地在洞内盘旋，留下道道黑影，让他了无睡意。欧阳焕发烧了，上山后不久便陷入了昏迷，时不时发出几声痛楚的呻吟，给山洞平添了几分压抑。隔床而卧的欧阳灿没睡着，他突然问道：半夏，小焕脸上的洞能不能长拢？

曹半夏顿了顿，牙疼般嘶着气说：小焕脸上这么大的伤口能不能长拢，我还真不敢打包票。

杜鸿运说你以前没遇到过这种情况吗？曹半夏迟疑了一会儿，说救过几个这样的伤员，全都……全都……

欧阳灿说你不要再讲了，我晓得的。

这时，疲惫不堪的小梅歪在欧阳焕旁边的木床上睡着了，只是她睡得不安稳，先是磨牙，接着小声喊着欧阳焕的名字，声音里有几分惊喜和娇嗔。静谧压抑的山洞因她的梦呓而显出几分温暖。欧阳灿和杜鸿运的伤势虽然略有好转，怎奈营养跟不上，这两天路途奔波，导致体力不支，两人很快沉沉睡去。

夜半时分，众人被电闪雷鸣惊醒，从山上倾泻而下的洪水在洞口前面形成一道水帘。哗哗的水声混合着林涛，犹如千军万马碾过，轰隆的巨响给山中的夜晚增加了几分凶险。受惊的蝙蝠吱吱叫着乱飞，搅起的气旋送来了阵阵陈年落叶的酸腐、鸟粪的恶臭、树脂的芬芳和草木的清甜气息。黑暗中，杜鸿运听见流水漫过乱石的潺潺声，估计草棚下方已成泽国。所幸的是他们的栖息处地势较高，洞顶上方也无水珠滴下，还能安然而卧。

有东西缠住了我的脚！杜鸿运，快，快点灯！

曹半夏的惊呼使杜鸿运忽略了起身时的疼痛，他飞快地掏出那盒宝贵的火柴，点着了小梅给他备好的松脂木。摇曳的火光中，累极了的小梅依然在酣睡，欧阳焕也睡得很沉，欧阳灿挣扎着撑起上半身，扭头打量着曹半夏，伸出的手指颤抖着：蛇……蛇！

欧阳灿面对敌人的炮火毫无惧色，如今却被那条缠在曹半夏伤腿上的金环蛇吓得声音发抖。杜鸿运以前跟柳长脚照泥鳅时经常抓到蛇，所以他对蛇没有欧阳灿那么深的恐惧。已然吓傻的曹半夏微张着嘴，呆呆地看着那扬起的三角形蛇头和时不时吐出的蛇信。

半夏，你别动！杜鸿运从床头拿起那根竹竿，心里感谢小梅的周到。他们行动不便，小梅怕有意外发生，便在每人的床头放了根竹竿，可以用来挑东西或者敲击床板报警。只是谁也没想到，这根竹竿第一次起作用，居然是用来挑蛇。

杜鸿运把燃烧的松脂木递给欧阳灿，不顾背部的疼痛，双手紧握竹竿，小心地伸向那条蛇。蛇似乎察觉到了危险，细长的舌头时不时地伸向空中，在火光中留下几道邪魅的暗影。

鸿运哥，你小心！

就在杜鸿运双手发颤、满头冒汗时，耳边响起了小梅轻悄的声音，接着她从壁角抓了把艾草和两块松脂木，点燃后向着蛇摇晃。明亮的火光和浓黑的烟雾似乎起了作用，蛇慢慢地从曹半夏腿上滑下。

我的天哪，你们快看，欧阳焕的脸！

杜鸿运顺着曹半夏惊恐的目光看去，只见慌乱摇曳的火光下，一条色彩艳丽的金环蛇正从欧阳焕脸部松垮的绷带里钻出，然后缓缓爬过欧阳焕的颈部，再顺着他垂下的胳膊溜到地上，看得杜鸿运头皮发麻。奇怪的是欧阳焕始终一动不动，安静得令人生疑。杜鸿运和曹半夏同时大喊起来：

欧阳焕，欧阳焕！

欧阳焕没有反应。欧阳灿吃力地撑起上半身，扭头看向欧阳焕：小焕，你醒醒。小焕！

此时曹半夏在小梅的帮助下，艰难地走到了欧阳焕床前。她刚把手搭在欧阳焕的脉搏上，就“呀”了声，接着一手扒拉开他鼻子下方的绷带，另一手探向他的鼻孔，闪烁的光线中，她的脸瞬间变得煞白，眼眶里泪光闪动。

杜鸿运的心铁砣似的沉到了脚后跟，接着欧阳灿嘶吼着爬起来，和凄声哭喊的小梅一起扑向欧阳焕，杜鸿运听见了自己心脏的破裂声。

欧阳焕被埋在了山洞前头的向阳坡上。下葬时，欧阳灿将那把已经破损的军号放在欧阳焕怀里。小梅特意下山取来两把村人请傩迎神时用的牛角号，杜鸿运和欧阳灿仰首对着天空吹了三遍冲锋号。呜呜的号声在山间回荡，好像欧阳焕发出的神秘呐喊，听得在场的人热泪盈眶。

酷暑的七月不是种花栽树的季节，可悲痛欲绝的小梅还是就着激昂的号声，在欧阳焕坟前种了两株映山红和两棵桂花树。

小焕喜欢映山红，爱闻桂花的清香，他想当一个最棒的司号员，他想看到革命胜利。他宁肯牺牲在战场上，也不愿意像现在这样被蛇咬死。那条该死的蛇！

已然吓傻的曹半夏微张着嘴，呆呆地看着那扬起的三角形蛇头和时不时吐出的蛇信。

那天埋葬完欧阳焕，欧阳灿趴在坟头，絮絮叨叨地对旁边的杜鸿运、曹半夏、小梅这样讲着，然后抡起拳头拼命地砸着树干，直砸得双掌乌青，才捂着脸放声大哭，为弟弟这样离开世界而悲痛欲绝。小梅忽然抽身离去，刻把钟后，她捏着两条身体乱卷的蛇冒了出来。大家正愣怔着，她抽出匕首，将蛇斩于坟前，抽泣着说：

小焕，冤有头，债有主，今天我拿这两条小龙祭你，让它们在阎罗殿前帮你赶恶狗……

小梅喃喃地说着，脸上满是泪水，眸子里闪烁出坚定的光芒。她抹了把脸，背起欧阳灿进了山洞。杜鸿运和曹半夏呆坐在坟前，两人脸色苍白，神情恍惚。特别是杜鸿运，刚才欧阳灿趴在坟前痛哭时，他眼前闪出的却是欧阳焕的身影。也许活着的是欧阳焕，埋在地下的是欧阳灿？又或者这一切都是梦，他们兄弟俩现在都还在石洞中？

杜鸿运咬了咬手指，指尖的疼痛真切而锐利，针似的扎着他的神经。曹半夏静静地望着他，似对他说又似在自言自语：我现在还经常看到我哥，走路雄赳赳的，笑起来牙齿贼白，他说他能百步穿杨了。

杜鸿运想起曹远志、白菜梗、张连长、唐七姐等战友，眼中噙着泪水，声音低了八度：他们人走了，可音容笑貌还留在我们心里，只要我们活着，他们就不会死。

我相信会有人永远记住他们。曹半夏的话让杜鸿运心里豁然开朗，他轻轻握住曹半夏的手说：就算人们都忘记了，这些青山绿水也会记得他们。

似乎是听懂了杜鸿运的话，风突然大起来，周遭的松树、杉木、樟树、板栗树、青冈树枝丫摇曳，哗哗地呼应着。花香浓酽，碧空如洗，曹半夏指着空中盘旋的那两只雄鹰说：那是我哥和欧阳焕！

神奇的事情发生了，其中一只鹰箭般俯冲下来，不偏不倚地落在欧阳焕的坟头上，身姿挺立，霸气外泄，圆溜溜的眼睛看向他俩。

哥，是你吗？

远志，天上那只鹰是不是欧阳焕变的？

曹半夏和杜鸿运不约而同地呢喃道。老鹰像是明白了他俩的话，猛地扇了两下翅膀，嗖地飞入了空中，给他们留下了几缕来自天空和云朵的气息。

哥，你放心地飞吧。嗯，去地下好好地陪爹娘。你一定要照顾好小焕，陪好那些战友。

远志，小焕，你们没有完成的事业我们会接着干，总有一天，这个世界会变得美丽又光明。

此时，从山洞里飘来小梅清亮的歌声：

我们就是少共国际师，九三日在江西誓师出征去。
擦亮刀子弹上膛瞄准敌人放……

听见这像号令、似战鼓的歌声，老鹰振翅朝着太阳高飞，转瞬就不见了踪影。天空瓦蓝蓝的，阳光金灿灿的，山风含香，林泉低吟，一切都那么美好，正是无数人梦想中的家园应有的样子。突然，从远处传来隆隆的枪炮声，腾起的硝烟污染了纯净的天空。眨眼间天空暗下来，山风不再清新，而是透出呛人的硝烟和血腥味。山洞里的欧阳灿像是受了这股气息的刺激，剧咳一阵后，他展喉高歌：

破“围剿”，缴枪炮，消灭国民党，赶走那帝国主义侵略势力……

接着，杜鸿运、曹半夏、小梅也跟着高唱：

最后的一滴血，为着新中国！

他们的歌声响遏行云，在群山中引起阵阵回响：

最后的一滴血，为着新中国！最后的一滴血，为着新中国……

三日后，三叔、大松队长领着坨坨等儿童团团员，把杜鸿运他们接回了小别村。

清风寨守住了，敌人后撤了五十里，进攻方向变了，我们这边近期是安全的。这个时节山上蛇多，山洞里有危险，还是回家住方便照顾。

三叔这样说。杜鸿运、欧阳灿、曹半夏便继续住在小梅家那个狭长的房间里养伤，只不过外间原先睡三个人，现在只睡了欧阳灿和杜鸿运，显得比原先空荡，就像大家空落落的心房。

自从欧阳焕去世后，欧阳灿经常失眠。这天夜里，他躺在床上不断地翻身，床下的稻草秆兵荒马乱般沙沙响成一片，惊醒了本就睡得不踏实的杜鸿运。他静静地侧卧着，极力分辨着从里间传出的曹半夏的呼吸声，背部的伤口周围开始有些发痒，他心里掠过一阵惊喜：痒意味着伤势在慢慢好转。听曹半夏讲，自己再过一个多月就能归队了。

想到前线越来越惨烈的战事，杜鸿运恨不得插翅飞回二连，好助朱连长和王指导员一臂之力。他撑起身子抡了抡臂膀，背部的疼痛已不再锥心刺骨，他不禁紧握双拳，以示对自己的鼓励。

鸿运，想二连了？欧阳灿的声音比白日还清醒。

对，你也是吗？杜鸿运听到“二连”两字时，心中掠过一股暖流。

是。以前不觉得二连有多好，现在离开了这么久，竟然觉得二连比自己的家还要亲，真是奇怪！欧阳灿的声音有些齉声齉气的，像是悄悄哭过。他跟杜鸿运一样陷入了重返前线的期盼中。日子一天天过去，他俩的伤势一天天好转，转眼到了九月中旬，杜鸿运、欧阳灿伤愈即将归队，他俩兴高采烈，曹半夏和小梅则泪水涟涟。特别是曹半夏，心里别提多难过了。

由于小别村缺医少药，尽管三叔、翠凤嫂、坨坨他们精心照料，曹半夏的左膝还是落下了不能弯曲的残疾。这残疾不影响步态的美观，但让她无法下蹲和长久行走，虽然她强烈要求归队，可上级领导考虑到她的实际情况，还是决定将她转入地方工作。曹半夏为此大哭一场，小梅则因为欧阳灿即将离开而痛哭流涕。

这些日子，她将欧阳灿当成了欧阳焕的化身，只有看到欧阳灿，她的心才不会空荡。如今欧阳灿要重返前线，小梅如何不伤心？然而伤心归伤心，她知道轻重缓急，知道战士的使命在前线，于是含悲忍泪地默默为欧阳灿整理行装，还带着村里的大嫂妹子夜以继日地为欧阳灿、杜鸿运赶制了十双布鞋、二十双草鞋。

当她将这些鞋装入欧阳灿和杜鸿运的行囊时，欧阳灿抓住了她的手：你看，手指皮都裂开了！

欧阳灿从口袋里掏出小梅给他的备用药粉，小心翼翼地撒在小梅手指的伤口上。

你别浪费这些止血药粉啊，这是留给你上前线用的，我这点小伤不算什么。答应我，你一定要好好的，要活着回来。小梅突然握住欧阳灿的手，哽咽起来。

第三十五章　你们一定要结婚

自从欧阳焕走后，小梅再也没有喊过欧阳灿的名字——眼前的人明明长得跟欧阳焕一模一样，为什么还要叫别的名字？在她心里，此刻的欧阳灿就是欧阳焕。欧阳灿从小梅的言行举止中，感受到了她心底的波澜和她的情感。想起弟弟受伤后的嘱托，他有些慌乱。

哥，我破相了，我不想让小梅难受。以后你一定要好好待她，就像我待她一样。

那天欧阳焕从昏迷中醒来，这样拜托大哥。欧阳灿自然不肯答应，小梅是弟弟所爱之人，自己怎能鸠占鹊巢？

哥哥，你一定要听我的，否则我死不瞑目。

欧阳灿记得自己听了这句话后，用力捏了下弟弟的手指以示警告：什么死不死的，再过两个月你的伤就好了。等过些年你们俩成家生了孩子，我一定当个好大伯。

哥，我这样子配不上小梅。你一定要代我娶小梅，这辈子好好地爱她。这句话欧阳焕重复了好几次，听得欧阳灿心里直咯噔。没想到一语成谶，弟弟当晚便中蛇毒去世了。

如今，小梅把他当作欧阳焕来爱，他也喜欢小梅，但他无法容忍自己享受这份原属于弟弟的爱情。他克制着自己的情感，请翠凤嫂、三叔去做小梅的工作。不料，翠凤嫂和村里的人却反过来劝他尽快和小梅结婚。

小梅一个没出嫁的大妹子，跟你们在山上住了这么多天，我是她的娘，我相信她是清白的，可难保别的后生会乱想……翠凤嫂的话没说下去。在小别村和附近的村庄，后生们要么当了红军，要么被白军抓了壮丁，村子里只有老人、妇女和孩子，眼下村里最大的后生便是三叔的小儿子、十三岁的坨坨，根本找不到适婚的青年。她这话不说也罢，但翠凤嫂还是希望小梅能够正经出嫁。为此她特意找了村苏维埃政府主席三叔，翠凤嫂辈分比他高，喊他三弟。

三弟，这欧阳兄弟走了一个，但他俩长得一模一样，哪个跟小梅结婚都是可以的。小梅跟着他们男男女女混住了这么些日子，虽然是干革命，那也不成体统。我想让欧阳灿走之前跟小梅结婚。

翠凤嫂说罢，眼巴巴地瞅着这位三弟，心里已经做好了被他当成落后分子猛批一顿的准备，谁知三叔听后居然点了点头：讲得有理，不能让小梅干了革命还污了名声。这打江山拼的就是人财物，摆第一的还是人。有了人才能打下江山，坐稳江山！

许是想到最近“扩红”的艰难，三叔皱起了眉头。翠凤嫂一下摸准了他的脉：三弟，现在村里老的老小的小，小梅要是不嫁给欧阳灿，还能嫁给谁呀？翠凤嫂想到死去的欧阳焕，不由得抽泣起来。三叔说他们过两天就要归队了，这成亲的东西还没有呢。就算他们同意，你也没准备呀！

翠凤嫂站起身，激动地说：我已经把五只老母鸡和猪崽卖了，给小梅和欧阳灿各做了一身新衣服，我想这两天帮他们把喜事办了。

三叔笑了：大嫂，我说你这段时间不吭不哈的，原来肚里早就拿好了主意。只是欧阳灿要结婚，还得征得部队的同意。

翠凤嫂往前凑了凑：三弟，你这边派人跟部队的领导讲一声，我这边抓紧办喜事，来个两全其美。

三叔说你这不叫两全其美，叫先斩后奏。部队里有规定，战士结婚，一定要组织同意。翠凤嫂回头张望了几眼，拍着大腿说三弟，你怎么这么不懂事？小梅、半夏和欧阳灿、杜鸿运在山洞住了那么些日子，后生们可是带着家伙的！万一他们走后小梅和半夏生下个孩子，你让她们和我的脸往哪儿放？最可怜的是孩子，一辈子被人骂野种！

翠凤嫂抽抽噎噎地抹起了眼泪。三叔本来正在端碗喝水，听了这话，惊得茶水洒在了桌上：大嫂，你是说……他们？

翠凤嫂扫了他一眼：都是过来人，你用脚后跟也能想明白是怎么回事，不然我能这么火烧眉毛吗？再说了，他们结了婚，还能给我们小别村添丁进口，以后再“扩红”，还能多几个后生去当兵。

三叔拿起茶壶重新筛了半碗水，端起碗咕嘟咕嘟灌了下去，好像要浇灭喉咙里的那股火。过了会儿，他抹抹嘴巴说：唉，都怪我没帮部队管好他们！

翠凤嫂笑道：三弟，你抓紧时间跟部队报个信，我马上做准备。

等等，三嫂。要办，就两对新人一起办。曹卫生员已经接到了转地方工作的通知，以后她就是我们这儿的人了。万一……

我晓得，只是没钱再给他们做衣服了。

三嫂，不用拘礼，新事新办吧。

哎呀，妹子出嫁头一遭，怎么也得讲究个彩头和喜庆呀。

翠凤嫂有些不乐意。三叔宽她的心，说新事新办也能办出喜庆来：你马上带人收拾两间屋子，我让坨坨上街买两床新被褥，再买些红花、绸带、喜烛，把我家那头猪杀了，村里人热热闹闹地庆贺一顿，到时就怕你嫌吵得慌！

翠凤嫂想了想，觉得这主意不错，终于破涕为笑。

翠凤嫂这边在和三叔落实喜宴的细节，曹半夏拖着伤腿，站在河里为杜鸿运、欧阳灿洗衣服。想到自己和杜鸿运这一别不知何时才能再相见，曹半夏心中痛楚至极。望着潺潺的流水，想到衣服的主人过两日即将离开，她禁不住再次放声大哭。幽幽的哭声仿佛无形的手，在河滩上挂起了一层白色的雾帐。奶汁树酱红色的枝条和砂姜碧绿的叶子伸进河里，在白色的浪花中款摆跳舞，有时还调皮地扯扯被水流冲过来的衣裤衣袖。曹半夏倏地羡慕起这几件洗得泛白的衣服来：

自己要是能像衣服一样附着在杜鸿运身上该多好呀！

这近两个月的日子仿佛针线，将她和杜鸿运的心密密实实地缝在了一起。她想重返战场，和杜鸿运并肩作战，以了哥哥未酬之志；她更想为革命事业尽一份力。可如今她只能留在地方上。虽然说同样做革命工作，但这里到底是后方，不会日日刀头舔血，相比前线浴血奋战的战士，她有种偷生的不安与内疚。她愧对即将重返前线的杜鸿运和欧阳灿，愧对牺牲在炮火之下、长眠九泉的哥哥等烈士。

鸿运，这一去枪林弹雨、出生入死，你可得给我好好地活着。我会在这里等你的！

曹半夏的这番自言自语刚出口，眼睛就被人蒙住了。河湾前头有个小陡坡，河水哗哗流淌着，她没听到身后来人的脚步声。她不用猜也知道，蒙她眼睛的是杜鸿运。他身上那股混合着汗水的体味有些像谷烧，辛辣却好闻。

中央苏区物资匮乏，战士们只有两套军服，杜鸿运也一样。想着过两天要走，他的一套衣服曹半夏在洗，另一套被翠凤嫂拿去缝补了。他穿着条短裤头跑河边来洗澡，不想却看见站在河中洗衣服的曹半夏。天气酷热，曹半夏脱去了军服上衣，穿着件红底小黄花的背心，脖子以上的皮肤和脖子以下的皮肤形成了黑白分明的对比，身姿显出少女特有的曼妙。

杜鸿运呆呆地看着，脑子里突然浮现出唐朝诗人徐延寿的诗句：……金钏越溪女，罗衣胡粉香……河头浣衣处，无数紫鸳鸯。然后，他鬼使神差般走到曹半夏身后，伸手捂住了她的双眼。

曹半夏的身子僵了僵，杜鸿运以为她会掰开自己的手，谁知她却静静地站着，头上新长出的黑发在太阳下闪着光亮，少女淡淡的体香飘逸在空气中。

半夏！曹半夏像是被他的喊声吓住了，一个趔趄向河中摔去，杜鸿运顺势拉住了她。曹半夏亮晶晶的双眸像天上的星子，在虚空中划了道深痕，然后便钻入了他心里。

半夏、鸿运，三叔找你们。就在这时，岸上传来了欧阳灿焦急的喊声。

片刻钟后，杜鸿运、欧阳灿、曹半夏、小梅坐在村苏维埃办公室的矮竹椅上，眼巴巴地瞅着表情庄重的三叔和满脸喜色的翠凤嫂。三叔抽了一会儿水烟，翠凤嫂扯了好几遍他的袖子，三叔这才拿起烟杆在鞋底上磕了磕，语重心长地说：

刚才我已经跟小杜和欧阳都分别谈了话，你们也晓得我们的想法。考虑到实际情况，村里人都觉得你们俩归队前一定要跟半夏和小梅结婚，成亲的喜宴就定在今天晚上。

杜鸿运尽管已猜到三叔和翠凤嫂将要宣布的决定，此刻还是略显震惊，舌头打结地问了句：今天晚上成亲？

三叔满脸喜色地道：杀了我家和大松家的猪，给全村老少开荤。

杜鸿运抽抽鼻子，空气中果然有久违的肉香。他看了眼曹半夏，只见她低着头，脸颊上浮出两片红云。杜鸿运以为她害羞，正要代她表态，不料曹半夏却突然站起身说：我在我哥坟前发过誓，革命不胜利我不恢复女儿身。我……我不能嫁。

杜鸿运像被人兜头浇了桶冷水，伤心地望着她。曹半夏不敢看他的眼睛，快步朝门外走去。小梅边追边喊：半夏，半夏，你听我说！

杜鸿运失望至极，但他还是不想勉强曹半夏，向三叔和翠凤嫂鞠了一躬：这件事我听半夏的，你们费心了。

就在他转身要走时，小梅拽着曹半夏走了进来。曹半夏红着眼圈瞄了他两眼，小梅朝杜鸿运眨了眨眼睛，他忙握住了曹半夏的手。

小杜，欧阳，你们两个明天就要归队了，走之前得给半夏、小梅吃颗定心丸。这样她们以后也好做人。你们同意吗？

三叔的话打破了屋内的缄默。杜鸿运凝视着曹半夏的双眸，朗声说同意。欧阳灿没有马上回答，而是看了看小梅，说万一部队不同意我们结婚，我们这算不算违反纪律？三叔说大松今天正好去给部队送粮食，他会代表村苏维埃向部队报告你们四个人的情况。杜鸿运想到刚才三叔跟他和欧阳灿谈话时提到的“男女混住一室”，觉得自己和欧阳灿的确对不起曹半夏和小梅。尽管村里建立了苏维埃政权，还办了夜校，妇女们开始剪短头发，走出家庭，学习文化，有的参加了支前队和赤卫队，但红军一走，妇女们终究还生活在原来的土地上，那些封建的条条框框和观念还是会左右她们的生活。

小梅，半夏，你们有没有意见？

小梅瞟了眼欧阳灿，满脸羞红地摇了摇头。眼前掠过半个小时前她和欧阳灿谈话的一幕。当她告诉欧阳灿，三叔和娘正在为他俩以及杜鸿运和曹半夏操办婚礼喜宴时，欧阳灿下意识的反应是拒绝：不，我不能！你是小焕喜欢的人，我不能夺他所爱！

小梅不顾一切地抱住他，抽泣着说：你可以的，你跟小焕长得一模一样！我要你跟我结婚，这样我们就会有孩子。孩子身上也会流着他的血。每年清明、冬至我带着孩子去给他扫墓，这样他就不会孤单了！

小梅这话像把铁钳，扭断了欧阳灿的心锁，浓烈的情感从打开的心扉中轰然涌出，耳边响起弟弟含混不清的话语：

你要代我娶小梅，代我好好地爱她一辈子。

他感觉自己的身体和灵魂裂成了两半，一半属于自己，一半属于弟弟欧阳焕。

小梅，我答应你。欧阳灿这话回响在小梅的耳畔，让她体味到一种略带苦涩、伤感和怀念的甜蜜。

小梅，你愿不愿意跟欧阳灿结婚，你倒是说话呀！

翠凤嫂见小梅半天不吭声，急得暗中跺脚。小梅抬头看了眼欧阳灿，突然抓住欧阳灿的手，大声地说：我们愿意！欧阳灿连忙点了点头。

这天晚上，小别村的祠堂被十多盏松明子火吊照得亮如白昼。穿着干净旧衣裳，胸前别着红花，腰里拴着红绸带的两对新人举办了简单的婚礼。由于粮食紧张，翠凤嫂跑遍全村才找到半坛仅够两对新人喝交杯酒的番薯酒。那两只原本供大家开荤的猪也只用了半只，其余的猪肉被送往了几十里外的红军医院。尽管如此，久违的猪肉还是令在场的孩子们欢腾雀跃。婚礼简短而热闹，月亮刚刚爬上树梢，大人们便带着满脸的笑意，扶老携幼地返回了家中。

坨坨不肯走，执意跟在杜鸿运和欧阳灿身后，说他也要去当红军。

不行，坨坨，你两个哥哥都牺牲了，你得留在家里。

杜鸿运和欧阳灿异口同声地道。

不，我要去干革命！别看坨坨年纪小，心里却有大主意。

坨坨，你当儿童团团长也是干革命。

对呀，你现在已经是革命战士了。

坨坨，我们在前线打仗是干革命，你在后方站岗放哨也是干革命，革命是不分岗位的。

杜鸿运、欧阳灿、曹半夏轮流劝他，坨坨就是不走。旁边的小梅在他脑袋上轻轻拍了一掌：坨坨，你懂事些，别影响你鸿运大哥和欧阳大哥入洞房，快走吧！

坨坨恍然大悟地“哦”了声，挠着头皮蹦蹦跳跳地走了。

小梅，还是你厉害！曹半夏笑道。

我们就剩大半个晚上了，可不能由着他的性子闹。小梅仰望着天上那轮明月，幽幽叹道。月亮像是感知了她的忧伤，羞涩地躲进了刚刚飞来的那片云彩里。

对于杜鸿运、曹半夏，欧阳灿、小梅而言，这个夜晚就像醇厚甘甜的美酒，让他们陶醉、欢愉。而紧接而来的分离，则似一柄利刃，将他们割得心血直流、泪水涟涟。诀别之处的村口，往日欢快的河水变得呜咽，流淌出绵绵的悲伤。两对新婚夫妇紧紧地搂抱着，仿佛要用这种毫无间隙的亲密动作来加强彼此的记忆。杜鸿运感觉自己那双搂着妻子腰肢的手变成了泥土中的树

穿着干净旧衣裳，胸前别着红花，腰里拴着红绸带的两对新人举办了简单的婚礼。

根，抽离时有种锥心之痛。

十里相送，终有一别，回吧，半夏。杜鸿运狠下心肠说。

曹半夏双手搂着他的颈脖，哭得肿胀的双目泪水盈盈。她抽泣着说：我讨厌这个村庄名，为什么要叫小别？

小别只是暂别，很快我们就会回来的。到时候我带你去县城照相。我还要送你一面小镜子，让你一照镜子就想起我。

杜鸿运说着，掏出手帕替曹半夏揩干了眼泪。曹半夏缓缓松开双手，退后一步凝视着他，双眸如贪婪的黑洞，像是要把有关他的一切都吞噬、封印在脑海中。

鸿运，你命硬，子弹会绕开你，你一定要回来。

那是必须的。我还得回来看我的杜忆红、杜全红、杜思红呢！

忆红、全红、思红是新婚之夜杜鸿运为自己孩子起的名字。

到时候我们还会有军红、旗红、爱红。我们要生足一个班！一半姓杜，一半姓曹。杜鸿运用这话来给曹半夏鼓劲。

嗯，曹半夏点点头，眼中的泪水再次滴落。杜鸿运拉着她走到小河边，用手帕蘸着水，细细地给她擦着脸。曹半夏不好意思地扭头望了望欧阳灿和小梅，推开杜鸿运：小心别人看见。

欧阳灿眼里这会儿只有小梅，小梅眼里只有欧阳灿，他俩看不见我们。

果真如杜鸿运所言，站在小路上的欧阳灿和小梅，此刻的眼中只有对方。他们深深地凝视着，和杜鸿运、曹半夏不同的是，小梅没哭，欧阳灿哭了，他抽搭道：小梅，你要照顾好自己和妈妈。要是有了孩子，不论男女，就叫欧阳念。还有，清明时代我上山给小焕祭一杯酒，告诉他我一切都好。

小灿，你放心在外面干革命，我能顶起半边天呢！我在，家就在。小焕在地下也会睡得安稳。我们的……我们的……她抓起欧阳灿的手放在她柔软温暖的腹部，声音温柔而坚定：我们的孩子也会安好。

他们说话时，一对小鸟在旁边那棵开满粉红色花的木槿枝头上跳来跳去，这两对青年男女絮絮的情话好像雨珠打湿了它们的羽毛。它们将尖利小巧的喙伸向对方的颈脖，犹如交颈的鸳鸯。这时，小鸟的眸中映出杜鸿运、欧阳灿挥别妻子，毅然踏上征程的画面，接着传来曹半夏、小梅的喊声：

记得写信回家！

一定要回来呀，我们等你！

这声音从茂密的芦苇丛、碧绿的砂姜叶、枝条曼妙的奶汁树、开满细碎小红花的蓼草中蒸腾而起，跟着小鸟一起飞上云天，久久地在山谷间盘旋激荡，引起阵阵回声：一定要回来呀……我们等你……我们等你……等你！

回答她们的是一阵越来越遥远的歌声：

高举着少共国际的光辉旗帜，坚决的、勇敢的武装上前线……

曹半夏和小梅抬眼望着东方的天际，一轮红日喷薄欲出，鲜艳的朝霞像是要把整个世界染红。

就在这时，背着蓝布包袱的坨坨飞快地从她俩面前掠过，机敏的身影犹如一头奔跑的山鹿。

这个清晨的生离死别，包括景物、色泽、气味，被曹半夏永远地封存在了记忆中，酒似的发着酵……

下篇

追寻

第三十六章 太奶奶临终的话

天很蓝，云很白，东方天际通红欲滴，风吹来了远处的歌声和鸟儿的唧啾，同时也送来了桂花的芬芳，甜甜的，熏得小蜜蜂在空中打着转。

曹半夏朝白雾蒸腾的河滩走去。河水在碎石滩上流过，仿佛被大小不等的鹅卵石硌疼了，不断调皮地腾挪起身体，在碧绿的砂姜、枝条曼妙的奶汁树、开满细碎红花的蓼草中蜿蜒淌过，露出白白的小肚皮。当它们再度跃起身子时，就变成了大小不等、形态各异的浪花。浪花唱着歌，在阳光下犹如千万点鱼鳞，晃得曹半夏眯起了眼睛，但她还是清晰地看见了河岸边青纱帐般的芦苇。芦苇支起了一柄柄柔曼而优美的小伞，那是它朴素的花朵，可只要风再大一些，它们就会在摇曳中变成无数支待发的箭镞，闪烁出淡黄色的微芒。

是金箔般的阳光淹没了芦苇的微芒吗？否则那片河滩为什么会在她凝眸的刹那变得那般纯净、明澈？

突然，一个少年缓缓从那片纯白的雾中站立起来，接着又一个少年从雾中站起……他们就那样一个接一个地从虚空中浮现，直到形成森林般的人海，又仿佛是大理石雕成的群像，撑住了乌云滚滚、正向大地坍塌下来的天空。

曹半夏在人群中看见了自己寻找多年的那道身影。她嘶喊着奋力扑过去，伸出去的手像春天疯长的枝蔓，又像一条蓦然劈去的葛绳，就在她的指尖即将触碰到那道身影时，微风送来了他熟稔的气息和战鼓般的心跳声。

鸿运，我可找到你了！

在那片纯净的虚空中，她的呢喃竟如霹雳，不但震碎了那片宁静，还引来了浓稠的黑暗。转眼间，那道身影和那群少年，连带她自己，便在难以形容的寂静中，坠入了无底的深渊。

曹半夏嘶吼着，可咽喉已被黑暗挤压成细细的一道缝，她拼尽了全身的余力，只艰难地吐出了这几个字：你一定要找到他！找到他……

我的太奶奶曹半夏挣扎着吐出这句话后，突然紧紧抓住了我的手，导致我的手机滑落在地。我弯腰捡手机时，发现太奶奶的手像风干了的老姜，粗糙干涩，在 ICU 惨白的灯光下泛着蜡黄和紫蓝。我有些害怕，想挪开她的手，又于心不忍，心中纳闷她为什么抓住了我，而不是蹲在她身边的我的父母。

你们快准备后事吧。旁边的医生小声提醒道。父亲应了一声，起身正要走，被母亲制止了：你守着奶奶，我去吧。

在家中惯来被动的父亲点点头，继续蹲在地上，眼睛呆呆地落在太奶奶身上，仿佛一个恋母的孩童。父亲自小跟着太奶奶长大，和太奶奶的感情很深。此刻父亲花白的头发在灯光下雪般莹亮，松弛的脸颊颤抖着，几颗硕大的泪珠在皱纹里顽强地闪着

他们就那样一个接一个地从虚空中浮现，直到形成森林般的人海，又仿佛是大理石雕成的群像，撑住了乌云滚滚、正向大地坍塌下来的天空。

微光。

忆红，你要找……

太奶奶的目光跟着话音落在了父亲的头顶。父亲欠身坐在床沿上，握着太奶奶的手，哽咽着说：奶奶，你放心，思红会去找的。

父亲看着我，示意我赶快回答。我勉强点了点头。妈妈扯了扯我的袖子：太奶奶看不见了，你说话呀。

太奶奶放心，我一定会继续寻找太爷爷的。

我的声音像一束拖着重物的丝弦，随时有崩断的可能。我心情不佳，让我这时表态寻找太爷爷，有些像林黛玉抡板斧，强人所难了。

我是曹半夏的曾孙杜思红，现年二十八岁，身材长相在上千人的台里数一数二，业务能力也不错，在省某电视台大型节目部担任编导，做的节目曾获得不少省部级和全国级大奖，算得上台里的一个红人。但我最近对工作心生厌恶，在家待着也不自在，自我评估有向废柴发展的倾向。太奶奶病危，父亲打电话让我快到医院来，要放在两个月前，我肯定会心急如焚地赶过来。我跟太奶奶感情很深，她从小可疼我了，我也一直秉持百善孝为先的理念，可这些的前提必须是我心情愉快、情绪正常。最近因为没有评上台里的首席编导，我感觉自己受到了排挤。女朋友小倩最近和她采访过的一个地产商打得火热，我怒发冲冠，和小倩大吵一架后分手了。分手次日，小倩便晒出了她跟地产商的亲密照，我由此五心烦躁，见谁都是三白眼。部主任老钟特意问我眼睛是不是有毛病，如果有毛病，他介绍我去看省内最有名的眼科医生。小倩曾是他的部下，跟他关系不错，他肯定晓得我跟小倩分手了，故意来恶心我。我平常口拙言讷，但气急了也牙尖舌利。所以呢，我把被于娜激发出的怒火都发到了老钟身上。这家伙总是把我的创意交给部门的其他同志，特别是他欣赏的女编导于娜，让我白打工。这次频道报首席编导到台里参评，他特意找了刘总监，将于娜的名字摆在了我的前面。后来听说钟主任代表部门介绍首席编导人选时，把于娜说得跟朵花似的，我则成了陪衬她的狗尾巴草，结果自然于娜当选。有这些不满垫底，我和钟主任的架吵得惊天动地。就在这时，我接到了母亲打来的电话，说太奶奶病危，让我赶紧去医院。正在气头上的我口不择言，说太奶奶从去年到今年下了三回病危通知，这次肯定也能挺过来，有你们在医院就行了！

我不想去医院，还想再跟钟主任辩个明白。钟主任咳嗽了两声，说你还是先去看老人家吧，有些事以后再谈。我气呼呼地瞪着他，钟主任的脸色缓和下来，说首席编导有二十三个评委，他的推介并不能一锤定音。再说于娜拿了两个星光奖，你才拿了一个。

我说于娜的两个星光奖节目都是我策划的。钟主任说那稿子是于娜写的，节目是她导的，于娜才是核心主创。

老钟这话又戳我心窝了。当时那两期节目是我做的策划，为了让我当那两期节目的编导，老钟找我谈了好几次话。可我嫌做节目要下乡，很辛苦，报酬又少，撂挑子不肯干。于娜关键时刻顶上去了，出色地完成了节目制作。之后老钟多次表扬她，我还不以为然，没想到这家伙却因此得了两个星光奖。虽然那奖我也有份，但不算主创，这奖对我没有太大意义。静夜时扪心自问，我也曾后悔自己当时的临阵退缩，但更多的还是怨恨于娜和老钟。我觉得老钟看到我的创意后便察觉到节目有获奖的潜能，故意在时间上给我设限，让我觉得无法完成任务，等我临阵退缩后让于娜顶上，她便顺理成章地摘了我创意的桃子。老钟不说这话我还不想吐槽，现在他主动谈起核心主创之事，我便又讥讽了他几句。钟主任没跟我计较，和颜悦色地劝我赶快去医院见太奶奶。我当时正烦着，根本不想干事儿，见主任如此主动劝我请假，当即写了请假条，开车赶到医院。在病房里陪了太奶奶不到半个钟头，太奶奶便出气比进气多了。

回光返照使奄奄一息的太奶奶听觉敏锐了许多。听到我的回答后，她又艰难地吐出了一句话：鸿运……讲了……要回来的。

太奶奶说罢，头晃了晃，开始张嘴不断喘气，微颤的散乱白发如幽暗林地里茂盛的白色菌丝，又像头巾上的白色花边，将她那张布满疤痕、皱纹，皮肤薄得透亮，绷出了骨骼和沟壑的脸衬托出一种奇异的生机，那双深陷在多皱、稀薄的眼睑中的双眸也亮得像两颗被岁月打磨过的钉子。

如今，这两枚“钉子”就“钉”在我的脸颊上，让我浑身发紧。

找……到……

太奶奶吐出了最后一个字，也吐出了最后一口气。这天是

2017 年夏至。我的太奶奶曹半夏走完了她的生命历程，享年九十九岁。

太奶奶的葬礼简朴隆重，她的骨灰埋在青龙岗长安墓园的双人墓穴里。墓碑上她的名字涂上了金漆，另一边写着我太爷爷杜鸿运的名字，笔画凿得浅，泛着花岗岩墓碑的灰白底色。按照赣南客家人的习惯，合葬墓碑没有填金漆或红漆的名字，表示该人还活着。我太爷爷因为下落不明、生死未卜，虽然至今年逾百岁，可按太奶奶生前的叮嘱，全家人都当他还活着，所以墓碑上的名字才会出现这种情况。对此我不以为然。太奶奶头七时，我们到她坟前上香，我特意带了一罐金漆，想把太爷爷的名字勾勒得亮灿灿的。谁知父亲竟暴跳如雷，若非姑姑和母亲拉住，我肯定当场挨了他的耳光。

当天夜晚，情绪平复后的父亲把我叫进书房。灯光下，他双鬓如雪，黧黑的脸色仿佛 X 光机将他的肺癌病灶明白地展示在我眼前。

思红，我在你太奶奶、爷爷奶奶所在的墓园买了个墓穴，还能活多久我也不知道。也许今年，也许明年，到时候只剩下你跟你妈了。你要答应我，好好照顾妈妈。

父亲六年前发现肺癌，手术后已活过五年，恢复得不错。父亲自诩为抗癌明星，经常直言不讳地跟我谈论他的病情。我对他的最差预后早有心理准备，可刚刚送走太奶奶，猛不丁听到父亲如此真实而残酷的告白，仍旧忍不住喉头发哽，鼻头发酸，眼圈发红。

爸，今天的事是我不对，您不要放在心里。还有，现在医学这么发达，您要有自信，您可是答应过我要送孙子上学的。

眼泪不争气地滚下来，在脸颊上蜿蜒滑过。父亲起身走到我跟前，递给我一张餐巾纸，语声凝重：思红，你说的是可能，我说的是必然。

我接过纸巾，揩干眼泪，抽了抽鼻子。父亲凝视着我：工作上遇到难事了？和小倩分手了？

尽管父亲用的是疑问句，但我知道他心里已有了接近事实的答案。换了以往，我定然不会告知他详情，可他刚才的话像一把鹤嘴锄，撬开了我的喉咙。我像个委屈的小学生似的絮叨着自己近期的不顺，期盼得到父亲情感和道义上的支持。不料父亲听后却批评我不该临阵退缩，更不应该对于娜得奖有意见，他认为换成他是钟主任，也会把于娜的名字排在我的前头。我愤愤地和他争辩，父亲说你这样下去，以后只怕会成为“一请就到，一喝就冒，一捧就笑，一给就要，一苦就叫，一批就跳，一撤就告，一查就倒”的“一”字型干部。

见他这样上纲上线，我气乐了：老爸，你太高看我了，我要能做到后面两个一，还得努力。再说这帽子还太少，再多扣几顶，反正我颈椎好，能撑住。

嫌帽子少？只要你行为不端，一顶帽子就完蛋。

我晓得就这话题再谈下去，他得给我拎出一大堆怎样当名好党员、好干部的道理来，忙转移话题，问他怎么看我和小倩的分手。这次他毫不犹豫地站在了我这边：

你们俩道不同不相为谋，早散早好！

奶奶的改嫁在父亲心里留下了难以愈合的创伤。尽管奶奶后来多次向父亲和姑姑当面道歉，可父亲和姑姑没有原谅儿时就抛弃了他们的奶奶。父亲对见异思迁的小倩的看法不好。

许是关于小倩的话题让父亲想起了奶奶，父亲沉默了好一阵才叹道：

思红，太爷爷太奶奶都是了不起的人，太奶奶的话你要牢记在心。你现在的工作岗位接触面广，也许能找到有价值的线索。有机会一定要继续寻找、查证太爷爷的下落。

我无法拒绝日薄西山的父亲如此语重心长的嘱托，更无法漠视太奶奶的临终遗愿。父母亲对太奶奶感情深厚、崇敬有加。特别是在我那个毫无责任感的奶奶的对比下，太奶奶身上的美德越发让我们高山仰止。我们也同样崇敬景仰我那传奇的太爷爷。只是有关他的信息实在太少，尽管人人都在心里给他留了位置，他却始终像个幻影，我们看不清他的面目，也无法真正靠近他。

好在太奶奶的叙述让我对失踪前的太爷爷的身世有所了解，感觉他的故事活像一部电视剧。

我太爷爷杜鸿运和太奶奶曹半夏是江西赣州某县人。太爷爷是地主老财的少爷。太奶奶的父亲原是药店老板，后遭我太爷爷的父亲等人暗算，耗尽家财。太奶奶和我的太舅公曹远志被抵债抵到了杜家围，成了我太爷爷家的长工。国民党粤军牛师长想吞并太爷爷家的家产，要招太爷爷当女婿，在婚礼的当天，太爷爷成了红军的俘虏。太爷爷得知他母亲和我太奶奶被抓后拼死逃跑，竟然跟我太舅公一起炸死了国民党粤军的牛师长，救出了我太奶奶，然后辗转到博生县，参加了少共国际师。太舅公开始跟我太爷爷不对付，后来两人成了生死与共的战友。太舅公牺牲后，太奶奶从师部医院到太爷爷所在的连队当了卫生员。太爷爷接替太舅公当了排长。再后来太爷爷和太奶奶先后受伤，他们的爱情早在杜家围就萌芽了，残酷的战争遏制了他们的爱，疗伤时期相对安定的环境则让爱情之花盛开。在村苏维埃政府的安排和主持下，太爷爷和太奶奶，还有另外一对战友举行了婚礼。

婚后第二天，伤愈的太爷爷杜鸿运和战友重返前线，自此生死未卜、下落不明。太奶奶怀孕后不久，中央苏区沦陷，她和同样怀了身孕的小梅太奶奶逃到了福建，后来两人失散。我爷爷一岁时，太奶奶拖着伤腿，背着幼子，一路乞讨，历尽艰辛辗转到了广西，一是借此躲避赣南那些别动队、还乡团、铲共团的追杀，二来想寻找丈夫，重回红军队伍。结果到全州时，她和我爷爷都生了病，幸得好心人救助，这才活了下来。此后她留在了全州，我们也就成了祖籍江西赣南的广西人。

你长大以后，多回老家看看，那儿有老祖宗的坟墓。

自打小时候起，父亲便经常指着中国地图和地球仪给我讲老家的故事，末了总是以这句话结尾。我那时很烦他给我讲老家：一个地图上都难找到的破县城有什么好惦记的？我问父亲回过老家没有。父亲遗憾地摇摇头，说你爷爷曾经回去过一趟，他说老家山好水好人好，就是穷。这些年我有两次去赣南出差的机会，票都买好了，可临时有事又换了别人去，看来我跟老家是没缘分的。

父亲这话听上去没毛病，可仔细琢磨根本不是这么回事，如今交通方便了，去赣南老家还不是一句话的事？即便不为旅游，只为寻找太爷爷的踪迹，他也应该回去。我问父亲不回老家的原因，父亲沉默了稍许说：“文革”时期你爷爷曾经回去过一趟，老家的人听说他是杜家才的孙子，非但没欢迎他，反而批斗了他一顿。算了，那样的老家不回也罢。

父亲从此淡了回老家的心，但他还是通过报社朋友的介绍，和老家党史部门的同志联系上了，还寄过几次广西特产给他们，希望他们一有太爷爷的消息就通知我们。

爷爷从那以后没回过老家吗？

我从没见过爷爷的面，他留下的照片也不多。说实话，爷爷只存在于父亲和太奶奶的种种叙述中。

家中困难，你爷爷后来没再花钱回老家。关键是老家人说你太爷爷家是地主老财，你太爷爷虽然当了红军，可后来下落不明，有人说他是逃兵，也有人说他是叛徒。你爷爷很伤心，但他并没有停止搜寻你太爷爷的踪迹，不然他也不会到河对岸去找唐阿根。他要不找唐阿根，也就不会在扯渡的时候坠江了。

太奶奶白发人送黑发人，悲痛欲绝。不料两年后，我奶奶陈喜英远走他乡，父亲和最红姑姑从此与太奶奶相依为命。太奶奶那时除了左腿不便，身体倒还好，村支书见太奶奶可怜，介绍她到公社食堂打杂，不给工钱，管她一日两餐饭，每月给三十斤米，食堂的泔水归她处理。太奶奶每天拉着板车去公社食堂，下班时带回两大桶泔水，借助这些泔水，她每年能卖六七头肥猪。我父亲和姑姑非常懂事，帮着太奶奶料理田里的事并打理菜园。祖孙三人的日子过得很苦，但再苦也不能苦孩子，太奶奶省吃俭用地把父亲和姑姑送入了学校，兄妹俩很争气，在班上一直考前三名。但我父亲初中毕业后没再读书，而是跟着人家去养蜂，成了家里的主要劳动力，酷爱学习的他一直坚持自学。他十八岁那年恢复了高考，他羡慕别人能读大学，也想上大学，可他只读了初中，底子薄，有自知之明的父亲背着太奶奶入伍了。他本以为脑子越来越糊涂的太奶奶会骂他，谁知当他把入伍通知书拿给太奶奶看时，太奶奶不但没反对，还一个劲地说好，接着又搂住他放声大哭。

你到了部队上，兴许就能打听到你爷爷的消息了。

父亲入伍的前一个晚上，太奶奶难得地神清气爽，平日淤塞的记忆闸门洞开，拉着他的手讲了半天太爷爷的故事，反复叮嘱他务必利用各种渠道打探太爷爷的消息。

我父亲天性聪颖，口才不错，人又肯吃苦，如果在部队好好干，说不定能混个一官半职。但他愁心重，惦着身体不好的太奶奶，在部队干了三年便退伍回南宁，考入某报社当了记者，从此有了南宁户口。在他的帮助下，姑姑考上了广西大学，毕业后留在南宁工作。之后我父亲和姑姑相继在南宁成家，太奶奶在我父母和姑姑的再三劝说下，终于离开全州乡下老家，和我们生活在一起。

父亲非常孝顺，尽管随着时光的流逝，太奶奶越来越糊涂，叮嘱他寻找太爷爷的声音也越来越无力，可他依然坚持不懈地往老家和红军长征沿线的有关部门寄信，询问打听太爷爷的下落。

自我懂事起，时而糊涂时而清醒的太奶奶只要脑子清爽，便成天唠叨着要我父亲去找太爷爷。于她而言，寻找太爷爷除了相思，更重要的是想还我太爷爷身份的清白。

你太爷爷伤好以后重返战场，那时他是少共国际师 N 团一营二连的排长，可现在他只能算失踪人员。你们得找有关部门讲理，要他们认定你太爷爷红军的身份。

太奶奶隔三岔五总要重复这段话，父母亲听得一脸认真，还四处寄信打听我太爷爷的下落。我感觉有些可笑：就算找到了太爷爷的下落，证明了他的红军身份，就算我们是烈属，我们高考、晋职、提级有照顾吗？

当然，在我小时候，哪怕太奶奶的话让我耳屎满满，厌烦无比，我也不会如此功利，因为那时我还坚信人应该有理想。可参加工作以后，觉得理想就像一只受惊的小鸟，早就在时代隆隆的车轮声中飞到了爪哇国。所以去年父亲让我上网查少共国际师的相关资料时，我才会这样堵他的嘴。

混账东西，你眼里只有金钱名利，你这样对得起你太爷爷吗？

父亲怒不可遏，指着我骂了一通，说我没有思想觉悟，不知道珍惜革命前辈流血牺牲拼来的幸福生活……听了他那些话，我问母亲老爸说的话像不像电视剧台词。母亲在我头上轻轻抽了一下，说我玩世不恭。

思红，你爸眼睛不好，手机上的字又太小，伤眼睛。我打字不行，有机会你就多找些资料，打出来给你爸和太奶奶看。

母亲当了一辈子的中学老师，擅长循循善诱，知道我吃软不吃硬，一番话下来，我再无拒绝的理由，于是上网把所有能找到的少共国际师的资料都找全了，还特意拿到外面的专业店放大打印，做了两大本送给父亲和太奶奶。

思红，太爷爷要是晓得你如今这么有出息，这么懂事，他会笑出两个大酒窝。你呀，长得很像他。

记得太奶奶接过我送给她的资料打印本时，端详了我好一阵，忽然伸手理着我的头发，神情变得邈远。我倏地颤抖起来：我长得很像太爷爷？这么说太爷爷是个帅哥？不自谦地说，我是区广播电视台数一数二的美男子，因为皮囊太好，经常遭遇突袭提亲和突然示爱。有些女孩子不管不顾地到单位来找我，这些“艳遇”一开始还让我略感骄傲，后来发现这种“艳名”像毒蘑菇，有百害而无一利。我便向小李子莱昂纳多·迪卡普里奥学习，有意把自己变成了邋遢帅哥。我不是演员，我觉得不是演员的男人靠外表博取好感和利益是可耻的。我父母长相尚可，我的帅超出了他们的预想。听太奶奶这么一讲，才明白是太爷爷的遗传基因在起作用。倏忽间，那个只存在于语言中的太爷爷有了略约可辨的体貌。我想那应该是一个跟我相似的人。因为这份相似，我对太爷爷生出了前所未有的好感和关注。

其实，我对太爷爷的好感与关注，除了因为太奶奶说我像他，更多的源自我在寻找、阅读少共国际师的资料时受到的震撼。

说实话，此前除了太奶奶跟我说起过少共国际师，我对少共国际师所知甚少。当我查阅了相关资料后，对这支为响应党和苏维埃政府的号召，于 1933 年 8 月 5 日在江西博生县（今宁都县）成立的全部由模范青少年组成的特殊部队——“中国工农红军少共国际师”充满了崇敬之情。那些比我年龄小许多的年轻战士，为了新中国一往无前，英勇奋战，大部分战士为了新中国流尽了最后一滴血。从不写日记的我那天晚上破例写了一段话：

> 这一周在网上浏览查阅少共国际师的资料，我受到了强烈的震撼。我知道是革命信仰促使战士们浴血奋战、视死如归的，可他们的信仰是如何形成的呢？比如我太爷爷出身富裕人家，他被红军俘虏后，听太奶奶说，只要他愿意回家，红军会放他走。当时杜家还有些家产，他回去还能过上舒服的小日子，可太爷爷还是留在了红军队伍里。换作自己，是选择安逸的生活还是选择当红军？我不敢保证自己的选择会和太爷爷一致。

也许是少共国际师留给我的印象太过深刻，第二天部门开选题例会，我特意问同事知不知道少共国际师。结果十七个同事全都摇头。当时钟主任正好要我们报国庆期间的特别节目，我灵机一动，突然想以查证太爷爷的身份为主线做一期访谈节目。一来选题独特，二来也可以利用工作机会寻找太爷爷的踪迹，从而实现太奶奶的遗愿。虽然我前段时间跟钟主任吵过架，但他没有计较，在会上立刻肯定了我这个选题，让我尽快拿出一份策划来。为了这份策划，我和父亲长谈了两个晚上，谈父亲所知的太爷爷和太奶奶。

父亲掌握的太爷爷的资料并不比我多，但他对太奶奶的了解远胜于我。父亲讲述太奶奶的故事时的神情让我觉得他在心里建了座神龛，把太奶奶当成神给供了起来。

第三十七章　太奶奶也是传奇

我的太奶奶尽管很长一段时间脑子不清爽，可在村里人和家里人心中，她却是个传奇女子。在家人看来，太奶奶的传奇主要在于她坚强不屈的精神；于村里人而言，太奶奶的传奇则来自她的身世。

在全州那座名叫桂花村的小村里，关于我太奶奶的身世有多种版本。

一种说法是，她是当年的红军战士，过湘江时受伤留在了当地，解放后因为没有身份证明，所以成了普通老百姓。

第二种说法最接近事实，说太奶奶是个大字不识一箩的农村妇女，当红军的丈夫跟着主力部队北上转移后，我太奶奶连着做了三个晚上的梦，每次总是梦见我太爷爷在一条血红的江里沉浮。然后我太奶奶偷着卖了婆家的两头肥猪，背着孩子，揣着几枚光洋踏上了寻夫之路。太奶奶寻到全州时，梦见我太爷爷躺在一片桂树林中，次日我太奶奶从栖身的破庙里爬起来，看见周边全都是桂花树，于是就留在了当地。

第三种说法有些离奇，说我太奶奶是当年山上的女土匪，红军过老山界时，太奶奶助了红军一臂之力。后来她被国民党抓去坐牢，灌过辣椒水，坐过老虎凳，脑子不清楚了，把路上的野孩子当成自己的孩子养，还天天记着自己有个不知下落的红军丈夫。

我们家最反感的是第四种说法。有人说我太奶奶是国民党某个师长的姨太太，解放前夕，国民党的师长逃走了，把我太奶奶和孩子留在了当地。好在这个说法不攻自破，因为桂花村的老辈人认识我太奶奶时，我太奶奶是个衣衫褴褛、蓬头垢面的乞妇。1936 年 6 月，奄奄一息的太奶奶和爷爷杜丝工倒在村口，幸好被旁边尼姑庵里的尼姑发现，她们用米汤救活了太奶奶和爷爷。我太奶奶身体好些后，便在尼姑庵打杂，这才有了存身之处。

就像花儿总要吐蕊一样，尽管历经磨难，又生了孩子，可十八九岁的太奶奶还是绽放出了青春特有的美丽。村里的恶霸见我太奶奶长得好，要霸占她，我太奶奶不惜像古代的义士豫让那样用火炭毁了面容，还背着孩子、举着火把要烧恶霸的房子，恶霸把她打昏在地，可太奶奶醒后又爬起来跟恶霸拼命。村人敬重太奶奶的节义、刚烈，几个族老一商量，同意我太奶奶在山里开荒住下，我太奶奶就这样留在了桂花村。那个恶霸见我太奶奶已经毁容，又是个不怕死的拼命三娘，从此没再招惹我太奶奶。太奶奶和爷爷相依为命，尝尽了人世的千般辛苦，这才挨到了解放，并作为桂花村村民分到了两亩田和一间半瓦屋，过上了正常的生活。

那时我太奶奶脑子还没坏，在某个春夜她告诉我爷爷，他的名字实际上叫杜全红，杜丝工是把红字拆成了两个字，为的是躲避国民党的迫害。

我爷爷的名字是我太爷爷临走时取的。他说不管是男是女都得有个“红”字，喻示着总有一天红旗要插遍祖国的每个角落，鲜艳的红花要开满整个中国大地。

从那以后，我们家人的名字都跟红有关。我父亲的名字叫杜忆红，我姑姑的名字叫杜最红，我的名字叫杜思红。乍看这个名字，别人还以为我是女的，有好几次采访，接待方都安排我跟女生住一间房，成为同事们茶余饭后的笑谈。有次我在家里埋怨母亲给我取的名字不但女气，还泛着泥土味儿。静坐一旁的太奶奶忽然抬起头，目光炯炯地盯着我说：

映山红是红的，红旗是红的。红最好看！你不要改名字。

我赌气说就要改名字，谁也没料到，太奶奶居然抽泣起来，口里喃喃地说着：

鸿运啊，你的话思红不听了。母亲见状连忙安慰太奶奶，太奶奶这才逐渐安静下来。父亲转身训了我一顿，我只好举双手投降，说我已经问了，改名字特别麻烦，既然你们都反对我改名字，那我就勉强用着吧。

那天晚上我坐在案头前构思节目策划，突然想到太爷爷给自己后代取的名字“红”，他眼中的红可不是土耳其作家奥尔罕·帕慕克小说《我的名字叫红》中的红。奥尔罕·帕慕克笔下的红代表争斗与欲望，甚至贪婪。而我太爷爷眼中的红，则是希望，是胜利。想了好几天没想出的节目名字，就在这一闪念中蹦出：红色密码！

我感觉太爷爷给后代取的名字就像一组红色密码，里面蕴藏着无数先烈可歌可泣的故事。而这些故事有的已掩埋在时间的烟尘中，需要我们这些后代去追寻，挖掘，整理，呈现，并在这种呈现过程中加以继承和发扬光大。

但我手上掌握的资料还是太少，特别缺太奶奶、爷爷追寻太爷爷身世的生动细节。我只好去问父亲。父亲眉宇间立时漾出几许欣慰，说你终于想知道了。

老杜，看你这话问的！思红以前也问过你，是你自己不好好说话，把人给气走了。

母亲记忆力好，她这一说我倒想起来了，去年我也曾打听过这件事，可父亲嫌我当时语气不恭，讥讽了我几句，我也就懒得再问，那会儿我跟老爷子之间有代沟。自从太奶奶过世后，悲伤带来的顿悟好像从天而泻的泥土，填平了我们之间的鸿沟，我和父亲的沟通顺畅了许多。这是不是常人所谓的成熟？如果这算成熟，那我现在熟得就像倒瓤的西瓜，都发出了馊味。父亲一时难以适应我对追寻太爷爷太奶奶身世的热情，怀疑我动机不纯，警告我说：

你小子要是想写太爷爷太奶奶的故事，文章写好后我要过目，不要扯那些乱七八糟的东西！

父亲不愿意让人知道太爷爷出生富裕家庭，更不想透露太奶奶曾是太爷爷家的长工的内情，可我恰恰觉得这是他俩故事中的一个亮点，没什么好忌讳的。

当然，我没有因此和父亲起争执。我平心静气地告诉他，我要策划一档以电视台编导寻找太爷爷太奶奶身世为切入点，年轻后辈追寻革命先烈足迹并从中受到教育的国庆特别节目。父亲的眼睛亮了，说你是得好好宣传宣传少共国际师。我说那是个大背景，我更关注的是太爷爷太奶奶的命运，还有爷爷、你和母亲对太爷爷身世的追寻。

父亲闻言欣然起身，从书橱里找出个用麻绳绑住的纸盒。那纸盒是太奶奶的遗物，父亲小心翼翼地打开，只见里面用红布包着一对布边磨损起毛、颜色发黑的红领章，一枚石刻印章，一把弹壳磨成的小勺。

这是你太爷爷留下的东西。父亲抚摸着布包，眼中闪过几丝亮光。我拿起那把粗糙的小勺，仿佛看见太爷爷杜鸿运蹲在地上，聚精会神地在石头上打磨的样子。风华正茂的太奶奶收到太爷爷赠送的这把小勺后，她青春、美丽的脸上该有怎样甜蜜的笑容？

爸，你能说说太奶奶是怎样找太爷爷的吗？

怎样找？不是跟你讲过吗？太奶奶背着你爷爷，花一年多的时间，从赣南沿路乞讨走到了广西。

父亲不满意我的健忘。其实我并没有忘，我只是觉得不敢置信。一个年轻的弱女子背着襁褓中的孩子，颠沛流离横穿几省，行程数千里，那是一个人的长征，绝对可以做出感人泪下的节目。然而，我缺乏那些给节目增添异彩的生动细节。我后悔太奶奶健在时自己没有动这个脑筋，如果那时拍下了太奶奶讲述太爷爷故事的视频，今天我做节目就有素材了。可惜我后知后觉，只有失去了才觉宝贵。为了夯实节目框架设置，我唯有求助于

那纸盒是太奶奶的遗物，父亲小心翼翼地打开，只见里面用红布包着一对布边磨损起毛、颜色发黑的红领章，一枚石刻印章，一把弹壳磨成的小勺。

父亲：

老爸，要做出好看的节目，你必须给我讲故事，想想太奶奶跟你说过什么。

父亲喝着茶水沉思了稍许，以自言自语的口吻说：等我能记事的时候，你太奶奶的脑子已经不清楚了。她说话颠三倒四，不连贯。

他垂头叹了口气：你太爷爷的故事，你爷爷想必是晓得的，不过他走得早，只零星给我讲过一些。

老爸，反正你天天都在写东西，要不你干脆把爷爷和太奶奶讲的故事都整理出来？

我是个很懒的编导，平日不太愿意动笔，这也是我以前做了创意策划却经常放弃撰稿的原因。现在的生活如此多彩，把大好光阴花在爬格子上，我觉得这是浪费人生。父亲为此没少责骂我。

虽然父亲没写出长篇巨著，但他始终热爱写作，且精益求精。为了打磨一篇好稿，他常通宵达旦地工作，不仅捻断了胡须，连头发都掉了大半。他这样勤学苦做，不是为了成名成家，而是为了写出对得起读者的良心稿。退休后父亲仍笔耕不辍，经常向《老年之友》投稿，还成了自己任职的报社的特约撰稿人。当父亲得知自己罹患了绝症、时日无多后，一直在与病魔赛跑，争分夺秒地整理自己从业几十年来所写的新闻稿件，说是要给报社的报史馆存档，以备后人查阅，也算给这世界留了份薄礼。我说您的稿子图书馆大部分都能找到，我更希望看到您写的自传。

父亲说我只是个普通人，我的自传没有传世价值。我说个体的生命体验是构成历史文化大厦的砖石，每个人的经历都是一本独特的书，我希望您能在世界上留下只属于您的文化 DNA。

也许是我这话打动了他，父亲从去年正式开始写回忆录，但我不知他有没有将太爷爷和太奶奶的故事记录下来，我现在这要求也算一种激将法。父亲默默地从抽屉里拿出沓手写稿：你是懒人自有懒人福，懒人头上生五谷。最近我把你太奶奶、爷爷讲的家事整理出来了，你拿去看看有没有用。

接过那沓材料，看着父亲工工整整的钢笔字，我才明白懒人头上生五谷的含义。看来我真是个想瞌睡就有人递枕头的福将。

这天立秋，傍晚时分下起了沥沥淅淅的小雨。我们家住的报社大院在老城区，院子里全是红砖到顶的六层筒子楼，父亲退休以前是报社的副社长，分到了三室两厅、一百二十平方米的房子，而且在一楼，还有个二十平方米的院子。邻居家在院子里搭了玻璃房，太奶奶则在院子里种了桂花树、芭蕉、映山红、栀子花，平淡无奇的小院因此变得优美。母亲退休后在老年大学学习仕女画，她对窗前栽的那株芭蕉尤为钟爱。南宁是扔根棍子都能长出叶芽的地方，湿润的气候使芭蕉疯长。太奶奶生前就住在芭蕉旁边这间朝南的屋子里，那时她常常站在窗前看着芭蕉发呆。父亲嫌芭蕉挡了屋里的阳光，想砍掉芭蕉树，被太奶奶喝住了。太奶奶说太爷爷家以前的杜家围里种了很多芭蕉树和柳树。父亲纠正道：奶奶，您以前不是说杜家围里种了很多柳树和李子树吗？怎么又变成了芭蕉树？

太奶奶瞪着他说：柳树、李子树是种在围屋外头的，芭蕉树是种在围屋里头的。忆红，我都讲了多少遍，你怎么还记不住？我的脑子坏了，你的脑子也塞满了木屑？

因为太奶奶的记忆错乱，那株芭蕉树才得以继续在我家窗外摇曳，母亲空闲时才能一如既往地坐在院子里画瘦芭蕉和肥仕女。现在太奶奶走了，芭蕉树繁茂得几近阴郁。太奶奶生前住的房间改为书房后，光线暗淡的屋内终日飘着墨香，含蓄的芬芳倒是和芭蕉树的颜色很吻合。这天晚上我坐在窗边，听着雨打芭蕉的声音，倏地想起了郑板桥的诗：

芭蕉叶叶为多情，一叶才舒一叶生。自是相思抽不尽，却教风雨怨秋声。

这是不是太奶奶喜欢这株芭蕉的原因？望着书橱里那张全家福，突然发现太奶奶遗留下的气息已被桂花香和秋雨入土时特有的土腥味驱散。如果不是跟太奶奶共同生活过，如果不是全家福里留下了太奶奶的影像，太奶奶还能在我的记忆里留存多久？原来人活一世真如草木一秋，人死灯灭，肉身不在了，所有的一切便都消散殆尽，所以陶渊明才会在《形影神三首》中发出“三皇大圣人，今复在何处”的叹喟？笛卡尔才会得出“我思故我在”的结论？

对死亡这一终极问题的思考让我陷入莫名的伤感，缠绵的雨声似无数灵魂在哀叹，又像冥冥之中神灵的密语，我打开了父亲给我的材料本。父亲的书法极为漂亮，是瘦硬劲朗的瘦金体。小时候我在父亲的指导下练过六年宋徽宗赵佶的《棣棠花诗帖》和《绛霄紫庭帖》。读高中时我嫌宋徽宗是亡国之君，连带厌恶上了他的瘦金体，改练潇洒遒劲的毛体狂草。现在回过头想，自己当时挺幼稚的，其实赵佶的瘦金体既有屈铁断金的锋利，也有天骨遒美、逸趣蔼然之韵，有其独到的审美价值。虽说现代笔迹学认为笔迹里可见性格，但宋徽宗的亡国除了本人的个性、能力，更多的还是受时势、潮流左右，跟瘦金体无关，故而我近期又练回了瘦金体。如今看到父亲至瘦而不失其肉的字迹，心中颇感亲切，目光当即雨点般钻入了密密麻麻的文字中。

第三十八章　父亲的回忆札记

今晚我在桌前枯坐了许久，不知自己即将写下的这些文字该归入何种文体。首先可以肯定这不是新闻报道，也不是小说和报告文学，勉强可以算札记吧。或者更确切地说，是写给吾儿思红的一封信？总之，随着年纪渐长，记忆力越来越差。思红，你太奶奶和你爷爷讲过的事也像一条久无人走的山径，慢慢在我的记忆中被遗忘的杂草覆盖。加上自己罹患恶疾，将不久于人世，留下家族的印记和念想给你，这是我身为父亲应尽的责任。虽然目前你并不领会我的苦心，也不在意这份记录，但我想总有一天你会明白、理解并珍惜的。

思红，为父坐在桌前半日，好像有满肚子话要讲，提笔后又似乎无从写起，真是比新年社论还难写。思来想去，最后我决定还是从你太奶奶到全县（1959 年之前全州称为全县）以后的事写起吧。

1936 年底，你太奶奶曹半夏带着你爷爷杜丝工（杜全红是解放以后才改回来的），在桂花村后的荒坡上开出了两亩地，搭了两间竹棚，种上了红薯、大豆，总算有了一个稳定的家。为了换些油盐钱，你太奶奶经常上山打柴出售，村里的老财见你太奶奶面容已毁，不能揩油，想赶你太奶奶走，经常放恶狗咬她。你太奶奶只好带着你爷爷住进了临江的深山。你爷爷五六岁时，你太奶奶会头天做好饭菜放在锅里，将他独自锁在家，自己去别人家帮工。你爷爷猜她在点心铺里做事，因为你太奶奶晚上经常会带一包一包的东西回家，然后小心地锁在隔壁的柴棚里。你爷爷有一次偷偷溜进去，原本想偷吃来着，谁知食物没找着，却找到了几箩筐骨头，其中还有两个完整的人头骷髅，黑洞洞的眼窝瞪着他，吓得他尖叫着冲到屋外的菜地，抱着正在挖沟的你太奶奶大哭。

崽啊崽，那些都是死在湘江边上的乡亲，不能让他们当孤魂野鬼，我只想让他们安生哪。

你太奶奶警告你爷爷不许声张，否则性命难保，然后把那几筐骨头埋进了沟里。这样的事你太奶奶做了好几年，以至于他们的住处周边埋满了陌生人的遗骸。你太奶奶每年还在房子周边种一棵桂花树，说是给那些客死他乡的后生遮风挡雨。你爷爷九岁时跟着你太奶奶出去搜寻遗骨，不久便成了你太奶奶的得力小帮手。

我问你爷爷当时怕不怕，你爷爷说当时他们住的那一带经常能看到各种遗骨，也许是牛羊犬马骨，也许是人骨，除了晚间看见绿莹莹的磷火有些害怕，白天细伢们拿骨头当棒槌敲，并不介意。那次要不是那两个骷髅头拿眼窝瞪着他，他也不至于恐惧得大哭。后来这类事情见多了，你爷爷还练出根据服装残片甄别遗骸属于红军还是白军的本事，让你太奶奶大为惊喜，这无疑加快了她搜寻遗骸的速度。你爷爷记得，他十岁时你太奶奶已经很难在周边寻找到红军遗骸了，她开始把注意力放在国内的形势上，经常打听全国的抗战战况。每次听完她总是拍着那条伤腿恨自己不争气，然后喃喃自语地说，要是再年轻几岁腿又好的话，她也要上前线打日本鬼子。1945 年 8 月 14 日，日军占领全州。你太奶奶听到这个消息后号啕大哭，哭完把你爷爷送到邻居家，说她要出去一段时间。后来你爷爷才知道你太奶奶那时想上前线救护抗日战士。第二天走到半路，传来日本鬼子投降的消息，全县百姓欢欣鼓舞。你太奶奶拖着肿胀的双腿回到桂花村，搂着你爷爷说这下好日子来了。说来也巧，那个当年欺负你太奶奶的恶霸不久前刚上了西天，你太奶奶便带着你爷爷从深山搬回了桂花村。可不久苛捐杂税和匪患便逼得你太奶奶母子俩和桂花村的十几户村民搬回了深山老林，在那儿过着几近蛮荒的生活。可是即便在那种艰苦的条件下，你太奶奶也没有放弃教你爷爷认字。这时你爷爷长成了少年，并从你太奶奶口中得知他的老家在江西赣南。当时村子里经常会有人讲起红军过湘江的事，你爷爷虽然没有亲耳听你太奶奶讲过你太爷爷的故事，但聪颖的他已经从自己的老家推测出他的父亲、我的爷爷、你的太爷爷是个红军。有一回你太奶奶带着他去给那些埋了红军遗骸的山坡除草，你爷爷大胆地向你太奶奶求证。你太奶奶没有正面回答他，而是扬起脸看着远方的天际，喃喃地说：

红崽，那些战士牺牲时正是满世界开花的光景，我相信他们的血不会白流。过不了多久，这个世界就会变样子的！

你爷爷后来跟我说，你太奶奶的那席话好像有魔力，让他瞬间长大了。更让他惊讶和激动的是，等他们再次搬回桂花村时，祖国大地已插上了新中国的红旗。得知解放的消息，你太奶奶当即卖了猪栏里的架子猪，揣着那点小本钱，领着你爷爷到当年红军过湘江的渡口摆起了小摊，到处打听少共国际师的情况。你爷爷看着她奔波的身影，忽然想起小时候你太奶奶也经常到渡口向人打听情况，有一次还因此被人打伤，另一次被人扭送到乡公所，关了三天才放出来。即便在形势恶劣的解放前，你太奶奶也没放弃寻找你太爷爷的下落。现在解放了，你太奶奶终于可以大大方方地打听你太爷爷的情况了。你太奶奶先是到当地政府打听你太爷爷所在部队的下落，当地政府的工作人员认真记下了她反映的情况，还写信到赣南求证她的身份。遗憾的是，老家的回信只证明了有你太奶奶这个人，但并未证明她曾是少共国际师的卫生员。你太奶奶又提供了她在少共国际师时的同事陈副院长、林兰儿和二连一些战士的姓名，希望组织上找到这些人核实她的情况。当时国家百废待兴，政府工作人员很少，但责任心很强，他们把你太奶奶带到了武装部。武装部的同志又去函给某军区相关部门，请他们代为查核，过了几个月，某军区复函说：

少共国际师在1934年春天改为红十五师，经过一年多的战斗，减员厉害。1935年2月10日，中革军委主席朱德，副主席周恩来、王稼祥签署了《关于各军团缩编的命令》，全军进行整编，红军第一军团第十五师撤销，这第一军团第十五师就是少共国际师，该师人员分别编入了红军第一、第二师。抗日战争、解放战争期间，部队编制多有变化，加上铁打的营盘流水的兵，战争中伤亡又多，一时间很难查找多年前少共国际师N团一营的人员变动情况，所以没有找到杜鸿运、曹半夏是红军战士的证明材料与相关证人。

某军区相关部门如此答复你太奶奶并非不负责任，而是受各种条件限制——那时的国际国内形势非常紧张，全国人民都心系抗美援朝——在那种情况下，某军区能够帮一个普通老百姓去查找失踪人员并给复函已很不错了。你太奶奶尽管对复函感到失望，却也能够理解。当时中国人民志愿军刚刚跨过鸭绿江，支援朝鲜人民抗击美国侵略者，全国都处在抗美援朝的热潮中。加上那时残留的国民党势力和土匪猖獗，各地方政府工作任务繁重，责任重大，没有过多精力放在这种寻找上。你想想，在土地革命战争时期，仅赣南就牺牲了二十五万多烈士，加上抗日战争、解放战争，全国像你太爷爷这种情况的战士为数不少。如果这些战士的家属都要政府帮助寻找亲人的下落，那是无力顾及的。考虑到这些因素，你太奶奶按捺下思念，积极参加向志愿军和朝鲜捐款捐物的活动，领着村里的妇女为前线的志愿军将士缝制棉鞋、棉衣。由于她领导有方，又有文化，组织上有意培养她做妇女工作。可就在这时，有人向政府告状，说你太奶奶来历不明、身份可疑，不能使用。你太奶奶不想让村里人为难，带着你爷爷到渡口摆起了杂货摊。杂货摊旁边放着一只木桶和几把小竹椅，木桶里盛着你太奶奶熬制的客家凉茶，供来往的客人免费喝。客人累了还可以坐在椅子上歇息，你太奶奶会跟他们聊以前红军的故事，希望借此打听到你太爷爷的消息。可惜摆了一年多的杂货摊，并没有得到什么有用的线索。后来桂花村来人，通知你太奶奶回去，说土改给家里分了两亩地和一间半瓦房，在桂花村生活了多年的你太奶奶和你爷爷终于成了真正的桂花村人。你太奶奶不舍得山里的竹棚和旁边的桂花树，怕自己住回村里后，桂花树下的那些后生无人照料，便跟村里商量，用那一间半瓦房换了那一小片山地。另外两家也觉得在山里地方更宽敞，不肯搬回村，和你太奶奶成了邻居。在他们的帮助下，你太奶奶在竹棚边建起了两间泥房，从此安心务农。那些日子你太奶奶爱上了写信。她省吃俭用买了几本信纸和钢笔墨水，写了上百封信，想寄给红军长征沿线的县政府，以打探你太爷爷的下落。为了筹集寄信的邮票钱，你太奶奶领着你爷爷上山割烧草卖，花了一年的时间才陆续把那些信寄走。这时你爷爷才晓得你太爷爷杜鸿运离开小别村重返部队时是少共国际师 N 团一营二连的排长。红军长征前，他曾在广昌给你太奶奶寄回过两封信，但从那以后就再也没了音讯，生不见人，死不见尸，下落不明。有时我想，也许你太爷爷牺牲了，你太奶奶也就没这么煎熬了。这话多少有些不孝，但却是事实。你爷爷也曾跟我说过，当他看到你太奶奶为了寻找你太爷爷的下落茶饭不思、终日奔波的样子，有时就盼着民政局能给自家一个明确的结果。生也好，死也好，只要确切，总比这样吊

你太奶奶不想让村里人为难，带着你爷爷到渡口摆起了杂货摊。

在半空中强。

杜全红，你爸要是活着，他一定会给老家写信的，我们要回老家去。

你太奶奶这样对你爷爷说。可惜那时她的左腿除了不能弯曲，还终日疼痛，走路很艰难，且户口已落在全州，此时搬回赣南老家谈何容易？再说你太奶奶和你爷爷度日艰难，哪有余钱踏上归途？回老家的事就这样给耽误了。但你太奶奶并没有放弃老家这条线索，她给老家的很多政府部门写了信，一来探寻你太爷爷的下落，二来告知政府自己目前在何方，万一你太爷爷前来寻妻，好让他知晓自己现在的地址。

想到自己以前掩埋的那些遗骸都曾是活生生的后生，家人也在焦急地等待他们的消息，你太奶奶将心比心，希望那些遗骸的身份信息能够早日得到确定。她特意向桂花村村支书报告了此事，村支书说查证身份恐怕很难，但让烈士们魂有所安我们还是能够做到的。于是，村支书领着村民将你太奶奶埋在桂花树下的那些烈士遗骸安葬在旁边的山上。从那以后，每年清明，你太奶奶、你爷爷都会和村民一起到那两座无名革命烈士墓前祭扫。你太奶奶每次总要在坟前忙乎半天，她拔草、栽花，用赣南老家话絮絮地说着国家大事和村里的新鲜事。有两次你太奶奶还在坟前唱起了歌：

高举着少共国际的光辉旗帜，坚决的、勇敢的武装上前线……

思红，你爷爷后来跟我说，当时听见你太奶奶歌声的村里人都惊呆了，谁也没想到平日风风火火、看上去严肃刻板的曹半夏会有如此优美的歌喉。你太奶奶这个头带得好，从那以后，村里人给红军无名战士扫墓时，总会有人唱《没有共产党就没有新中国》《唱支山歌给党听》《浏阳河》《洪湖水浪打浪》《花儿为什么这样红》这些歌……

思红，听你爷爷讲，有次村子里的两个后生清明时节在无名烈士墓前唱了《花儿为什么这样红》后，坟前忽然长出了大片如雪的栀子花，像是冥冥中有人听懂了他们的歌声。

为什么不是红花而是白花呢？你爷爷这样问你太奶奶。

那些战士牺牲时为苏维埃流尽了最后一滴血，所以他们的魂魄是洁白的。

你太奶奶的解释让你爷爷深感震撼，从此他和太奶奶一样，爱上了栀子花和映山红。

思红，这下你明白家里为什么总是种栀子花和映山红了吧？

我合上了父亲的笔记本，静听着窗外越来越大的雨声，思绪变得深沉。都说春雨如酥、秋雨如绵，今晚的雨却似夏天的暴雨，打得窗外的芭蕉叶、桂花树、栀子叶、窗玻璃噼啪作响。我起身推开一扇窗，雨声猛烈、清晰了许多。秋天的气息随着雨雾朝我扑来，既有桂花的馥郁，又有芭蕉、栀子果的清甜，仿佛陈酒，颇为醉人。透过形态曼妙但明显已经开裂的芭蕉叶，我看见院墙下那排栀子树和映山红绿得稳重。想必在全州乡下那两座无名烈士墓前，它们的枝叶也被雨水洗涤得这般苍翠吧？

客厅里的父亲像是觉察到了我思绪的变化，突然推门走了进来，小声问道：思红，我写的材料对你有用吗？

自从进入生命的倒计时，父亲特别看重自己的所作所为是否对他人有用。那天他接到同事老吴的电话，老吴要出一本集子，向父亲要他早年收集的报道素材。父亲翻箱倒柜地找出了几大本，不顾酷暑，骑电动车急急巴巴地送过去。回来时满身臭汗，脸上却绽放出舒心的笑容，连声对我和我妈说：老吴说我的材料对他有用呢！

父亲不爱讲大道理，也没什么远大的理想，只想做一个恪尽职守、对他人有用的本分人。他是这样做的，也是这样要求我的。记得我读初中时到报社去玩，顺手拿了两本采访本回家，父亲发现后打了我一顿，还让我写检讨贴在墙上。他居然还把这件事写进了自己的年终总结，向组织忏悔自我要求不够严格，没发现儿子拿了单位的采访本，不但纵容了孩子的坏习气，还败坏了风气，今后一定要改正缺点云云。当我在他桌上看见这份年终总结时，用现在的网络流行语来说，真的是笑出了鹅叫。

那时我觉得父亲可笑，现在我却觉得父亲可敬。我这是在向父亲看齐？

有一点可以肯定：我认同父亲那种人生在世要做一个有用之人的观点。所以，这会儿我看向父亲的目光再无往日的玩世不恭，显出几分罕见的崇敬：爸，你的札记很精彩，对我做节目策划有很大的启发。

好，有启发就说明有用，有用就好啊！你好好写，你妈今天开始学国画，我得给她调色。

父亲怕打搅我，最主要的是他怕自己时日无多，近来尽量陪伴在母亲身边。我也想多陪伴陪伴他俩，便跟着去看。母亲画了幅水墨芭蕉，她用枯笔画出的芭蕉瘦骨嶙峋，有铁扇之风骨，比她那些仕女画强多了。我鼓励母亲多画写意水墨少画工笔，免得以技法之短搏人技法之长。

老妈，今天晚上这雨下得好，你要么再画一幅雨中芭蕉，体现“隔窗知夜雨，芭蕉先有声”的意境？我这建议却让母亲为难地皱起了双眉：

思红，你把我当傅抱石了呀？这水墨写意可是高难度，再画二十年也未必能我手写我心。不过我可以试着把自己对事物的理解融在笔墨里，比如这幅秋芭蕉，芭蕉叶明知自己要枯了，可还拼命伸展着，我想用枯墨表达这种不屈不挠和刚强。至于你说的夜雨芭蕉，我现在还画不出来。

当了大半辈子中学语文教师的母亲酷爱文学，是我节目的第一观众和批评家。以前我嫌她说话文绉绉的不接地气，今晚却觉得她腹有诗书气自华，能当我们卫视访谈节目的嘉宾。我不相信是这场秋雨将我变得如此敏感和多情，真正触动我心弦的，是父亲那本札记上的文字。母亲看着我若有所思的样子，忽然放下笔，拎起墙角的两盒土特产说：思红，这两盒土特产花了多少钱？

我随口说没花钱，是采访时别人送的。母亲和父亲的脸同时黑成了锅底。母亲说我看了电视，你那天去采访的地方就有这种特产，我跟你爸说这特产你只怕没花钱，你爸还不信。说到这儿，母亲看着父亲叹了一口气：老杜，我们教子无方啊。

母亲这话让我气结。这两盒土特产是采访时别人送的礼物，当时我们不肯收，可被采访的对象悄悄塞进我们的车里，加起来不到一百块钱。再说那天采访我掏了三百六十多元请他们吃饭，即便收了这两盒礼物，我也没占他们便宜。

我正想解释，父亲语重心长地说：思红，你太奶奶说，当年红军纪律严明，你太爷爷的战友因为拿了老百姓的一双新草鞋而受到严处。现在中央出台了新闻记者从业规定，你不能违反纪律。

我霍地站起身，说我请他们吃饭了，他们不过是在还人情。我要不收，他们还觉得我看不起人。

父亲说人情归人情，我当了几十年记者，我还不晓得要还人情？可现在你这不叫人情往来，而是受贿。明天你就把东西寄回去！

我懒得跟他们辩解，说了声还有事，便躲进了书房。我先上网看了些自己关注的新闻，心情稍微平静后，继续阅读父亲的札记。此时夜雨已停，路灯投射在窗外，感觉芭蕉被雨水泡得丰润，桂花树叶的蜡质闪着光泽，院墙下的栀子果从绿叶中探出明艳动人的橘红色脸蛋，让我想起唐代韩愈《山石》中“升堂坐阶新雨足，芭蕉叶大栀子肥”的诗句。心情渐趋平静，目光虫子似的钻进了父亲的文字中，那一瞬，我好像听见了父亲笔走龙蛇时发出的沙沙声、太奶奶的叮咛声、爷爷和父亲梦境中追寻太爷爷的呼唤声，还有我那隐约的心声——找到太爷爷，追寻他的足迹。不过，这只是我未来的打算，眼下还是让我们先将目光再次聚焦在父亲的札记上吧。

“文革”时期，有人将五十年代初关于你太奶奶是国民党军官姨太太的流言写成大字报贴在镇上。后来又有人贴了一张大字报，说 1934 年 12 月初，你太爷爷那支红军部队驻守的阵地上插过白旗，估计那支部队投降了。这两张大字报所说之事没有任何根据，全凭传闻和揣测。你太奶奶气得跳脚大骂，可写大字报的人躲在暗处，根本不应战。你太奶奶只好向村里和公社革委会反映情况，又写信回赣州的杜家围请他们出具杜鸿运是红军战士和她出生穷苦人家的身份证明。曹家原在县城开药铺，祖上非当地人，因时过境迁，知道曹氏兄妹在杜家打长工的人都已谢世，故村里未能给她出具出身穷苦的身份证明。对于杜家才之子杜鸿运是否参加红军一事，杜家围人也没给出确切答案，但肯定了他是在家中被红军带走的。你太奶奶很失望，好在那张关于你太奶奶身世的大字报并未搅起什么风浪，说你太爷爷所在部队打白旗的大字报贴上去没多久也被人撕下，贴大字报的人大约也觉得这个谣造得太大，怕担责任，从此再无动静。你爷爷讲起此事时总是感叹说这个世界终究还是好人多过坏人，正气压过邪气。

转眼到了 1969 年夏天，那时我已经上了小学。有一天下暴雨，你太奶奶听说有个从少共国际师出去的首长利用到全州公干之机，到邻村看望当年支援过他们的老乡。她披蓑戴笠冒雨赶到邻村，向那位首长打听你太爷爷的下落，结果那位首长和你太爷爷不是一个团的，根本不认识他。你太奶奶倍感失望和沮丧，精神有些恍惚，加上回村时天已断黑，又下着滂沱大雨，她失足摔下了山崖。第二天，你爷爷奶奶和我跟着全村人上山搜寻了大半日，才找到昏迷不醒的你太奶奶。送到县医院抢救了三天，人是救回来了，但记忆力受损，很多事情在她脑海中变得混沌不清，有些则干脆缺失，后来才知道这叫失忆。奇的是，有关你太爷爷的事她却记得清清楚楚，而且比失忆之前更加坚信你太爷爷还活着。

忆红，你爷爷说过，革命不胜利他不会死，现在革命胜利了这么多年他还没回来，只能说明他受伤了，不记得我和这个家了。他要是记得，就是过了一百年，他也一定会回来。

你太奶奶伤愈后，经常坐在桂花树下纳鞋底。只要看见我，就把我拉到她身边坐下，反复说着上面这段话。自从摔下山崖、脑子受伤后，她的思绪进入了更加遥远和幽微的过去，她对你太爷爷的回忆由原来的线状变成了点状。有时她会回忆起你太爷爷在杜家围保护她和你远志太舅公的往事，说那天的蝉叫得很响，那个当财主的曾太爷爷怕蝉鸣扰得太爷爷睡不着，让远志太舅公去赶蝉，可是蝉哪赶得干净呢？你的财主曾太爷爷要打远志太舅公，被你太爷爷杜鸿运拦住。这个故事还没讲完，你太奶奶的思绪又飞到了战场上。

杜鸿运聪明着呢，他挖的壕沟、建的子母堡能挡手榴弹……他有个战友叫小土匪，能用弹弓杀敌人。还有个战士白菜梗辨方向好厉害，可惜牺牲得早。你爷爷的命是张连长和唐七姐救下的。你爷爷很聪明，会用水蛭给伤员治病……他们很勇敢，可写入党申请书时，他们却觉得自己不够党员的标准……

思红，这些故事你太奶奶从春天讲到冬天，从我上小学讲到我参加工作，后来又讲给你妈和你听，我想你应该还记得。算了，闲事少扯，言归正传，还是说说你太奶奶曹半夏吧。

你太奶奶的祖上是开药铺的，所以她和你远志太舅公的名字用的都是中药名。你太奶奶年轻时很美，老了身上也散发出独特的光芒。由于她的身世、她的文化、她的爱好，你太奶奶成了桂花村最独特的老太太。你问她独特在哪里？首先，她不管何时都把家里和身上收拾得整齐干净，再大的困难和打击都不会令她消沉，哪怕在病中她也要挺直腰板；其次，她说话温言细语，不与人争辩，却总能以理服人，不怒自威；第三，她乐于助人，好几次家中只有一碗米了，却能匀出半碗给邻舍，所以人缘很好；第四，你太奶奶能歌善舞，能写会算，还会看病上药，对村人基本有求必应，那些年村里人头疼脑热了都找你太奶奶看病，她的土药很有效，治好了不少人，这也是你太奶奶在村里人缘好的主要原因；第五，你太奶奶爱种桂花树、映山红、栀子树和芭蕉树，别人家院前院后种的是小葱大蒜、辣椒茄子等蔬菜，我们家则花园近、菜园远，房子周围种的全是花木。当然，你太奶奶种花不贪多，那几种花木就像围墙上的砖石，几十年待在房屋周围，除非病死枯死，否则不予更换。你太奶奶种树也有章法，每年只在竹棚边种一棵桂花树，从 1936 年来到桂花村，到 2017 年去世，她在桂花村边上种了八十二棵桂花树。后来大家看出这八十二棵桂花树是按红五星的形状种植的，当地媒体便管那片树林叫“五星林”。

在你太奶奶的影响下，你爷爷杜全红也对打听你太爷爷的事情上了瘾。你太奶奶保留了两封你太爷爷的书信，把它锁在一个小樟木盒子里。你爷爷倍感好奇，有一天他撬开锁，从樟木盒子里取出了那两封信。信是用炭条写的，笔画不匀，但还能认清字迹。其中一封是这样写的：“战斗即将打响，我军将士英勇向前，你且放心，我们终有一日会胜利。”另一封写得长些：“我们还在广昌，形势越来越严峻，我们随时做好牺牲的准备。你要多保重。记得我给你说的孩子的名字。”

思红，你爷爷后来告诉我，他偷看这两封信后感觉里面蕴藏着秘密，就向你太奶奶打听写信的人是谁。你太奶奶那时脑子还没摔坏，她把自己所知的有关你太爷爷的故事告诉了你爷爷。我札记里的那些内容，很大一部分是你爷爷转述给我听的。说来有意思，你太奶奶失忆以后，你爷爷只要拿着那两封信去问你太奶奶，她长锈的眸子便会放光。这光像钥匙，能慢慢撬开她尘封的记忆闸门。而后你太奶奶会东一鳞西一爪地讲些你太爷爷和她在部队上的故事，听得你爷爷热血沸腾。从此以后，你太爷爷就像竹笋似的长在了你爷爷心中。可惜家中失过一次火，那两封信被烧，你太奶奶为此大病一场。有时想到那两封信就此消失，我也深感遗憾。如果那两封信还在，现在是可以进博物馆展览的革命文物了。唉，这些伤心事就不说了，还是继续讲你爷爷寻找你太爷爷的经过吧。

为了便于打听情况，你爷爷学会了做木匠和弹棉花，这样就能走村串户、多方探听了。你爷爷杜全红、奶奶陈喜英1956年成的亲，1959年生下了我。1961年三年困难时期缺衣少穿，你爷爷把不多的粮食留给你太奶奶、奶奶和我，自己偷着吃观音土和树叶，后来肚子胀痛如鼓，你太奶奶上山采了几服草药，治好了你爷爷的病。从那以后，吃饭时你太奶奶总是拍着肚子说刚才在灶下吃过了，其实她只喝了点米汤菜汤。有一天你太奶奶饿晕在地，你爷爷东忙西奔地从邻居处借了两筐番薯，家里这才渡过饥荒。你爷爷自此养成了在外做工一半收工钱一半收粮食的习惯。从我记事起，家中的阁楼上总是堆着番薯、芋头、苞谷等杂粮，竹棚里散逸着食物的香味。之后那些年，在全家人的勤爬苦做下，家里人总算能勉强填饱肚子，这让一家之主的你爷爷略感安慰。遗憾的是那些年他虽然走遍了本县和邻县的乡镇，却未找到与你太爷爷有关的线索。

思红，1970年我十一岁，正在村小读书。那年暑假我跟着你爷爷去湘江沿岸的两个村子做木工活。我记得很清楚，那天黄昏，我俩走到湘江渡口时，天上残阳如血，归鸟从空中掠过，飞向它们栖息的树林。我的双腿沉重如铅，怎么也走不动。好不容易坚持到渡口，你爷爷见渡船未到，我又累得不成样，便招呼我在那棵独木成林的大榕树下歇息。榕树的树根像盘龙，上面坐了不少等着过渡的路人。你爷爷见那儿人多，示意我看着担子，自己到人群中打听你太爷爷的消息。人多之处必打听你太爷爷，这已经成了他的习惯，可这种撒网式的打听每次总是无功而返，所以那天你爷爷走入人群的背影显得犹豫。当夕阳隐没在山巅，暮色铺上河面，渡船把一大半人送走后，你爷爷挺着腰杆满面喜色地朝我走来：

忆红，我刚才碰到一个姓唐的大爷，他原籍赣南，是当年的红军战士。他在湘江战役中受伤后被附近的老乡救下，伤好后当了上门女婿。我问唐大爷知不知道少共国际师，他说知道。当年他所在的部队和少共国际师的一个团在鲁塘圩阻击过敌人。我问他听没听过杜鸿运这个名字。唐大爷说他的堂兄在少共国际师 R 团，当年少共国际师举行全军大比武，他的堂兄也参加了那次比赛，可惜没有得到奖项。有一次唐大爷跟堂兄见面，他堂兄说最佩服那个得了土工作业比赛第一名的杜鸿运，杜鸿运原本是红军的俘虏，他的老财爹不要他，他就当了红军，聪明得很。我敢断定他说的这个杜鸿运就是你爷爷！

不等我回话，你爷爷兴奋地说他已约好明天上午去唐大爷家里详谈，并叮嘱我先不要告诉你太奶奶，等他落实唐大爷堂兄说的杜鸿运就是你太爷爷后，再跟你太奶奶讲。他怕万一不是会刺激老人家，到时加重她的健忘症。

次日一早，你爷爷拎着两只老母鸡去找唐大爷，不料从湘江对岸回来时遇到暴风雨，河水暴涨，船只无法正常摆渡。你爷爷要当晚赶回家，只能到一个较为偏僻的渡口扯渡。听讲这扯渡是红军当年渡湘江时教给船工们的一种渡船方法，即在河的两岸拉上根长绳，将小船用绳套套在绳上，过渡的人两手扯着绳子往前拉小船，名曰扯渡。那天风大水急浪高，你爷爷急于回家告诉我们消息，不顾别人劝阻，一个人上了扯渡船。谁知船行到河中央时，小船上的绳套因为太过陈旧而被磨断，大水冲走了小船，也冲走了你爷爷。三天后我们才在下游找到他的尸首。你爷爷走后，你太奶奶大病了一场。你奶奶陈喜英既要忙田里田外的活计，又要照顾我和你最红姑姑，还要照顾脑子越来越糊涂的你太奶奶。身体瘦弱、胆小怕事的她承受不了，跟一个弹棉花的匠人远走他乡，从此以后我们再没有见过你奶奶。

思红，为人子者本不该妄议父母，可与你太奶奶曹半夏相比，我的母亲、你的奶奶陈喜英确实胆小懦弱、自私自利，缺乏一个母亲应有的担当与爱心，让我于今想起依然很不平静。我和你姑姑曾经那么痛恨她，乃至十年前她重病在身，托人传口信要我和你姑姑去见她，我们俩一口回绝了。可等我们俩考虑了两个多月再想去见她时，她已魂归西天。我和你最红姑姑听说后只感到遗憾和略微的沉痛，毕竟她留给我们的伤痕犹在，我们对她余恨未消，不会那么轻易地原谅和遗忘她对我们的伤害。然而，等走到人生的出口处再回望时，我忽然发现自己好像明白了你奶奶当年的绝望与恐惧，也忘记了那些因她的遗弃而带来的痛苦。如果时光可以倒流，我希望能够回到十年前，我和你姑姑一定会去见她最后一面。你奶奶缺乏责任心，但并非恶人和坏人。我相信她抛弃我们之后受到过良心的强烈谴责和由此带来的折磨，这也算是上天对她这个不称职母亲的惩罚吧。

思红，你奶奶离开家后，我们的生活陷入了极为困难的境地。刚满十三岁的我成了一家之主，不得不辍学回家务农，种田之余我学会了养蜂。后来发现养蜂比种田挣的工分要高，我便去找生产队队长，要求到养蜂队去。村里人可怜我这么年幼就要养家糊口，大家开会讨论了一番，终于答应让我去养蜂。养蜂人一年四季追逐鲜花与芬芳，听上去很浪漫，实则辛苦异常，出入之处皆为深山老林，居无定所，三餐不保，最难耐的是孤独。为了确保蜜蜂的花源，一般都是单独放蜂。当然，花源充足时，我们养蜂队的五个人也会一同出发，白天各放各的蜂，夜晚住在一起，以排解养蜂人特有的孤独。

我热爱学校和读书，虽然出了学校门，但我并没有放弃自学。别的养蜂人畏惧的孤独成全了我的自学。我挎包里带着《新华字典》和纸笔，白日蜜蜂在花间采蜜时，其他的养蜂人要么在打扑克，要么在睡觉，而我则在树荫下学习。那些人笑我想当秀才想疯了，给我取了个外号“疯秀才”。我可不管这些，把所有能找到的废报纸、废书都当成了宝贝。夜晚我们一般睡在破庙或偏远的老房子里，有时四周无人烟，便歇在简易茅棚里，没有水电，蚊虫成团打堆，条件非常艰苦，但这些都难不倒我。我相信上天不负苦心人，终有一日，所学的知识会化成脚下的阶梯，让我走向更高的人生境界。

当然，这只是我当时的梦想，我并不知道后来会恢复高考，我也不知道自己有朝一日会当兵。那时我最大的愿望是能按时拿到工分，让脑子糊涂的你太奶奶和你最红姑姑吃饱肚子，另外就是希望找到你爷爷临死前见过的那个唐大爷。那时交通不便，消息闭塞，明知唐大爷就住在渡口对岸，可我愣是花了三年时间才找到他，确切地说，是找到了唐大爷的儿子。在你爷爷走的第二年秋天，唐大爷也走了。庆幸的是唐大爷的儿子唐平对他父亲的事情比较了解。从他口中我得知，唐大爷原名赖阿根，福建上杭人，原红三十四师战士。1934 年红军主力北上转移时，红三十四师和你太爷爷所在的少共国际师都是中央军委纵队的后卫部队。

湘江血战中，赖阿根受伤后流落当地，被当地一户人家收为养子，改姓唐。湘江战役之后那几年，为了躲避当地铲共团的追捕和迫害，他一直装哑巴，生活极为艰难，但无论怎样艰难，他都坚持一个信念：要让战友们入土为安，守护战友们的英灵。他和你太奶奶一样，一直在悄悄地搜寻、掩埋红军战士的遗骸。解放后他虽无法证明自己的红军身份，但党和政府还是给他分了土地和房子，他和养父的女儿结了婚，生了两男两女，过着平凡的农耕生活。唐阿根平日寡言少语，闭口不谈过去。直到他病入膏肓，意识到来日无多了，这才把自己的经历详细地告诉了大儿子唐平。

思红，当初唐平并不相信他父亲是位老红军，还以为老人家在编故事，可后来他父亲跟他讲了很多细节，唐平这才当回事。他想请有关部门为父亲恢复红军的身份，但没有任何凭证，而且不久之后他父亲就仙逝了。我找到唐平时他对自己父亲的做法不理解，说他既然是老红军，解放后就应该找人证明自己的身份，如果政府承认了他是老红军，他们兄弟几个就不用过苦日子了。我宽慰了他好一阵，唐平才叹口气说现在讲这些都没用，你得抓紧时间想办法证明你爷爷是革命烈士，也许还能得点利。

说来也奇怪，唐平跟你爷爷差不多年纪，我和他差着辈分，但走动了几次后，我们俩成了忘年交，我叫他叔。唐平叔擅抓泥鳅黄鳝，时不时地会送些鲜货给你太奶奶吃，我收了蜂蜜也会送给他尝鲜。我带他去桂花村看过那两座无名战士墓和老家的五星桂花林。他带我去过一个山洞，说红军过湘江后，那洞里藏过红军伤员。国民党白匪军用辣椒混合硫黄、柴草点烟熏杀了伤员，后来村里人悄悄将牺牲的红军战士葬在洞外的树林里。

思红，我跟着唐平去瞻仰祭拜了红军墓，那年我十七岁。你爷爷从唐阿根那儿得到的消息，证明你太爷爷杜鸿运当年曾获得过土工作业比赛的冠军，这说明你太奶奶的话没错，你太爷爷杜鸿运的确是少共国际师的战士。你爷爷那天去找唐阿根具体谈了什么唐平叔不知道，唐阿根也没跟他说过少共国际师的事情。从唐平叔那儿我并未得到你太爷爷的其他信息，但我却通过和唐平叔的交往，通过对那一带老百姓的采访，澄清了那个“红军有阵地插白旗投降”的流言。唐平叔家所在的地方是少共国际师的防守区域，那时我虽然不是记者，也不懂采访技巧，但我爱串门聊天。那几年我和二十多位老人聊过湘江战役，那些老人中有的是当年的船工，曾冒死送红军渡过湘江；有的当年曾在枪林弹雨中为红军战士送过粮草；有的人家把家中的房子提供给红军当临时医院；更多的人只是一觉醒来，发现睡在自己家门口的战士纪律严明，传闻中共产共妻、杀人放火的“赤匪”竟然如此爱民……从那些老者口中我得知，当年的少共国际师和红三十四师战士打得英勇，哪怕阵地被炸平，他们也不后退一步，人在阵地在，绝不可能投降。特别是红三十四师，六千将士几乎全部阵亡，师长陈树湘负伤被俘后在担架上用手绞断自己的肠子壮烈牺牲，时年二十九岁。去年看电视剧《绝命后卫师》，我哭了好几场，那些红军战士了不起啊。你也要看看这部电视剧，太震撼人心了！

思红，记得当初听到被采访的那些人称赞红三十四师、少共国际师英勇善战时，我感到骄傲和自豪，因为这再次证明了你太爷爷所在的部队是支英勇的部队，你太爷爷是浴血奋战的勇敢军人，是我心目中的英雄。对你太爷爷的敬仰坚定了我参军的决心。我想自己虽然不能为革命理想浴血奋战，但我同样能够保家卫国。十八岁那年我报名参军，三年后因家境原因退伍，在南宁边打零工边读函授大学，后来考入报社，再后来跟你母亲结婚。那时你姑姑大学毕业后，留在南宁工作。我们想把你太奶奶从乡下接到南宁来，可你太奶奶不肯，她要守着那片桂花林。直到你初一那年，我和你姑姑姑父说破了嘴皮才把她接过来。她说住不惯，还想回全州乡下，我们没答应。人岁数大了就像一部快散架的机器，随时需要维修，她一个人住在老家，身边没亲人，我们怎么放心？后来她也想明白了这个道理，不再闹着回乡下，我和你母亲总算把太奶奶从你姑姑家接了过来。你姑姑住的是楼房，你太奶奶喜欢我们的院子。老人家到南宁后，只要她身体好，每年清明我们都会陪她回全州老家祭扫无名烈士墓。你工作以后也陪她去过两次，还在冢边上种了两棵桂花树。去年清明我回去，发现那两棵树长大了不少。自己渐老而不知，可看那些树的变化，就知日子过得有多快。人的一生真是白驹过隙、稍纵即逝啊。

思红，我视力不行，最近手也酸胀无力，最主要的是思维枯竭，好在我后来所做的事你都清楚，在此不再赘述，你要是能想起来就补上去。我的札记就写到这儿，但愿对你有所帮助。

第三十九章　寻找先辈的接力赛

看到这儿，我双目微润，父亲的字越来越凌乱，到结束那几行时，笔迹淡到难以辨认，估计是身体不适所致，父亲来日无多了。我鼻子酸涩，好不容易才平静心绪按照父亲的嘱托，提笔补充了下面这几段：

父亲在报社的工作非常繁忙，但他仍然买了大量资料，钻研湘江战役的得失、教训，还发表了不少文章，在湘江战役的研究上颇有造诣。

为了寻找太爷爷的下落，父亲效仿太奶奶解放之初的做法，给红军长征沿线的县、市党史办发了征询信件，请求他们协助查找杜鸿运的下落。这些信大部分石沉大海，但也收到了一些回信，可没找到任何线索。去年冬天太奶奶病重，医院下了病危通知书，太奶奶抓住父亲的手，叮嘱他抓紧寻找太爷爷，父亲含泪答应了她。也许是不放心父亲，太奶奶奇迹般地痊愈了。那天我开车将太奶奶从医院接回了家，刚刚安顿好老人家，父亲便递给我两页稿纸的寻人启事，要我发至相关的寻人网站。我觉得有些可笑：时间之河滔滔而流，席卷了多少英雄？淹没了多少豪杰？这七八十年前的人和事能有几人知晓？父亲这寻人启事不但难为我，也难为了广大网友。

尽管我并不认同父亲的做法，但我还是认真地向他承诺并履行了职责。我有两个同学在门户网站工作，还有同学是自媒体大咖，我请他们帮忙推介转发，从去年冬天到现在，大半年过去了，我们并没有收集到什么有价值的线索，但网友反应之热烈出乎我的意料——寻人启事下方居然有几百条评论！父亲得知后大为宽慰。记得是中秋后的某天晚上，皓亮的月光将景物涂得斑驳，院子外的樟树、女贞树，院内的桂花树和将枯未枯的芭蕉叶在风中摇曳，发出沙沙的响声。近日得闲常读书的父亲凝神听了会儿，忽然背起了欧阳修的《秋声赋》：

> 欧阳子方夜读书，闻有声自西南来者，悚然而听之，曰："异哉！"初淅沥以萧飒，忽奔腾而砰湃，如波涛夜惊，风雨骤至。其触于物也，鏦鏦铮铮，金铁皆鸣；又如赴敌之兵，衔枚疾走，不闻号令，但闻人马之行声。予谓童子："此何声也？汝出视之。"

他顿了顿，风和树像是想反衬他的静默，瞬间喧哗起来，父亲夸道：欧阳修假托童子之口说出的那四句最妙：星月皎洁，明河在天，四无人声，声在树间。更有趣的是童子听他一番剖析后的反应。你还记得他是怎么写的吗？

我大学时读过欧阳修的《秋声赋》，但早就丢到九霄云外了，哪还记得童子的什么反应。我摇摇头，心想我此时安静地听，也算一种孝顺吧？

童子莫对，垂头而睡。但闻四壁虫声唧唧，如助予之叹息。

父亲喃喃地背出《秋声赋》最后几句，抬头望着夜空，神情倏地邈远起来。今夜前面那栋楼里准备艺考的孩子没有弹琴，右边单元那个喜欢开大音量看电视的耳聋婆婆上周去世了。小区变得安静，风吹树枝的响声在这份岑寂中显得格外动听，钢蓝色的夜空上，飘浮的白云被秋风吹得荡漾出几许涟漪，心莫名地变得柔软，父亲的声音飘进了耳内：

思红，寻找太爷爷下落的希望渺茫，但你一定要坚持。只要你下定决心，永不放弃，再借助现在强大的互联网，说不定哪天就有实质性进展。

我忽然有了和他聊天的冲动，说我最近在看美国人阿尔伯特·哈伯德的作品《把信送给加西亚》。书中讲了美国第十九步兵部队一等中尉安德鲁·罗文坚决执行总统命令，历尽艰险，穿行古巴，完成“把信送给加西亚”的艰巨任务，为政府带回了重要情报的故事。我看后很受启发。谁知父亲却皱起眉头，说中国和外国的国情不一样，从这个美国中尉身上你能学到什么？还是多读些传统名著吧！

我知道父亲近年越来越故步自封，但没想到他的思想会如此僵化。我说这个中尉的行为告诉我，在看似不可能完成的任务面前，信念和坚持很重要，这对我以后寻找太爷爷很有启发。父亲嘟囔着说，你从传统名著和国内的作品中能受到更多的教育。我知道他老人家的脑筋像女人头上的发卡似的别住了，连忙点头称是，他的脸色这才和缓下来。

这时，母亲拿着手机笑盈盈地走进房间，让我和父亲跟视频里的舅舅说话。

舅舅是母亲唯一的弟弟，八十年代初投奔在美国开工厂的老乡，打了好几年黑工，几经磨难后终于拿到了美国绿卡，在美国开了家保洁公司，业务拓展得不错。这些年陆续给了外公外婆和我家一些钱，外公外婆去世后，舅舅在国内只剩母亲一位亲人了。前年他回家时出资为自家姐姐买了一栋连排别墅，还动员我去美国读博士。母亲觉得挺好，频频给我做思想工作。我大学毕业后曾在美国读了一年硕士，起先住在舅舅家。舅母是孤儿院长大的香港人，生性刻薄，我不喜欢舅母，舅母也不待见我，两人在家里碰见有时都不打招呼。舅舅整天忙得不见人影，在舅舅家我是肥猪戴盔甲，浑身不自在，十天不到，就从舅舅家搬进了学校的学生公寓。硕士毕业后舅舅劝我留在美国，我也找过两份工作，可都没干长，舅舅很无奈，说实在不行就让我到他的保洁公司上班，我在家油壶倒了都不扶，哪里愿意做保洁？想着在美国什么都要靠自己，还不如回家当个啃老族舒服，于是就回了南宁，考进电视台当了一名记者。虽然工资不高，但不用买房、买车，吃饭还不用掏钱，若是哪个月入不敷出了，还可伸手问父母要，小日子过得挺滋润。

思红啊，你的硕士学位低了，到美国拿个博士学位再回国，你肯定能进中央电视台，这对你以后的发展大有好处。

舅舅当年曾梦想做一名主持人，中央电视台是他心中的神殿。现在的中央电视台依然是媒体从业者向往之处，我也不例外。但如果要以美国的博士证书当敲门砖，我还是省点力气吧，反正我在南宁过得也不差。我敷衍了舅舅一阵，母亲接过手机又讲了几句，然后才挂断电话。

思红，你舅舅很关心你，可你跟他讲话老是心不在焉的，很不礼貌，下回一定要注意。

母亲把我叫到厅堂，开始教训我。我怕她又犯循循善诱的职业病，忙打断她的话头：老妈，我正在思考明天要交的策划，你跟爸早点歇吧。

不等老妈回话，我赶紧转身离开了。父亲意犹未尽，跟着进了我的房间，并顺手关上了房门。老房子的木门有些紧，合拢时发出刺耳的吱嘎声。这声音仿佛魔咒，唤醒了我的手机，炸响的铃声惊走了屋内的安静，窗外的风声、树声、那孩子弹得毛糙的琴声和钟主任的话语同时袭向耳轮，让我有些烦躁。

杜思红，你的《红色密码》创意还行，但是以你家寻找你太爷爷下落为线索构建整个节目不妥。

钟主任以前是电视播音员，说话永远中气十足，着重强调时还带有播报社论的腔调，微信语音通话的音量更响，震得我耳朵嗡嗡响。

钟主任，那天您说这个节目构架很好，怎么现在又不妥了呢？

钟主任的评价让我着急，这两天晚上我约了牌局和饭局，可不想为重写节目策划而改计划。钟主任哪管这些，他噼里啪啦地说道：

杜思红，就算你能证明你太爷爷是少共国际师的战士，可并不能证明他就革命到底了。用没有定性的人物做国庆节目不行，做成寻访类的节目放在平时播吧。

怎么不行？我觉得国庆时播这种后人追寻革命先辈足迹的节目很有教育意义啊。

唉，杜思红，万一你太爷爷是逃兵或者叛徒呢？

钟主任，你胡说什么呢？

钟主任这话像根针扎进我心里，疼得我眼皮直跳。我还没来得及辩解，旁听的父亲已气得浑身发抖：思红，你告诉他，你太爷爷要么受伤失忆，不记得自己的身份，要么已经牺牲，他绝不可能是逃兵和叛徒！

钟主任在电话那端听见了父亲的吼声，意识到自己刚才的话有些不妥，连忙道歉：杜思红，我说的只是一种可能，没有别的意思，麻烦你跟老爷子解释解释。

其实不用我解释，等我放下电话时，父亲已经冷静下来。作为一个资深媒体从业者，而且还是报社的领导，他自然明白钟主任这话没有恶意。

思红，刚才是我太急躁了，你们主任说得对，作为国庆期间的节目，以我们家人寻找一位身份没有官方认定的先辈作为主要线索的确不妥，你还是换个思路吧。父亲倒是从善如流，脸色刚缓和下来，屁股便坐到了钟主任那一边。

我想想有道理，国庆的节目不能出纰漏，于是打电话给钟主任，告诉他我要把国庆特别节目《红色密码》的策划改为周播节目《追寻》。追寻的定位比较宽泛，既可追寻革命先辈的足迹，也可追寻当代先进模范人物的步伐，把节目的落点放在初心和使命上。

钟主任说台里最近出台了鼓励节目创新的政策，凡是评审后列入创新计划的节目策划都能得到台里相应的资金支持。他认为《追寻》的创意也还行，让我连夜拿出策划方案，明天是报名参评创新节目的截止日期，再晚就来不及了。我有些恼火，反问他这么重要的事情部门怎么不通知我们。钟主任的声音立刻高了八度：

昨天就发了，你小子没看到呀？

钟主任这话勾起了我不快的回忆：上次全省广播电视节目评选的通知部门也发得很晚，但有人看见于娜早就在准备参评节目。我怀疑是钟主任暗中透露了消息给于娜，部门的信息故意迟发，以便给于娜留出足够的创作时间，并减少本部门的竞争对手。钟主任像是猜出了我的想法，提醒我上台里的OA办公系统看台节目中心发的通知和部门工作群的微信。听了这话，我心里直骂他放屁——台里的OA系统只有他和文件接收员能看到，我们根本进不了系统，看个鬼通知呀！还有明天就要交节目策划，他老兄昨天才在部门工作群里发通知，明摆着是故意想让我们这些他并不期望得奖的人措手不及。为了证实自己的猜想，我故意问他于娜有没有交策划。

今天下午交了，节目策划很不错，你小子得加油！

钟主任回答得越大方，我心里越窝火：于娜虽然颇有想法，但才思不够敏捷，属于慢工出细活的匠人作者。如果她今天下午交了策划，那证明她起码五天前就知道了参评创新节目的消息，否则她根本拿不出方案来。我和她搭档这么久，很清楚她有几斤几两。好你个钟主任，你不希望我的节目策划挤掉于娜，我偏要拿到节目创新奖！

为了跟钟主任和于娜赌气，我奋战了一个通宵，次日上班即把《追寻》的节目策划交给了钟主任。钟主任翻了翻我的策划书，说你小子脑子灵光，手也快，就是做事毛糙，没韧劲，慢工出细活，这方面你得向于娜学习。

看来钟主任对于娜那是线头穿进针孔里——对上眼了，放个屁都是香的。我不能掩耳盗铃地认为我和她在钟主任心中的位置同等重要。我从刚才钟主任的话中听出了弦外之音：我这份节目策划写得再好，也敌不过于娜。她是部门唯一的首席编导，那些评委对她青眼有加。我的节目策划拿上去就是陪衬的绿叶。我很沮丧，不过同时还抱了些天真的幻想，希望自己这次能够以实力打败于娜。

理想是丰满的，现实是骨感的。三天后公布的评选结果和我预料的一致：于娜榜上有名，我则名落孙山。见我气呼呼的样子，钟主任把我叫到他办公室，二话没说，先把于娜的策划递给了我：对比一下，看看能不能找出差距。

我原本打算扔下策划就走，可好奇还是胜过了愤怒。我看完于娜的策划书，背上沁出层冷汗。作为一档打算与政府有关部门合作的栏目——《传家宝》，于娜的创新之处在于打破了以往红色访谈节目呆板的形式，融合了主持人脱口秀、嘉宾访谈、外联采访、即兴短剧、主持人与现场观众互动等多种手法，通过寓教于乐的方式来展示红色文化主题，从而达到润物细无声的教化目的。相较之下，我的节目创意虽然不错，可栏目设置、内容形式、采访编辑、节目呈现等环节并无独特构思，设计简单粗暴，多见套路。真是不比不知道，一比吓一跳，这次我输得心服口服。因为我这次不是输在跟部门主任和评委的关系上，而是输在我的策划上。

杜思红，你小子每次输给于娜都以为我偏心，这次你服气了吧？是你自己技不如人。钟主任适时地敲打了我几句，我坦然地接受了他的批评。

钟主任，你批评得对，我这次的策划的确不如于娜。

这时于娜走进办公室，看见我，她脸色有些尴尬。因为上次我半途而废的节目策划她拿去完善后做的节目获了奖，我故意在办公室臭了她一通。这次她又把我 PK 掉了，她怕我的臭嘴会再次发威。我不是鸡肠小肚之人，既已明白自己输在哪里，又怎会迁怒于她？我朝她伸出一根大拇哥：于娜，刚刚钟主任给我看了你的策划，做得相当扎实，佩服！

大概我在于娜的心目中就是个蛮不讲理的刺头，猛地听见我的夸奖，于娜惊讶地瞪大了眼睛：大才子阿杜表扬我了？我得把耳朵堵起来，把你的话留住。

于娜，杜思红其实很欣赏你的，你也很欣赏他，你们以后应该强强联手。

钟主任这话我们俩都没接口，特别是我，我怕他想利用这种组合来诈我的创意。也许我是以小人之心度君子之腹了，但现在的职场很复杂，我不得不防。于娜大概也有同样的顾虑，她看了我一眼，没有吭声。

第四十章　父子的寻根之旅

我虽然有些玩世不恭，却绝不肯轻易服输，我不想放弃这次的策划。只是台里现在经费紧张，上一档新节目所需的人力物力很大，即便评上了创新节目奖，台里支持了前几期的节目经费后，如果试播效果差，也会被收视率的末位淘汰制淘汰掉。

怎样才能确保这次的节目创意不被浪费呢？起先我想把它贡献给于娜，将我的核心环节“追寻”放在《传家宝》中，但她的节目受众定位偏于青年，颇有以娱育人之意，我的节目受众定位为中老年人，节目立足点不同，栏目便很难融合。思虑再三，我决定利用十天的休假时间完善节目策划，自己动手做一部微型纪录片。主意打定，我到器材行租了摄像机，两日后向钟主任递交了休假申请。钟主任开始不批，说最近部门承担的宣传任务重，让我坚持两周再休息。没办法，我只好告诉他，我想自费做一部追寻的微纪录片，如果成片能够过审，算部门成果，万一被评审小组枪毙，损失我个人承担。

钟主任上下打量了我几眼，说你小子行啊，有股不撞南墙不回头的牛劲。年轻人就应该有这种精神，撞墙撞多了，撞出了铁头功，以后就算遇到铜墙铁壁，你也能拱出个洞来。

对于喜欢批评人的钟主任而言，这话算是很高的评价了。更令我感动的是，为了确保我有充裕的采访时间，他不但特批了我出差五天，让我有半个月的时间去完成这部微纪录片，还给我出具了介绍信，又通过广播电视台办公室与相关的市、县宣传部打了招呼，请他们届时帮我联系当地的党史办，以确保完成采访任务。

杜思红，这不是你一个人的事，好好干吧！

钟主任这次对我的支持有点出乎我的意料，我忙诚挚地谢了他，拍着胸脯说一定给他弄个小成本、大情怀、正能量的节目出来。钟主任难得地将那双圆眼睛笑成了弯月牙。我连夜加班赶出了详细的采访方案，而后请父亲出山当片中的寻访者，我当主持人兼出镜记者。当父亲得知我是自费拍摄时，立即从微信转了两万块钱给我。母亲因忙着组织老年大学的书画比赛，无法跟我们同行。她放心不下父亲的病情，写了满满两页纸的注意事项，特意买了有提示功能的药盒子，重新归置了父亲的药物，设置好了提醒闹钟，以免漏吃和错吃。母亲也往我旅行包里塞了两万块现金。父母的无私支持让我暖心，同时也更加坚定了我拍好这部微纪录片的信心。

由于采访方案细致，线路规划合理，最关键的是当地宣传部门、党史办大力支持，我们参观了沿途所有能找到的红军长征时的战斗遗址，在兴安县红军长征突破湘江烈士纪念碑园、灌阳县湘江战役新圩阻击战酒海井红军纪念园、全州的红军长征湘江战役纪念馆流连忘返，对整个湘江战役有了更全面、更深刻的了解。我和父亲给老家桂花村那两座修葺一新的红军无名烈士墓献了花圈，随后同声朗诵起了无产阶级革命家方志敏《可爱的中国》里的一段话：

> 假如我还能生存，那我生存一天就要为中国呼喊一天；假如我不能生存——死了，我流血的地方，或者我瘗骨的地方，或许会长出一朵可爱的花来，这朵花你们就看作是我的精诚的寄托吧！在微风的吹拂中，如果那朵花是上下点头，那就可视为我对于为中国民族解放奋斗的爱国志士们在致以热诚的敬礼；如果那朵花是左右摇摆，那就可视为我在提劲儿唱着革命之歌，鼓励战士们前进啦。

这时天上有两只雄鹰飞过，它们展翅翱翔的身影是那般矫健，让我想起战士们冲锋陷阵的身姿。周遭的树林发出哗哗的响声，好像看不见的人群在鼓掌。山坡上的花草和着山风的节奏轻摇款摆，点头微笑，是英灵们在显灵吗？

我和父亲在桂花村的老屋里住了两晚。入夜，父亲有意不开电灯，点亮了那盏太奶奶曾用过半个世纪的油灯，昏黄摇曳的灯光仿佛一座模糊的光桥，将我俩渡到了几十年前的过去。我似乎看见太奶奶背着爷爷在田里劳作；夜幕垂下时，她就着昏蒙的月光，悄悄地将红军的遗骸埋在桂树林中；我好像听见了她站在赣南老家的山垭口送别太爷爷的喊声和歌声；更神奇的是，灯光下的父亲幻化成了爷爷和太爷爷，他们兄弟般并排坐着，一个比一个年轻。太爷爷嘴边的胡楂软塌塌的，布满硝烟的脸上露出稚气的微笑，黑晶晶的眼睛灿若星辰。他翕动着嘴唇像在对我说什么，我忙将镜头对准了双目盈泪的父亲。

思红啊，你太奶奶孤身一人带着你爷爷在这儿过了几十年，不容易呀！

摇曳的灯光下，过去和现在被回忆焊接成完整的岁月之桥，我和父亲顺畅地在上头来回踱步，对太奶奶当年的苦痛感同身受。在秋虫的唧啾声、宿鸟的咕哝声、零星的狗吠声和隐约的电视播报声中，我和父亲走进了桂花林。靠近老屋的桂花树是太奶奶早年种下的，如今树干比木桶还粗，亭亭绿叶间，繁茂的花蕊在夜色中星星点点地白着，空气芳香馥郁。越往外走，桂树树干越细，芳香却是不减。父亲呆呆地望着夜空，说这些年城市的路灯太亮，都已经忘了真正的黑夜是什么样子。你看，天空不暗，是钢蓝色的。

我抬首望着天空，只见天际的云层黑得密实，像座巨大的平顶山横亘着，“山顶”上那片褐黄色的云犹如火炭迸发出的温暖光芒，越往天空中央云层越亮，直至变成了耀眼的白云，天空的底色也渐变为纯净的湖水蓝。几群星星围绕在淡而无光的半月周围，那来自宇宙深处的电磁波，此刻变成了眨动的星光，深邃而神秘。其中有些星星已经消亡，但它爆炸前的光依然经过漫长的旅程，畅通无阻地抵达了地球，在此刻的天空上闪烁着，就像那些早已牺牲但精神长存的先烈。我吟诵起著名诗人臧克家的诗《有的人——纪念鲁迅有感》：

有的人活着
他已经死了；
有的人死了
他还活着。

父亲也加入了吟诵的行列：

……
给人民作牛马的
人民永远记住他！

把名字刻入石头的
名字比尸首烂得更早；
只要春风吹到的地方
到处是青青的野草。

他活着别人就不能活的人，
他的下场可以看到；
他活着为了多数人更好地活着的人，
群众把他抬举得很高，很高。

我们的声音激起的气涡将树枝撞击出剑戟相碰的金属声，令

在秋虫的唧啾声、宿鸟的咕哝声、零星的狗吠声和隐约的电视播报声中，我和父亲走进了桂花林。

人心神激荡。我看见了父亲眼中的泪光，支在旁边的摄影机也录下了我虔诚的神情。事后回看，虽然影像因光线之故效果不佳，但却恰到好处地烘托了隔着时光之河的追忆氛围。后来我把它剪辑进了微纪录片《追寻》中，播放后被网友们评为“最受感动的片段之一”。我用无人机拍摄的五星桂花林画面也被网友们誉为“最有震撼力的空镜头”。看着那些鼓励和赞扬的评论，我顿时泪奔。当然，这些都是后话了，暂时按下不表，再接着说我的拍摄之旅吧。

离开桂花村后，父亲带着我去拜访中风住院的唐平叔。老人家已言语不清，无法按我原来的节目策划与父亲对话，所幸的是他把从唐阿根那儿听来的红军故事早就讲给了自己的儿孙们听。他的儿子唐有富是县里有名的红色故事讲解员，孙子唐胜利是乡里的创业致富带头人，对网络很在行。在他的带领下，村里不少年轻人搞起了直播。前几年唐胜利出资重修了那两座红军墓，村里的年轻人直播带货时都会将村里的红色历史嵌进去。从去年开始，有不少自驾游的驴友前来瞻仰村人维护了几十载的红军墓。当我和父亲跟着当地县党史办工作人员唐有富、唐胜利来到红军墓前拍摄时，正碰上乡里两个单位的党员在红军墓前举行重温入党誓词的党日活动。鲜红夺目的党旗迎风飘扬，“我自愿加入中国共产党……”的宣誓声响彻云霄，这声音犹如坚硬的钢缆，将红军战士的初心和现代党员干部的初心牢牢地连接在一起。想到太爷爷太奶奶等革命先辈浴血奋战的场景，我不由得热泪盈眶。

第二天一早，县党史办的同志和唐胜利领着父亲和我去了江边的一座孤山。党史办的同志说这是湘江战役的主战场之一，当年守卫这座孤山的是少共国际师的战士。唐胜利说他八岁就开始跟着爷爷唐平到这儿祭扫红军，那时山上偶尔能找到子弹壳、残破的军帽和鞋子。经过八十多年的休养生息，大自然母亲抹去了山上的战争痕迹，山顶那片曾经的焦土滋养出大片茂密的松林，林中松鼠嬉戏、鸟语花香。我们四处寻觅了许久，终于在崖边土层里找到了两颗锈迹斑斑的子弹壳，仿佛时间的残骸，向人证明着半个世纪前的那场激战。

我们跪在松树下磕了三个响头，当父亲等人站起时，我侧卧在草地上，像一个匍匐前进的战士。我在那松软得如绒似毯的草丛中听见了甲虫蠕动、蚯蚓钻土、青草拔节、花朵吮露、风过树梢的轻吟，接着耳边掠过阵阵激烈的呐喊声、枪炮声、爆炸声，当这些都趋于平静后，我听见了记忆深处飘来的歌声：

同志们，快快起来拿着枪，要创造苏维埃共和邦！敌人发作了，奋勇向前冲！杀！杀向旧世界！建立苏维埃！杀！霹雳啪！霹雳啪！勇敢冲！勇敢杀！杀向旧世界，建立苏维埃，我们的红旗插遍天下！

我知道，这歌是我上次在宁都参观时听几位老人领着少先队员唱的，他们的歌声虽然欠缺专业技巧，却有着直击人心的质朴。半个多世纪前，在这座孤山上坚守阵地的战士们，也是怀着这种信念奋勇杀敌的吧？

之后县党史办安排我们去采访当年曾运送过红军的船工和支前队员的后代。他们有的对前辈的事讲得头头是道，有的一问三不知。但不管怎样，他们的参与丰富了我的节目形态，也从一个侧面佐证了红色教育传承的必要性和迫切性。遗憾的是，父亲跟着唐平叔走访过的那个红军伤员洞因为修路之故彻底消失了，父亲只能站在大致的位置上回忆那次走访带给他的震撼。欣慰的是父亲的老朋友、当地党史办主任证实了红军洞故事的真实性。经过当地党史工作者的不懈努力，他们从某位少共国际师老战士的回忆录中查证到那几位牺牲的无名烈士隶属于少共国际师某连，遗憾的是不知他们的姓名。更令我惊喜的是党史办的同志还给了我一本 1986 年出版的《红军长征过广西》和一本《彭绍辉日记》，让我欣喜不已。心中像是发生了海啸，激动的情绪让我语不成句：

……观众朋友们，也许我的太爷爷就牺牲在这里……

旁边那棵高大的榕树上，飞起几只小鸟。它们箭一般射向东南方向，像子弹，又似流星。父亲的目光追随着小鸟的踪迹，落在了东南方的那块云朵上。那儿是江西老家的方向。

我和父亲在江西赣南和闽西采访了一周时间，在当地宣传部的安排下，由党史办的同志陪同，走访了闽西的那口、少共国际师成立之地宁都县（原博生县）、浴血奋战过的广昌县、石城县和我太爷爷的老家，可惜杜家围屋早已不复存在。关于它的消失，有一个震撼人心的故事。

我太爷爷 1933 年夏天被红军带走后，我的曾太奶奶谢四妹被牛师长迫害致死，我的曾太爷爷杜家才殁于狱中，杜家围成了粤军的医院。不久占领杜家围的粤军被红军击溃，杜家围成为红军的物资转运站。1933 年 9 月下旬，蒋介石调集百万兵力“围剿”中央苏区，国民党军陈济棠部用一个团的兵力围攻杜家围。近百名红军战士、赤卫队员和一百多名群众凭借坚固的杜家围顽强抵抗了四十四天。后来粤军挖地道，用整整三棺材的炸药炸开了杜家围厚达丈余的围墙，围内二百余口人惨遭屠杀！之后陈济堂部将此改为军火库。红军长征前夕，杜家围发生了爆炸，里面的军火武器尽毁，杜家围彻底成了废墟。有关杜家围军火库的爆炸有几种说法：一说是遭了雷击，是老天在惩罚陈济棠部队残杀中央苏区军民；一说是驻守杜家围军火库的国民党士兵用火不慎引起了爆炸；但百姓相信的是后一种说法——两个飞檐走壁的红军战士夜半爬上围屋的夹墙顶，用弓箭将点着的火种射入了敌人的弹药库，在惊天大爆炸前，两位红军战士安全地离开了杜家围……

曾经跟爷爷回过老家的父亲知道英勇壮烈、可歌可泣的杜家围保卫战，还为此写过两篇纪念文章，我也略有了解，但杜家围军火库的大爆炸我俩还是头次听说。

看着杜家围仅剩的几堵残墙、半截石门，我和父亲心潮翻涌。陪同我们前往参观的当地党史办工作人员指着那一大片郁郁葱葱的刷粉芋说：

长了刷粉芋的地方是原来杜家围的围中围。完整的围屋占地将近一万一千平方米，如果这座围屋还在，肯定是我们赣南地区最大的围屋。

我和父亲对视一眼，两人不约而同地往刷粉芋地里走去。我问父亲这种植物学名叫什么，他不清楚，老家人叫的“刷粉芋”网上又搜不到，好在有强大的识别软件，数秒钟后我得知这种一人多高、叶片形态优美、开着美丽大红色花朵的植物学名叫蕉芋，块茎可煮食和提取淀粉，是老家人喜欢种植的经济作物。蕉芋花甜，我们行走其中时，看见成群的蜜蜂在采蜜，空气中弥散着青草晒蔫后和花汁流淌的清甜气息。透过丛丛簇簇的红花，我望见远处的田野上有十几棵郁郁葱葱的李子树，卫兵般簇拥着三株高大的柳树。按太奶奶对杜家围的描述，那些树应该长在杜家围的外面。太爷爷被牛师长逼婚前的暑假，那些蝉就是在那三棵柳树上嘶鸣的吧？据太奶奶说，当时的蝉鸣影响了我太爷爷休息，我太舅公曹远志被太爷爷的父亲安排去赶蝉，那时太爷爷还是个饭来张口、衣来伸手的少爷。谁能想到他后来会成为英勇的红军战士？由此可见，环境和出身能影响人，但有时对人生起决定性作用的仍是自己的选择。想当年太爷爷从红军的俘虏变为英勇的红军战士，这中间他肯定有过惶惑、迷惘与挣扎，后经过红军部队这口大熔炉的锤炼，最终淬火成钢，选择了革命之路。

我将目光从柳树上收回，继续寻找太奶奶说的那些桂花树。因了全州老家的五星桂花林，我觉得桂花树对于我们杜家具有非比寻常的意义。它不仅象征着吉祥美好，还象征着坚忍与忠贞。太奶奶对太爷爷的追寻，一次次失望，又一次次奋起寻找，就像月宫里的吴刚在砍那棵永远砍不倒的桂花树，又像推着石头上山的西西弗斯，明知不可为而为之，若无信念支撑，是断不可能坚持的。从这个角度而言，桂花树见证了我们家人的追寻，那星星点点的桂花上，凝结着我们永不言弃的信念。

然而，我们在杜家围的遗址没有看到一棵桂花树。父亲回头望着我说：当年的爆炸威力太大，石头的围屋都被炸得粉碎，那些桂花树、栀子树、映山红肯定都被烧成了灰。

我还没来得及发出感叹，陪同的村支书拍拍脑袋说：哟，我把那株映山红给忘了！听村里的老人说，爆炸后整座围屋成了黑漆漆的瓦砾，可杜家少爷住的围中围前头那株映山红却还活着，第二年春天还开满了花。大家觉得那是个奇迹，就把那株映山红移到了祠堂门口，到现在还年年开花呢！

快带我们去看看！父亲迫不及待，我则兴奋多于好奇：劫后余生的映山红，象征着革命的希望与成功，这是大自然的神谕吗？但无论如何，这都是一个非常棒的宣传亮点。

五分钟后，我们来到了杜家祠堂。祠堂是前几年新建的，设计者抛弃了传统的祠堂建筑形式，将杜家祠堂建成了现在常见的礼堂样式。进去参观时，村支书告诉我们，这座祠堂是杜氏子孙集资兴建的，除了供奉祖宗牌位的大厅，还在两侧加建了村民文化活动室和农家书屋。父亲一听，连忙掏出两千块钱塞给村支书，说这是我们作为杜氏后裔的一点心意。村支书不肯接，边上的老巴公说他跟村支书和我太爷爷同宗，村支书属二房，老巴公和我太爷爷属大房，是未出五服的亲戚。上世纪五十年代太奶奶从全州写信向杜家围人求助，请村里出具相关身份证明的事老巴公还记着呢。

可惜啊，鸿运叔叔从杜家围被红军俘虏以后没人再见过他。后来有人说他炸死了国民党的一个师长，投了红军，也不晓得真假。大家没法断定他就是真红军，那证明不敢乱开呀！老巴公为村里人没给太爷爷和太奶奶开具相关证明而歉疚。县党史办的同志说他们也收到过我太奶奶、我父亲的信件，也向当时县里还健在的两位老红军打听过我太爷爷太奶奶当红军的事，可惜那两个老红军老家在边远的山区，他们参军前并不知县里有个杜家围。1934 年 1 月参军后所在的部队也与少共国际师无交集，所以无法提供情况。因太奶奶在信中提及我太爷爷杜鸿运曾在少共国际师的大比武中获得过土工作业比赛的第一名，党史办的同志还专门到省有关部门查阅了 1933 年之后的《红色中华》《红星》等苏区报刊，也未找见相关报道。

时间过去太久了，后来国民党匪军烧杀抢掠，就算有当时的知情人只怕也遭了殃。县党史办这边没帮上什么忙。

县党史办的同志说话时满脸歉疚。父亲说我们能回到老家看看就高兴了，不求结果。老巴公晓得父亲难过，连忙转移了话题，说修家谱和建祠堂时，他代我太爷爷杜鸿运这一房捐了五百块钱，接着有人送上本新修的族谱给父亲，老巴公特意带我们去看了祠堂左侧墙边的功德碑。当我们在功德碑上看到“杜鸿运”三字时，眼睛湿润了。父亲既激动又自责，说这事本该他来做的，是他没有尽到责任。老巴公捋着白胡须对父亲说：你爷爷杜鸿运参加红军那年，我刚刚出生。我爷爷在你太爷爷杜家才手下打长工。我爷爷讲啊，你太爷爷杜家才对下人厉害，你太奶奶谢四妹是个好人。你爷爷杜鸿运对围里做事的长工、阿随很好。“文革”时期你父亲回到村里认祖归宗，当时住在我家。刚住一个晚上，镇里的红卫兵战斗队听到消息把他拉去批斗，斗完就把你父亲给赶走了，他都没来得及留下联系地址。后来你父亲再也没回来过，估计是被搞伤了心。修族谱和修祠堂时我们晓得杜鸿运有后人，可联系不上，所以不能怪你，我们也有责任。

我手中的摄像机随时开着，老巴公没有意识到自己进了画面，讲得自然真挚。父亲也忘了镜头的存在，满脸虔诚地听老巴公说着前尘往事。老巴公边走边说，领着我们来到院坪前的月牙塘边。池塘边种着桂花树、木槿树、柚子树和结满果实、寓意多子的苦楝树。那株映山红种在苦楝树和桂花树之间，高达两米多，树干曲折遒劲，可谓枝繁叶茂。村支书调出他手机中的图片，说今年春天这花开得极旺，花期时每天都有游人到这儿赏花合影。有两拨广东来的自驾游客人开出万元高价要买这棵映山红回去做盆景，当时就被村人怼了回去。我让村支书把相关照片和视频都发给我，得有一些现场图片和视频来印证他刚才的话。村支书语重心长地说：思红，这株映山红是红军战士和赤卫队员的鲜血染红的，你得让更多的人晓得。

其中也许有我太爷爷的鲜血。我在心里如此默念道。透过镜头，父亲眼中晶莹的泪花犹如时空透镜，折射出当年纷飞的炮火和太爷爷生龙活虎的年轻身影。

在父亲和我坚忍执着的追寻过程中，全州乡下和赣南老家拍摄的那些片段无疑是《追寻》一片中缤纷绚烂的高光时刻，不但照亮了我这个撰稿者、主持人、制作人的双眸，也让台里审片小组的领导、专家眼前一亮，当即全票过审。纪录片播出后，观众反响热烈，导播接到了很多观众的电话与留言。我那几个自媒体大咖同学和门户网站的同学受我之托，对这部片子进行了大力转发、推介，我们家寻找我太爷爷下落一事引起了网友的热议。

第四十一章　我们终于找到您了

在这部片子播出一个多月后，11 月中旬的一天，我接到一个名叫董江涛的陌生人打来的电话。听声音董江涛应该有六十多岁，一问，他的年纪果然能当我的叔叔。董江涛是老红军的后代，也是一名成功的民营企业家。他创办了一个寻人网站，虽然浏览量不大，但有固定的阅读人群和信息来源。

杜记者，我们网站上有个《追寻先烈足迹》的栏目，经常有人在这儿发布相关信息。前两天我在网上看了你拍的《追寻》纪录片，发现你太爷爷的情况好像跟我十三年前收到的一封信内容能对上。我拐了好几个弯才找到你电话，不知你有没有兴趣看一看?

董江涛当惯了一言九鼎的企业领导，话语绵密，他一口气说下来，插不上嘴的我只有表态的份了：董总，麻烦您马上发给我。

我口吻中的急迫像根系紧的绳子，立刻拉近了我跟董江涛的距离。他随即发给我几张翻拍的信件照片。从照片上看，那信件的确有些年头了，信纸有些地方已经磨烂，但信上的字迹端正清晰，文理通顺，看得出写信人梁华有相当高的文化。梁华在信中说，他是贵州遵义人，他的爷爷梁云清在世时曾是远近闻名的郎中，1935 年夏末，梁云清下乡行医，在山崖下发现一个浑身伤痕、昏迷不醒的细伢子，他说胡话时的外地口音让梁云清联想起年初时从遵义过境的红军。当时梁云清曾被请到红军队伍中给伤员看病，纪律严明的红军给梁云清留下了良好、深刻的印象。细伢子的口音跟那些红军很像。梁云清不顾形势紧张，冒险将细伢子背回家中治疗。细伢子清醒后告诉梁云清，他是少共国际师某部二连的通信员坨坨，他所在的连队几个月前阻击敌人时非常英勇，最后只有他一个人活下来了，他要继续前行，寻找红军大部队。半年后，伤愈的坨坨向梁云清磕了三个头，只身上路寻找红军部队。

坨坨离开前告诉我爷爷梁云清，说他是江西赣南人，1934 年秋天，他跟着伤势刚刚痊愈的红军伤员杜大哥和欧阳大哥上了前线。他们的连长叫朱九龙，打仗非常勇敢，带他上前线的杜大哥在战场上也很拼命……我爷爷梁云清对那些红军很敬佩。全国解放后，他将坨坨讲的故事写成了文稿，我小时候看过那份文稿，可惜后来不见了，我记得的只有这么多。

董总，我看到记者采访您时，您说您希望把您的网站办成寻找亲朋的平台，还特意开辟了《追寻先烈足迹》的栏目，所以特意写了这封信，把坨坨讲的故事告诉您。如果有可能，麻烦您在网站上发表一下，也许能帮到有需要的人。

看完梁华的信，我激动得浑身颤抖：太奶奶曾说过当初是朱九龙率领红军战士攻占了杜家围并抓走了太爷爷。太爷爷杜鸿运先是朱九龙的俘虏，后成为他手下的战士。梁华信中的“朱九龙”“杜大哥”“欧阳大哥”“坨坨”等名字和说法印证了太奶奶对太爷爷的回忆实有其事，这是我们杜家这几十年自寻找太爷爷以来得到的最有价值的信息之一，另一条有用的信息就是我爷爷从唐阿根老伯口中得知，有个叫杜鸿运的战士得过少共国际师大比武的土工作业科目冠军。

我立即打电话向董江涛询问梁华的情况，董江涛听出了我语气中的激动，他也跟着兴奋起来。

梁华信中讲的那些事是不是跟你太爷爷的情况很像？

是的，董总。我太爷爷当年的连长就叫朱九龙，他班上有对双胞胎也姓欧阳，我太奶奶送我太爷爷归队时，有个叫坨坨的细伢子跟随他们一起去了连队。

说到这儿，我内心已认定梁华信中的“杜大哥”就是我太爷爷杜鸿运，“欧阳大哥”即太奶奶口中的“欧阳灿”。

杜记者，梁华信里写的事跟你片中讲的事好多都对上了，当时我就觉得梁云清救的坨坨是你太爷爷的战友。

董总，麻烦您把梁华的电话发给我，我马上去拜访他。

我想马上带父母一块去找梁华，让父亲活着时能找到太爷爷的下落，完成太奶奶的嘱托。

杜记者，那年收到梁华的信后我去遵义找过他。当时他患精神病住院，我怕他信里写的事是胡编的，所以这封信没敢登出来，如今看来他信里的事是真的。都怪我当时对他有成见，要是早登出来，对你们肯定会更有帮助。

董江涛无比感慨，我的心也跟着他的话忽上忽下，最后落在一个点上：董总，请问梁华还健在吗？

老人家去世好几年了，不过我有他儿子的电话，你要不要？

要的，董总，麻烦您发给我。

当天晚上，我和父亲轮流跟梁国伟视频聊天。梁国伟有四兄妹，他是老四，比我父亲小十多岁，长相质朴，身材敦实，是个地地道道的庄稼汉。从视频画面来看，他住的老宅很陈旧，梁国伟说这宅子是他太爷爷梁云清建的，现在属危房，下个月就要拆掉。讲到这儿，他那个性格活泼的老婆立即从手机里调出全家人即将入住的新房照片给我们看。

现在农村人的生活真的好了，你看，他们这房子前面有坪，后面有园，好羡慕呀！

边上的母亲啧啧叹道。梁国伟和他老婆异口同声地邀请我们去他家做客，父亲忙说好呀好呀，我们这是有缘千里去相会呀！

我明白父亲的意思，他刚跟梁国伟聊了一个多小时，可并没有聊出什么新东西。父亲很迷信他当记者时摸索出来的那套采访技巧，多次跟我说用他特有的采访方法能挖出人们心中更多的秘密。估计他想亲自采访梁国伟，从他的记忆深处掏出些宝贝来。

在父亲的督促下，我俩利用双休日跑了趟遵义。梁国伟家所在的村庄距遵义市两个多小时车程，我们租了辆车过去，倒也方便。村子自然景色很美，村东是新农村建设示范村，幢幢新颖优美的小楼比城里的住宅小区还美，村西全是破败的老房子，有的墙颓屋倒，有的已经拆除，地基上长满蒿草。梁国伟家的老宅有一扇墙斜了，用木板和木头顶着，当年曾经精美的雕花木窗不少已经腐朽，上头蒙着的塑料布在风中哗啦啦作响。梁国伟三兄弟都住在老宅里，妯娌几个很勤快，将屋内收拾得干净透亮，天井处还种了不少绿植，旺盛的人气逼退了岁月带给这座老屋的沧桑和颓败。

梁国伟一家非常淳朴，把我们当成亲人来招待，先是带着我们参观了村里的几个景点和他们的新居，又在父亲的要求下领我们上山探访了梁云清和梁华的墓地。囿于风俗和时令，我们外姓人不便祭扫，只在他们的墓前献了两束在飞机场买好的鲜花。当我们父子俩向那两座并排而列的坟墓鞠躬时，一阵山风袭来，林涛轰然响起，枝柯相击间隐隐透出金戈之音，让我的思绪飘回了久远的战火岁月。那时的秋风给太爷爷和他的战友带来了太阳的温暖，也夹送了秋天的寒凉。秋风吹拂着阵地上的树枝，发出的也是这般猛烈刚劲的声音吧？

拍摄梁氏祖孙墓地周围的树林时我对着画面喃喃自语。事后回放视频，我发现这种梦呓式的画外音具有直击人心的神奇力量，眼中不由得漾起了泪花。

是夜，秋风送爽，明月高悬，整座山村沉浸在宁静的氛围中。梁国伟在院坪上摆了一张条凳、三张竹椅，条凳上放着刚从树上摘下的新鲜柚子，白瓷杯里的粗茶冒着热气。嗅着炊烟的余味，听着秋虫唧啾、闲庭桂落，岁月严实的帷幕忽然裂开道缝隙，我好像看见梁云清正在昏暗的油灯下为坨坨疗伤，继而灯花闪烁，场景转换，只见瘦小的坨坨支撑着病体，在月辉下倔强地做着继续寻找大部队的准备。我思绪的马匹还在 1935 年秋天奔跑，梁国伟突然站起身，说带我们夜游老屋。那匹脱缰的想象力野马立时蛰伏在脑海深处，成为探测未知的神经元。

山村的夜晚寂静得落针可闻，我们行走时的足音显得突兀，有两只蛤蟆被我们惊起，在地上扑通扑通乱跳，在手电光里留下几道黑影。梁国伟边走边满含感情地向我们介绍着老屋房间的用途，说这间曾是他太爷爷的药房，那间原先是诊堂。梁国伟还从客厅神案后头的暗龛里取出个烂了大半的葫芦，说这是当年他太爷爷梁云清悬挂在门口、代表悬壶济世的葫芦。虽然光线不好，但我还是将他这些举动录入了镜头。纪录片贵在真实，我喜欢这天晚上的氛围。

面对“存货有限”的梁国伟，父亲放弃了他那套娴熟的采访技巧，东一榔头西一棒槌地和梁国伟拉着家常，一边打量着这座被岁月之火燎得乌头暗面的老屋。当我们走到那间倒了大半的偏房时，父亲突然说起上世纪八十年代初，施工人员在杨开慧故居的老宅墙壁中找到了她写给毛泽东的信的事情，提醒梁国伟拆老屋时要多加注意，看看房梁墙壁里有没有老祖宗或者红军留下的物件。

父亲这么一说，我脑子里立即浮出个念头：我太爷爷喜欢写信。坨坨是连里的通信员，他身上有无可能带着我太爷爷他们的信件？听太奶奶说，坨坨当兵前在列宁小学念过书，他会不会给梁家留下了什么书信？不过这想法只在脑中一闪就消隐不见了——世上哪有这样的巧事？我屏住呼吸，端稳手中的机子，将镜头推向正在对话的父亲和梁国伟。

杜叔叔，您放心，等拆这老屋时，我们一定仔细检查，看看能不能找到宝贝。

我也就是一说，哪能我们想瞌睡就碰上枕头？父亲摇头笑了笑，自己也觉得刚才的提醒很荒谬。

老天保佑，让我们遇见奇迹吧。我在心中这样祈祷。

两个多月后的一天上午，我正伏案改稿，梁国伟突然打电话告诉我，他们真的在老房子横梁暗格里找到了两卷用油布包着的信纸，其中一卷完好无损，另外一卷受潮霉烂，悉数尽毁。我正感叹间，梁国伟像当初给我打电话的董江涛一样，兴奋得声音发颤：杜记者，你运气真好，那卷没烂的信纸里面有你太爷爷的信！

不会吧，哪有这么巧的事？被幸运砸中头的我顿时石化了，心中却还在怀疑这份幸运。

不会搞错的，我记得你太爷爷叫杜鸿运，这里面有两封信的落款人就叫杜鸿运。你太爷爷的字比研究生写得还好！

梁国伟的强调反而增加了我的疑虑：这会不会是有人知道我们在寻人，故意恶作剧逗我们玩？又或者想用这种伪造的信件来骗钱？

我没讲错，你太爷爷的字比对联上的字还好看，你看我发给你的照片就知道啦!

话音刚落，微信就传来了那页有我太爷爷落款的信纸照片。梁国伟相机的焦距没对准，照片有些模糊，但那铁划银钩、力透纸背的字迹还是一目了然。如果这字真是我太爷爷手迹，他要活到今日，肯定能成为中国书法家协会会员。都说字如其人，想必我太爷爷长得比较刚毅，是不是有络腮胡？我下意识地摸了摸自己腮帮两边的胡楂，看着父亲那几天未刮显得乱糟糟的胡子，年轻的太爷爷便带着满脸的硝烟、满下巴的胡楂昂然向我走来。

两天后，我收到了梁国伟寄来的快递。我将手机交给邻座的同事，请他拍下了我拆封包裹、取出信件和本子时热泪盈眶的画面。遗憾的是，部门马上要召开选题会，我未能一睹为快。不过既然有了好饭，我也不怕晚，所以这天讨论选题时我显得特别友好和无私，为于娜和另外两个编辑贡献了好几个金点子。习惯于“捧杀”、相信育人于严的钟主任，难得地祭出了“捧杀”大招：杜思红今天很有团队精神，表现不错，值得大家学习。

钟主任的话引得几个同事窃笑，大约是觉得此表扬几近讽刺吧。我不由得朗声为自己正名：钟主任明察，我可是一贯乐于助人的。

我自认为还算有团队精神，否则平常也不会帮于娜他们出点子了。我不喜欢他这有明褒暗贬之嫌的表扬。钟主任笑着走到我面前说：杜思红，你现在是真有进步，我今天也是真心表扬你，不信你可以翻翻去年组织生活会上大家给你提的意见。

去年的组织生活会上，好几个同事给我提意见，说我喜欢单打独斗，不愿意协同合作。虽然会上我表态接受了他们的批评，也表示愿意认真改正，可会后我还是跑去跟他们争辩，说他们误解了我。钟主任作为支部书记，认为我对待批评不够虚心，会上的表态有些敷衍，为此还找我谈了两次话，当时我委屈得很，觉得这是老钟故意恶心我。说老实话，在深入追寻太爷爷的生平之前，我很少反省，更别提古人说的吾日三省吾身了。后来在追寻的过程中心胸不知不觉变大了，此刻钟主任的话听上去便如同警钟，在我耳边敲出了嗡嗡的回音：如果一个同事说我不好合作，那可能是他对我有误解，若部门有多位同事都持此观点，那说明我真的有毛病。

我倏地想起了太爷爷。他十多岁时便和战友并肩浴血战斗，那时他会和战友们这样计较吗？答案是否定的。

呵呵，太爷爷，您若知晓您的曾孙是个小心眼，会讲我什么呢？太爷爷的身影从思绪深处浮出，凝视我的眼神中有鼓励、期盼，似乎还有淡淡的笑意。

您老人家是在笑话我吧？我可不能继续丢您的脸。我心中暗道。

杜思红，发什么愣啊？钟主任的声音将我从回忆中唤醒。我诚恳地向钟主任认了错。钟主任有些意外的欣喜：你小子这段时间好像突然成熟了！

说罢，他像是要考验我似的，拿起桌上那两份新同事做的策划方案，要我尽快改好：我告诉你啊，你这是纯粹的帮忙，不算工作量，干还是不干？

钟主任认为我业务上有两把刷子，以前经常让我帮忙润色同事的策划方案，但因为不算工作量，没有报酬，总是被我拒绝。我的拒绝在他脑海中形成了固有印象，以致他拿着策划书的手又缩了回去。

钟主任，我后天上午给您！说罢我从他手中抽出那两份策划书，转身回到了大办公室。我们办公室相当于台里的车间，虽然不像技术部门那样二十四小时轮班，但晚上加班是常态，哪怕深夜时分，办公室也不清静。我必须找一个隐秘的空间来读太爷爷的书信，于是我按捺住好奇心，开车回到家中。父母今天一早参加老年大学组织的郊游活动去了，晚上不在家吃饭，空落落的家正合我意。我钻进自己的房间，让机器人小爱播放埙曲《忆》。小爱乖乖地送出了低沉浑厚、古朴悠远的埙音，窄小的房间瞬时被撑得辽阔，那盏亮起的薄胎瓷灯则似坠落凡间的月亮，闪耀出脆弱、柔和的光芒。我端坐桌前，小心翼翼地取出塑料薄膜包裹着的纸卷，轻轻展开一看，内有六张毛边纸，五张从本子上撕下来的便笺纸。虽说存放在干燥的房梁上，又用油布包着，里面还放了防虫、防潮的松香粉、木炭粉，信纸还是受了潮，且多有虫蛀，好几处还被木炭粉玷污。有一张便笺纸上的内容只余“一滴血”三字，下方的签名勉强能认出“赖 × ×”“杜鸿运”“欧阳 ×”“黄门框”“丁小甲”几个名字，两张满纸乌黑，一个字也看不清，所幸另两张便笺上的文字很完整，那是我太爷爷写给太奶奶的信。抚摸着太爷爷的签名，我血脉偾张，似乎闻到了太爷爷身上的汗味、硝烟味，心如同水珠，顺着太爷爷刚劲的手书滑进了另一个时空。

半夏吾妻如面：

别后半月余，汝可好？甚念。近日吾一直随部队作战、移动，难有喘息之机，夜深时念及汝，常泪盈于眶，然此时乃中央苏区生死存亡之际，儿女情长当让位于男儿职责，遂振奋心神、以蓄精力，誓破蒋敌。两日前我师为避免与敌决战，主动放弃 ×× 阵地，退向 ×× 外布阵，以完成中革军委向我师下达的阻滞敌军对 ×× 的进攻，掩护红 × 军团转移的任务。奋战两日构建了阵地，此刻夕阳西下，尚有余晖，庆幸前几日破敌碉堡时获稿纸、笔墨若干，朱连长、王指导员留了些许，余料分配给吾、欧阳灿等识字之人记战况，为战友代写家书。吾近水楼台先得月，此前已给汝写了两封信，收到否？盼汝回函，以解吾相思之苦。

唉，未料到天黑得如此迅疾，眼下目难辨物，择日再写。念念。

夫鸿运于甲戌年十月一日

半夏吾妻如面：

近日气温骤高，汝在家中要及时添减衣物，切莫热感风寒。甚念。

10 月 3 日，敌军向我师阵地进攻，敌众我寡，战

抚摸着太爷爷的签名，我血脉偾张，似乎闻到了太爷爷身上的汗味、硝烟味，心如同水珠，顺着太爷爷刚劲的手书滑进了另一个时空。

况惨烈，朱连长拉响了最后一颗手榴弹，与敌兵同归于尽。班长、排长、战士大多牺牲，王指导员伤后战斗不息，命赖慕敏代理连长，吾为副连长，小土匪、大胖、欧阳灿为排长，黄门框为班长，带领战士们扼守山头。今日上午，敌军占领了吾军水源。吾与欧阳灿、黄门框、小土匪穿上从敌军尸身上剥下的军衣，潜入敌阵内取水、搞粮食，虽有收获，但小土匪牺牲，吾等悲伤之极，食不下咽。

连日的轰炸致山坡多成焦土，大胖从焦土中找到几只烧死的麂子、野鸡和野猪，吾连士兵终于撑到了 10 月 7 日。吾、欧阳灿、坨坨等毫发无伤，请转告三叔和小梅，切勿记挂。

另，闻敌近日连陷吾苏区几城，每到一地皆屠杀苏干和红属。汝与小梅须组织大家速速转移，以保小别村百姓无恙。

夫鸿运于甲戌年十月七日

太爷爷的字迹犹如蜿蜒的小路，将我带至硝烟弥漫的阵地。在隆隆的枪炮声中，我看见临危受命的太爷爷正率领少共国际师 N 团一营二连的战士与敌血战，战士们一个个倒下，剩下的人越来越少，但他们仍在坚持战斗，直至为革命流尽最后一滴血……念及此，我澎湃的心潮化为夺眶而出的热泪，滴在饱吸岁月烟尘的纸上，洇出一只“眼睛”图案。这“眼睛”凝视着我，我也回望着它。飘散的思绪凝成光束，照亮了我脑海深处关于少共国际师的所有记忆，接着思绪化为章鱼的触须，贪婪地吸附在剩下的六张毛边纸上。毛边纸颜色洁白，质地细腻，上头用蝇头小楷记录了少共国际师的战况，行文流畅，从字迹来看，书写者应另有其人，可我仔细看了两遍也没找到落款。分析了片刻，我觉得这些日记应是坨坨写的。太奶奶说他参军前在列宁小学读过书。不过也有可能坨坨只是叙述者，这些文字是梁云清事后补记的。为了求证，我连忙给梁国伟打电话，问他太爷爷以前有没有跟他讲过坨坨后来的事。

坨坨？梁国伟好一阵才反应过来，说上次送走我们后，他去邻村亲戚家给百岁老人祝寿，席间说起我们千里迢迢到他家寻找红军先辈的事，寿星老人说当年他舅舅家收留了一个昏倒在门口的瘸子后生，那后生成了他的外甥女婿。

老人家讲他那个外甥女婿是赣南人，以前在红军队伍里干过，说是打仗的时候腿受了伤，被一个郎中救回性命。原本他是要去找大部队的，不承想腿伤发作，只好留在当地讨生活。

梁国伟说他后来还特意去了老寿星的外甥女家，只可惜老寿星的外甥女、外甥女婿和两个儿女都已去世，第三代和第四代根本不清楚老辈人的事。

当时我猜是坨坨，所以赶着去核实，没想到什么名堂也没问出来，就没跟你讲。梁国伟有些抱歉地说。

我问他有没有老寿星外甥女家人的电话，梁国伟说没有存号码，他马上帮我问。几分钟后他把老寿星外甥女的孙子陈海卫的电话发给了我。因梁国伟此前已跟他通过气，陈叔叔接电话时挺热情。他说他六岁时爷爷便去世了，奶奶是个哑巴，父母亲对祖辈的事知之甚少。我跟他聊了半个多钟头，在我东抓西挠的追问下，终于捞到了一点有用的信息：陈海卫依稀记得他小时候跟爷爷去过一次遵义，爷爷说要去找救命恩人，可惜没找到。

你还记得你们去的是什么村吗？我兴奋得声音高了八度。如果陈海卫的爷爷去遵义找救命恩人，那他十有八九是梁云清救下的坨坨。

对不起，我那时太小，根本不记得。听到陈海卫这个回答，我的情绪像坐过山车似的从顶峰滑落到谷底：你父母他们知道你爷爷去遵义的哪个村子吗？

陈海卫沉吟了稍许说：我父母为爷爷去遵义的事情吵过一架，说是要花钱，不让我爷爷去，最后我爷爷发火骂了他们一通。

这时我听见话筒里传出婴儿的啼哭声，还有人在喊陈海卫，他连忙挂了电话。这时梁国伟的电话追了进来：小杜，怎么样？找到线索了吗？

我告诉他陈海卫的爷爷曾经到遵义找救命恩人未果的事，梁国伟有些奇怪地说：如果那人是坨坨，他怎么会不记得我们家呢？话音刚落，他突然哇叫一声：杜记者，我想起来了，我们家以前住在老屋村，有一年发生了山体滑坡，村子埋了大半，我们家就搬到了现在住的地方。

所以他才没有找到你们家！陈海卫的爷爷肯定是坨坨！我兴奋异常，梁国伟同意我的分析。随后我发了两页日记的照片给他，问那上面的字是不是他太爷爷写的。梁国伟让我等一等，十多分钟后，他发了张精神病院病历的封面给我，说那上面的名字是他爷爷写的。我对比了日记和梁云清病历上的字，觉得字体样本太少，仅凭“梁云清”三字根本无法判定这些日记是否出自梁云清之手，看来只有请笔迹专家来鉴定了。主意打定，我摁下有些浮躁的心绪，目光再次沉溺在很可能是坨坨写的日记上。

甲戌年十月十七日　阴天

今日，吾连接令撤离 × 城，因前段时间战斗激烈，吾师一万余众锐减为五千余人，甚悲。幸百姓投身红军者众，上级给吾师补充了二千余名新兵及大批弹药，每人发三十至四十发步枪子弹，三至五枚手榴弹和一套棉衣。吾连在训练新兵的同时，还担负着往 ×× 方向运送重要物资的任务。10 月 16 日夜晚，吾师渡过了 ×× 河，随主力部队转移。

甲戌年十一月二日

近日吾师连日赶路，间有战斗。虽离中央苏区渐远，二连战士们的情绪却未消沉，战斗间隙常拉歌比赛，鼓舞斗志。途中战斗不断，时有战友牺牲。昨捡到一张报纸，得知苏区已彻底陷于敌手，白匪军如此凶残，不知小别村可安好？夜晚梦见了父母。

甲戌年十一月二十七日

不知不觉，吾师已走到湘西地界。此地的十一月底，气温甚低，因补给不足，腹中食少，衣衫单薄，将士皆疲惫。况近日连连阴雨，湘江河水暴涨，船只稀少。前有阻击，后有追兵，湘江如天堑，渡口如堵。吾师奉命在湘江 × 岸的无名高地监视、阻击 ×× 南进之敌……

日记戛然而止，后面两行字迹潦草难认，足见收笔时有多匆忙。埙音缭绕中，泪水模糊了纸上的字迹和屋内的景物，心像过水的地面，湿漉漉一片。思绪则似春天的爬墙虎，眨眼间便撑出片想象的绿荫。我在这绿荫里与年轻的太爷爷和坨坨进行了无声的对话。他俩神情激动地批评我只顾自己、不思进取、没有家国情怀，我据理力争，说你们那时有明确的敌人和目标，我现在的敌人是自己的性格缺陷和心中过度或不当的欲望，人要打败自己多难呀！不然何来自知者英、自胜者雄这一说呢？战胜了自我就是英雄。我现在还没有左右手互搏，并分个高低上下的念头，所以我不想当击败自己的英雄。我不知太爷爷有没有听懂我的话，总之随着开门声和父母进屋的脚步声，太爷爷、坨坨和那片想象中的绿荫同时消失，我却依然沉浸在感动和敬佩中。母亲一眼发现了我的异样，问我出了什么事。我说出了大事。父亲和母亲同时“啊”了一声，焦急地拥上前来。

是不是你那个前女友又来找麻烦了？母亲以前不怎么上网，

现在居然会用“前女友”这个时髦名词，看来上老年大学的确拓宽了她的视野。

你拍的片子出问题了？父亲永远先想到工作，父母亲关注点的不同体现了明显的性别差异。我故作悲苦地呻吟了两句，母亲伸手来摸我的额头。我扭身躲开，扑上去抱住父亲说：爸，我找到太爷爷的信了！

父亲以为我哄他，一把推开了我：不要拿这种事开玩笑。

我理解父亲的谨慎，从爷爷到他，为找太爷爷的下落，不知失望过多少回。他此刻的谨慎也是对自己的一种保护。到他这种年龄，情绪波动不宜太大，不抱希望自然也就不会失望了。可我没想到，当父亲看完太爷爷的这些信后，他的第一反应居然不是高兴而是质疑：

我上次刚讲过在杨开慧故居的墙缝里找到了她写给毛泽东的信的事，这没过多久，梁国伟家就真找到了你太爷爷的信和坨坨的日记，写书也不会这么巧呀？

他用放大镜仔细看着那些文字，满腹狐疑。我理解他的心情，因为我当初也是这种反应。我把梁国伟现场取信的视频放给父母亲看。父亲看后还是皱着眉头喃喃自语：世上真有如此巧合？

爸，绝对不是巧合，这是老天给我们的恩赐！你看，这三封信都有太爷爷的名字，还有黄门框的签名。太奶奶跟我们讲过这个黄门框的故事。信和日记中提到了二连，提到了欧阳灿、小梅，还提到了小别村。太奶奶说过，她和太爷爷、欧阳灿和小梅就是在小别村结的婚。

我试图说服父亲。父亲还是觉得这一切太巧，有些不敢相信：你太奶奶是提到过信里的那些人，也提到过小别村，可我地图都找烂了好几张，也没找到小别村。你太奶奶自从脑袋受伤后有些癔症，讲的话真真假假。

父亲坚持他的判断。见我灰心丧气的样子，母亲有些不忍心，赶忙出来打圆场：

哎呀，老头子，你想想，从太奶奶、爷爷、你和思红，我们杜家四代都在找思红的太爷爷，这份执着肯定感动了上苍。我看刚才那根柱子烟熏火燎的，没有打开的痕迹，加上信件里的人名、地名都跟奶奶说的对得上，这些信和日记十有八九是真的。

我感激地看了母亲一眼，对她的神助攻表示感谢，接口道：我猜当年梁云清救下坨坨时从他身上发现了这些东西，他很害怕，就藏进了房梁的暗格里。

杜思红，这不是文学创作，不能靠猜测和想象，得专家认定了才作数。父亲有些烦躁，我也有些恼火：

老杜，你说得没错，问题是梁国伟假造这些信和日记对他们有什么好处？人家陪着你玩呀？

老杜，思红说得对，任何事情都有动机。你说这信和日记是假的，人家造假的动机是什么？总要有所图啊！

父亲没接我俩的话茬，起身在院子里来回踱了几遍，说他有个在博物馆工作的朋友老王对纸张很有研究，也许他可以确定信纸生产的年代。父亲是行动派，当即打电话咨询博物馆的王叔。

他用的是免提，我听见王叔说，绝大多数纸张是从工艺或者上面的文字来推断年代的。

只是推断吗？有没有什么更科学的方法来鉴别和判断？

父亲有些着急。我想是因为他的病情在加重，他希望通过科学的方法尽快证明那些纸张是上世纪三十年代的产品，这样他就有理由相信这次的巧合是上苍送给孜孜不倦追寻先辈足迹的杜家人的礼物。父亲是个较真的人，凡事都爱寻根问底，这让他得到了精益求精的名声，可也使他失去了许多轻信才有的乐趣。比如我，无须碳 14 鉴定，我便坚信梁国伟给我的信件是太爷爷的手书，那几篇日记出自坨坨之手。我找到钟主任，把梁国伟从老房子横梁暗格里找到了红军信件和日记的视频放给他看。钟主任和父亲一样谨慎，说有关党史部门没有认定，我们不能播。为了报答董江涛，我还特意为他的寻访网站免费做了部五分钟的宣传片。董江涛利用他的各方关系推转我发给他的视频，引起了网友的关注，反响不错，不久便有几家媒体打电话说要采访我和我父亲。

如我所料，父亲拒绝接受采访，也不准我接受此类采访，转身还剋了我一顿，说只有权威部门证实了信件、日记的真实性，那些文字才具有史料价值，为此他特意去找了王叔。王叔比对后认定那些纸张是上世纪二三十年代产自江西铅山的连史纸。连史纸又称连四纸、连泗纸，采用嫩竹做原料，碱法蒸煮，漂白制浆，手工竹帘抄造，全程需七十二道工序。连史纸色白如玉，厚薄均匀，永不变色，防虫耐热，着墨鲜明，吸水易干，着墨即晕，入纸三分。太爷爷信中说他的信纸是从敌人碉堡中获取的，碉堡在赣南，连史纸产于赣东北。但江西境内水运发达，赣东北的连史纸进入赣南并非难事，也许碉堡中的白军士兵爱好书画，故存放了许多连史纸。最大的可能是那座碉堡还设了路卡，连史纸是白匪军从过路商人那儿抢来的。当然，这些都是我的想象，那些纸为何会出现在碉堡里无关紧要，要紧的是王叔确定了纸的产地和生产年代，为那些信件、日记的真实性找到了物料的佐证。与此同时，父亲还找了省内两位著名的党史专家，对信件、日记的内容进行分析、鉴定。那两位专家特别认真，不但从档案馆查找资料，还在父亲的陪同下专程去梁国伟家中了解、核实情况。我因为有一部专题片的紧急拍摄任务，没法前往，只好由同行的母亲拍摄视频。母亲虽然年过花甲，但思维敏捷，动作利索，顺利地完成了遵义的拍摄任务，画面的构图和质感体现了她作为业余画家的美学素养，有不少镜头令人惊艳。党史专家对比史料后发现，信件和日记中的地点、事件都跟当时的相关记载高度吻合，再联想到坨坨的名字曾多次出现在太奶奶并不连贯的叙述中，父亲这才相信那三封信出自太爷爷之手。

为了进一步夯实此事，父亲再次拿着放大镜在地图上寻找小别村，可惜无果。他不死心，又发信息请赣南老家的朋友打听这座充满离情别意的村庄。借助功能强大的互联网，半个多月后，父亲在老家的朋友说他从近期出版的某县《地名志》中找到了这座从前叫小别、现在叫黄坳的村庄。兴奋的父亲要我陪他去黄坳村采访。此时我做的专题片已经过审，我向钟主任汇报了最近寻找我太爷爷的进展。钟主任觉得既然已经确定信件出自我太爷爷之手，又找到了他曾经养伤的小别村，那就应该围绕追寻先烈的足迹做深度新闻报道，搞出一点响动来。他当即叫来于娜，让我俩搭档去黄坳村。考虑到此去交通不便，我父亲年纪又大，钟主任特意在电视台办公室的后勤平台上叫了一辆车送我们过去。

你老爷子是这次报道的出镜嘉宾，不能委屈了他老人家啊。

钟主任知道我父亲的病情，他的这份细心体贴让我感动。于娜似乎不乐意跟我搭档，一路上鲜有言语，气氛有些沉闷和尴尬。父亲觉察后开始和于娜讨论这次深度报道的采访提纲，他广博的知识和丰富的采访经验很快让于娜变成了小迷妹。

杜思红，你别牛，你爸在业务上比你强十倍。在服务区上卫生间时，于娜这样对我说。我瞪着她说：老子英雄儿好汉，他当然得比我牛。

然后我单刀直入地问她为什么垮着一张脸，是不是又失恋了。

你哪只眼睛看我失恋了？胡说八道！于娜噘嘴的样子其实蛮可爱的，我嬉皮笑脸地说：难道你是在等我？

狗嘴里吐不出象牙！于娜骂了我一句，父亲这时从卫生间出来了，于娜拎着刚才买的矿泉水，乖女儿般照顾起父亲来。我瞅着她有些发愣，心想自己跟她同事三年，以往怎么只看到她的不足，却少见她的优点？坐在车上细细反省，惊觉自己这些年对别人吹毛求疵多，对自己严格要求少，难怪我会牢骚满腹。反观于娜，从中途她接的两个电话中我得知她原本请了工休假，并买好了次日去贵州旅游的飞机票，只因我要去黄坳村采访，钟主任一个电话便让她改了行程。于娜虽然不太情愿，可她还是服从了工作安排，除了垮着脸对我，并未对谁口出怨言。此事要放在我身上，只怕早就开骂了。

将心比心，自己若是钟主任，肯定喜欢于娜这种兢兢业业、任劳任怨同时还才华横溢的员工。至于自己这种恃才傲物、难以合作的下属，恐怕很难委以重任。

就像释迦牟尼苦修六年，于菩提树下睹明星悟道一样，我站在服务区的桂树下，看着那轮被云朵遮住的太阳，突然发现了自己身上的许多毛病。这也许不算开悟，但却改变了我看人的角度和待人的态度。起码从那会儿开始，我对于娜有了全新的认识。

第四十二章　小别村里故事多

以前的小别村，现在的黄坳村曾是 R 县的深度贫困村。但在扶贫工作队的帮助下，黄坳村的贫困户已全部脱贫致富，村里也摘掉了贫困村的帽子，村庄里新建小楼一栋栋。由于赣南气候温和，虽然时值冬季，田间地头仍然散逸出秋天才有的丰熟气息。原先的红军医院旧址被敌人烧毁，目前正在复建。党史办的同志介绍说，届时红军医院和半山腰上的水打龙宫洞、从村里到清风寨的支前小道将形成一条红色旅游路线。然后村支书和党史办的同志领着我们去了水打龙宫洞。这个洞现已改名红军洞，是县里的爱国主义教育基地，简介上说此洞曾是红军伤员的疗伤洞，但未提及伤员的姓名和他们所属的部队，村支书也不甚清楚。党史办的同志说他们还在多方挖掘史料，希望我们能给他们提供关于红军洞的故事细节。父亲抚着重新修复的木栅间，喃喃地自责道：

唉，都怪我，要是我能早些找到小别村，就可以带你太奶奶过来，这红军洞的故事也会有主人公了。

村支书听完我太奶奶和太爷爷他们在水打龙宫洞疗伤的故事后，紧紧地握着我父亲的手说：你们是英雄的后代，欢迎回来！父亲脸上的表情颇为欣喜，可转瞬又皱起了眉头，提醒党史办的同志说这些事还未得到其他史料的佐证，不能写在简介上。他的这种严谨令在场的人动容。

望着苔痕斑驳的洞壁，听着岩滴掉落的声音，想到太爷爷太奶奶的战友欧阳焕在山洞里被蛇咬死的惨事，我和父亲的心情变得沉重。所幸的是欧阳焕的墓前些年修葺过，保护得很好，村支书说年年清明都有乡亲前来祭扫。摩挲着太奶奶她们当年移植在欧阳焕墓前的桂树和映山红，我和父亲心潮澎湃。此时天空湛蓝，层林尽染，山川含笑，我和于娜唱起了刚学会的《少共国际师出征歌》，也许是山高离天近的缘故，歌声传得很远，群山送来阵阵回音，于娜忽然指着天空说：看那四只老鹰！

凝视着那四只在头顶翱翔的山鹰，我双手合十在心中默言：太爷爷，是您和您的战友回来了吗？

老鹰振翅而去，越飞越高，将几团白云搅成了丝絮，接着又幻化成花朵的模样。我相信太爷爷他们就藏在云朵丛中。

那天下午，在整洁干净的村委会办公室，我们和五个八十岁以上的老人进行了座谈。就着村干部送上的热茶，大家海阔天空地聊了起来。年纪最大的柏林公公生于 1926 年，他清楚地记得当年村子里住过红军伤员。在父亲具有针对性的提问下，柏林公公想起了三叔和不少尘封于脑海的往事。他说村里人怕白狗子进村，把那些伤员藏进了山洞。有天早上他去打猪草，听两个捡猪屎的老汉在叹息，说大家费了那么大力气把红军后生抬到了村里，原想治好他的伤，哪知却被蛇咬死了。这件事太奶奶讲过多次，父亲激动地站起身，连声问柏林公公记不记得村里有个叫小梅的妹子嫁给了红军伤员。柏林公公捋着白胡子想了想，说当年村里是有妹子嫁给了红军，他还跟大人去打过牙祭，但他不记得那个妹子的名字。父亲有些失望，我和于娜却极为兴奋。

就算柏林公公记不起那个妹子的名字，但这些事情和太奶奶的叙述高度吻合，故事已经圆上了！

父亲也想到了这一层，脸色好看了些。他喝了两口水，接着问柏林公公记不记得三叔最小的儿子坨坨。

柏林公公抖着白胡子说：记得呀，坨坨的大名叫多福，大家先前喊他多多，后来见他长得胖，就叫他坨坨。他上面还有几个哥哥，当红军后全都牺牲了。坨坨是三叔的落脚崽，经常带着我们掏鸟窝，还会抓泥鳅黄鳝和脚鱼。坨坨跟红军走后，他妈哭瞎了眼睛呢。

柏林公公陷入了回忆，我迫不及待地问他三叔家现在有无后人。柏林公公摇摇头，说红军走后，小别村的人都被白狗子杀光了。他们一家人那天正好去走亲戚，这才躲过一劫。

好惨的，早上走的时候村子里的人还活蹦乱跳，等我们回来，全村人成了死佬！

回忆起当年的惨景，柏林公公忍不住打了几个寒战，浑浊的双目望着虚空发呆。于娜体贴地给他倒了杯热水，柏林公公喝了几口，这才缓过劲来。

以前这个村子叫小别村，很有诗意的，怎么后来改叫黄坳呢？于娜问道。

原先小别村的人都被杀光了，现今村子里的住户都是从别处搬来的，大部分姓黄，后来就改叫黄坳村了。一旁的村委会主任介绍说。

父亲听到这里，上前握着柏林公公的手，神情有些焦灼：

老人家，您再想想，您有没有听过杜鸿运这个名字？

柏林公公捋了捋胡子：当时我年纪小，大人不会跟我讲给红军伤员治病的事，不过那次我去吃了结婚的酒席。

老人说到此处卡了壳，皱眉想了好一阵，这才续上话：听讲有个新郎是地主老财的儿子，后来当了红军，个子好高，长得满平展。他老婆也是个红军，脚不能打弯。

没错，那是我太奶奶！她左腿受了伤！

我猛地站起身，差点踢翻了竹椅。父亲完全忘了镜头的存在，他牵起衣角，揩了揩眼角的泪水，呢喃道：没错，这就全对上了。这信是我爷爷杜鸿运写的！奶奶，您地下有知，可以放心了。

素来冷静、稳重的父亲，此刻孩子般呜呜哭出了声。心潮翻滚的我也流下了两行热泪。扛着摄像机的于娜深受感动，不由得发出了几声叹息。

那天傍晚，同事三年的我和于娜第一次结伴外出散步。黄坳村的房子沿河而建，小河边铺了暗红色的游步道，河边的乔木有些落叶了，有些却依然枝繁叶茂。苦楝树黄澄澄的果子在玫红色的夕阳里闪烁出金子般的光泽。柿子树光秃秃的枝丫上挂满了红彤彤的灯笼柿，贪嘴的小鸟在上面流连啄食，发出欢愉的叽咕声。大群的麻鸭在满是稻茬的田里嬉戏觅食，一群山雀被绚烂的云彩诱惑，动作敏捷地穿飞出令人眼花缭乱的图案。绿树掩隐的农家小楼冒起了缕缕炊烟，空气中飘散着乡间冬天特有的醇厚气息。我和于娜蹑手蹑脚地走着，生怕惊扰了乡村的这份宁静。村子都快走完了，于娜一直没开口，最后还是我打破了沉默：于娜，讲真话，你真的没有男朋友？

这话刚问出口，我便在心里啐了自己两口：这是想找抽吗？

我正等着挨骂，谁知于娜却望着我大方地说：没有啊。你想追我？

我愣了愣，但迅即反应过来：就是想追你，答应吗？

说实话，我一直挺注意于娜。她长得不赖，人又精明强干，如果我俩不是在项目上存在着竞争，我早就追她了。从我们出差这两天看，她接的电话不多，也很少收发信息，业务能力那么突出的女孩子，生活里竟有几分难得的安静。虽说我上一段的情伤尚未痊愈，但我不介意在疗伤过程中有新的恋情。

于娜抬眼看着我，她有一双美丽的杏仁眼，黑白分明，澄丽清澈，古人所谓的“剪水秋瞳”不过如此吧？

我有些失神。

杜思红，我可是认真的，你想好了再回答我。于娜直视着我说。

我“哦”了一声，愣愣地望着她，不知如何作答。

于娜瞪了我两眼：不想谈？那就算了！

她两手揣在裤兜里，悠闲地走到那株高大的柿子树下，仰望着那些小灯笼般的柿子出了会儿神，突然道：你太爷爷和你太奶奶当年在这儿养伤的时候，柿子还是青的。

我脑筋还没转过弯来，她又叹道：你上次做的微纪录片特别棒。那天看完，我眼睛都哭肿了。

真的？我嘴上质疑着，心中却满是欣喜。于娜是我们台的业务尖子，节目能把她感动得落泪算我有本事。

你太爷爷和太奶奶的爱情太感人了。于娜感慨万千。我点头表示赞同。于娜接着说：少共国际师的战士比我们小多了，他们那么英勇无畏，我真的很敬佩。你呢？

不瞒你说，我受到了很大的触动。你没发现我最近变得更好了？

我像一个爱慕虚荣、到处求表扬的孩子似的望着她。于娜眯着眼睛想了想：嗯，你比原来更有责任心、更愿意帮助人了。

不止这点变化吧？我做节目也认真、精细了许多。我极渴望得到她更多的认可，开始求表扬。

于娜皱眉望着我：你那部微纪录片有毛病，红色基因代代传承的内容做得太呆板，跟其他部分有些衔接不上。其实我觉得你们追寻的意义恰恰就在红色基因传承上。你只有深挖、做足、做细，才能对后来者的成长更有帮助。你那部分有瑕疵，但其余环节很感人。

于娜三句话不离本行，话题又绕回到那部微纪录片上。我有些得意，那部片子我没玩任何手法，也无法加入更多文学的想象和夸张，我只是通过巧妙的设计，展示和放大了追寻所具有的独特情感张力。现在的观众见多识广，眼光挑剔，想感动他们很难，能催人泪下的片子可以定义为好片子，起码在我看来如此。

你们杜家四代人孜孜不倦地寻找红军亲人，这是一个有温度、有温情的故事。

于娜说话时神情里溢着兴奋：这种难得的故事在电视媒体人眼中就像厨师看重的上好食材，稍加用心便能做出美味佳肴。于娜的节目多次获奖，她对好故事、好题材有着天然的敏感。估计这也是她愿意放弃休假，跟我过来拍片的原因之一。

此刻，我相信她跟我到黄坳村来还有另外的动因——她喜欢我。这让我惊讶和意外。这几年我一直将她当作对手，有时她在我眼里是中性，没想到我俩竟有这等缘分！

打量着素面朝天、头发清汤挂面却依然淡雅出尘的于娜，我有些恨自己以前那些针对她的举动。

于娜是位才华横溢，内外兼修，才貌双全的女子，有不少男人为她倾倒。当她还不是我对手时，我曾对她有过非分之想，只是后来这些绮思被竞争给遮蔽了，为了打压她，我搞了不少小动作。她意识到了我的敌意，总是跟我抬杠，没想到居然把我抬进了她的心里。真可谓不打不相识，这世界很奇妙！

大树，你说我是真的喜欢她还是只想玩玩？面对情路上突然冒出的于娜，我暗问眼前这棵或许看过我太爷爷和太奶奶缠绵的柿子树。柿子树娴雅地在秋风中轻轻摇摆，发出哗啦啦的响声。这声音飘进我的耳郭，像无言的神秘召唤，我不由得心中一热，伸臂将于娜揽入怀中，小声说：于娜，我想跟你结婚。

这话刚出口，我的后背就沁出了满满一层汗珠，觉得自己的求婚很轻率。可奇怪的是，我和前女友在一起几年，从没想过要和她步入婚姻的殿堂，这也是她跟我分手的主要原因。为什么跟于娜在一起，这句话却毫不费力地脱口而出？关键是说完之后我心里还不疙瘩，这出乎我的意料。难道我暗恋她而不自知？

这个斯芬克斯之谜给那个爱情突如其来的傍晚增添了几许甜蜜与神秘，同时也激发了我们的创作热情。

当夜，我俩在前所未有的和谐氛围中拿出了节目的框架，两人又商量着合写了一篇细腻生动的解说词，以此为主线，将纪实的画面、传奇的情节、追寻的真情紧紧地拧在一起，使节目显得既朴实动人，又带着几许文艺的探寻和深情。当于娜一边回放画面，一边配解说时，我听得血脉偾张。朗读到最后，于娜泣不成声：

你太奶奶找了你太爷爷这么多年，她的爱情已经变成了信念。这种爱情太伟大了！

我伸手擦去她脸上的泪痕。刚从云朵里出来的月亮窥见了这一幕，吓得转身又钻回了云层。看着聚拢在月亮周边的大堆乌云，我想明天的回程会有些艰难，天气预报说台风来了。

第四十三章　太爷爷附体了

离开黄坳村那天，那场强劲的台风带来了大风和暴雨。密集的雨点打在车身上，发出砰砰砰的声音。从黄坳村到高速路口是一条弯曲的乡道，雨水在路面上激起阵阵白汽，天地灰蒙蒙的，能见度很低。我小时候晕车厉害，现在开车不晕，坐车发晕。上车不久，我便在副驾驶位上昏昏睡去。也不知车开了多久，突然从后座传来于娜的一声惊呼，接着是急刹车时车轮和地面的剧烈摩擦声，嘎吱嘎吱的，像把锯子在锯。尽管我系了安全带，脑袋仍然撞在右边的窗玻璃上，疼得我直想骂人。

师傅，怎么了？父亲刚才想必也在睡觉，问话声显得懵懂。相比之下，于娜的声音则闪出金属的锐利：

杜思红，那头牛在追孩子！

没等我回话，坐在我后头的于娜打开车门朝右边的田野跑去。风夹杂着冷雨将我浇醒，那头铅色的水牛犹如梦中的怪兽，低头朝那个穿红衣、撑红伞的小女孩冲去。女孩尖叫着奔躲，怎奈周边都是收割过的田野，加上风大雨大，地面泥泞，无处可藏的小女孩摔倒在地。眼看那头暴怒的牛就要踩在女孩身上，于娜飞身过去，一把拉起了小女孩。水牛转头用那对坚实的牛角去挑于娜，于娜抱着小女孩慌忙躲闪，可她身后是浊浪翻滚的小河，已无处可退。就在这千钧一发之际，我好像太爷爷附体了，变得勇敢无畏，两手猛地拽住了牛角。牛哞哞叫着，恼怒地抬起头，牛角高高挑起，想把我甩掉。在猛然袭来的眩晕中，我嘶吼着：于娜，快去车里！

愤怒的水牛转着圈，我的身体在半空中打晃。牛角很滑，我双手发软，随时都可能掉下来被牛踩死。我死死抓住牛角，随着牛的运动在空中沉浮。惊慌中我瞅见冲过来的司机从于娜手里接走了小女孩，撑着病体向我跑来的父亲突然摔倒在地……接着牛又转了个圈，我瞥见有个男人从田的另一端跑来，还没来得及瞧清楚，牛又带着我冲向正在搀扶父亲的于娜。这时湿漉漉的空气被男人有节奏的吆喝声剪破，暴躁的牛愣了愣，狂奔了一段距离后终于慢下来，像在思考要不要继续发起进攻。男人忙弯腰捡起了拖在地上的牛绳，被拽住鼻子的牛立马老实地发出了委屈的低哼。我跳到地上时双腿发软，好不容易才站住。男人见我手掌出血了，正探过头来看，牛挣脱了绳索，又开始往男人刚才来的方向狂奔，男人对我说：

我今天喂牛，不小心把一坛老酒打在料里了。这牛现在在发酒疯，有点危险，你们快回车上去！

男人说罢去追他的牛。于娜走过来，用餐巾纸包住了我受伤的手。我一把搂住浑身湿透的她，心想这么个宝藏女孩，我以前咋就不识货呢？没想到于娜对我也有同感：

杜思红，想不到你还有些胆量嘛！

开玩笑，你也不看看我太爷爷是谁！

脸皮真厚，刚说你胖，你就喘上了！

于娜轻轻打了我一掌。寒风冷雨中，浑身透湿的我俩冻得瑟瑟发抖，可心里却暖烘烘的。

因为这次采访，我和于娜成了恋人。鉴于我俩以前的对立关系，这消息在台里引起的热议，堪与我俩共同完成的那期节目《跨越时空的追寻》在网上造成的热度相媲美。那期节目受到了观众的欢迎和有关部门的表扬，钟主任特别满意。在部门例会上说，这期节目年终时要代表部门参加台优秀节目的评选。

这期节目在台里拿个一等奖没问题，参评省里和全国的奖也有竞争力。杜思红和于娜强强联手就是不一样！

也许是两人都刚走出情伤，我和于娜的恋情没有恋爱初期应有的热烈和缠绵，反而像道家常菜，得细细品尝，才能在平淡之中咂摸出真味。外人看来有些奇怪，但我俩很享受这种轻松舒服的相处状态。不久，双方家长见了面，于娜的父母都是医生，跟我父母很谈得来，对我的长相、身高、年龄和表现也很满意。母亲考虑到父亲的病情，催促我俩尽快完婚，于娜的父母也赞同。二十八岁的女孩子老大不小了，要在以往都当妈妈了。我问于娜怎么想的。于娜思忖了一会儿，说女人早些生孩子，产后恢复得快。

有她这句话，我便大胆地拿了主意，建议五一节举行婚礼，于娜和家人一致赞同。

这之后母亲开始着手装修新房、筹备婚礼，父亲则忙着给民政部门写追认太爷爷为烈士的申请材料。可我们只能提供牺牲人家属的申请报告和知情群众的座谈记录。太爷爷生前所在的连队早就不存在了，无法出具相关证明。他的战友除坨坨外皆已消失在历史的烟云中，坨坨也早已病故。太奶奶虽然留下了证明我太爷爷身份的材料，但按照有关部门的要求，必须两至三名知情人的证明才有效。如此一来，太爷爷烈士身份的追认又陷入了死局。父亲极为沮丧，我和于娜也不甘心，两人带着《追寻》的微纪录片和《跨越时空的追寻》这期节目去找有关部门的领导，试图说服他们追认我太爷爷杜鸿运为烈士，将他的名字写在烈士陵园新建的英烈墙上。领导们被杜家四代人追寻我太爷爷下落的故事所感动，但情感无法代替制度和程序，节目做得再好，评定烈士所需的材料不全，他们还是爱莫能助。我和于娜只能表示理解。父亲却想不通，心情一郁闷，病情又复发，母亲怕他有闪失，忙送他住院治疗。

老爸，就算没有官方的烈士评定，在我们心里，太爷爷永远是为革命抛头颅洒热血的英烈。他九泉有知，肯定不希望你为这事难过。

我这样宽慰父亲。于娜也开导他不要执迷于烈士身份的追认，说如今通过杜家四代人坚持不懈的追寻，已经证明了太爷爷是个为苏维埃、为新中国流尽最后一滴血的红军战士，这足以告慰太爷爷太奶奶的在天之灵了。

父亲想了许久，终于点了点头：现在国家建设得这么好，就算他的名字不进烈士陵园，无论在哪座山上，他都能看到如今老百姓过上的好日子。

父亲眼中漾起了泪花，母亲递给他一张纸巾，轻轻说道：

这样也好，爷爷就能跟他的战友永远在一起了！

日子就这样水似的流淌着。我突然接任台定点帮扶村的驻村工作队第一书记，我有些发蒙，五月是我跟于娜的婚期，消息我们早就发布了，这时候让我去四百多里外的山村扶贫，有些过分吧？

我没有当场答复是否领命，而是要求给我一天的时间考虑。

当天晚上，我跟于娜抱怨了一大通。于娜也有些郁闷，但她没有怨天尤人，更不准我去找人力资源部的领导要求换人。我先前不肯，于娜板着脸训了我一通：

你家有事，别人家也有事，上一任的赵书记去扶贫时，他女儿在读高三呢，他可没像你这样去找领导吵闹。

我找领导不也为了你好吗？

我觉得于娜刚才说话的口吻很像父亲，不由得有些气恼。

你不用考虑我，这次你得听我的。

于娜说着，手指戳向了我的脑门：

你那节目都是做给别人看的？到时传出去都不好听，你自己好好想想吧。

人说妻贤夫祸少，这话没错。虽然于娜还不是我的妻，但她的这几句话触动了我的心弦。

自己一直想改掉那些在想象的绿荫中和太爷爷对话时被太爷爷指出的缺点，却鲜有举措，这次我怎么也得用实际行动向太爷爷和太奶奶证明我身上流淌着红色的血液，向他们证明我是传承了红色基因的红四代！

当我愉快地表示愿意前往时，人力资源部主任喜出望外：

杜思红，没想到你觉悟蛮高。不错，不错！

我悄悄瞪了他一眼，心想你别戴有色眼镜看人，我以前有那么差吗？

回到办公室，钟主任正好拿着封信走到我身边，拍拍我的肩膀，关切地问道：

在疯牛发狂时救了个孩子，做了这么大的好事也不说一声，你俩没受伤吧？

我起身看着他：钟主任，那天也就是举手之劳，不值得说。

钟主任把信递给我：当时的目击者说情况危急，要不是你们出手相救，那孩子只怕没命了。你们俩做好事没错，可也要注意自己的安全哪！

我看着手中的信，眼前掠过那天的场景。当时大雨滂沱，除了牛主人还有谁看见了我们？

这人骑摩托路过，正好看到了你们救人的那一幕，他记下了车牌号和车窗上贴的省电视台采访车的标识，就把表扬信寄到了台里。

钟主任让我和于娜写个事情经过，说机关党委在台 OA 系统发了文，要求各部门每月上报好人线索。钟主任说我和于娜的事迹参评省文明办的月度好人，有相当的竞争力。

哎呀，钟主任，这不行！

我一口拒绝。我做过好几期道德模范和好人好事的事迹报道，跟他们的付出和贡献相比，我俩的这点事迹不算什么。

你们不要谦虚了，危急关头能将生死置之度外，这不是人人都能做到的。

我还是坚决反对。钟主任打电话给于娜，于娜也不同意。

你这俩孩子呀，该谦虚的时候不谦虚，不该谦虚的时候特谦虚。

钟主任无奈地摇摇头，朝门口走了两步，又回头向我竖起大拇指：

我看你太爷爷对你的影响挺大，红色基因传承得不错！

钟主任火眼金睛，一眼就看出来了，厉害！

太爷爷是我的偶像，钟主任这话说到我心坎里了。我暗暗下定决心，从今往后，自己的言行举止绝不能给杜家先人抹黑。

当天晚上，我告诉父母我不久将下乡扶贫，父亲表情严肃地叮嘱了我一通，什么要有责任心，要懂得付出和回馈等等。以前听到他讲这些大道理我就烦，现在他讲的有些话却像雨滴渗进泥土似的，自然而然地流入了我耳轮，并发出铿锵的回音。

看着瘦弱的父亲，我很为他的病情担忧，怕他哪天发病住院时母亲一个人忙不过来。父亲像是听懂了我的心声，笑着让我放心去，说家里有我老妈照料，万一忙不过来，于娜也能搭把手。

伯伯说得对，我做家务是把好手。再说我爸妈都退休了，我还有姐姐和姐夫，家里人手多，伯伯和伯母要有什么事，我们家人都能来帮忙。你就安心扶贫吧。

于娜的表现使我心生敬佩，她是懂我的。

母亲和父亲的着眼点不同，听说我要下乡扶贫，她当即列了一大张要我带去的物品清单，第二天就为我备齐了两大皮箱东西。母亲还提议请于娜全家去贵州的西江苗寨旅游，以弥补上次于娜为陪我去黄坳村错过的假期，我和于娜却决定去湘江边上的无名高地祭拜太爷爷和二连的烈士。父亲举双手赞同，母亲去苗寨还要完成老年大学的写生任务，起先有些不乐意，后来父亲说了母亲两句，母亲觉得自己的思想觉悟还不如儿子和准儿媳妇，红着脸说听你们的，听你们的。

然而计划赶不上变化，我和于娜刚刚做好自驾游攻略，母亲却接到了舅舅美国打来的电话，说他查出了肝癌，舅妈身体也不好，他开的保洁公司经营不善，希望我过去接盘。

母亲心疼舅舅，恨不得立刻带着我飞到美国。父亲的病情不允许母亲离开，母亲让我过去帮舅舅一把，我起先不肯，母亲非常生气，骂我不讲亲情，于娜劝我还是去看看。我只好向部门和台里请假，又去武汉办了签证，半个月后终于到了美国舅舅家。接下来的那段时间我天天跟医生、护士、律师打交道。虽然此前我在美国待过一年，英语的口语和听力都不差，但涉及医疗、公司业务、财产和法律等专业内容，我还是鸭子听雷，弄不清楚意思。舅妈私下里唠叨我在美国学习时不用功，可这时就是拿鞭子抽我，我的英语水平也上不去，只好花钱另请专业翻译。

眨眼间一个月的假期将尽，事情还没完全处理妥当，我非常焦急。由我担任台定点帮扶村驻村第一书记的报告省扶贫办已批示同意，如果我去不成，台里又要临阵换将。舅舅听见了我跟单位人事部门的通话，提出要收我当养子，让我留在美国陪护他。他和舅母没有孩子，他俩过世后，所有的财产留给我。

说心里话，有那么一瞬我动摇了，觉得能继承舅舅家的保洁公司和那两栋房子很不错。可一想到生病的父亲和日渐衰老的母亲，再想到于娜和可能因我的决定而受影响的扶贫工作，特别是当舅舅说他会通过最有效的途径让我加入美国籍、成为美国人时，我的小心脏凌乱了：

当了二十几年的中国人，为这些钱我就得摇身变成美国人？在感情上我一时难以接受。

写到这儿，也许有人会说我这小粉红当得矫情和虚伪。现在那么多留学生都奔着绿卡出国，我却放着机会不要，这不是虚伪吗？

说实话，还真不是虚伪！我在美国水土不服，否则也不会留学一年就跑回国内。就像有的树木适合种植在北方，有的树木适合在南方生长一样，我好像只适合在国内生活。不，确切地说，是我更喜欢国内的生活。现在国内政治稳定、经济繁荣，祖国大地是片土壤肥沃的大花园，只要肯努力，狗尾巴草也会有春天。更何况国内有我的家族之根、灵魂之源，还有我们杜家四代守护的忠魂。在美国，哪怕入了美国籍，住到死我骨子里也还是个中国人。既然如此，我又何必投奔国外？

为了让舅舅舅妈安心，我把我大学同学的爱人介绍给了舅舅。我这同学的爱人原先在国内大型商场当过部门经理，人很能干，但因为语言不过关，在美国暂时没有找到工作。她和舅舅详谈后，两人当即签订了合作协议。有她帮舅舅打理公司，舅舅舅妈对我回国不再那么抗拒，但他俩还是为我放弃留美的机会感到遗憾。

当我打视频电话告诉父母自己的决定时，母亲多少有些失落，父亲却连声叫好，眼睛比往日明亮，像是有泪花在反光。

思红，现在国内经济大发展，机会很多，你这样选择是对的！父亲的嗓音有些嘶哑。我问他的病怎么样。父亲说还好还好。这时于娜拎着食盒走进房间，她像哄小孩似的哄父亲吃饭。父亲把手机交给她。因此前我已跟她沟通过回国之事，于娜完全赞成我的决定。她说我是一棵不想被移栽的植物，即便留在了美国，我永远也不可能成为真正的美国人。看来在我成不了美国人这件事上，于娜和我是英雄所见略同。

一周后，为了按时赶到扶贫点进行驻村工作队第一书记和队员的交接班，我挥别舅舅和舅妈，踏上了归程。

飞机在万米高空飞行，窗外的云朵洁白结实、层层叠叠，有的像高山河川，有的如海市蜃楼，有的似田野村落，这云的世界让人想起传说中的九重天。突然，我发现一座银光闪闪的“雪山”耸立在飞机的舷窗旁，形状酷肖湘江边太爷爷他们浴血奋战的那座孤山。这“山”像是被魔力控制着，神奇地悬浮在飞机旁。当云山被气流拉近时，我看见太爷爷站在峰顶，年轻矫健，英姿勃发，犹如天神。接着太爷爷脚下那朵祥云变成了蜿蜒的战壕，太爷爷和年轻的战友们并肩作战，身影渐渐被翻滚的硝烟淹没。那面红彤彤的军旗却在辽阔、纯净的空中高高飘扬。接着云霄深处传来了阵阵歌声：

炮火连天响，战号频吹，决战在今朝……用我们的刺刀、枪炮、头颅和热血，坚决与敌决死战！

这响遏行云的歌声想必惊动了天帝，机舱外突然下起了太阳雨，一道蓦然飞降的彩虹将白色的孤山罩住。这时，我惊讶地发现，机舱内的小电视正在播放《跨越时空的追寻》。只见镜头缓缓摇过房舍簇新、山川秀美、炊烟袅袅的桂花村，定格在那只展翅翱翔的雄鹰上。

那是我渴望并必须活成的姿态。

十三个小时后，我到家了。客厅里的吊灯开着，身着红衣的于娜在炽亮的灯光下鲜丽得如同盛放的映山红。刚刚出院的父亲在卧室里睡着了。在于娜的照料下，父亲长胖了些许，睡姿很安详。于娜从电饭煲里端出热饭热菜，我在她脸上亲了一口，接着便心无旁骛地大吃起来。

于娜端详了我一阵，歪着脑袋小声问道：回来不后悔？

“后悔”两个字怎么写？我刮了刮她小巧的鼻子。于娜笑着将她的手机递到我跟前：

这段时间纪录片《追寻》的影响持续发酵，有好几千条留言呢。

我瞄了眼她的手机，有些不敢置信：你把评论都下载归

飞机在万米高空飞行，窗外的云朵洁白结实、层层叠叠，有的像高山河川，有的如海市蜃楼，有的似田野村落，这云的世界让人想起传说中的九重天。

拢了？

才不是呢，这是我朋友的老乡温燕霞阿姨写的少共国际师题材的小说《虎犊》。

我“噢”了一声，并不觉得这篇小说跟我有多大关系。

杜思红，你仔细看看！于娜近距离凝视着我，神态认真起来：

温阿姨说《追寻》的纪录片激发了她的创作灵感，书中的主人公是我们的太爷爷杜鸿运和太奶奶曹半夏。

真的？这主意不错！你跟老爷子说了吗？我有些意外，没想到这年头还有作家关注这类题材。

于娜点点头：为征得杜家人的同意，也为获取更多的素材，温阿姨来家里看了伯伯两回。伯伯听说温阿姨要把你太爷爷太奶奶和杜家人追寻他们的故事写成小说，高兴得要请温阿姨吃饭呢。

唉，我都多少年没看过小说了，听你这样一讲，我倒要看看！

于娜伸手点了下手机，屏幕亮起，那些整齐的文字像得令的士兵，齐齐奔入了我的眼帘：

天暗沉，云紫赤，暮色像尸衣，又像烧红的铁环，紧紧地箍住了湘江边上这座无名孤山。孤山上，那面少共国际师的军旗被炸得稀烂，但旗杆依然屹立，仿佛战士们挺直的脊梁……